韶华之约

郝秀琴 ◎ 著

当代世界出版社
THE CONTEMPORARY WORLD PRESS

图书在版编目（CIP）数据

韶华之约 / 郝秀琴著. —北京：当代世界出版社，
2021.3
ISBN 978-7-5090-1363-2

Ⅰ.①韶… Ⅱ.①郝… Ⅲ.①散文集－中国－当代
Ⅳ.①I267

中国版本图书馆CIP数据核字（2021）第016264号

书　　名：韶华之约
出版发行：当代世界出版社
地　　址：北京市东城区地安门东大街70-9号
网　　址：http://www.worldpress.org.cn
编务电话：（010）83907528
发行电话：（010）83908410（传真）
　　　　　13601274970
　　　　　18611107149
　　　　　13521909533
经　　销：全国新华书店
印　　刷：河北盛世彩捷印刷有限公司
开　　本：710毫米×1000毫米　1/16
印　　张：23
字　　数：335千字
版　　次：2021年3月第1版
印　　次：2021年3月第1次
书　　号：ISBN 978-7-5090-1363-2
定　　价：68.00元

目录

第一辑 父亲与母亲

世上，谁能给我这样的真爱 3

母亲心中永远的爱 5

爱读书的母亲 9

老照片唤醒的思念 12

苦心斋 18

和父亲一起过生日 22

那泪，淋湿我这辈子的心 33

梦里，我看不清你的背影 40

暖心的小棉袄 44

第二辑 一念乡愁

找回心中那个世界   49
涅槃中的火凤凰   52
乡味·乡愁   55
这个冬季我没有看见雪花   60
何时能闻到那奶茶的飘香   64
把「家」打包在行囊里   67
家，在远方   69
故乡会故友   72
故乡的五月天   77
超级月亮   81
远去的彩云   84

第三辑 爱，归属于你

没有秋天，心中的爱永远常绿   89
再别清照故居   91
过了金锁关，另是一重天   94
华山情   96
等你，在最初的地方   101
那盏心灯为你点亮   105
多情的季节   107
请你为我掀起红盖头   110
做一次大海的新娘   112
我把心给了你，你却把泪给了我   116
梦是属于女人的天堂   119

第四辑 纵情大好河山

谁给了你千年不死的生命 123
蓑衣樊之夜 125
我的日子终将寂寞如初 128
皇姑幔前巧梳妆 131
壶关的太阳 134
黄河之魂 138
走出围屋的龙南 141
畲族橙园 144
一线天 147
一杯愁绪洒银滩 149
少有人记住的岁月 151
信步蒙山栈道 155

第五辑 在北京等你

行走在冬天的北京 161
走过北京地铁 163
圆明园，沉寂的废墟 166
北京法源寺 168
只等香山枫叶红 171
记忆中的北京 174
同城同路人 176
买个太阳不落山 181
给日子一抹情调 184

第六辑　留话在风中

走吧，去寻找生命的湖　189

留话在风中　193

闪亮的指环　197

我的眼里常有你的影子　199

你的眼泪是金子　203

龙南客家女　205

龙南有个肖大庆　207

摇曳在红尘中的一朵花　210

暖阳一缕　213

春天·大海　216

第七辑　云端女人

书给了我一个世界　223

云端女人　227

你是那静静开放的女人花　231

翰墨诗林的秋天　234

诗林，秀于诗林　238

女人与诗　241

捧在掌心的绿叶　245

玛吉阿米——吻你在前世里！　248

你的生命是一棵树　250

第八辑　笔落时光

自己的书一页一页……　257
这一年，时光把青春还给我　259
心灵絮语　262
人生长廊　264
盛开在严冬的生命之花　267
流年追忆　269
心中装着一个美丽的世界　274
为灵魂撕开那扇门　276
花开花落总属春　278
落花有声　282
未见落叶却见花　284
体验生命之轻　287
《草原》是我精神的一汪清泉　289
再长的路一个人走　294
瞬间的生死体验　296
断腕·割腕　299

第九辑　相依故土

抹不去的记忆　305
马桥·街　308
六街·五十一巷　312
一条渐去渐远的河　315
台墩·隆盛庄的文化符号　319
落日下的台墩　323
清真寺　325
我的家乡隆盛庄　329
繁华落尽情未央　334
四月八赶庙会　339
儿时的清明节　343
冰花绽开腊八来　347
光阴从年的窗口穿过　351
留白是最美的遐想　357

第一辑 / 父亲与母亲

父亲是太阳／母亲是月亮／太阳突然衰落了／我的心顿时变得暗淡无光／因为失去的永远不会再回来／太阳只有一个／什么也无法来弥补和代替他曾经给过我的温暖和光明／我的心再无处取暖

——琴子心语

世上，谁能给我这样的真爱

生我的是母亲，养我的是母亲，有了母亲，才有一个完整幸福的家。小时候，母亲在油灯下为我缝衣补袜，灯花闪闪，长夜漫漫，她和我有讲不完的故事、说不完的话。长大后，我要告别母亲，离开这个家。母亲一回回目送，一天天翘首，她盼着飞远的女儿早回家。我说，是大鸟总要寻找蓝天。母亲却千叮万嘱："鸟儿飞得再高也要归林，孩子走得再远也要常回家。等你当了妈妈，就知道妈妈对儿女的这份思念和牵挂。"

三十多年前的那个冬天，韶华之年的我真的当了母亲。我也像母亲那样护着自己的孩子。把女儿捧在掌心，拥在怀里，千肠百转的柔情啊，在爱里融化。记得送她上大学的那一刻，目送那渐渐远去的背影，她回头一瞥，笑盈盈地说："妈妈，我永远是你的女儿，我会想你的。"

我曾经也多次和母亲说过这样的话，但当我做了母亲以后，想母亲的时候却越来越少，我渐渐明白，我对母亲的冷落和忽视，难道是因另一个生命的出现和延续吗？母亲却说世间母女之间的缘分，不是天天的相守，而是一生的思念和牵挂。

悠悠岁月，悠悠情。最幸福的不过是做母亲的孩子，最甜蜜的不过是做孩子的母亲。生我的给我的爱无价，我生的也一样把无价的爱给她。孩子小的时候，总是怕他们长不大；孩子长大了总是怕他们走不远；孩子走远了，总是希望他们能常回家；孩子回家了，我却想起应该回家看看我的母亲。然而，我的母亲却在电话那端说："我好着哩，不要把我牵挂。"能不牵挂吗？心痛痛的，眼酸酸的。母亲！世上，还有谁能让我这样刻骨铭心地牵挂？

　　我的孩子长大了，我的母亲却一天天老了，在人类的生物链中，我一边是母亲的女儿，一边是女儿的母亲。生我的疼爱我，我生的我疼爱；生我的常把我牵挂，我生的却常常在牵挂她。

　　做母亲的女儿好幸福，母亲会宠着我、惯着我，在她面前我会撒娇、任性、发脾气、耍小性子，我可以尽情地数算着喜欢吃的饭菜，听母亲一次又一次叫着我的乳名……母女相对盘坐，听她讲着我儿时的那一桩桩、一件件有趣的故事……

　　做母亲的女儿，做女儿的母亲，真好！在母亲面前，我永远是长不大的孩子，母亲在，我永远是她的女儿。这就是女人，女人才有这样的资格，才能享受这样双重的大爱。感谢上帝吧，他专门把这块"甜点"给了女人。一个女人一生有这两大砝码，还会担心生命的天平倾斜吗？

母亲心中永远的爱

农历正月二十五是母亲的生日。在这招财进宝的天仓节，突然得了一个宝贝女儿，外祖母别提有多高兴了。外祖父说这是上天赐给的金枝玉叶。于是，给母亲起了个漂亮的名字——天枝。母亲天生丽质，并且天资聪颖，记忆力超群。但天命对她并不垂青，刚刚满了三岁，外祖父就撒手扔下三个孩子离开了人世。外祖母哭得死去活来，但她秉性刚强，决定守着儿女过日子。外祖父虽然没有留下多少财产，但却把他的聪明和智慧都留给了三个孩子，把一身绝活儿也传给了我的两个舅舅。他俩心灵手巧，给阴间人做的各种纸活儿，四合院、纸马、纸车、金童玉女、摇钱树，栩栩如生，活灵活现。为了撑起这个家，三十六岁的外祖母忍痛把幼小的女儿留在家里，常年在外面给一些有钱人家拆洗、缝补衣服。

母亲十六岁那年，两个舅舅没和我外祖母商量，就自作主张把她许配给一个山里的庄稼人，聘礼是五斗麦子、一头耕牛和一丈二尺绫罗红缎。在媒人的撮合下，交换了订婚帖子。聘礼送来那天，外祖母正好回了家，她一听男方是东山八台沟的，顿时火冒三丈，把两个舅舅骂了个狗血喷头，"我女儿够可怜的了，三岁死了爹①，你们再把她嫁到那多见石头少见人的山沟沟，能对得起你们那死去的爹？"外祖母一把鼻涕一把泪地数落着。第二天，天刚蒙蒙亮，她就喊起二舅，让他把麦子和牛送回山里，二舅说已换了帖，退婚不合适，外祖母大怒，狠狠地打了他一个耳光，说："那帖子是皇帝的手谕？"说罢，她亲自牵着牛和二舅一块进山。"三寸金莲"的外祖母为了给

---

① 内蒙古本地人多数称呼父亲为爹，有些地方则叫大大。

女儿退掉这门亲，来回走了二十多里崎岖山路，脚底板踩满了血泡，母亲抱着外祖母那双血糊糊的小脚，泣不成声。

第二年春天，外祖母亲自为女儿挑选了如意的女婿，这就是我的父亲。我祖父家祖上三辈都是画匠，后来，到了我父亲这辈的时候，门庭开始败落，两个伯父都染上了毒品，把家业卖得一无所有。但外祖母却相准了忠厚老实的父亲。她说会挑的挑当人，不会挑的挑高门。我的父亲年轻时不仅一表人才，而且人品好，性格好，就是家境不好，从小没念过一天书。

一九四九年冬天，母亲在外祖母家吃完了最后一顿腊八粥，就出嫁了。父亲没钱，雇不起花轿，赶了一辆马车把母亲娶回家，在一间小土房里，父亲掀起母亲的红盖头……又是一个冬天来临时，母亲生下一个小女孩，但这个女孩只活了三天，还没来得及吮吸一口奶水，就悄然无声地离开了人间。母亲怀里抱着身子渐渐发凉的女儿，欲哭无泪，生性刚烈的外祖母劝她说："哭啥？一口袋籽儿才掉出一颗，以后，孩子多得怕你拉扯不过来。再说，这是个哄人的孩子，天生不长命。"说罢，她从锅底抹了一把黑，狠狠地拍在孩子的脸上，"打上个记，再转生她就不会哄人了。"

母亲生下我时，外祖母一看屁股上有一片胎记，就眉开眼笑地说："这孩子长命，是你的女儿。"父母亲对我既疼爱又担心，生怕我像头一个女儿一样夭折，婴孩时的我是全家人的宠儿。母亲常说，那时候，日子穷得总是吃了上顿没下顿。父亲虽然有手艺，但镇子里没人雇干活。家里虽是土炕无席，断米缺粮，母亲却没嫌过穷。在我刚刚牙牙学语、蹒跚学步时，父亲为了生计外出打工，我和母亲就住到了祖母家。

祖母家的房子又黑又潮，窗户上没有一块玻璃，冬天糊着麻纸，夏天就用一根木棍把这扇窗支起来，二丈长的土炕上铺着一块破席子，不懂事的我在炕上爬来爬去，手上、屁股上常常被席子刺划得到处血迹。后来，母亲用各种碎花布给我缝制了一块小花褥，在阴暗的房子里，为她的女儿营造了一个色彩斑斓的温馨天地。

在我的记忆中，母亲从来没有笑过，二十岁的她身着黑布衣服，将长长的乌发在脑后盘起一个髻。为了挣一口饭，夏天，她顶着炎炎烈日去几十里外的村子给庄稼人锄地，回家时，总会拎着满满一袋子苦菜；在风扫落叶的秋天，她又给人家挖山药、割麦子，用那满是血泡的手给我买回一块做衣服的花布料，或捡一篮子山药、萝卜，让全家人饱饱吃上一顿。冬去春来，年复一年……直到我五岁的时候，父亲回来了，我忘不了，那是个寒冷的冬天，一个背着行李卷的男人推开祖母家的门。失声痛哭的母亲把我从祖母怀里抱起来，呜呜咽咽地说："快叫你爹！"但我的心里却充满了害怕的感觉，不敢和这个陌生人接近。

父亲在外打工落下一身病，数九天刨开冰层在黄河里捕鱼，刺骨的冷水使他浑身长满脓包，无钱买药而致全身溃烂。他围着那张蓝粗布被子在炕上坐了整整一个冬天，母亲把心爱的毛衣围巾都送进了当铺，换了钱买药。直到第二年的春天，父亲的病才痊愈。但待在镇子里再也没有谋生的出路，他决定去后草地。外祖母听说父亲又要走，马上变脸了，说扔下她姑娘整整三年，刚回来还没暖热炕又要拔腿走，她不答应。但我母亲的态度却十分坚决，"你走吧，人挪活，树挪死，或许在外面还能混出个名堂，谋一条生路。"她宛如《走西口》中的孙玉莲，反反复复叮嘱着将要上路的父亲。那是一个春暖花开的日子，一个身板单薄的女人牵着她那蹒跚走路的小女儿，在那弯弯曲曲的古道上，目送她背井离乡、渐渐远去的丈夫，洒下了辛酸的泪水……

父亲这一走就是十年，母亲依然守着那盏孤灯、那间破旧的房子和她珍爱的女儿，度过了漫长的酷暑寒冬……冬夜，她一边做针线活儿，一边给我讲故事，母亲有着惊人的记忆力和丰富的想象力，给我讲守了十八年寒窑的王宝钏，还讲杨门女将、佘太君挂帅、薛平贵征西，讲累了，就轻轻拍着我的头，低声哼一曲她自编的歌："丑姑娘呀，好可怜呀，两三岁呀没了爹，爹去哪儿呀？后草地呀，后草地呀没人烟……"随着那悲凉而近似呜咽的声音，泪珠儿从母亲的眼里滚落下来……煤油灯的亮光，母亲眼中的爱意，窗外飘落无声的雪花，在我幼小的心灵中曾勾画出一幅美妙的童话般的图画……

我上学后，晚上在煤油灯下写作业时，母亲依然陪伴着我。灯里的油熬完了，就轻声催促着："睡吧，没油啦。"我瞅瞅柜子上摆的那个煤油瓶，低声哀求着："再添一点油吧，我想看一会儿小人书。"母亲却固执地摇摇头："一个月只供应一斤煤油，用完了，后半个月就得摸黑了。"我只好无奈地躺进被窝里。

秋天，母亲领我去田地里捡山药，打谷茬，扫树叶，储存一冬的柴禾。夏天，一有空闲，娘俩一块去割草，卖了草的钱给我看电影，买小人书。买不起书的时候，我就花一分钱租一本小人书看。日子过得平淡安逸，父亲一年回一次家，他回来的时候，我最不自在，常常躲在外祖母家，不想和他见面。但只有父亲回来时，母亲的脸上才会露出美丽的微笑。

一九六六年，父亲把我们从隆盛庄接到了集宁。紧接着，我们家面临的新危机是人口猛增，弟弟妹妹相继出世，生活的艰辛和经济的拮据使我常常抱怨母亲，生养这么多娃儿干啥呀，母亲却平静地说："你不懂，这五个娃儿是上苍给我的。"听了这话，我心里难过得直想哭，也许，我真的不懂，母亲这辈子失去的太多了，上苍怜悯她，让她从五个孩子的身上得到了她曾经梦想过的一切……

母亲七十年如一日，执着地爱着我的父亲，爱着她亲手营造的这个家，爱着这五个含辛茹苦拉扯大的娃儿，如今，劳苦功高的母亲头发已花白，耳朵也聋了，还做了白内障和胆结石手术。住院期间，当女儿、女婿、儿子、儿媳妇、孙子、外孙子围在床前时，母亲笑了，那是一种欣慰而满足的微笑。从医院出来后，她再也不能干重活儿，但又闲不住，于是，就把儿女们不穿的衣服拆洗干净，照着纸样剪成各种图形，方块的、斜角的、棱形的，然后，把布块一针一线地缝在一起，变成一块有着漂亮图案的褥面、门帘。一个夏天，她缝了二十多块。我说，现在生活条件好了，缝这些东西干啥？母亲却微笑着说："妈这辈子啥也没留下，给你们一人缝一块花褥子留个纪念……""妈……"我不由得失声痛哭，泪如泉涌，什么话能表达我此时此刻的心情呢？我只有用心感受母亲给我的这份暖意，这份温柔，这份平凡至极的母爱！

爱读书的母亲

母亲今年八十七岁。她没有念过一天书，但却爱读书，认识的字，都是在中华人民共和国成立初期的扫盲运动中，上民校学到的。母亲说，那时候，党和政府号召镇里所有不识字的人都去学文化，学识字，搞扫盲，不当"睁眼瞎"。

母亲对于文化的热爱和悟性可以说是与生俱来的，无论学什么，一看就会。童年时，母亲爱拉着我的小手走过隆盛庄的长街小巷，在阳光的照耀下，在清风的吹拂中，母亲教我许多她上民校时学的歌谣，比如：

> 毛主席领导妇女把身翻，
> 隆盛庄成立起民校班，
> 上民校真喜欢，
> 每天识字一十三。

还有：

> 上了民校真高兴，
> 天天识字动脑筋，
> 唱歌画画学拼音，
> 也敢大胆写诗文。

母亲在民校学得非常认真，多次受到老师的表扬，民校门口还给她贴出用大红纸写的表扬信："卢天枝，披星戴月学文化，大家都要学习她。"扫盲班毕业的时候，七天突击学完一本速成课本，考试的时候，母亲成绩优秀，民校还给她发了毕业证书。这个毕业证是母亲的最高文凭。

母亲是民校一九五二年的毕业生。在民校学到的这点文化让母亲一生受益。也是民校开启了母亲的慧根。后来，虽然再没有读书的机会，但母亲没有丢弃所学到的那点文化。无论走到哪里，只要看见字就认，遇到不认识的字就问人，一直自学到能通读书报。

母亲认识了许多字，就是不会写，有一次，她竟然在纸上端端正正地写了自己的名字。这是我看到母亲唯一写下的几个字。我高兴地告诉她："妈妈，您会写自己的名字了！"母亲说："认字和写字一样难，会认字不会写字，算半个文盲。"

母亲的记忆力非常好，不管多少年前的事，都能如数家珍，她的语言组合方式看似随意，但细细品味，句句话诙谐幽默，特别是给我讲起隆盛庄发生的故事，更是有根有叶，有起有落，有声有色，歇后语、小故事、民谣典故……常常逗得我哈哈大笑。

之后有一次我回家看望母亲的时候，母亲突然对我说："下次回来的时候，把你写的书给我带几本。"我突然想起，母亲有文化啊，我怎么就忘记给母亲书了呢。于是，我把自己出版的每一本书都工工整整地签了字，送给母亲，从此，母亲就是我的第一读者。每本书母亲都读得非常认真，《漂泊羊城》《雪伦花》她反反复复不知道读了多少遍。让我惊讶的是，母亲能把每本书的内容都从头到尾滔滔不绝地再给我讲一遍，有时候，还拿出书，翻开折起的那一页，问我几个不认识的字。"妈妈，您真了不起。这几年，没少认字啊。"我由衷地赞叹。"总算能通读书了。"母亲只是笑笑，话中仍然含着对自己的不满意。

从此以后，我每次回家，总要给母亲带一些她喜欢看的书。《隆盛庄记忆》出版后，母亲更是读了一遍又一遍，其实，书中描写的许多事，都是母亲讲给我的，没有母亲的鼓励和支持，也不会有这本书。母亲把我带给她的关于隆盛庄的书一本不落地全部都看完了。她说："读隆盛庄的书，宛如又回到了隆盛庄，多年没有回去了，想念隆盛庄就翻开这些书看看。"母亲的话让我好感动啊，如果一本书能安抚一个老人的心，能让她找到回家的感觉，找到她曾经熟悉的隆盛庄，那我就感到非常欣慰了。

　　和母亲见面的日子里，母女俩谈论的话题多是离不开书，我望着她那苍苍白发，眼里总是噙满了泪水，她是我的母亲，生我养我长大，又是我的知音，懂我爱我理解我。书滋润了母亲的心，年轻了她的生命。自从父亲走后，母亲更是以书为伴，冬天，怕着风不敢出门的母亲，闲暇时间，几乎都是在读书，她满脸喜色，忘情于书中描写的情节与场景。每逢我在家人的微信群里问起母亲的身体状况，侄女侄儿都抢着告诉我："奶奶身体好着哩，天天在看书啊。"我知道，母亲已经给她的后代儿孙树起了一个光辉的形象。她如圣洁的女神，永远盘根在儿女们的心中。

　　如今，走远的我，每次回家就听她讲隆盛庄发生过的千年万古的奇闻轶事，母亲盼望着，能在有生之年，看到我的长篇小说《倒流水》的问世。

　　母亲在读书，我也在读书，书是我们生活中不可或缺的精神食粮，书也牵引着我们母女的心，一同回到隆盛庄。

老照片唤醒的思念

这张照片保存很久了，原照粘贴在一块三合板上，一行烫金小字，写了照相的日期：一九三六年农历二月十八日。那时候，隆盛庄的照相馆能把照片装裱得这样精美，可见当初的照相技术还是不错的。在我的记忆中，隆盛庄最早的也是唯一的一家照相馆在马桥西栏柜①旁边，如今已经淹没在岁月深处。照相机也很原始，是国内最初使用的那种立式相机，三条腿支撑在地上，机子上面蒙一块黑布。小时候，感觉照相是一件非常神秘的事，我总是在琢磨，人是怎么被收进那个黑匣子里的呢？出于好奇，长大了就爱上了摄影。家里至今还保存着一台完好的海鸥牌120相机。话扯远了，还是说说我们家保存下来的这张照片吧。听母亲讲，这是隆盛庄的照相老师傅扛着照相机上门拍摄的。照片上是我的外祖母、大舅、二舅、大舅母、二舅母，还有那个刚刚六岁的小女孩——我的母亲。正襟危坐的外祖母那年三十七岁。这张老照片已经有八十年的历史了。现在，照片上除了那个小女孩，其他人都已经去世了。

一九三六年的隆冬，天寒地冻，一条白色的棉门帘，遮挡着烟尘熏染的门框。玻璃上一层斑白的冰花，褐色的窗户，隐约可见窗花的各种图案。外祖母一身素衣，黑鞋、黑袜、黑裤，一件灰色的毛呢大襟夹袄，头戴一顶黑色丝绒帽子。端庄、素雅、简约，这是外祖母身上特有的一种灵韵和气质。身边年轻的儿媳妇也是文静朴素，瓜子脸型，又小又尖的三寸金莲，一看就

---

① 栏柜，隆盛庄人把商店里卖货的柜台叫栏柜。

是那种纤腰细步、丹唇皓齿的美人。两个舅舅身穿棉袍，头戴青缎瓜壳帽，有匠人清高自傲的艺术气质。只是那个小女孩神态唯唯诺诺，她似乎很害怕这种场面，紧紧拉着我大舅的手，半个身子还藏在我舅母身后，她穿一条花棉裤，一件镶边的大襟棉袄。为什么不偎依在外祖母的身边呢？不拉着外祖母的手呢？我也多次问过母亲，她说，一个三岁就失去父亲的孩子已经不会再理直气壮了。全家人谁也没有把她当小孩疼爱过。说起那些陈年旧事，她总是泪流满面，泣不成声。

我外祖父卢千运是隆盛庄有名的画匠，给宗发祥字号雕刻了一只鹰，栩栩如生、惟妙惟肖，远看宛如真鹰落在了宗发祥字号的门楼顶。但万万没想到，他雕完这只鹰三天后竟然猝死了，死得很蹊跷。也有许多预兆，院里那只黑狗每天夜里不停地号哭，我外祖父睡不着，就半夜起来拿上棍子打狗。有一天夜里，听见有人叫他的名字，他急忙穿上衣服出去开门，但门外鸦雀无声，漆黑一团，他头皮一阵冷麻，言不由衷地自语道："大概是五道庙的老爷请我去给他裱金呢。"也就是在这天半夜，睡在东房的大舅，听见一个女人从上头巷号哭着走到刘兰虎家的门前。第二天早晨，他和外祖母、二舅说起这事，他们都说没有听到哭声。这种诡异的现象直到我外祖父死了，才归结为是阴曹地府黑白无常来索命的一种先兆。隆盛庄人对我外祖父的死的说法很多，有的说是让鹰抓走了，有的说是让五道庙的老爷请走了。四十一岁英年早逝。三十四岁的外祖母开始守寡。那时候，我母亲三岁，大舅十八岁，二舅十七岁。两个舅舅亲手给他们的父亲裱画了棺材，做了全套纸折，砖瓦房四合院、童男童女、摇钱树、金元宝、老少人、轿车子……棺材是用掺了细灰的猪血把里外刷了好几遍。尸体就是腐烂了，也不会将血水渗出来。棺材全部用金粉画的贴金图案。出殡的时候，孝子齐刷刷地跪在灵前烧香、磕头，三岁的小女儿也披麻戴孝。外祖母拍着棺材欲哭无泪，她不知道以后的日子该怎样过，那是一种天塌的感觉，两个舅舅扛着棺材大头，一直扛到巷口，悲恸号哭。

外祖母一个人撑起了家，毅然捧起岁月的尘埃，在失去丈夫的时间里，她决心为孩子们寻找一个由自己双手创建的温暖的家。外祖母为了挣个油盐酱醋钱，走街串巷给老财人家做针线活儿。两个舅舅都学会了画匠手艺，开始继承父业，立起了卢家画匠的门户。一个寡妇，带着三个孩子，仍然住在刘兰虎院里那一间半西房里。日子的艰辛可想而知。

外祖母三十六岁的时候，就当上了婆婆，在短短一年时间内，前后给两个舅舅都娶了媳妇。隆盛庄有这样的乡俗，无论娶几房媳妇，都不时兴分门另过。外祖母家也是这样，无论日子多么艰难，吃好吃坏，一家六口人仍然住在一起。舅舅挣回钱，如数交给我外祖母掌管，家里的柴米油盐酱醋茶、大事小事都是我外祖母当家做主。外祖母是个很严谨的女人，两个媳妇都很怕她，日子久了，一个家里搅稀粥，婆媳之间免不了产生摩擦和矛盾。外祖母心里有了委屈，就拿着一包衣服领着我母亲到西河湾洗衣服，她一边洗衣服一边哭，点点泪水融进了河水里，模糊了她对自己丈夫的怀念。悲悲戚戚的声音，让河水呜咽，草木流泪。她哭我母亲也哭，母女俩哭得天昏地暗，瞎德子顺着哭声走过来，好言劝说道："这媳妇，别哭了，人死哭不活呀。"他顺口唱起讨吃调："寡妇女人泪涟涟，西河湾边哭黄天，天不答来地不应，可怜的娃娃没人问。"

外祖母决定买房子。这个想法一经出口，把两个舅舅惊得目瞪口呆。他们从来也不敢想象，能拥有一处自己的房子。外祖母倒是一副胸有成竹的样子，她从二联柜里取出一个木制梳头匣，对两个儿子说："这里存放着你爹留下的两百块洋钱。不够了，你们的外祖父能借给一些，以后你俩挣了钱再慢慢还他。"

外祖母终于从郭明手里买下了一处院子，从此，结束了串房檐的日子。院子地处四老财巷，和张世廉大院门对门。尽管房子很破烂，但毕竟是属于自己所有，能有一个安身立命之处，对于一个寡妇来说，是何等不容易啊。那张照片也正是外祖母买房后第二年冬天照的全家相。也正是外祖父去世的三周年。外祖母大概是为了向世人证明自己的日子过得很有起色，没有像某些人预想的那么糟糕破败，特意照了相。这是我们家留下的唯一一张老照片。

　　整整守了三年寡的外祖母，把多少苦水咽进了肚里，又把多少泪水流进了西河湾，她不让儿女受委屈，更不愿意让外人看到她日子的艰辛和不如意。她给老财人家拆洗衣服、磨山药粉，在凉水里浸得手指都变形了。秋天到四美庄、富家乡捡山药，来回徒步几十里路，一双小脚满是血泡。她是一个干净要样儿的女人，头发梳理得一丝不乱，衣服没有一个脏点。从我记事起，外祖母一直是照片上那个形象，那件浅灰色毛呢大襟夹袄。这件衣服是她最珍爱的，过节时拿出来穿穿，平时就用麻纸包起来，放在二联柜里。春天，怕起虫子，就从野地里拔一些地荬花，晒干了夹在衣服里。一九六零年，她六十岁的时候照的单人相，还是戴着这顶黑丝绒帽子。后来，听我母亲讲，这衣服的面料和黑丝绒帽是外祖父用一对古花瓶和北京一个开京货铺的商人换的。

　　这座院子是坐北朝南的小街门，院内五间正房，中间两套是标准的大正房，两边是跨耳小正房。五间西房，三间东房。一排南房放七杂八的东西。一堵很高的南墙，正是棺材巷子曹福元房子的后墙。东南角是茅房，靠着街门是井房，是隆盛庄四合院的格局。和巷子里那一座座老财家的四合院相比，外祖母的院落显得有点寒碜。房子是真材实料的松木椽、檩，正房那两根檩足有水桶粗，但四堵墙都是用土坯砌起来的，房顶抹了一层厚厚的泥皮。年年春天必须用黄土抹房，但遇到那七天八夜的连阴雨，抹过的房依然漏水。就是这样一处院子，也并不能让她安身立命。住进去不到五六年，后墙就裂缝了，眼看有倒塌的危险，于是，外祖母就决定翻盖这五间正房。这又是一个惊人的设想。但外祖母决定要做的事，那一定能办成。两个舅舅用箩筐从东门外一担一担往回挑土，外祖母领着两个儿媳妇和我母亲，在院子里和泥脱土坯，土坯晾干了，怕下雨淋坏了，又一块一块搬到房子里。那时候，我母亲十几岁，也天天干着脱土坯、搬土坯的事，两手龟裂，血淋淋的，外祖母更是满手血泡，最后都变成了老茧。后来，十指的指甲盖都变成黑紫色。房子翻修后，仍然是土木结构，距今整整七十年的历史了。

外祖母的一生艰辛坎坷，她经历的苦难太多。中华人民共和国成立以后，日子好过了，我大舅到了集宁维修社工作，她也经常往集宁跑。为了给儿女减轻一些生活上的负担，她在集宁又找了一份保姆的活儿。那时候叫"上锅的"，每月挣十几块钱。就这点钱她自己也从来不舍得花，从集宁回隆盛庄的时候，总是给我买许多稀罕的东西。刚刚时兴尼龙袜子的时候，外祖母就给我买了。她说："以后不用再让你母亲补袜子了，这袜子结实得很，你那大脚趾不会再往外跑了。"记得那双袜子很贵，在隆盛庄这小地方还没有人穿。外祖母还给我扯了各样的花布，从小父亲虽然不在身边，但母亲和外祖母却把更多的爱给了我，把我打扮得乖巧可爱。外祖母还给我买各种头饰，丝头绳、红绸子、小发卡，我那两根长长的大辫子，辫梢上扎着大红绸子蝴蝶结，远远地站在巷子口就能望得见。她常说，女人就是要活个俏色，外祖母一辈子干净整洁，家里虽然没有什么东西，但大红柜、铜饰件亮得能照见人影儿。满炕白大毡看不见一个脏点，炕边用灰菜擦得绿莹莹的，被子叠得方方正正，墙上挂一幅孔雀开屏的炕屏，大炕上摆放的炕柜，明亮耀眼的铜饰件使家里增色不少。每天都要用白土水把灶台、炕沿、柜子上下擦一遍，红彤彤的风匣板，明光锃亮的黄铜壶，进了那个干净亮堂、一尘不染、整洁温馨的家，就可以看出外祖母是多么勤快的一个女人了。

"文化大革命"刚刚开始时，外祖母看见红卫兵把隆盛庄角角落落的古建筑都砸了个稀巴烂，她害怕了，连夜把那副炕屏从墙上摘下来，用砂纸沾上水，把那孔雀开屏的图案磨了个干干净净，变成了白色玻璃的炕屏被外祖母藏在了大柜后面。每逢说起来，她都惋惜地唉声叹气，因为那是外祖父置办下的东西，挂在墙上，也是外祖母心中的一个念想。外祖母不识字，但她非常珍爱书，外祖父留下的满满一炕柜书，谁都不能动。我后来长大了，总是偷了外祖母腰间的钥匙，打开那把黄铜锁，翻看那些书籍，那淡淡的书香在我的心中徜徉，牵系我的情怀，让我感觉到天外世界的璀璨多彩。从此，将自己的心迷失在文字堆砌的魔方里，与文学相约了整整半个世纪。

"文革"破四旧，外祖母连夜烧书，一边烧一边哭，她大概又是想起了外祖父，想起他们当年的恩爱，外祖母是靠着回忆度日，一生一世爱一个人，一生一世思念一个人。长大了，我慢慢理解了外祖母一辈子不改嫁的那种执念。外祖父才貌双全，聪明过人，也许，她再也难找到那么一个让她倾慕的男人。她宁愿独守空房，也不愿苟且度日。

我外祖母在她自己盖起来的房子里终老，她活了七十九岁。外祖母在人生的最后一段时间过得很悲惨，脑出血昏迷了整整六天，当醒过来以后，半身不遂，再也不能说话。一直病了九年，临死的时候，浑身烂得没有一处好肉皮，但她一直不闭眼。直到我母亲和大舅把她拉回隆盛庄，她躺在那间小正房的炕上，穿了那件灰色的毛呢夹袄，戴了那顶黑丝绒帽，才安详地闭上了双目。母亲常说我的秉性像我外祖母，我笑了，也许是从小和外祖母生活在一起，我耳濡目染得更多一些。每逢想起外祖母，心里总是痛痛地难过。如今，能看见的只是外祖母的这张照片，还有就是在清明节、寒衣节的时候，母亲让我给外祖母烧纸钱的时候，我才工工整整在一摞摞纸钱上把外祖母的真实名字和地址写上去：贾云云收，隆盛庄南泉子何家地。外祖母在世的时候，很少有人知道她这个名字，只知道她是画匠卢千运的老婆。

窗外的月依旧明亮，老照片引发了我对外祖母的无限怀念。我把记忆搁浅在尘封的岁月里，在那匆匆流逝的经年中，我只是希望，在世界的那一边，在彼岸花盛开的季节里，外祖母的灵魂能投入永恒的怀抱，永远圣洁、美丽、年轻。

苦心斋

经历了一场生死搏斗的我，终于从婚姻的枷锁中挣脱出来。带着女儿和满满几箱子书，又一次回娘家居住。我的身体因出血过多，彻底垮了，经常头晕，走路东倒西歪，拿到医院的诊断书，我终于休了长假。伴我度过这段假期的，是可爱的女儿和这几箱子书。心情很舒畅，有一种解脱后的轻松，但也有不尽人意的苦恼。那时，弟弟妹妹都没成家立业，本来就十分拥挤的屋里又加了我和女儿，全家八口人挤在不足六十平方米的屋里，别说想安静地看书写作，就连吃饭、睡觉也无法进入正常状态，我难以习惯这种生活，常常唉声叹气，母亲也看出我住得不大顺心。有一天刚刚吃过晚饭就招呼全家人："咱们商量一下，给你姐盖一间小房子吧，她爱看书，爱清静。"母亲的话刚落音，全家人都傻眼了。父亲第一个表示反对："砖没一块，檩没一根，拿什么盖房？"是呀，什么也没有，怎么盖房子？三个弟弟也感到母亲提的问题有点不现实，一个个都摇头。我们是典型的建筑之家，父亲是建筑公司有名的油漆工，大弟弟是水暖工，三弟是钢筋工。他们年年不知要盖起多少幢楼房。但轮到自家要盖一间小房子，却都犯难了。但母亲却胸有成竹地说："厂子里不是在处理半头砖嘛，一块钱一小车，拉上十几车还不够盖间房？土、沙子、石头西山上有的是，用不着花钱买，咱们辛苦点自己往回拉运不就行啦，至于房顶咱也不盖瓦，让你爹拿几块破油毡回来。"

"你说的还像话？油毡是公家的，大家都随便拿，成什么体统？"父亲没好气地说。

"破油毡到你手里也值钱了。我去垃圾堆上捡几块总不犯法吧！"母亲的话把父亲呛得不吭声了。

　　盖房子的方案初步定了下来。开工后最辛苦、劳累的是我的三个弟弟，每天下班后，大弟扛着铁锹镢头，二弟和三弟推着一辆小铁车，去西山拉运石头。母亲和妹妹负责从后厂里捡碎砖块。父亲下班回来时，那辆破旧的自行车后座上不是拖着破油毡就是碎条玻璃。大弟的手被镢把儿磨得起了血泡，母亲用一块破布给他缠好。血泡变成了坚硬的老茧，他们仍然像蚂蚁搬家似的一块块往回搬石头。

　　夜静时，当我们八口人躺在那条土炕上休息时，母亲总是坐在炕前，轻声唠叨："你姐从小就爱看书，也爱胡写乱做文章。为了这点爱好，她差点把命都搭进去。能活下来算她命大，咱们受点累给她盖间小房子，有个清静的地方，让她安心去看书写文章，说不准还能写出个名堂……"

　　弟妹们也齐声说："姐，你好好写吧。争取当一个了不起的作家。"我知道作家这个桂冠不是人人都能得到的。作家很伟大，很崇高，离自己太遥远了，我能做一个作者就很满足了。

　　材料全部备齐了，砖、瓦、椽、檩堆在院子里。那是一个星期日，我们又是全家出动，有挑水和泥的，有搬运石头的，有垒墙递砖的，从早晨忙到傍晚，小房子终于盖起来了。

　　我有了一间属于自己的书房。九平方米大的空间。深褐色的墙散发着泥香味，还没来得及粉刷，我就把写字台和椅子搬了进来。地面铺着碎砖块，红蓝相间，错落有致，很有情调。屋顶上搭着柳笆，一共放了三根碗口粗的檩，这方寸之地简陋得不能再简陋了。但我却非常满足，给它起了一个非常高雅的名字：苦心斋。因为这间小房融进了我们全家人的苦心和汗水。弟弟把墙壁用泥抹了两次，他说抹一次泥不行。冬天西北风一刮，会冷得受不了。他的手艺很好，把墙抹得非常平。屋顶太低，不能钉灰条，没法裱纸。我说这样更好，我会常常闻到柳笆散发出来的清香。疲惫的时候，我背靠着椅子，反反复复数着屋顶上那一根根椽子，一条条柳笆。不足三尺宽的窗户上，一块块玻璃都是用两寸宽的玻璃条拼对起来的，都是父亲从工地垃圾堆里捡回来的玻璃又重新加工的。"苦心斋"这间小茅屋，从外面看有点支离破碎，但在我眼里却非常完美。

如今，我的女儿像一只小鸽子，在地上快活地跳来跳去。我坐在那把淡黄色的藤椅上，静静地读着一本又一本书，写着一个又一个写不完的故事。

夜晚，圆圆的月亮从天边升起，银色的月光透过那破碎的玻璃，洒进小屋，我不开灯，静静地坐在桌前，享受着月光的亲吻，凝神倾听着来自我自己内心世界的声音。和一个孤独的我对话，那是最美妙的时刻。阴雨连绵的秋天，雨点击打着屋顶上的油毡，在这声音的伴奏下，我会目不转睛地望着如注的雨水顺着屋檐流下来，苦心斋那一块块红蓝混杂的砖头被洗剥得干干净净，红得更红，蓝得更蓝，每逢这时，弟弟们汗流满面弯着腰捡砖搬石头的身影就不时地出现在眼前，还有父母亲给予我那份无法用语言描述的慈爱，深深铭刻在心里。他们尽管没什么成就，但总是希望自己的女儿将来能干一点大事，成为一个文化人。每天下班后，父亲总要先推开苦心斋的门，给我送一壶水。冬天，总是早早地把那个小铁炉的火捅得旺旺的。

树叶绿了又黄、黄了又绿。我像一只被咬伤的猫儿，用舌头不住地舔着自己的伤口，吮吸着一滴一滴不断往外渗透的鲜血……终于，伤口结疤了。后来，我离开娘家，苦心斋做了放杂物的房子。二十几年过去了，我们家的老房子翻修了好几回，但母亲一直没有将苦心斋拆掉。它是我们家唯一保留下来的一间小土房。每次回娘家，我总要推开那扇用碎木条钉起来的门，屋里堆满了乱七八糟的东西，墙上的泥皮也掉了许多。但"锲而不舍"四个大字依然依稀可见。屋顶上的柳笆都沤成深棕色，发出一股潮湿的霉味，但在我的记忆中，在苦心斋的日子最温馨安谧。它像一个美丽的茧，让我这颗破碎的心在茧内得到了静养。我似乎不愿意再做一只破茧的蛹，生怕让它落在蜘蛛网上……

我在苦心斋写了不少作品，也发表了十几篇，还收到了许多读者来信，我感谢编辑，也感谢那些从未见过面的文友读者，是他们的鼓励、询问、鞭策，让我写出了在苦心斋这段多姿多彩的生活内容。尽管伤口还在隐隐作痛，那淡淡的忧伤与惆怅如丝一样缠绕着我。但从婚姻枷锁下挣脱出来的我，终归拥有了一个清清静静的好心境，一个能安心读书写作的好环境。

在苦心斋这段日子，也是天赐良机，让我有了更多的读书时间。我静心细读了《红楼梦》，当夜深人静时，当女儿在那张小床上发出均匀的酣睡声时，当窗外那棵树上的飞鸟在窃窃说着甜蜜的话语时，我打开《红楼梦》，面对"寒塘渡鹤影，冷月葬诗魂"（第七十六回）我不能自已，欲哭无泪……我阅读了大量的外国名著，霍桑的《红字》；德莱塞的《嘉丽妹妹》《珍妮姑娘》《金融家》；杰克·伦敦的《热爱生命》《马丁·伊登》；梅里美、莫泊桑这两位巨匠的短篇集也反复读了几遍。我至今不能忘记但丁在《神曲》里说："人不能像走兽那样活着，应该追求知识和美德。"更没有忘记拉伯雷在《巨人传》里刻在神瓶上的那句话："请你们畅饮，到知识的源泉里去畅饮……"英国作家克里斯托弗·马洛在《浮士德博士的悲剧》里，肯定知识是一切力量中最伟大的力量，它能够征服自然，实现社会理想。这些伟大的精神给我一种力量，一种不可阻挡的温柔的感动。我在苦心斋极力创造一种属于自己的景观，一种事业。但那时的心境还是十分单纯，以为发几篇文章成功就在咫尺，看许多巨著就会变得学富五车。却不知文学是一个暗藏杀机的陷阱，只要陷进去，你的一生都会在痛苦与挣扎中度过。我常常问自己，路在何方？灵魂的对白总是在夜深的时候达到高潮，我处于一种难以名状的激情之中，有时思绪会突然从希望的顶点一下子坠入绝望的深渊。我曾反复咀嚼着列夫·托尔斯泰的那句话："作家每一次用笔蘸墨水，都要在墨水瓶中留下自己的一点血肉。"也许是想在墨水里也留下自己的一点血肉，许多年，我这只笨鸟在文学这条路上，一直就这样慢慢地飞着……

和父亲一起过生日

母亲常说我有福气，和父亲是同一天生日，同一个属相。听老人说，一个家里如果出现这种奇妙的巧合，那是难得的喜事，预示着这家的日子会越过越兴旺。可惜我是个女孩，要是个男孩，将来定会光宗耀祖。母亲也惋惜地说："你要是个男孩就好了，长大了能给顶门立户。"母亲喜欢男孩，也常常把我打扮成男孩子的模样，七八岁了，还不给留辫子，巷子里的小伙伴都叫我"假小子"。那时候，我最盼望的是过大年，过完大年就盼过八月十五。十五过了，就扳着指头数日子："妈，再有十二天，就是我的生日了。""记住，二十七是你爹的生日。"母亲生怕我忘了父亲，总是在提醒我。"过生日时他会回来吗？"从记事起，我就很少看见父亲回来，母亲说他在很远很远的城里干活。

"我叫你二舅给写了信，让他回来和你一块过生日。"母亲的话语很肯定，充满了希望。我乐了，躺在被窝里，脑子里勾画着父亲的模样：高高的个子，浓浓的眉毛，说话很和气，会给我讲很多很多故事，还会领我看电影，再买一个漂亮的泥娃娃……不知几时，我渐渐睡着了，梦里看见父亲真的回来了，给我买了好多好多的糖……

母亲天天守着那盏昏暗的煤油灯，给我和父亲做鞋，父亲是黑条绒的，我是红条绒的，都是千层底。母亲一针一针纳着厚厚的鞋底，手指头被细细的麻绳勒得流出血，她撕块布条裹住了，咬咬牙，伸伸僵直的双腿和腰肢，继续不停地一针一针纳着。

二十七这天早晨，一缕阳光刚刚射进屋里，母亲就轻轻地把我从睡梦中叫醒："娥子，今天是你的生日，起来试试这双鞋合不合脚？"

我揉揉眼，擦擦嘴巴上的涎水，一骨碌从炕上爬起来，连裤子也顾不上穿，就忙着试新鞋。鞋子真漂亮，红艳艳的鞋面，雪白的千层底，细细的麻线排成整整齐齐的针码，一行一行爬在鞋底上。我赤着脚穿上鞋，在炕上高兴地蹦来蹦去。母亲问我："合适不合适？"我点点头说合适。她不放心，还用手不住地按我的脚尖，生怕那几个脚指头受委屈。我搂着母亲的脖子，在她脸上使劲亲了一口。穿好衣服，洗了脸，就帮母亲捡豆子。一锅甜甜的红豆稀粥，是我的生日早餐。中午，母亲蒸了一笼白面馍馍，馍馍上用筷子头点一个圆圆的红点儿，再烩一锅猪油菜，里面放着豆腐、粉条、山药块……饭做好了，左等右等也不见父亲回来。我肚子里饿得咕咕直响，想抓个馍馍吃，母亲却说："再等等，你爹回来后咱一块吃。"屋檐下的影子偏西了，也不见父亲回来，母亲的脸色变得越来越灰暗，长长叹口气，从笼里取个馍馍递给我，再给舀一碗菜："你先吃吧。""我爹又不回来了？"端起碗，我眼泪汪汪的，咬一口馍也不觉得香了，"今儿是我和爹的生日呀，他是不是忘了？要不就是没收到二舅写去的信？"我一股脑儿地自言自语，心里充满了委屈，声音里带着哭腔。

"你爹工作忙，大概请不下假来。"说这话时，妈的眼里已满是泪水。她呆呆地坐着，久久端详着那双崭新的黑条绒千层底鞋，慢慢地用布包起来，锁进那个老式的红柜里。

父亲没回来，生日也过得很扫兴。我草草吃了几口菜，手里抓了一个馍馍就跑到巷子里玩去了。伙伴们见我穿着新鞋，手里拿着白馍馍，惊讶地围过来问："你今天怎穿起了新鞋？"那会儿只有过大年才能穿上新衣裳。我说："今天是我和我爹的生日。"我把馍馍掰成几瓣，一人分一块："快尝尝，这馍真香。"

"你爹怎没回来？"一个叫狗蛋的问我。

"我妈说，他工作忙，请不下假。"

"你是亲爹还是后爹？"狗蛋向我投来怀疑的目光。

　　"你才是后爹。"一听这话我生气了，从他手里夺下那块馍扔在地上。狗蛋过来抢，我把馍踩了几脚。他吃不上馍就气得用脚踩我的鞋子。新鞋被踩得满是泥，我哭着跑回家。母亲不问青红皂白就骂我："你还像个丫头吗？刚穿的新鞋就脏成这样？"

　　我委屈地直抹眼泪，气呼呼地问母亲："我是亲爹还是后爹？"母亲说："亲爹。"

　　"亲爹为啥从不回来看我？"

　　"他大概请不下假。"母亲的眼里荡起了淡淡的忧伤，也有一丝执着的企盼和隐忍未现的无奈。

　　"你哄我。"我隐隐感到，父亲不回家的真正原因并不是工作忙，也不是请不下假；也许，他心里根本就没有这个家，也没有我这个女儿。那天夜里，我一个人静静地躲在炕角，悄悄流眼泪。母亲还是守着那盏昏暗的煤油灯，一针一针地做着针线活儿，灰白的墙壁上投下她那孤单瘦削的身影。

　　我八岁那年，过八月十五时，父亲回来了。母亲惊愕地望着他，突然，趴在炕上痛哭起来。父亲走过来，摸摸我的头。我吓得躲在母亲身后，不敢看他。母亲哭够了，抬起头，理了理被泪水打湿的头发，拉着我的手说："娥子，快叫你爹。"我怯生生地望着他，张了张嘴巴，但嗓子里像堵了一团棉花，始终没叫出这声"爹"。父亲亲切地望着我："过来呀，让爹好好看看，长这么高了，像个男孩。"我狠狠瞪了他一眼，挣脱母亲的手，撒腿向门外跑去。一口气跑到巷子尽头，一个人孤零零地坐在那块冰冷的青石板上，呆呆地望着天上的星星，望着那个银盘似的月亮……不知几时，巷子里传来母亲焦急的呼喊声："娥子……娥子……"我不答应，泪蛋儿一串一串地从眼眶里往外滚。我不想回家，也不想看见那个陌生的父亲。母亲终于找到我，拽着我的胳膊生气地说："这孩子，不是早就盼你爹回来嘛。"我不说话，低着头跟在母亲身后，满眼满眼的泪。回到家，父亲给了我一把花花绿绿的水果糖，笑呵呵地问："你想不想爹？"我勉强点点头，低低说了声："想！"但心里却有点恨他，你还像个父亲吗？扔下我和母亲孤孤单单过日子，不知道的人还以为我没父亲呢。父亲大概也觉得对不起我们，话语中含着深深的歉意："这次回来多住些日子，不然，娥子也越来越和我生疏了。"我背过脸，悄悄往嘴里含了块糖，真甜！突然又觉得，父亲还是爱我的。但我总是不敢叫他，直到十几岁了，也叫不出这声"爹"。

父亲在家一直住了十几天，等二十七过完了生日才离开。过生日那天，母亲早早起来淘黄米，她喜眉笑眼地说："你爹能回来和你一块过生日，实在不容易，咱们吃糕。"那时候，只有过大年才能吃上油炸糕。我们是镇里的市民户，每月一个人才供应二两油。平时能吃一顿炸糕，那就是好人家了。我高兴地穿上好衣服，母亲第一次给我梳了两个小辫子，辫梢上扎了两根红绸带。她说："你已满了八岁，该有个女孩子的样子啦。"打扮好，我照照镜子，发辫是那么乌亮，衣服是那么鲜艳。父亲疼爱地望着我说："娥子打扮得真漂亮，爹领你去逛大街。"

我第一次跟父亲上街，心里那个高兴劲儿就别提了，父亲在前面走，我连蹦带跳地跟在后面，头上的小辫子一晃一晃，看见熟人就美滋滋地说："这是我爹，领我上街去。"镇子上只有两家杂货铺，铺面很小，但在我眼里，就像神话传说中的聚宝盆，花花绿绿的东西，常常诱惑我在铺面前流连忘返。父亲说："今天是你的生日，想要啥东西爹就给你买。"我说："今天不也是你的生日吗？"父亲摸摸我的辫子说："咱俩一块过这个生日。"我想要货架上那个不倒翁。父亲说："买个布娃娃吧？"我摇摇头说："喜欢不倒翁。别看他个子不高，但坚强也有骨气，不信你试试，狠狠打他十个耳光也照样站着不倒下。"父亲被我的话逗得哈哈大笑起来。从铺子里出来，他又领我到那个吹糖人的小摊前，糖老汉说："小丫头，给你吹个仙女吧？"我摆摆手："吹个猪八戒。"父亲说："这孩子真古怪，猪八戒又丑又笨。""不，我就要这个大笨猪。"糖老汉的十个指头又黑又脏，抓了一块像面团似的糖稀，在手里搓呀搓呀，牛粪炉子冒着淡淡的青烟，把他的双眼熏得红红的，缺了前门牙的嘴巴对着那个搓好的糖团，轻轻一吹，好像变戏法似的，一个活灵活现的猪八戒出现在他的手心。他又把一根长长的茭茭根儿插进猪八戒的屁股里，小心翼翼地递给我。我一手拿着不倒翁，一手拿着猪八戒，兴高采烈地在街上转来转去。父亲问我还要啥？我看看他，不好意思再张口，父亲看出我的心思，和蔼地说："今天是咱父女俩的生日，你要玩个痛快。"我支支吾吾了半天，才低声说："还想看电影。"父亲当下就领我去买了电影票，是晚上七点钟的。

回到家，我欢喜地叫母亲看这个不倒翁和猪八戒，母亲说："这丫头，买个又丑又笨的猪八戒干啥？"我说："猪八戒肚子大，用的糖面多，花五分钱合算。不倒翁是个勇敢的孩子，打他十个耳光也不趴下。不信你看看。"我抬手狠狠打了不倒翁几个耳光，父亲和母亲看着我这副认真的样子，都开怀大笑起来。

母亲让父亲去碾黄米，我也要去。母亲说："你还小，推不动那石轱辘碾子。"我固执地说："能推动，我已满八岁了。"

"这丫头，真鬼精，长大了，也许会有点出息。"父亲在夸我。

"她太任性，脾气也古怪，天生不像个女孩子，以后怕要吃大亏的。"母亲为我担心。

碾房里黑洞洞的，我和母亲合推一头碾杆，父亲一个人推另一头。沉重的石碾子在石盘上一圈又一圈地转着，不到一个小时，黄米就被碾成细细的面，母亲娴熟地摇晃着箩子，将黄澄澄的糕面筛在盆子里。

中午，母亲给炸了满满一盆糕，油香味儿飘满院子。人们稀罕地问："你家有啥喜事了？"母亲给他们送去了糕，并美滋滋地说："今儿是娥子和她爹的生日。"婶婶们都说："这孩子有福气，和她爹是同一天生日。"

晚上，我们全家去看电影，演的是《红色娘子军》。

那个生日，过得真快乐。父亲给买的这个不倒翁一直伴我度过了童年。遇上不高兴的事儿，我就狠狠打他几个耳光，他艰难地在炕上转几圈，不服气地看着我，就是不倒下。后来，打扫家时，母亲不小心把我的不倒翁打碎了……

一九六六年，我们全家的户口终于从镇上迁到父亲工作的那座城里。那时，我下面又添了一个弟弟和一个妹妹。三年后，母亲又连着生了两个弟弟，全家七口人，靠父亲那六十元的工资维持生活，日子别提有多艰难了。沉重的生活担子，使我过早地成熟起来。放学回来挑水、做饭、捡树皮、拾煤渣……母亲从来也没把我当姑娘看待，脏活儿累活儿都让我干。但不管日子多么艰难，母亲总是像只老母鸡，护着她这五个娃儿，年年忘不了给我们过生日。没钱吃好饭，哪怕喝一顿红豆稀粥，生日过得开开心心，快快乐乐。尤其到了八月二十七这天，母亲总要想方设法给我们吃顿饺子。弟弟说母亲偏心眼儿，他过生日只给喝红豆粥，姐姐过生日却给吃饺子。母亲说："你姐和你爹一天的生日呀。"他们都不吭声了，羡慕我生在这个好日子里。为了吃这顿饺子，我们得咬住牙，连续吃一个星期的玉米面饹饹。因为每月只供应百分之二十的白面，除了父亲上班拿白面馒头，平时我们最多一个星期吃一次馒头，而且一个人只能吃两个。大年初一、八月十五吃两顿饺子，其他日子一年四季再也闻不上饺子的味道。一听说我生日吃饺子，弟弟妹妹早就盼上啦，母亲一边包饺子一边和弟弟说："今天是你姐的生日，给她吃三十个饺子，你和妹妹一人二十个，那两个小东西一人吃十个，谁也不许争抢。"弟弟和妹妹又说母亲偏心眼儿，母亲说："凭你姐在家里干的活儿，也该让她多吃点儿。"饺子煮出来了，母亲用笊篱捞出锅，按分好的数倒进我们碗里。弟弟吃得快，一口一个，眨眼工夫，一碗饺子就进了肚。他手里抓着筷子，眼睛不住地瞅着蒸笼里的饺子。母亲说："那份是你爹的，他干活苦重，该多吃点。"弟弟失望地看看我，馋得直吧嗒嘴。我不忍看他这馋相，就把自己碗里的饺子给他夹几个，又给妹妹夹几个。母亲看见我碗里的饺子没有了，就把她碗里的给我拨了一半。我硬是不要。母亲说："你念书用脑子，多吃点。今天是你的生日。"我泪眼花花的，一句话也说不出来。

　　父亲下班回来了。一块钱买回五副羊骨架。一进门就乐呵呵地说："今天是娥子的生日，把这羊骨架炖上，让孩子们饱饱吃一顿。"弟弟妹妹高兴得大呼小叫，我也喜乐地说："爹，今天也是您的生日呀。""爹老了，过不过生日都一样。"

晚上，我们全家围坐在一条热乎乎的大炕上，守着一盆热腾腾、香喷喷的羊骨头，你一块我一块，大口大口啃着。母亲总是拣肉多的给我。吃腻了，她就给我们擀那长长的白面条，一人一碗，再舀一勺羊骨头汤。吃起来真香。以后多少年，我似乎再也没吃过那么香的面条，再也没喝过那么叫人垂涎的羊肉汤。

初中刚毕业，我就到农村插队，后又当工人上班。离开家一晃就是五六年。二十二岁那年回家过春节，经人介绍和一个陌生的男人认识了，见了几次面就糊里糊涂地和人家领了张结婚证。当我在结婚证上押了手印后，突然，心里感到非常难受。有一种被卖掉的感觉，猛地想起杨白劳和喜儿，呆呆地凝视着那个沾了红印泥的指头，心一下子凉了半截，完了，自己把自己卖了，我十分懊恼也很后悔，真想说，把结婚证撕了吧，撕了吧，什么也不存在，咱们分手吧，分手吧……整整半年，我再不想回家，怕见这个准备和我过一辈子的男人。八月十五也没回去。母亲急了，一连来了三四封信，让我无论如何赶二十七回家，日子比往年宽裕了，要热热闹闹再给我过个生日。看了信，我好感动，在这个世界上，我只是芸芸众生里的一个，除了母亲谁又能记着我呢？于是，什么也不想了，决定回家。

走进小院，就闻到一股炸糕味儿，推开门，只见母亲正在灶前忙着做饭，见我进来，喜得合不拢嘴，吩咐弟弟："快骑车去叫你姐夫来吃饭。""别、别、别叫……"我急忙拦住弟弟："看见他，我不吃饭就饱了。"说这话时，我的脸色很难看，模样很可怜，真有点像那躲债的杨白劳。

"你不在家，人家常来帮咱们干活，人还不错，老老实实，少言寡语。你脾气不好，性子又古怪。找个老实巴交的人不受气。这次叫你回来，商量一下结婚典礼的事。"

"妈，我不办婚礼。"我突然想起《红色娘子军》里那个和木头人成亲的女人，心里难受得直想哭。

"结婚证也领了，不办婚礼成啥体统？"

"我要找的男人不是他，不是他！"

"嫁鸡随鸡，嫁狗随狗……"

正说着，父亲回来了，他看见我乐呵呵地说："今儿是咱父女俩的生日，你回来爹就高兴。"父亲老了，头发白了，牙齿也掉了几颗。他爱喝几盅酒，我用自己的工资给他买了几瓶二锅头，还给弟弟妹妹买了好多糖。饭桌上，父亲一边喝酒一边夸我："你姐从小就是个有心计的丫头，买糖人非要个猪八戒，说猪八戒个头大糖面多，买泥人非要个不倒翁，说不倒翁有志气，打十个耳光也不倒下……"父亲的话把弟弟妹妹逗得哈哈大笑。他又说："你在这家里没享过福，连件像样的衣服也没穿过，日子过得好一点了，你又要出嫁，爹打算体体面面给你操办一回婚事。"

"爹，我不想出嫁。"我的口气十分固执。

父亲放下酒杯，眼睛瞪得大大的，望着我好一会儿才说："你已经和人家领了结婚证。"

"结婚证还不是一张纸，算我当时喝了迷魂汤，摁了那个卖身的手印儿。"

"又不是小孩子过家家，还没过门就和人家去离婚？我跟你丢不起这张老脸。"父亲生气了，骂我成心要气死他，哪是父女呀？分明是前世的冤家，要不能碰巧是一天的生日一个属相。我也哭着说："反正不出嫁，我不想把自己卖了，不想去还这前世欠下的债。"

那顿饭全家人谁也没吃好，我甩门走了。母亲蹲在灶前暗暗流眼泪，父亲扔下酒杯蒙头去睡，弟弟妹妹吓得不敢吭声。这是我在娘家度过的最后一个生日，也是最不开心最痛苦的一个生日。

那年冬天，我终于出嫁了。

踏进那个陌生的家门，我就明白自己的选择是非常不理智的，自己的优柔寡断恰恰害了自己，我仿佛跳进了一个无底的深渊，挣扎在痛苦与绝望的旋涡中。日子过得越来越沉重，越来越不顺心，哪还有心思给自己过生日。八月十五回娘家团圆时，母亲总是叮嘱我："别忘了，二十七回来给你爹过生日。"听了这句话，我心里很悲凉，嫁出的女儿泼出的水，母亲再也不给我过生日了。我不由地想起小时候她给我做的那双红条绒鞋，父亲给我买的那个不倒翁和又丑又笨的猪八戒……时过境迁，童年时那种欢乐无忧的日子已经一去不复返了，我倍感岁月的苍凉，日子的悲苦，人生的短暂，好像一个没有着落的人，对自己要走的路有点飘渺不知所终，常常问自己为什么要长大呢？为什么要嫁人呢？

风风雨雨、坎坎坷坷二十年，时光如白驹过隙。经历了婚姻带给我的种种灾难和煎熬，我终于从急风暴雨的涤荡中挣扎出来，心灵的创伤，需要后半生的绝对安静才能医治。儿女是我生命的延续、爱的延续和感情的全部投资。也像我母亲一样，我变成一只老母鸡，用温柔的翅膀护着自己的孩子。忙着给他们过生日，无论日子怎样艰难，总要给他们买一件心爱的生日礼物。自己的生日，早就丢在脑后，偶尔记起这个日子，就回娘家看看，给父亲买上一条好烟，提上两瓶好酒。父亲说："你日子不容易，买这东西干啥？"我说："今天是爹的生日。"父亲抬起头，眯着那双昏花的眼睛，叹口气说："你不也是今天的生日吗？"我点点头，嘴角浮现出一丝惨淡的苦笑。

"小时候你过生日，让爹给买了个不倒翁，还让糖老汉给你吹了个又丑又笨的猪八戒……"父亲喝着酒，不住地唠叨。我的眼睛湿润了，背过脸，偷偷抹了把泪。

"那会儿咱家穷，可日子却过得热热闹闹。现在倒是不缺吃穿，也有钱花，可心里总不如以前舒坦快活，越活越觉得没着落，身边连个说话的人都没有，你妈耳朵又聋，想说个话她也听不见……"

"爹，你闷了就看电影，您老有福气，赶上这好年头了，坐在家里就能看上电影儿。"我还想安慰父亲几句，但又找不出一句合适的话。这几年，我们姐妹兄弟五个人各忙各的事，在一块碰面的时候越来越少。父亲和母亲的日子也越来越冷清孤单，从他们那灰暗的目光中就能看到彼此的孤独和寂寞。我的心里也不断翻涌着一股无以言喻的失落感。从娘家出来，心情十分烦乱。回到家，儿子已放学回来，他把两枝康乃馨递给我，一枝白色的，一枝红色的："妈妈，祝你生日快乐！"

"你怎么知道今天是我的生日？"

"妈不是常说和姥爷是一天的生日吗？"

"你哪儿来的钱？这花很贵吧？"我望着儿子那双纯真无邪的眼睛问。

"《少年报》登了我的几篇稿子，给了十五块钱的稿费，我一直没舍得花。妈年年给我们过生日，从今年起，我们也年年给妈过生日。"

听了儿子的话，一股难以抑制的激动涌上心头，好久好久才说："妈老了，过不过生日都不重要。"话音一落，两行酸楚的泪从眼眶里滚落下来。儿子为我点起了生日蜡烛，整整四十八根。我突然想起和雨结婚时，点燃的那六十一根小蜡烛，那是我和雨年龄的总和，我俩曾发誓要共度六十一年……我也想起雨在北京饭店给我过的那一次生日，他送的那枚戒指是我一生中最珍贵的生日礼物，后来，为了给孩子交学费，我把它送进了当铺。那已是过去的事了，如今想起来仍是一阵揪心的难过。雨走了，在我的心上划下了一道深深的伤痕，这辈子怕是难以愈合了，唯有儿女是我爱的延续，爱的寄托，爱的希望。

"妈，你许个愿吧！"儿子轻轻的呼唤声把我从沉思中惊醒。我闭上眼，已是满脸泪水，心里默默地祈祷："愿上帝永远与我同在！"

闪闪烛光照着那两枝康乃馨，淡淡清香飘绕在房间。突然，桌上的电话铃响了，我拿起话筒，一个清脆的声音直达耳膜："妈！"远在西安念大学的女儿在呼唤我："妈，祝你生日快乐！"我激动得连一句话也说不出来，好一会儿才说："你也记着妈的生日？"

"记得，我们永远也忘不了八月二十七这天。妈，我不能回去，你听着，女儿给你唱一支生日快乐歌。"

"妈听着，听着……"我喃喃地说。

千里之外传来女儿那悦耳的歌声，霎时，我忘记了世间一切的悲哀和沉痛。心被一种前所未有的喜悦包围，还有什么事能和此刻的幸福比拟呢？唱到最后，女儿哭了，她呜咽着说："妈，我好想你，也想弟弟……"

"你要好好学习，不要惦记家里。"

"妈，我毕业后，挣了钱先给你买一枚大大的戒指，我不会忘记那个空了的首饰盒，也不会忘记你的养育之恩……"

电话挂断了，我握着话筒，已是泣不成声。久久凝望着桌上那四十八根燃烧着的蜡烛，不忍将它吹灭。蜡烛在慢慢燃烧，一滴一滴流着泪……儿子把那两枝康乃馨插在一个瓶子里，含苞欲放的两朵花儿，色彩相映生辉。顿时，静谧的屋里充满了淡淡的温馨的诗意。强烈的母爱已把我和两个孩子融入不能再分离的时空，在一天又一天平淡的日子里，领悟着人间永远也读不尽的悲欢离合。前面，更多更美的生活在等着我。

那泪，淋湿我这辈子的心

父亲走了，我怎么也不相信，他怎么说走就走了呢？一撒手，让我这辈子再也看不见他的身影，再也不能做他的女儿了。

昨夜，梦见了父亲，这是他第一次给我托梦。他还是穿着早年那身蓝哔叽中山服，戴一顶蓝色的直贡呢帽子，站在门外久久地望着我，父亲，您怎么来了？我起身开门迎接，父亲却一句话也没有说，将脸转向黑暗。

"爹……"我大声哭喊着，从梦中惊醒……

父亲走了已经整整两年，但他的身影总是在我眼前挥之不去。我总是看见他每天双腿蹒跚着，一步一步向大门外走去，他睁着一双昏花的眼，眺望门前那条坑坑洼洼的土路，期盼着儿女们再回家团聚。夏日，他依旧坐在院子里，看着那盆盛开的海娜花，点燃一支烟慢慢抽着……冬天下雪的时候，他依旧早早起来，用那双苍老的手握着扫帚，弓着腰弯着背，轻轻地扫着院里的白雪……

在我的记忆中，小时候父亲就不大喜欢我，我和他是同一天生日，同一个属相。父亲常说我是他的克星，这个和他相克一生的女儿，骨子里天生就有一些叛逆的东西。我很小的时候就想离开这个家，想走到很远很远的地方。就像十五岁那年，我怀着一个美丽的梦，选择了上山下乡。

一

下乡插队的时候，我带了一个破旧的小木箱，行李也很简单。那个年代，棉花和布都按人头供应，一个成人一年供应六尺布票，一斤棉花，高个子人还不够缝一条裤子呢。褥子很薄，母亲想给再添续一些棉花，但没有棉花票。父亲说："女孩子千万不能睡凉炕，拿块毡子吧。"母亲说："一块毡子好贵啊，哪能买得起。"父亲不由分说，把炕上铺的那块黑毡子，用剪刀剪下二尺宽的一条。"咱们在家里每天睡火炕，铺不铺毡子都行。还有，把我那件皮袄也拿上。"我执意不要，父亲生气了，沉下脸说："傻姑娘，这般时候了你还要洋气，穿上不冷就行了。"父亲的话让我心里一阵酸楚："您上班穿啥？"他每天从大桥西往大桥东跑，没有皮袄怎能顶住那刺骨严寒？父亲不以为然地笑笑说："给你穿了，我心暖。"

一个小木箱，一捆行李，就是我下乡的所有东西。母亲一直送我走进站台，我不敢看母亲那种难舍难离的眼神，火车眼看就要开了，我突然看见站台上奔跑的父亲，他不住地挥动双手，终于上气不接下气地跑到车窗下，从贴身口袋里掏出两块钱递给我："拿着，想家了就回来。"此刻，我看到泪珠在父亲的眼里打转，心顿时被什么东西揪了一下，一阵疼痛。我第一次觉得，原来父亲是爱我的。我不由得对着车窗大哭起来。

他一再吩咐："想家了就回来，家里不缺你那口吃的。"火车缓缓前行，父亲一边抹眼泪，一边跟着火车在站台上疾步追赶……

二

从手术台下来，已是黄昏。橘红色的晚霞映在玻璃窗上，病房里少有的安静。所有的阳光都向我涌来。活过来了。活着就是好，能继续看到阳光，呼吸到空气，看到守在我身边的亲人。门开了，走进来的是父亲，他满眼含泪地走到我床前，喊着我的乳名："娥子……娥子……"我无法说话，此刻，即使说一个字也困难，连眨一下眼睛的力气都没有。每一个轻微的动作都会引来剧烈的疼痛。父亲掏出几张十元票子，压在我的枕下。我想摇摇头，但缠着绷带的头却不能自如转动。我想说："爹，我好着哩……"嘴唇翕动着但发不出声音。

"她是从针眼儿里逃出条命。"母亲哭得泣不成声。

"爹对不起你……"

"我不怨你，真的不怨！是我前世欠人家的血债。"父亲的泪泡软了我的心。

"出院后回家吧。"这句话再次证明父亲是爱我的。他容许我这个嫁出的女儿再次回家居住。此刻我记不起他对我所发的脾气，也记不起他对我的冷漠了。

三

决定去广州的时候，父亲没有挽留我，他太了解自己的女儿了。但在我离开家的那一刻，却看见他老泪横流，他翕动着嘴唇想说什么，但一个字也没有说出来。我好想上前抓住他的手，说一声："爹，我会回来看你的……"但万万没想到，这一走就是五年。记得那年他八十岁生日时，在电话里只说了一句话："只盼有生之年再见你一面。"听到他的声音我放声痛哭，思念之情如潮水汹涌，父亲不知还能不能等到我回去？父女俩还能在一起过一个生日吗？小时候和父亲一起过生日的情景历历在目，想起他给我买的那个不倒翁，那是父亲第一次送我生日礼物，这个不倒翁一直伴我度过童年。此刻，我才感觉到自己是多么思念父亲，我好想再听到他那常常斥责我的生硬的喊叫声，听听他每到夜里那如雷的呼噜声……

望一树红棉开了又谢，大雁南归又北去，我面对波澜不惊的珠江水，思念之情紧紧撕咬着我的心。父亲，我何尝不想回去？有一天，与香港一位易经大师闲聊，无意中谈起我的父亲，谈起我对家的思念，还有自己不能尽孝的自责和亏欠，大师看着我满眼含泪的样子，就让我在纸上随便写几个字，并问了我的生辰八字。我写了"想家"两个字，随后他说，你还是在南方好，木命之人，必须到有水之处，身无居所、走南闯北是你命定的，你父亲给了你生命，但你原本和他不在一个气场，你今生只是他的女儿，虽然有父女的血缘，但命格不一，相互必然排斥，你远离他也好，他会更健康。大师的话让我的心平静了许多，突然想起龙应台的话："所谓父女母子一场，只不过意味着，你和他的缘分就是今生今世不断地在目送他的背影渐行渐远。你站立在小路的这一端，看着他逐渐消失在小路转弯的地方，而且，他用背影默默告诉你：不必追。"

<h2 style="text-align:center">四</h2>

当再见到父亲的时候，他苍老了许多。五年啊，岁月毫不留情地压弯了他的脊骨和双腿，他再也不能走到大门外闲坐了，天气暖和的时候，就搬着马扎，坐在自家门口。院里有几盆花，都是父亲春天种下的，最早盛开的是五月梅，接着就是海娜花，最后是那盆金菊，花谢了的时候，父亲总是把花籽从枯朽的枝叶间抖落下来，一粒一粒用烟盒纸包起来，并高声喊母亲："说你，给我把花籽放好了，开春了再种。"父亲一辈子没有叫过母亲的名字，"说你"是父亲称呼母亲的专用名称。他哆嗦着手把纸包递给母亲。母亲问："海娜花籽捡了没有？"父亲没好气地说："我能不捡？你就怕我少种了海娜花。""你大姑娘喜欢这花，小时候，她就是盼海娜花开，花一开她就缠着我给她染指甲。"母亲总想絮絮叨叨讲着我小时候的故事。"明年多种几盆，你没听电视里说，海娜花还能染头发，花开了你打电话叫她回来。"这些话都是母亲告诉我的。我知道父亲一直看不惯我的言行举止，看不惯我的衣着打扮，每次回家，我绝对不敢穿着大红裤子面见父亲，母亲告诉我，父亲每年种海娜花，只是为了那个从小喜欢染红指甲的女儿。听了母亲的话，我心里总是沉甸甸地难过，我知道父亲还是爱我的，原来他心里一直放心不下我。我也期待着院里那片海娜花盛开的时候，自己能将那美丽的花朵放到父亲温热的掌心。小时候，母亲没有钱给我买指甲油，就在院里种了一片海娜花，每逢海娜花开了的时候，母亲就捡拾落地的花儿，洗干净放在碗里，用

擀面杖捣碎了，里面放一点点石灰，然后，就把那花浆涂在我的指甲上，再用布将我的十个指头包起来，整整包裹一夜，第二天，我的指甲就被染成了橘红色。所以，我对海娜花有一种特殊的感情。

海娜花开了，母亲在电话里说："回来吧，明年你父亲还不知道能不能再看到海娜花开。"那时候，我正在内蒙古大学读书，呼和浩特距离集宁很近，坐两个小时的火车就到家了。父亲已经走不了路了，弟弟给买了拐杖、大小便用的座椅。他连家门也出不去了，每天从炕边挪动到地桌边，继续喝那杯小酒，这是父亲坚持几十年的习惯。下酒菜也很简单，花生米、咸菜、酱豆腐，他一辈子粗茶淡饭，身体没有什么大毛病，只是浑身瘙痒，全身抓得没有一块好肉皮。他见到我，最多问一句："你回来了？"我点点头，然后就烧满满一锅开水，把海娜花泡在水里，我戴着胶皮手套，用毛巾给父亲热敷全身，父亲的前胸、后背、胳膊、双腿都是血淋淋的，有的肉皮刚刚结了痂又被抓破了。我给父亲热敷了全身，抹了药膏，然后就给他洗脚。

我说："海娜花能治疮疖肿疼，能解毒。"父亲说："那明年多种一些。"我给父亲换洗了干净的被褥，他微闭双眼舒服地躺着，一会儿又安顿我母亲："说你，把那些海娜花籽放好，明年开春多种几盆，你大姑娘爱染指甲。"听了这话，我转过脸扑簌簌地掉眼泪。我小的时候，母亲种海娜花，只是等花开时给她的女儿染指甲。如今，父亲年年种海娜花，是等花开时看见她的大女儿回家。

五

春天，父亲病倒了，接到妹妹打来的电话，我扔下了所有的工作，不顾一切往家里赶。坐在火车上，我一路祈祷一路流泪，父亲一生的点点滴滴在我的大脑里回放。他秉性耿直，是个不会说半句谎话的老实人，他对我们的言传身教也是说老实话办老实事。他不容许儿女们做出一点点违规的事，做人光明磊落，办事堂堂正正是父亲留给我们的唯一家训。

父亲的神志始终是清楚的，当我坐在他身边，握住他那青筋爆满的双手时，我看见一行老泪从他的眼角流出。

"爹！我回来了。"

"回来就好，爹不能再给你种海娜花了……花籽你妈保存着……"

父亲，你不会走的。我紧紧拉住他的手，生怕他松开。父亲已经不能下床了，弟弟请来了大夫，诊断后说："安顿后事吧，心、肾都已经衰竭。"

之后的二十天，我和弟弟妹妹一直守在父亲身边。他再不能进食，但一直不停地排泄，我们给他身下铺了尿不湿，不停地为他擦洗，抬着他那骨瘦嶙峋的身体翻来翻去，生怕长了褥疮。

接下来的日子，父亲基本处于昏迷状态，偶尔清醒了，只是说想吃雪糕，想喝冰水。我继续给父亲热敷全身，给他洗脚洗脸。半夜，我不时地把手放在父亲的鼻孔下，生怕他呼吸一下停止。我们明明知道父亲在这个世上弥留的时间越来越短了，但心里却无法接受他离去的这个现实，害怕那一刻的到来。弟弟给父亲理了头发刮了胡须，洗了脚，剪了手指甲、脚指甲。有一天，父亲突然好了许多，他竟然坐起来让我给穿衣服。我给父亲穿好衣服，扶他坐起来，他还说要下地走走，我们都高兴地笑了，以为父亲病情好转，只有母亲心里清楚，她说："你父亲回光返照了，怕是熬不过今夜。"

那天，我们七个孩子都围在父亲身边，安静地守候着。父亲一句话也不说，默默地望着我们。

那夜，一张白麻纸盖住了他的脸……

入殓的时候，我想掀起那张纸再看看父亲，阴阳先生说不要看了，阴阳两界一纸之隔，看一次给他加一次罪。不！哪怕只看一眼。我不顾众人的阻拦，还是掀起了那张纸。"爹……"我伏在父亲冰凉的身上，泪水淋湿了整颗心。父亲啊，你怎么就这样一撒手走了呢？今生父女一场难道是缘分已尽？

父亲是太阳，母亲是月亮。太阳突然衰落了，我的心顿时变得暗淡无光，因为失去的永远不会再回来，太阳只有一个，什么也无法弥补和代替他曾经给过我的温暖和光明。我的心再无处取暖。

父亲是土葬的。钉棺的时候，我再次看了他的遗容，弟弟用棉球蘸着酒给父亲一点一点洗着眼睛、两鬓、胡须，他的动作十分缓慢，生怕惊醒了熟睡的父亲。我再次凝望那张慈善的面孔，好想拉起他那冰凉的双手说一声："爹，下辈子我还做你的女儿，我会好好孝顺你，不会再让你为我流泪……"这是我和父亲见的最后一面。阴阳先生说："这老人善眉善眼的，看得出是个善良之人。如果开光的时候，面孔变了，灵魂必定下了地狱，有的变成驴头马面，非常可怕。"父亲，你的灵魂究竟到了哪里？我虽然不知道，但我知道你走得很安详。安息吧！女儿永远思念你。

父亲出殡之时，突然大雪纷飞，五月飞雪，很少遇到，开车向逸安陵园走去的时候，弟弟感慨地说："雪盖墓，出殡难遇的好兆头！"

怎么选择了这样一个雪天？我的悲伤被大雪渲染，父亲！我好想知道，你那里也下雪吗？父亲！下辈子我们还是父女吗？

"父女情深留不住鹤归去，骨肉缘深只化作泪如雨。"滂沱泪雨，湿了坟头的绿草，湿了那棵幡树，也湿了我这辈子的心！

梦里，我看不清你的背影

雨又下起来了，不是很大，但能湿透衣服。出门时没有带伞，走在雨中，细细的雨丝飘落在脸上、头发上，传来一丝清凉。雨停后，空气中仍是湿湿的。广州的天气总是那么湿润，不像五月的北方，干燥得让人难以忍受。一位女孩走过来，把一束鲜花捧在我面前，甜甜地说："阿姨，买一束吧，今天是母亲节。"噢！难怪昨晚儿子打来电话，说今天要从大学城赶回来看我。儿子长大了，一股欣慰之感油然而生。

已为人母的我，在家乡时，想自己的儿女胜过想念母亲，当儿女们渐渐长大，我才感到和母亲在一起的日子越来越少了。当我漂流在这座陌生的城市里，孤独苦闷时常常想到母亲，失意悲伤走投无路时，想到的仍然是母亲……

母亲是属鸡的，今年七十四岁，在我的记忆中，她没过过几天好日子，伴随她一生的只有那个漂亮的名字——天枝。外祖父说母亲是天生一枝花。她的聪明是上苍给的。从小没念过一天书，却能看书读报，讲许多动听的故事；没学过什么礼仪，却识名门闺秀之大礼。十七岁时，嫁给了我的父亲。祖母家里一贫如洗，但母亲没有嫌弃这个贫穷的家，默默地用她那还未成熟的女儿身挑起了这生活的重担。

在我的记忆中，母亲为我流的泪最多，我挨母亲打的时候也最多。像男孩子一样淘气的我，从小就不听母亲的话，想要的东西哭死哭活也要得到。母亲常常气得说："这孩子的性格像谁呀？这么倔。"父亲不大喜欢我，也许是从小不在一起生活的缘故。母亲是疼我的，小时候，总是把我打扮得漂亮张扬。那时，家里非常穷，我头上扎的红绸子小发卡，是她去给别人家干活挣来的钱买的；脚上穿的花鞋，也是母亲亲手做的。纳得密密麻麻的千层底，配上一副鲜红的条绒鞋帮，漂亮得让我穿在脚上不舍得脱下来。但母亲平时只让我穿旧鞋，只有赶庙会或串亲戚的时候，才能穿上那红条绒鞋。

秋天，母亲去很远的地方帮别人干农活儿：拔麦子，割莜麦，挖山药。挣点针头线脑钱，为她的女儿买一根扎辫的红头绳，扯几尺花布……我也常常和母亲去田间干活：打谷茬，扫树叶，割草……晚上，在一盏闪着微弱光线的煤油灯下，母亲一边做针线活儿，一边给我讲故事。我趴在冰冷的被窝里，望着窗外漆黑的天空，总是问她："天上的星星离我们远吗？世间最美的地方在哪儿啊？"她说："云南交趾国。"我问在哪儿啊，她说在天尽头。我又问天尽头在哪儿？她说很远，那里四季如春，鲜花满地，是神仙下凡后住的地方。究竟在哪儿呢？母亲从来没告诉我，其实她也不知道在哪里。她只是每天守着煤油灯，守着我，守着心中那个最美的盼望，在春去寒来的日月轮回中，一天一天等待着……

后来，我长大了，才明白母亲守望的是一种常人难以理解的爱，她这种执着的秉性，没有遗传给我，我不大喜欢稳定的环境，更不喜欢一成不变的模式化生活，也许是我这种异于常人的思维，注定了自己的一生是悲惨不幸的，日子起起落落，生活动荡不安，几次死里逃生，甚至有点惊心动魄。母亲多次为我流泪，她说这一辈子最不放心的是我，每逢我的生活中发生一次大的动荡和不幸，母亲的身心就受到一次残酷的折磨和打击。怎么也不能忘记，二十五年前，我头上包着白色的绷带躺在医院的病床上时，母亲日夜守在我身边，她哭得眼睛里已流不出泪水。从婚姻枷锁下逃离出来的我，以生命为代价赎回了自由。而我的母亲却被惊吓得双耳失聪，眼睛也因流泪太多，患了白内障。在医院里，看到母亲穿着那身消毒后的手术衣，被护士扶着走进手术室时，我第一次放声大哭，"妈妈，你为什么要这样呢？我自己的路自己会走，自己的日子自己知道该怎么过，你为什么要这样呢？为什么！"

后来，我有了儿女，才体会到母亲给予的爱是那样的深沉。

多少次梦回故乡，眼泪润湿了梦中的情景，我看不清母亲的背影，看不清她那苍老的面容，只听见一个声音在轻轻呼唤："娥子……娥子……"一个身影从夜色中走来，那是母亲消瘦的双肩，那双粗糙的像老树枝一样的手，为我打点着行装。"妈妈，不要流泪，小时候，你不是常常给我讲那个云南交趾国吗？我要去那里了，你说那是神仙下凡住的地方，我也要去看看那人间天堂。"

"你以为自己是十八岁吗？"母亲的声音在颤抖："一双儿女都已长大，你也该再成个家了。"我的心好痛，想哭……家的概念在我的脑海里已变得越来越模糊，我不愿再伤母亲的心，朝她点点头。但只有苍天知道，我的心永远在流浪，不会再走进那堵婚姻墙。家在我眼里如同魔方，把各种不同颜色的方块拼成一面一种颜色，很难，即使凑成了，那一种颜色又是多么单调。我喜欢不停地翻魔方，变幻无穷的色彩，不确定的图案，会吸引我一直翻下去。母亲永远不会理解她的女儿。

冬去春来，花开花落，转眼几年已过，我好想家，好想母亲。站在珠江边，只见碧水空流，涛声依旧……手机里一封一封的短信发来："天，没有母亲的爱广阔；地，没有母亲的爱包容；太阳，没有母亲的爱温暖；白云，没有母亲的爱纯洁；花，没有母亲的爱灿烂。母亲节快乐！"这则短信让我好感动，目光久久凝视着手机的屏幕，读了一遍又一遍。母亲，我在想你，你承受十月怀胎之苦，让我降于人世，小时候，我那羸弱的身体藏在你的怀里，贪婪地吮吸着乳汁，那是你的血液，在我的身体里不住地涌动，一阵比一阵缠绵，一阵比一阵温暖，这是一条多么宽阔的爱河呀。于是，我在你慈爱的目光里，在你那温柔的掌心中，在那一天天、一年年悄悄流失的岁月里，长大了，你却日渐苍老消瘦。母亲，我忘不了你那被风吹乱的缕缕白发，忘不了你脸上那一道道深深的纹路，更忘不了那天离开家的时候，你泪流满面地拉着我的手千叮万嘱："在外面要注意身体呀，不要牵挂家里……"能不牵挂吗？那最后一次的回眸，留住了你颔首低眉的悲伤，无论我走多远，耳边总有你的声音，眼前总有你的目光。母亲，我不知道何时能回去，何时能再看见你。当我茫然地穿行在繁华的闹市，那颗孤寂的心在哭泣：
"妈，我好想你。"耳边也总是听到你的呼唤声："女儿，回来吧！"我何尝
不想回去，何尝不想制止那飞翔的心翼，但漂泊的脚步难以停留，我只好用
心灵之纸折成一对美丽的鸽子，让它捎去我的问候。

　　母亲，无论我走多远，你的爱宛如那飘在蓝空的风筝线，牵系着我。
你从来没有什么奢望，只想经常能听到我捎给你的话，说一声："妈，我
想你！"

　　女儿不会服输，在这座城市里，一定会找到自己的位置，为了母亲思
念女儿那珍珠般的眼泪，为了心中那个蓝色的梦，我永远不会停下奋斗的
脚步。

　　妈妈！南国的女儿向你祝福！平安，健康，快乐永远属于普天下的
母亲！

暖心的小棉袄

广州的夜永远不会安静，门前，那条小街又热闹起来了。小贩们不住地叫卖各种货，烙煎饼的、烤红薯的、炸臭豆腐的、卖水果和盗版光碟的……那些弹吉他的、拉二胡的街头歌手，用沙哑的声音唱着一曲曲令人忧伤的歌，歌声从窗外飘进来，扰得人心烦意乱。我背靠床头坐着，又在笔记本上拼凑思绪的碎片，灵感像一只小鸟，在我的情感天地里飞来飞去，心怎么也静不下来。明天，女儿要乘飞机从西安过来，她在电话里反复问："妈妈，你住的屋子有多大？我去了有地方睡吗？听说广州人住的都是鸽子楼。""这里有钱人住豪华别墅，没钱人连鸽子楼也住不起。不过，我不会让你睡在公园或桥底的……"我和女儿开玩笑。屋子是很小，但我却珍爱这方寸之地。

细细算计，和女儿分开转眼之间又是一年多，自从她上大学后，母女俩在一起的日子是屈指可数的。她是一个温柔的女孩，个子不算高，小巧玲珑，小眉小眼，没有什么特殊的专长和爱好，喜欢看书。大学毕业后，她领着男朋友来见我，一位和她高中时同桌的同学。当他们双双挽着手踏上红地毯的那一刻，我流下了幸福的眼泪。

女儿在母亲眼里永远是个长不大的小女孩。二十五年前，当我抱着这个小生命的时候，激动得满眼泪花，忘记了自己是刚刚从天昏地暗的幽谷里爬出来的，也忘记了那被炼狱的火煎烤的疼痛。我经受了上帝对女人的惩罚，也得到了他给我的礼物——一个多么可爱的女孩啊！她是我生命中盛开的最美的一朵花，朝朝暮暮，日日月月，我精心呵护着这朵花。无论日子多么黯淡，生活多么艰难，和女儿在一起，我的心里每天都溢满了甜蜜。在这个世界上，我唯一留下的是从我生命中分离出来的另一个新的生命。在生命的不断延续中，我才觉得活在这个世上应该有一种责任感和使命感，在日复一日的守候中，在暑去寒来的季节轮回中，看着女儿一天天长大，她快乐地告别了自己美丽的童年，步入少女的花季时，我曾骄傲地笑了……也想起她小时候常常玩的那个布娃娃和她爱唱的那首儿歌："天上的雪，悄悄地下，路边有一个布娃娃。布娃娃，布娃娃，你为什么不回家？是不是你也没有家，没有爸爸和妈妈？哦，布娃娃，不要伤心不要害怕。让我借给你一半妈妈，和你共同拥有一个家。让我借给你一半妈妈，和你共同拥有一个家……"

手机响了，是女儿打来的，她乘机场快线已到珠江酒店。我几乎是一路小跑过去，在橘黄色的灯光下，母女俩紧紧抱在一起……

余下的日子，我和女儿每天坐着公交车，穿越广州的大街小巷游览许多名胜古迹，但最开心的是逛超市，去上下九、北京路……三月的广州阳光灿烂，空气潮潮的，天也格外地晴朗，我们慢悠悠地走过一个又一个档口，在折价的衣服堆里挑来挑去，花很少的钱就可以买到一件称心的衣服。晚上，我们常常沿着珠江散步，花八角钱买一张船票去天字码头。母女俩倚在甲板的栏杆上，珠江夜景尽收眼底。蓝色的海岸线，绿色的树木，闪闪烁烁的霓虹灯与江水相映生辉，我们常常沉浸在这美丽的夜景中。

最有意思的是和女儿去逛南海神庙庙会。这是我们来广州赶的第一个庙会。一条长长的街道挤满了人，路旁，卖香表的，算命念佛的，卖各种小吃的。花三十元买两张门票，我们进了庙里，在浴日亭、朱雀台、关帝庙前留了影。买一只红色的菠萝鸡，吃一个肇庆裹蒸粽，听一曲委婉悦耳的粤剧。在海不扬波的牌坊前燃上一炷香，然后，又在那卖各种地方风味的小吃摊前买一串湖北炸臭豆腐和一只北京烤鸭，坐在遮阳的大红伞下，大口大口吃起来……女儿说广州的庙会和北方是不一样的，神秘不可测……

风和日丽的三月，我们去深圳游了世界之窗，登了赛格大厦，观赏了海洋馆……女儿搀着我的手臂，在金字塔前、基督山下，在罗马斗兽场、巴黎圣母院……留下了永久的纪念。女儿执意让我体验一下科罗拉多大峡谷探险漂流，我们都穿着雨衣，坐在那辆带滑轮的游览车里，慢慢爬向峡谷顶端，在飞流的瀑布间穿来穿去，然后，又从那高耸的峡谷顶峰猛地向瀑布中冲去，我真正体验了一回漂流的惊险和刺激。

和女儿一起度过最快乐的春天，她要走了。提前十几天我就为她打点该拿的东西。当把女儿送上火车时，我突然感觉自己又是那么孤独，身边的儿子说："妈妈，姐姐走了，还有我陪你。"

我笑了，心绪一下子从那灰暗的色调中挣脱出来。我经历了一次又一次的别离，也享受了一次又一次女儿给我的温情，有女儿在，心永远温暖，她是我的小棉袄。

第二辑 /

一念乡愁

心空了/还有比空了的心/更空的空洞吗？

走远了/还有比走近了又走远/更艰辛的跋涉吗？

渐行渐远的我/想你的时候，却不能靠近。

故乡啊/难道今生注定/你只是我生命中的影子？

——琴子小诗《故乡·影子》

找回心中那个世界

　　曾经有许多年，离家远行的时候，无论刮风下雨，送我出门的只有母亲，她总是给我拎着手提包，和我一起走出院门。走路迟缓的母亲，迈着蹒跚的脚步，边走边不住地叮嘱："不要牵挂家，我好着呢。"能不牵挂吗？嗓子里堵得慌，一句话也说不出来。直到泪水盈眶，呜咽失声。再次紧握母亲的双手，感觉那颤巍巍的身体宛如风中的一棵老树，我害怕，有一天，当树叶尽落时，我的归宿将在何处？

　　回家几日，每天晚上，和母亲脸对脸躺在那盘火炕上，听她讲隆盛庄的故事。那条街、那条巷、那些人，都清晰地印在她的脑海里，她如数家珍，一件件、一桩桩给我慢慢讲着。我不时把录音回放给母亲听，她乐了，说这辈子还没有听过播放器里放出自己的声音。说到精彩处，我会情不自禁地说："妈妈呀，您是我的活字典。"母亲的记忆力及有条不紊的思维，让我惊讶不已，甚至不敢想象，我面对的是一个已经八十四岁高龄的老人。一辈子精明好强的她，是一个典型的倒流水河畔长大的隆盛庄女人。

　　小时候，冬天，在漫漫的长夜里，油灯跳动的闪闪火花，把我和母亲的身影反照在墙壁上。母亲一边纳鞋底，一边给我讲故事，一个个美丽的传说，在我童年的生命中燃起一道道瑰丽的色彩。隆盛庄——神秘的古城，是我心中的神话。如今，母亲的故事仍然在延续，翻开岁月的章节，让我又重新阅读古镇的史话……

　　夏天，和母亲一起到西河湾洗衣服，双脚踩着清凉的水花，摘一朵盛开的蒲公英，捞几条游动的小蝌蚪，望着这条从南流向北的西河湾水，我总是有一种疑惑，这条河为什么会倒流呢？河水一般都向南流，它的流向怎么偏偏向北呢？水能倒流，那么，人也能倒着活吗？我问母亲。母亲说我是个傻姑娘，怎么总爱想这些不着边际的事。但固执的奇想一直盘桓在脑海，我始终奇想着人怎样才能倒着活。后来，认识了一位老作家，他告诉我，世界上，唯有作家可以从从容容活两回，作家老了，那支笔会使你返老还童。从童年再写到老年。这不是倒着活吗？他的话终于让我的奇想找到了能实现的理由和根源，为了能倒着活一回，我萌发了当作家的梦想。

有人说，人一旦离开了故乡，就不会再有故乡了，因为，当你再回去的时候，故乡已经不是原来的模样。许多年，忙于奔波和生计，一直漂泊在外，很少回故乡。只是有人问起我的出生之地，我仍然会说是隆盛庄，时不时还加一句注解，是倒流水人。人家就会惊讶地张大嘴："哦，隆盛庄倒流水，风水硬。"我顺口回答："不仅风水硬，人还活得硬气呢。"在周围人羡慕的眼光中，我常常心怀一种感恩之心，感谢那条孕育我长大的倒流水河，她赋予我一种永远向上再向上的百折不挠的秉性，一种不随波逐流的生存法则。

光阴倏忽，岁月流转，几十年世事沧桑，记忆中的西河湾近乎干涸，再也听不到洗衣女的槌声，看不到青青的草坪，倒流水啊，儿时那个纯真的梦，难道真的一去不再复返？

如今，那个从隆盛庄走出来的少女，一缕银发遮盖了年少的稚嫩，少了几分纯情，多了几分成熟；曾经为自己的奇想拼搏半生的我重返故乡，才发现故乡已经是面目全非。古建筑的坍塌，西河湾的干涸，台墩的苍凉，似乎还能追寻到昔日隆盛庄的缩影；几处崭新的景观就像给一个暮年的老妇人涂抹了鲜红的胭脂，穿了耀眼的时装，与她当年的气质和高贵是那么的格格不入，显得不伦不类。那古朴的气息和浓郁的文化底蕴，这些现代景观是无法取代和装扮的，历史的隆盛庄，一个曾经繁华的古镇，似乎已经完成了它的历史使命。

隆盛庄是我的出生之地，这里的人都被称为倒流水人，因为隆盛庄有一条特殊的河，河水是从南流向北。这条河是隆盛庄人的母亲河，这条特殊的河给了隆盛庄人一种特殊的秉性，刚强、硬气，也霸气。隆盛庄人，无论在哪里都不甘心落后，都是人上之人。

西河湾——隆盛庄人的母亲河，还会日夜不息地流淌吗？那古色古香的四合院还会传来相邻和美的笑声吗？那繁华的马桥街还会聚集南来北往的商贾吗？那所远近闻名的隆盛庄中学还会有学生的琅琅读书声吗？远在天涯的游子啊，无论走多远，走到哪里，我想，每个人的心里都有一个必须要找回来的世界，那就是我们的故乡——隆盛庄。

涅槃中的火凤凰

集宁，是我的第二故乡。十几年前的秋天，我载着对故乡亲人的思念、对养育我这块故土的眷恋，漂泊到广州，在时光荏苒的轨迹中，从北漂到南，又从南漂到北。有时候，偶尔也回家乡看看，但总是来去匆匆。集宁的变化只是耳闻，却一直没有目睹。近日，突然接到集宁区文学研究促进会会长师永智的电话，希望我能回来一次，看看故乡的变化。亲切的乡音勾起了我迫切想了解故乡、走近故乡的心思，曾经在这块热土地上度过的日日夜夜、风风雨雨的艰难岁月，倏忽间历历在目。于是，回家的愿望促使我归心似箭。在这样一个美丽的季节，在这样碧蓝的天空下和清新的空气中，饱览故乡的山山水水，别样的风景使我萌发了一种别样的心绪和兴致。

当我们几人从车里钻出来的时候，一座耸入蓝天的宝塔吸引了我的视线。我不由地环视远山近水，这是白泉山吗？眺望头顶上那一片片洁白如雪的云，那深远湛蓝的天空，还有正在生长的葱茏翠绿的树木，惊叹、感慨忽涌心间。白泉山在我的记忆中，只是一座荒芜的光秃秃的山，因为是白灰层土质，山上寸草不长，看不见一点绿色。每年春天，把死树拔掉，栽上新苗，年年绿化，年年不见树活。荒山依旧是荒山。后来，人们得出一个结论，要想改变白泉山的面貌，想让这座荒山拥有一片绿色，必须彻底更换土质。换一座山的土质，谈何容易，是何等浩大的工程啊。念书的时候，读过《山海经》里的精卫衔微木，将以填沧海的故事，学过愚公移山，那只是我记忆中的神话传说。但白泉山的改变却是一个真实的愚公移山的故事。集宁的城市建设者是当之无愧的愚公，一点一点挖走了覆盖白泉山的白灰层，从很远的地方拉运一车一车新土，移山填壑，就山势绿化。短短几年时间，白泉山终于脱胎换骨了。小草绿了，花儿红了，小树活了，白泉山也返老还童了。风中摆动的柳枝，轻轻浅浅的榆树，不修边幅的旱白杨，还有一些柏树油松，把白泉山装扮得郁郁葱葱，呈现出一派自然清新之气象。

　　我们一边照相一边拾级而上，踏入凤凰楼，乘电梯直达楼顶。讲解员文晶认真地给大家讲述凤凰楼的兴建过程，这是集宁最高的仿古建筑，比名扬中外的黄鹤楼还要高。能在故乡看到这样雄伟高大、富丽堂皇的塔，实在令人惊叹不已。在蓝天的映衬下，宝塔的建筑造型不必说，精美不必说，雄伟更不必说。也许和许多古老的建筑无法比拟，这仅仅是一个年轻的塔，需要去经受更多的雨雪风霜、雷鸣电闪的冲刷和洗礼。它的价值也许不在当下，假如再过一百年、一千年，一代又一代的后人又会怎样来领略、评说、体会它曾经挺拔于风雨中的年年岁岁，又有多少厚重的人文历史会在那飞檐翘角上留下斑驳的痕迹、注入不朽的灵魂？这源于它是故乡的塔，是耸立在曾经是一片荒芜山顶的塔，是家乡人在现代化的改造中兴建的塔，我内心对它的喜爱是由衷的。我问导游为什么叫凤凰楼？她说，霸王河、老虎山、卧龙山代表着集宁山城的霸气和阳刚，凤凰楼却代表着集宁的阴柔美丽和浴火重生。我心豁然开朗，集宁啊，老鸹嘴已经定格在过去，今天你不就是一只涅槃的凤凰吗？远处，正在兴建的飞机场也即将竣工。我怎么也想不到，集宁，在短短的几年，就以飞快的步伐跨入了现代化城市的行列。有了飞机场、高速路，高铁也即将开通，我情不自禁地想，故乡啊，这是你吗？哪里还有你过去的影子？哪里还有你昔日的沧桑和你当年的苦辣酸甜？

　　集宁——我常常在梦中呼唤它。纵使我已在远方，家乡的情依旧常伴。这里藏着我的青春，也藏着我刻骨铭心的痛。当我在广州看不到太阳的时候，总是想集宁那一片湛蓝的天空，那一朵洁白的云，那一抹灿烂的阳光。当我登上广州白云山顶的时候，不免想起集宁的老虎山、卧龙山。而当徘徊在珠江边的时候，又情不自禁地想起集宁的霸王河。集宁永远是我心中一个不老的梦，我灵魂的故乡。

霸王河现在堪称集宁人的母亲河。从凤凰楼出来，去登紫云阁，路经森林公园，汽车沿着宽阔的柏油路，向北而驶。天空宁静，几只飞鸟轻盈飞过，一条被称为长安街的大道将集宁与边远的农村联系起来。看得出，真正的城镇一体化改革已经初见规模。举目四望，霸王河这条改道后全长四十八公里的河岸，天高地阔，风景宜人，楼房耸立，河水清澈。小桥、凉亭、楼阁、花草，构成一道天然的田园风景。一位老人在弹琴，虽是自娱自乐，但吸引了许多游人，大家都喜欢听家乡的地方小调，久听不烦。凝望着洒满阳光的河水，飞花迸溅的瀑布，风中摇曳的芦花，我们几个人都被这样的景色陶醉，被琴声陶醉。

在我的记忆中，霸王河只是一条小水流，水很浅，那几年，去商都、后旗、化德县的时候，霸王河是必经之路，一条坡度陡立、坑坑洼洼的柏油路，还有一座年久失修的小桥，桥下是一条经常断流的小河和泥沙堵塞的河床，下暴雨的时候会有水漫过河床，干旱天，浅浅的河水刚能淹过脚脖。树木也少得可怜，寥寥几棵，一片荒凉景象。短短几年，现在这条河成了集宁的一条"景观河道"，环绕集宁城区的一条碧水带。时光短暂，流年清浅，当我的梦还流浪在南方的某一座城市的时候，集宁，却发生了这样翻天覆地的变化，我已找不到它过去的一点点缩影。

迎着清风，踩着阳光，我们轻轻漫步在河岸。阳光映照，河水荡漾，波光粼粼，恬静的田园风光美丽无限。一丝清凉拂过心头，我再次沉醉于霸王河这些朴实的风景中。霸王河啊霸王河，你是集宁人的母亲河，也是游子梦中的河，无论走多远，我都不会抹去记忆深处对你的这份惆怅和牵挂……当我在梦中触摸那份炙热的乡情时，怎能不叫我难舍难离，不叫我双眼望穿！

乡味·乡愁

一 火炕

细细算计，已经有半年时间没有回家了。父亲去世一周年的时候，再忙也得往家赶。妹妹提前告诉我，多穿点衣服，家乡的天气很冷。但穿来穿去，只多穿了一件风衣。车过大同时，明显感觉气温在下降，我把风衣裹在身上，寒气依然袭来。晚上到站后，天上正下着雨，拉着皮箱，冒雨跑出站台，真冷啊，浑身直哆嗦，集宁的天气说变就变，冷得让人猝不及防。街头，穿棉衣的人比比皆是，倏忽而变的天气，短袖衫和棉衣擦肩而过，那件风衣根本抵挡不住寒流的袭击。

叫了出租车往家赶。推开门，一股暖流迎面扑来，母亲仍然坐在那盘热炕上等我，"回来了，天冷啊，我点了火炉，锅里有饭啊……"她唠叨着从炕上下来，捅火炉，拉开电风箱给我热饭。八十多岁的老母亲，还能给她的女儿做饭，还能自己料理生活，真是天赐的这份恩惠和福气。

我脱掉长筒靴，盘腿坐在炕上。灶里的火红彤彤的，铁炉里也蹿着蓝色的火苗，我的心暖暖的。"穿这么薄的衣服能挡了个寒？你还不知道咱集宁的天气说冷就冷？"母亲揣摩着我那件风衣："你腰疼，千万不能受冷。今年冬天不忙了要是能回来，在这热炕上睡些日子，疼痛会减轻许多。"我摇摇头笑笑说，哪有不忙的时候专门回来睡这盘热炕？

母亲一辈子没有离开这盘火炕，记得很早以前，弟弟妹妹还小的时候，我们家这盘炕很大，标准的七尺大炕，我们一家七个人都挤在一盘炕上，这盘炕犹如一条大船，父亲是船头，母亲是船尾，儿女们躺在这条大船上，安逸、幸福、温暖……父亲的鼾声犹如一曲催眠歌，母亲那双粗糙的手宛如缠绵不绝的海浪，轻轻地拍着孩子们的头。在呜咽的寒风里，乘着这条大船，我们坠入一个温柔而平静的港湾。深夜，母亲会悄悄爬起来，轻轻为我们掖被，父亲在火炉里加添几块煤……之后，我们一个一个都离开了家，这盘炕上只留下父母亲，在每一个冬季里，在漫长的黑夜里，他们静静地守候着，盼望着……直到有一天，这炕上只留下那再也走不动的年迈的母亲。

房子翻修了几次，我们都说把这盘炕拆了吧，但母亲却固执地说："家暖一条炕。"家里没有火炕，就失去了火色。于是，把大炕改成只能睡两个人的小炕。靠着锅台那边，还打起一道小隔扇，这样的格局母亲很满意，说家里有锅灶和火炕，才感觉是个暖暖和和的家。晚上，和母亲脸对脸躺在这盘热乎乎的火炕上，听她讲许多陈年旧事，母亲的思维依然是那么清晰，讲我小时候的事，长大的事，出嫁的事……这个世界上原来只有母亲会清楚地记着她的女儿从小到大的事，做母亲的女儿真幸福。假如有一天母亲不在了，我还能拥有这一份温暖和幸福吗？

二　莜面

乌兰察布有句俗语："三十里莜面四十里糕。"也就是说，吃了莜面走三十里路也不会感觉饥饿。母亲爱吃我做的莜面窝窝，每次回家，我总要给母亲做几顿莜面，推窝窝，擀饨饨，搓鱼鱼……我也愿意给她展示一下自己的手艺。莜面应该是乌兰察布地区特有的一种美食，多数女人都会做几种甚至几十种莜面饭。我十几岁的时候，就学会做莜面，母亲说我是奶子功夫，搓鱼鱼一只手搓三根儿，不算过硬，但推窝窝的技术是到位的，一个个小巧玲珑的窝窝放在笼里，横竖成行，大小一样，薄厚一样，最关键的一点是蒸熟了不会躺倒，用筷子一挑不粘连，吃到嘴里不发黏。黄豆芽、土豆丝、胡麻油炝红辣椒，再加葱花、蒜蓉，是上好的莜面佐料。炭火、铁锅、木笼蒸出来，才是地道的绿色食品，让人吃了第一碗还想吃第二碗。但莜面绝对不能吃得太饱，尤其是初吃莜面者。

有锅有灶做出的饭才有滋有味。我喜欢吃大铁锅烩的大烩菜和大竹笼蒸的莜面窝窝。红彤彤的炭火、热腾腾的莜面窝窝、薄生生的莜面饨饨、细细长长的莜面鱼鱼、香喷喷的烩酸菜……后来，离开家乡，走出去许多年了，仍然记着小时候吃的饭菜，于是，每次回家，我喜欢吃的还是莜面，还是这用炭火铁锅烩出的大烩菜。

莜面是乌兰察布三件宝其中之一，"莜面、山药、大皮袄"养育了乌兰察布这一方人。但莜面有时候也很小气，拿到外地就做不了了。几年前，在西安做了一次莜面，结果失败了，莜面蒸熟后，在笼里变成了拿糕①，粘得不能吃。后来，听家乡人说，如果在南方想吃莜面，还得在水里放一把家乡的土，水澄清了再去和面。我哑然，从此，了结了在他乡吃莜面的心事。

今年回家，朋友送我一套锅笼，并告诉我在北京做莜面的方法。他的话让我茅塞顿开，原来，家乡的莜面在北京也能做着吃。虽然水质决定了莜面的价值，但莜面还有很强的潜在适应能力，在哪里都能做，最主要的是掌握蒸莜面的时间。

在北京终于吃到了自己亲手做的莜面。第一次做，蒸得稍稍有点过火，但味道还是非常正宗。莜面窝窝烂腌菜，再加黄瓜丝、土豆片、蒜泥茄子、胡麻油炝葱花、蒜末、红辣椒……那味道真是一绝。

三　山药蛋

土豆的乳名叫山药蛋，官名叫马铃薯。在家乡时，也不觉得土豆有多么好吃，因为天天吃土豆，我以为出门在外许多年，不会再想念家乡的土豆，谁知道，对土豆的思念仍然是与日俱增，无论在广州还是在北京，超市里有

---

① 家乡饭，是由莜面、山药粉搅在一起的家常美食。

得是土豆，但总感觉没有家乡的土豆好吃。

　　每逢回到家乡，吃的第一顿饭仍然是莜面。吃莜面必须有山药蛋，如果没有山药蛋，本地人说土话："寡淡。"那就是不好吃。莜面与山药蛋宛如一对不可分离的孪生姊妹。有莜面必有山药，比如莜面烩菜，莜面鱼鱼，凉拌莜面，莜面山药饼……莜面的吃法无论变多少花样，都离不开土豆。家乡的饭菜我做几十种莜面是没有问题的，从小受母亲的耳濡目染，由于爱吃才爱做，后来，自己有了孩子，在家境困难的时候，变着花样给两个孩子做各种饭菜。每逢看到孩子香得吧嗒嘴，我心里一样溢满了喜悦。

　　小时候，每年秋天，我和母亲常常去小镇周边的地里捡山药。我胳膊上挎一个小竹篮，手拿一把小锄头，母亲总是拎一个柳条箩筐，在一块刚刚收完山药的地里，我和母亲弓着腰，手里挥动着锄头不停地挖着，挖着……母亲的背上驮着一个缠绵的梦，她要用这山药蛋为心爱的女儿换一件漂亮的花衣裳，再买一尺红条绒，为女儿做一双新鞋子。汗水滴进了泥土里，也淋湿了她的梦……湿润的泥土埋住了我的脚丫，耕地的老牛从我眼前慢悠悠地走过，我顺着一条条笔直的田垄，不知要挖多少锄，才能挖到一个主人遗失在地里的山药。于是，每挖到一个，都高兴得如获至宝，总会舞动着锄头朝着母亲喊道："我又挖到一个！"汗滴在小锄头上溅起了一朵又一朵小花。

　　每年秋天储存土豆，成了我家的习惯。窖里存足几百斤土豆，母亲心里似乎才踏实。整整一个冬天，我们每天都是吃土豆，炒烩炸焖，虽是花样翻新，但吃久了，我开始讨厌土豆，瞅着这圆头圆脑的家伙，总是愤愤地说："什么时候才能不再吃你呢？"它晃着那圆溜溜的脑袋，不屑一顾地望着我，似乎在说："你不吃我吃什么？"是啊，家里除了土豆，没什么可吃的东西，放学回去饿了，就悄悄从筐子里取几个山药蛋，扔进红红的炉膛里，烤熟了，拿到外面大口地吞吃，烧煳的山药皮挂在嘴角，母亲看见了生气地说："饭就要熟了，你怎么还烧山药吃？"我说："不要把这山药蛋当宝贝，以后，我念成书挣了大钱，让妈每天吃山珍海味。"母亲听了我的话开心地笑了，用毛巾给我擦擦嘴，心疼地抚摸着我的头发说："山珍海味也没有这山药蛋好吃。"

三年自然灾害时，土豆救了我们全家的命。那年头，饿得疯狂的人们，见什么吃什么，糖菜叶、土豆蔓、杨树叶都被人们吃得光光的。母亲怕饿死我和弟弟，到了秋天，就起早贪黑到地里挖土豆；夏天，到野外挖苦菜、摘树叶。她把土豆切成丝和杨树叶拌在一起，放一点盐，那是最好的菜了。春天，封冻的土地刚刚解冻，母亲依然拎着筐子，拿着那把锃亮的锄头，到地里挖干山药。她把干山药洗干净，再把它拿到碾子上碾成面，给我们烙干山药饼。感谢土豆，因为有它充饥，在可怕的饥荒成灾的年代，我们没有挨饿。

后来，我们姊妹几个结婚成家，各过各的日子。有时，星期天回母亲家团聚。母亲给我们做我们从小爱吃的山药鱼。这一天，她早早起来，把土豆洗干净，放进大锅里烧慢火焖。一个上午，她蹲在灶前，把焖熟的山药剥得干干净净，用饸饹床子压成碎末，再和莜面掺和在一起，在盆里用双手使劲地揉来揉去，那团面在母亲的手里变得又精又软，一个又一个三寸长的山药鱼摆放在笼里。蒸熟后，蘸上香喷喷的羊肉汤，软软的、绵绵的，一口吞一条，那味道仿佛香绵的晨梦，绕留在我的舌尖……

土豆啊，你普普通通，土里土气，从来没有人把你推上大雅之堂，但你却不卑不亢，仍然保持着一身土气，一身泥香。其实，品尝你的人才知道，你是一道真正上好的菜，简单中体现了完美，完美中体现了高贵。

这个冬季我没有看见雪花

　　这个冬季我没有看见雪花，即使看见了，也全是在梦里。如果我梦中的景色还存在的话，我愿意在这个阳光明媚的冬季里，再美美欣赏一回雪景。那是一种留在我脑际永远磨灭不了的印象，一幅美妙无比的图画。伟大的造物主在一夜间将天地涂上了一层厚厚的纯白的底色，我用两句唐诗为这幅画加了注脚："忽如一夜春风来，千树万树梨花开。"晶莹剔透的雪花还在飞舞，底色在加厚，那凹凸的地方，是山脉、河流，还有一座古老小城的轮廓。淡红色是房子的墙壁，墨绿色是几株松树，轻描几笔的是流动的人群，多么淡雅的水墨画啊！在小城的西北角，有那么几排朱红色砖房，院子里，一个梳着长辫子的女孩在雪中奔跑，辫梢上红色的蝴蝶结在背后飞扬，一双冻得通红的小手紧紧握着铁锹把儿，不停地铲雪，堆积的雪在那双手的雕饰下，变成一个美丽的雪人，她把辫梢上的红蝴蝶结戴在雪人的头上，一个漂亮的白雪公主在和她微笑。她快乐地跳着，两只手变成了一个小喇叭，对着天空高喊："太阳公公，不要出来……"

　　午后，阳光慢慢将底色冲淡融化，白雪公主静静地流泪，小女孩孤零零地站在雪人前，泪珠也掉在那个红色的蝴蝶结上。

　　小麻雀在天空中飞来飞去，叽叽喳喳地叫着，这些小精灵一定是饿了，大雪覆盖了它们要找的食物。含着泪水的女孩从家里偷偷抓了一把黄澄澄的小米，撒在院子里。咨啬的父亲看见了，暴跳如雷地大喊着："你怎么把小米往院里撒？"

　　"小麻雀没吃饭。"

　　"喂了它，你中午就不要吃饭了。"

女孩也生气地噘起了嘴："不吃就不吃，有什么了不起。"

父亲面对这个倔强的女儿，常常会跺着脚大骂："这哪是女儿啊，明明是冤家转世。"

……

梦醒了，灵魂逍遥地从四维空间飘游回来，穿过黑色的黎明，又和我的肉体重叠组合在一起。阴暗的小屋里，我依旧躺在这张硬邦邦的床上。这是冬天吗？无风无月，睡觉时依然要挂蚊帐；否则，蚊子就会偷偷飞进来，狠狠在我身上叮几口。被子潮湿得很，空气也仿佛是一块浸满水的海绵，用手触摸一下，就会滴出湿漉漉的水珠。挂在外面的衣服，似乎越晒越湿，直到有了酸味儿仍然不干，没办法，还得拿回来重新洗。透过朦胧的蚊帐，映入眼帘的是那几株正在开花的紫荆树，淡淡的花香缭绕在潮湿的空气里，让人心醉。各种叫不出名的树木在季节的轮换中永远展示着生命的绿色，那种绿色承接着冬天淡薄的日光，有点懒散，有点倦意，也有点让人心旌摇曳——这就是广州的冬天。

妹妹打来电话，说内蒙古这几天下大雪了，气温降到零下二十七八度，家里早就点燃了火炉。母亲的腿疼病又犯了，她一定又坐在热乎乎的炕上，戴着老花镜，用那些碎花布拼对各种漂亮的床单和枕套，一块又一块，针飞线舞，花花绿绿的图案绣着对儿女们的思念，绣着一生中最美好的梦……父亲坐在火炉边，用火铲把炉膛里的煤灰掏得干干净净，那一团红红的火映照着他苍老的饱经风霜的脸……傍晚，天还没有完全黑，他就早早把挂在窗外的棉帘放下来，老两口静静地坐在昏暗的灯下，守着那盘热乎乎的土炕，唠叨着一些陈年往事，这盘炕是几个儿女成长的摇篮。

雪天，父亲依旧早早起来，拿起扫帚轻轻地扫着院子里的雪，弓着的腰身白了，胡子白了，眉毛白了……天放晴的时候，他会拄着拐杖，慢慢走到大门口的小卖铺里，掏出那张记了儿女们电话号码的纸，再递上几角钱，用颤巍巍的手拨打电话机上的阿拉伯数字，拨通了，他拿着听筒会高兴地喊着："你们什么时候回来？"对方还没来得及答话，他就把电话挂了，然后站在大门口，满身披着雪花，久久地眺望着那条大路，在等着盼着那些离开家的儿女们……不知什么时候，母亲也站在那里，她在等着那个送信的邮差……

母亲，我好想她，父亲，我也一直记挂他。我记不起父亲对我所发的脾气，也记不起他对我的冷漠，我只知道他想我，盼我早日返回。在我离开家的时候，看见他老泪横流，蠕动着嘴唇想说什么，但一个字也没有说出来。我好想上前抓住他的手，说一声："爹，我会回来看你的……"

前几天，有个朋友多次打电话问我："什么时候回内蒙古？我要和你一起去看雪景。"我说内蒙古很冷，你们广州人去了受不了。他又好奇地问："你们那里是不是撒尿都会冻成冰棍，耳朵冻僵了，用手一摸就会掉下来？"我开心地笑起来："照你这么说，内蒙古人都不会有耳朵了。"他说下决心要看一回真正的雪景。是啊！我也很久没有看见雪花了。那千树万树梨花开的壮丽景象在广州是看不到的；千里冰封、万里雪飘的磅礴气势广州人更是难以领略，真正的冬天离广州很远。在这里看不到大块的煤，看不到冰，更看不到飘散的雪花，冬天永远属于北方。

在广州，无论你走上天桥还是在路边散步，都会看到一些在地上睡觉的流浪汉，也随处可见或躺或坐的"晒太阳一族"。其实，广州虽然天气暖和，但见一个晴朗的天气也很难，阳光总是意兴阑珊，躲在云层背后，忽明忽暗。有时，索性彻底消失，整个城市陷入一片灰蒙蒙的雾气中。在这样的氛围中待久了，总有一种压抑感在心中涌动，这种如烟如雾的感觉会让人喘不过气，甚至不堪重负。于是，我常常会想念家乡，那令人神往的湛蓝的天，白如棉絮的云，就连那呼啸的西北风或漫无边际的寒冷都会带给人一种淋漓尽致的快感。当漫天飞舞的雪花把大地严严地覆盖时，把家里的火炉烧得旺旺的，约几个朋友，围坐在炉前，温一壶酒，唱一曲歌，再煮一锅羊肉，把淡淡的忧伤收进酒杯，欣赏飞雪，谈笑人生。

几年过去了，我只有在梦中才看见雪花，看见父亲扫雪的背影，看见门前那条被雪覆盖的小路，看见母亲那落满雪花的头发……元旦那天，当祝福的钟声敲响时，我的手机也响了。一封一封短信，宛如片片雪花从远方飘来：

"琴子，快看呀，多漂亮的雪花，作为礼物送给你，希望能把你工作时的疲劳、压力、忧虑全都融化。"

"让雪花捎去我满心的祝福，点缀你甜蜜的梦。"

"上帝把雪花在人间释放，是让你把烦恼遗忘。"

"大姐，你一定会闯出一片属于自己的天，集宁此时正下雪，捎一片故乡的雪花，带去故乡人对你的问候。"

读着短信，暖意顷刻间弥漫心间，字迹也有点模糊了。此时，正逢午夜，窗外飘来细细的雨丝，一片从故乡飘来的雪花落在我的掌上，捧着它，眼前顿时泛起洁白的光芒，情不自禁地喊："快看呀，这是我在这个冬季里看到的最美丽、最迷人的雪花！"

何时能闻到那奶茶的飘香

邹老师打来电话，让我下午一定过去他那里，我问他有什么重要的事？他神秘兮兮地说："好事，一定要过来，我让你体尝一下回家的感觉。"我知道他是刚从内蒙古回来，给我带来了家乡的特产还是亲人的问候？

272这趟车真难等，半个小时了车子还没有过来，只好坐182次车到客村，白白花了四块钱，兜里的钱不多，就得省着花，虽然自己从来不会算计钱，但现在这种状况下，不算计是不行的。汽车在立交桥上转来转去，一座座灰色的楼房从眼前闪过，在这座灰色的城市里，我永远也找不到方向，白天我不知道太阳从哪里升起，夜晚，我看不见月亮在哪里隐去，心中只有一个方向：我的家在北方。

从岗顶站下车踏上电梯时正好五点钟。邹老师在办公室等我，他满面喜色。

"怎么样？这次去内蒙古，业务办得顺利吧？"我开门见山地问他。

"很顺利，收获很大。你弟弟是一个很有能力的人，我们以后会来个南北资源共享。你父母亲我也去看望了，身体都很好，他们让你不要挂记家里，把儿子从大学里培养出来后再回去。"

他的话让我很感动："邹老师，谢谢你了，代我看二位老人。"

"这是我应该的。内蒙古很好，就是天气冷。"他说去的时候只穿了一条牛仔裤，冻得浑身哆嗦，不能出门。我呵呵笑起来，"你以为在广州呢，那里的冬天温度都在零下二十七八度，穿棉衣出去都顶不住。"

"但那里的人可真热情，对待朋友朴实真诚。"

邹老师的话又勾起我对家乡的怀念，那座小城，在如今的地图上，再也找不到它的名字，集宁已经在四年前变成了乌兰察布市。在那片贫瘠的土地上，一座新型的城市正在兴起，我不知它变成了什么模样。

"琴子，我今天带你到一个地方，让你也体会一次回家的感觉。"邹老师的话让我如坠云里雾中，他不等我多问，就招呼另外几个朋友一起向外走去。

在一家挂着"小童羊"招牌的餐馆门前，他停住了车子。我们一行七人踏上餐厅的台阶，脚下是绿色的地毯，顺着地毯向里走，是一个宽阔的大厅，大厅的墙壁上挂着一幅很大的壁画：那是一片无边无际的草原，辽阔浩瀚，白云在蓝天轻轻飘浮，绿色的草地上，羊群在慢慢走动……从遥远的地方传来悠扬古老的蒙古族长调，一个身穿蒙古族服装的服务员走过来，她微笑着，弯腰向我们行了一个蒙古族大礼，说一声："请！"穿过那条长长的走廊，我发现这里每间雅座的名字都是内蒙古各盟市的地名：巴彦淖尔、伊克昭盟、阿拉善盟、锡林郭勒盟……读着这些熟悉的地名，感到非常亲切，服务员领我们走进了"乌兰察布"雅间。雅间的墙壁上挂着一幅字画：天苍苍野茫茫，风吹草低见牛羊。邹老师问我："蔚华，有没有回家的感觉？"我点点头，嗓子里像堵了什么东西，有点说不出话："你怎么想起选择这个地方？"

"这次我去内蒙古的时间虽然很短，感触却很深，天寒地冻的数九天，那里的人对远方客人的招待却如火一般热忱，我喝了草原的二锅头，吃了正宗的手把肉，但不够尽兴，也想让你们和我同醉一回。"他给我们每个人都斟满了酒，"既然我们都走进了'乌兰察布'，那我就应该像'乌兰察布'人一样，先干三杯酒，然后再自由喝。"

同来的几位是山东人，在广州，北方人就是老乡，大家坐在一起感到非常亲切，桌上是热腾腾的火锅，鲜嫩的羊肉，我仿佛回到了家乡。在迷人的阴山脚下，有一座古老的小城，它在中国地图上只有米粒那么大的一个图标，但在那里可以看见一望无际的蓝天、鲜红的太阳；在那座古老的小城，那座被红砖墙围起来的大杂院，有我年迈的父母亲和弟弟妹妹……我的眼睛湿润了……

"琴子，吃吧，这是正宗的内蒙古羊肉。"邹老师从火锅里捞出一勺羊肉片，倒进我的碗里，"在你们那里，你弟弟请我吃了烤全羊，那羊肉的味道，在广州是吃不到的。"

"是啊，广州的羊肉怎么会有内蒙古的鲜嫩呢？"我慢慢品着，尽管雅座的情调很有家乡的特色，但这种仿制的情调，只能让一个游子更伤感，思乡的情绪更加缠绵不断。大家都说，在广州是吃不到家乡的东西的，别看许多食府的牌匾上都写着"正宗"两个字，其实，家乡的东西来了这里就变了味儿，其原因就是水的问题，用珠江水做出来的饭菜永远也不会正宗。什么时候能吃到正宗的内蒙古羊肉，什么时候再放开喉咙唱一首蒙古族祝酒歌，再喝一碗真正的草原白酒，让那浓浓的酒在体内燃烧，让那豪爽的激情在酒杯的碰撞声中四溅？草原，乌兰察布！我的故乡，我的根……那座冷峻的老虎山虽然没有悬崖峭壁，没有苍松翠柏，更没有流水潺潺，但它在我心中并不比广州的白云山逊色；那条霸王河虽然没有长鸣的笛声，没有滚滚的巨轮，没有两岸如歌的美景，但那悠悠的河水中，有我悠悠的童年、悠悠的梦，我稚嫩的脚步踏碎一路水花，淌出一个个精彩的故事，它永远是我心中一条不竭的河……

一杯又一杯啤酒喝进肚里，淡淡的苦味儿留在舌尖，浓浓的乡思涌在心头，凉凉的泪水挂在腮边。耳边，传来德德玛的歌声："无论我走到哪里，都听得到马头琴在歌唱；无论我离开你多久，都闻得到奶茶的飘香……"眼泪夺眶而流，我慌忙起身去洗手间，捧一把凉凉的水，洗去满脸的泪……母亲，我在轻轻地呼唤！"你用甘甜的乳汁把我哺育，你用深沉的歌声为我催眠……"此刻，我置身在这座城市里，无疑是选择了神早已为我安排的路，我不得不走，当我越走越远的时候，只能用思念来编织一条长长的丝带，让风儿携着它，飘向那遥远的故乡。眼前，那幅壁画在晃动，白云、蓝天、绿草、阳光……面对这幅美丽的风景，我的心里不免又是一阵怅惘一阵忧伤。

在聚会的尾声，我向大家提了一句，希望明年春暖花开时，我们一起逛一回真正的乌兰察布，吃一回正宗的手把肉，喝一碗醇香的马奶酒。邹老师说："会去的，只要太阳不落山，心中的希望就不会沉下去。"

乌兰察布，我心中的期盼和希望！

天空，大雁又飞回了北方，我的家还是那么遥远……

把"家"打包在行囊里

天上飘着雪花，无风。内蒙古的数九天应该是滴水成冰，但出乎意料，呼和浩特的天气还算暖和，雪落地上就融化了，拉着皮箱，双脚踩着黑乎乎的泥水走进汽车站，好不容易挤到售票口，哪知道去集宁的汽车停运，落这点雪就停运吗？有点扫兴，只好选择坐火车了。刚要往外走，一个男人高喊着从门外进来："有没有到集宁的？"

"不是停运吗？"

"我的车不停运。"

"车票多少钱？"

"七十。"

"什么？"我以为听错了。当大嗓门再次告诉我的时候，我不由惊讶地嘘唏了一声，比公家的汽车足足贵一倍的价钱。还是坐火车吧，晃荡两个小时就到家了，多花三十五元有必要吗？再说，下雪天坐汽车还是有点恐惧，若遇上一个生手上路的司机，只怕会白白搭上一条命。拉着皮箱向火车站返去，售票厅里，排队买票的人从售票窗口一直向票房门外延伸，没办法，只有排队等了，长队在延伸，赶下午一点的火车应该没有问题，但谁能想到，快排到的时候，窗口突然挂出一块牌子，暂停服务。等，买票的人还是有耐心的，反正有得是时间，既然是稍后就不会让顾客等太久，但事情远没有想象得那么顺利，这一等差不多就是一个小时，排到窗口，下午一点二十那趟车已经过去，只有晚上六点的。候车室空荡荡的，想起来要给母亲挂个电话，告诉她晚上九点才能到家，不然，天一黑，她就会把小院门上锁，那是无论如何也叫不开的。母亲的耳朵越来越背，接通电话，我几乎是大吼着告诉她，旁边有几个人用异样的眼光看着我，我不理他们，仍然重复着那句话："我九点多回家。""放假了？""是的，放了。""多穿点，咱们这里冷啊。别感冒了。"母亲喋喋不休地唠叨，我一直嗯嗯啊啊地答应着。想起来了，从早晨到现在还没有吃饭，肚里空空的，买了一桶红烧牛肉方便面，平时我不大吃泡面，但饿了吃还真不错，方便实惠，几块钱就解决饥饿问题。在候车室整整等了五个小时，把鸭绒大衣裹在身上，拉杆箱套在胳膊上，睡觉。冷，也许是人少的缘故，身上的那点热气，一点一点被冷气吞噬，多想热乎乎地坐在家里，等吧，今天无论如何也得回去。放假了，朋友们和老师都打来电话问候，假期在哪里度过？我笑笑说，把家打包在行囊里，起程上路，这个年准备在路上过。电脑、相机是存放心情的仓库。

踩着春光，去旅游，美丽的大自然是放飞我心灵的牧场。

家，在远方

灶里的火映红了母亲苍老的脸膛，电风箱的嗡嗡声变得苟延残喘。父亲依旧坐在那条掉了漆皮的木凳上，慢慢喝着一杯酒。父亲自从退休后，他的日子就是这样，提着那个小马扎，到大院门口晒太阳，随意和老人们聊天，不知道过了多少年，他拄起了拐杖，又不知过了多少年，他走出大院的时候很少了，只是把小马扎放在自家门口，天气晴朗，他会坐上一个上午，晒足了太阳，然后回家喝酒。父亲不贪杯，再好的酒，每天只是一杯的量。这杯酒伴随父亲一生。岁月中的点点滴滴，似乎都融化在那个小酒樽里，清酒醇香，丰盈着他暮年的平淡日子。年复一年，父亲走路再也挪不动脚步，母亲的腿脚也越来越迟缓。

很少回家的我，亏欠父母亲太多。回来几日，唯一能弥补的就是帮他们干家务活，做饭，洗碗，洗衣服，打扫房子。天气好的时候，领着母亲去浴池洗澡，每晚给父亲用热水烫脚……我干活的时候，母亲总是乐颠颠地围着我转。莜面是家乡的三件宝之一，大凡土生土长的乌兰察布人，都喜欢吃莜面，母亲看着摆放在笼里的莜面窝窝，总是笑得合不拢嘴，她开始打电话，叫弟弟妹妹过来："来吃莜面啊，你姐姐推的窝窝。"晚上和母亲挤在那盘小炕上，听她讲我们弟妹几个小时候的趣事。院里，不知谁家的狗突然叫几声，光阴静去，夜色温柔，原来，这里才是实实在在的生活，安静、平淡、原始。有人说："父母亲的家永远是儿女的家，儿女的家却永远不是父母亲的家。"我和母亲说："以后，你们要是走了，我就不会再回来了。"说这话的时候，心里酸酸的，难过。母亲总是有叮嘱不完的话："妈走了，你们不要手忙脚乱，寿衣在立柜里，你父亲的寿衣在南房的衣箱里，操办一定要简单，千万不要铺张浪费……""妈，不要说了，现在的老人活一百岁不是梦，您会长寿的。"

记得从广州回来的时候，走进家门的那一刻，母亲流着泪拉住我的手说："总算回来了。这回不走了吧？"我没有回答母亲的问话，只是将目光转向父亲那张苍老的脸上。五年没有回来，但我没有想到，在家仅仅待了一个星期，阴差阳错，考入内蒙古大学文学研究班。不再年轻的我终于实现了年轻时候的梦想，捧着那张大学录取通知书，想着未来的美好生活，我笑了，母亲却哭了，就像去广州的时候一样，她再次为我打点行装。临行那天，依然是母亲给我拎着包，送我走出大门，她千叮万嘱："好出门不如歹在家，走累了就回来。"我总是背过脸抹眼泪，不敢回望满头银发的她。

大学三年，在家时间最长的时候是母亲生病的时候，初春的乌兰察布，仍然是天寒地冻，每天和母亲坐在那盘热乎乎的炕上，把小火炉捅得旺旺的，我守着她，生怕她突然松开我的手，也生怕她突然转身不再回头。我盼母亲的病快点痊愈。母亲说："不要盼，病着你和我还能多待几天。"这句话让我的心战栗不止。想哭，想和她说一句："妈妈，其实我不想走！只是，我不能不走！"心走远了，我不能不和它一起走天涯。是啊，母亲身体健康的时候，从来没有给我打过电话，家里没有大事也从不惊动我。她知道自己的女儿有一颗不安分的心。总是会说："这个家养大了你，却留不住你。"

在外多年的我，总是没有再返回去的打算，"好马不吃回头草"是乌兰察布人喜欢说的一句俗语，细心思量，回头也未必不是好马，不回头也未必就是好马。只因从当年破釜沉舟离开家乡的那一刻起，就决定了日后的老死不归。即使无路可走了，也难以迈开归程的双脚。故乡只是我心中一个久远的梦，梦醒后，看见的仍然是这座楼房林立、雾霾弥漫的城市。

漂泊的日子里，有时候会突然莫名其妙地心乱，也突然想和远方的亲人或朋友说说话，打开手机却总是找不到一个能说话的人。我突然感觉，在孤独的时候，找个想说话的人原来很难。于是，只好关机，静静地坐着。想着过往经历的一切，想着母亲，想着孩子，想着曾经发生的事情，记忆在光阴中流走，爱我的人和我爱的人却深深镂刻在心中。家，在远方；心，在他乡！母亲，在最初的地方等我；而我，在最远的地方想她。

故乡会故友

电话终于打通了，一个熟悉的声音传来："请问你是哪位？"

我习惯地叫了他的乳名，感觉这样称呼更亲切。

"大姐……"他马上听出是我，"你怎么突然回来了？"

我没有告诉他为什么。昨晚，当敲开母亲的家门，突然出现在她面前时，她也是满眼噙着泪这样问我。心像被什么东西紧紧揪住了一样，扯得生疼，随即，一股酸楚从心底涌到眼窝。也许是一种难言的思乡情结，也许，是其他原因作祟。和栋英见面，实在是意外，下午，我才从弟弟口中得知他回来的消息："什么时候走？"我在电话里问。他说归期未定，打算多待一段时间。是啊，从地球的另一半边转回来，确实不容易。接下来就是一连串的问候，再接下来，就是请我明天去吃饭。我说："在电话里说说话我就非常高兴了。"

他说："那怎么行，你是我心中永远不倒的大姐。一定要面对面聆听你的声音。"

听了这句话，嗓子有点哽咽了。这年头，人们都匆匆忙忙地各忙各的事，谁还有心情听你说话？既然是这样，我就直言说，吃饭免了，只想找一个清静的地方，品尝一回故乡的茶。在这个喧嚣的世界里，难得去一个安静的地方体味静谧，体味那种从杂乱的氛围中走出来的心境，让浮躁的心作一次小憩，让所有解不开的心结，理不清的思绪，斩不断的红丝带，擦不干的相思泪……都浸泡在沸开的茶水里。

栋英爽快地答应了，我们约定明天下午不见不散。

放下电话，仔细回想着和栋英的最后见面，那是二零零九年的秋天，他从加拿大回来探亲，我正好从广州回来，要去内蒙古大学参加文学研究班的考试，栋英得知这个消息，在家里预备了满满一桌饭菜，给我接风也为我庆贺。我说："只是去参加考试，能不能录取还是一个未知数。"他说："一定能，相信自己，相信这几年你积蓄的能量。"就凭这句话，我毫无顾忌地踏上去了呼和浩特的火车。最后，在激烈的竞争中，我终于如愿以偿。当拿到大学录取通知书的时候，栋英已经回到了加拿大，我在电话里告诉他这个消息，他在太平洋彼岸为我祝福。

时间一晃就是四年，他的消息我断断续续从弟弟的口中得知，我的消息也是弟弟给他传递，他毕竟是弟弟的发小，又是同学，我们都是在集宁桥西木材加工厂大院一起长大的玩伴，房前屋后的邻居。栋英是我们院里走出来的第一个大学生，也是院里的孩子羡慕学习的榜样，一提起他，没有一个不竖大拇指的。后来，已为人妻的我很少回到那个院里，即使回去，也很少顾及少年时接触的人和事。有一次偶然听弟弟说栋英已经拿了绿卡，在加拿大定居了。听了这话，我倒不以为然，只是淡淡地说，是鹰总要高飞的，因为上帝给了他一双飞翔的翅膀。

二零零四年春天，栋英回来了，当我们再见面的时候，他已经是浑身透着学者气质的加拿大华人。各自看着站在面前的儿女，才知道我们已经老了。儿时的梦想与希望似乎只能寄托在孩子的身上。除了尽心尽力去培养他们成人，似乎别无他选。那时候，我正在集宁一中宿管处当生活老师，一边工作一边陪读高中的儿子，没想到，栋英的儿子也在一中，和我儿子是同届同学。他得知我在陪读，于是，就直截了当地提出，让我也当他儿子的陪护人。此时的我，也或多或少知道了栋英家里所遭遇的灾难，他虽然没有和我细说，但我能够看出，他内心的许多无奈和无法诉说的苦衷。于是，我很果断地答应了他的请求。这样，栋英为两个孩子安排了住处，我担起了陪读的任务，一个儿子，一个侄儿，一个叫妈妈，一个叫姑姑，在那座简易楼里，我陪着他们生活学习，一天天细数着高考来临的日子。二零零五年秋天，两个孩子终于都走进了大学。当我决定陪儿子南下广州的时候，只和栋英在电话里匆匆告别。这样，一走就是五年。五年里，关于他的消息，关于我的消息，都是弟弟给传达，我们之间再没有见面的机会。真是天涯处处有净土，相识未必能相逢。

夏日的午后，刚刚下过雨的天气，微带凉意，十字街头，我与栋英见面了，两人没有太多的寒暄，直奔主题，喝茶去。故乡的街面虽然不算繁华，但整洁干净，一切似曾相识，但又面目全非。双脚踏着这块曾经哺育我的热土，心却被一种少有的陌生笼罩。许多事永远无法回头，也无从回望，许多话在语言的尽头，也是无法诉说的。我们默默地走着。故乡的天很蓝，风和日丽，两人在这条主街漫步，走到大街尽头，还没有看到茶楼，他问我："集宁有茶楼吗？"我说："应该有，但不知道在哪里。"说完此话，两人都哈哈大笑起来，两个土生土长的家乡人，却找不到一个喝茶的地方。我们慢慢又转了一条街，终于，找到了一家名曰"常青藤"的茶楼。

推开门，只见顾客寥寥无几，可见，故乡人对酒的垂涎远远胜过茶。环境算不上优雅，格调俗气，狭窄的空间，对放的沙发中间是一张工艺粗糙的小方桌，这样的布置和设施，倒像是专门给喝醉酒的人准备的，可以随时躺卧。这就是茶楼，我俩无奈地坐在那张陈旧的沙发上，如果放几把古色古香的红木椅子，会比这沙发高雅许多。栋英说，缺的不是红木椅子，而是一种内涵的文化气质。是啊，内涵的文化气质不是用物质装饰出来的，那是一种高品位的文化渗透和熏陶。这里，进而言之是个休息的场所，喝茶也只是来消化一下喝进肚子里的酒。这不能不说是南北方之间的一种差距，一种观念的悲哀。

空气似乎变得厚重了，感觉压抑，于是，栋英起身打开那扇推拉门。心里透亮爽快了许多。我选择了茉莉花茶，用开水把茶洗了一遍，再倒水冲泡，味道有点苦涩。我和栋英几乎同时说出这句话："喝吧，再没有味道也是故乡的茶。"我说，在广州的时候，常常想念故乡的酒，茶文化是属于南方的，你看那潮汕人喝工夫茶的讲究，北方人永远也不得要领。但北方人酒桌上的豪气和爽快，南方人也望而生畏。

栋英又问我，怎么突然回来了？我笑笑说："做了一个梦，梦见我父亲走了，醒来后，就打开网买票，就这么简单。"他说在加拿大的时候，也常常做这样的梦，想回家，想见亲人的面，但回来了，又想走。我也告诉他明天就走了，心里乱乱的，难过。我怎么也想不到，心情一下会变得如此糟糕，如此无依无托、无所适从，怎么了？我在问自己。

茉莉花茶刚刚泡开，我和栋英就随意聊起来，无主题，无目的，我们的孩子，我们的漂泊生活，事业、人生、追求、归宿……往事，宛如盛在杯子里的茶，苦涩中透着馨香。突然，栋英话题一转，给我讲了一个故事，说是有一个专门研究制造各种锁的科学家，有一天，他要到自己的别墅去度假，驱车到了门口，却突然发现忘记了锁的密码。他打不开自己发明的这把锁，也进不了属于自己的家。他自己把自己锁在了门外。这件事突然让他醒悟了，于是，他把所有的家产全部拍卖了，隐居在一个偏僻的山村，过起了田园生活。他找到了自己的归宿，也找到了一份宁静和幸福。

我的归宿在哪里？"你听说过吗？有一种鸟一生下来就开始飞翔，直到死亡的那一天才落地。"我说这话时，有点伤感。

"看来，我们不飞也不行了，天生大概就是那种鸟儿。"他的神情也是茫然中略带颓废。沉思片刻，突然将话题转向我："你的终迹应该有两种：绝望了或是想通了。这两种结局都不是我希望的，也不是你身后的人希望的，但你又不是那种为活着而活着的人。"

理解万岁！我端起杯子，想把过去的痛当作一杯茶慢慢喝下。

"你说三毛是想通了还是绝望了？"我突然又问起这个问题。

"我想她应该是绝望了。"

"走远了，我们还能走回来吗？"

"也许，我们是用自己的锁把自己锁在了门外。就算回去了，也找不到打开这把锁的钥匙。"

栋英的话突然解开了我的心结。绝望和想通这两种结局都不是一般人可以做到的。我很想告诉栋英,心从来没有像现在这样无着无落过。其实,我对故乡的眷恋,就像这杯茶似的,越渴越想喝,越喝越淡越不想放手。那颗倍受煎熬的心,在无尽的岁月里炙烤翻滚,不停地涤荡着我。曾经多少次,月夜独坐,饮一夜清苦的茶,轻轻地,静静地,回忆一段往事,咀嚼一种心情,欣赏一抹风景,思念一位朋友……于是,心头积满的忧郁被稀释,悲痛与感伤被抚平,多少哀愁和沉重也被甩掉。

栋英大概看出了我的忧心忡忡,他不断给我斟茶,不断安慰我,希望我快乐,也希望我尽快改变自己的活法,不要用自己的锁把自己锁在门外。我端起杯子:"我们都不要把自己锁在自家的门外。"

但心的锁谁能打开,只有心知道。我渴望着,在这个碧空明净的五月天,再看一眼昨天绿过的风景。

走出茶楼,已是满天晚霞,风儿带着丝丝幸福的味道,从故乡的上空穿过,我似乎等待了许久。原来,故乡仍然是我们心灵里牵挂的一份情结,也曾经是我们彼此在梦里呼唤过的名字。挥一挥手,一辆出租车过来,我和栋英告别,下次再见。

不知何时,十字街头,在亮起的绿灯下,有些东西模糊了我的双眼。

故乡的五月天

一夜无眠。说来可笑，望了整整一夜的月亮。早晨起床，眼睛肿得难受。走出去多年，从来没有看见过这么圆这么亮的月，而且是躺在母亲家这张陈旧的木床上赏月，那是一种少有的惬意和享受。于是，我笑着走进梦乡，一夜傻傻痴痴地和嫦娥做心与心的交流。

昨晚，呼和浩特的作者华夏童来电话，说今早凌晨到集宁。也不知道他来了没有，发了一条短信，无回音。拨了电话，关机。没有睡意了，起床洗脸。窗外，星儿隐去，东方报晓。造物主又开始挥毫涂抹，用金黄色的彩釉把这座小城浸染，霎时，房屋树影显出诱人的剪影。但让我遗憾的是，昨夜那轮金黄色的月亮反倒板起了面孔，绷着一张灰白色的脸，毫无生气地挂在西天边。难道月亮也是复合型的吗？沮丧之情油然而生。

不敢惊动母亲，轻轻拉开门向外走去，小鸟从枝头飞过，几声清脆的叫声划过宁静的天空，路上行人很少，从家里到火车站，这条路不算很长，我想步行过去。五月的早晨，凉风徐徐，阳光灿烂。天虽然没有深秋那么湛蓝，但也蓝得清澈、深远，蓝得让人心旷神怡。故乡的天空，多少年了，只是在疲惫的夜里，曾千百遍梦过，但每次总是给我一个朦胧的意象，我一直没有真实地走近它，在外漂泊久远，故乡曾在我心灵上引起强烈的激动和深沉的思索，给我一种难以言传的、舒畅的、几乎透不过气来的思念和牵挂。如今，我回来了，只想用双脚踏踏实实地丈量这块土地，真真切切地寻觅那种思乡的情愫。走过胜利路、合作街、北地道口……过去的那些土房子已经变成了一片废墟，可见，现代化的风已经把故乡切割得支离破碎、面目全非。但这条小路依旧，车站依旧。也许是太早的缘故，站里站外冷冷清清，过往的旅客也寥寥无几。我独自在路边徘徊，抬头眺望那娇嫩的、从东方冉冉升起的太阳，一阵凉风吹来，浑身不由得打了一个寒战，于是，裹紧了单薄的纱裙，向售票厅走去。这里稍稍暖和一些。我独自站在售票厅的中央，漫无目的地浏览着墙壁上闪烁的列车时刻表，想着那年那月离开故乡的情景，时过境迁，物是人非，但心底那份藏了许久的痛，只是用时间的纱布包裹起来，稍稍磕碰一下，仍然在流血，仍然在揪心地痛。

　　一个女人蹲在地上，正在大口地吃面包，她很随便地把面包纸就地一扔，站起来向我走来，"你也是等车走吗？"她抬手擦擦嘴角的面包渣问我。

　　"是在等一个人。"

　　"我还以为你也坐车走呢。我要回商都去。"

　　女人大概是想找一个和她同路的伴儿，主动和我搭讪："你不是这里人吧？"

　　我反问她："你看我像哪里人？"

　　"这里人不穿你这样的衣服。"她的眼睛在我身上扫来扫去，"这衣服真漂亮，你像刚刚从飞机上下来。"

　　"照你这么说，坐飞机的都是穿好衣服的了？"

　　"反正穷人坐不起。"

　　"现在农民坐飞机已经普遍了。你是做什么工作的？"

　　她很坦率地回答："种菜的。"

　　一听她是菜农，我就有话题了。她也不保守、不隐瞒，坦率地和我讲起她种菜的事。我问她种菜都得上化肥吗？她说，大凡种菜，都得上化肥，否则，菜叶子还没有长大，就会让虫子咬了，她一口气给我讲了许多种施肥方法。我又问她种了多少年菜了？她伸出两个指头。二十年了，天天、月月、年年都在菜地里。一年四季都是重复着干过的活儿，种了收，收了又种，孩子小的时候就开始种菜，一直种到孩子都成家立业了。原来，她的儿子大学毕业后在乌海工作，儿媳妇刚刚给生了一个大胖小子，她是去看孙子的。

一个人一辈子过一种生活，脚踏一片土地，头顶一片蓝天，这样的日子让我惊讶不已："你不感觉日子烦吗？"

她摇摇头，"烦什么？我种菜有了收入，才能供孩子念大学，孩子上了大学，就不会像我们这样再种菜了。看着他们一天天长大成人，念书，成家立业，有了孩子，我就感到很幸福了。"

幸福原来这样简单。我又问她："你出去旅游过吗？"

"我们每年挣三五万，哪还有闲钱去旅游？"

"你去美容院做过皮肤护理吗？"

"嘻嘻……"她乐得大笑起来，"俺一年四季在地里干活儿，皮肤都让太阳晒出老茧了，做护理干吗？"

看3D、喝咖啡、游山玩水，这些与她不沾边。她一辈子面朝黄土背朝天，但她很幸福。我不解地望着她。

"你一定更幸福。"她端详着我，脱口而问。

无语！心猛地抽搐了一下。随口又说："你丈夫一定对你很好。"

"是啊，我们几十年都是恩恩爱爱的。"

"那你的日子很稳定。"

她又给我讲起他们两口子的恩爱故事：春天丈夫耕地她撒种；夏天丈夫浇地她锄草；秋天，两人一起收菜卖菜。地里的菜收完了，天气也冷了，于是，他们夫妻对坐在热乎乎的炕上，打扑克牌，玩争上游。要不就一起看电视。窗外，雪花飘飘，一缕阳光抚摸着玻璃上的冰凌花，在他们那双粗糙的手指间跳跃。太阳东升西落，月亮圆了又缺，春去夏来，斗转星移……那日子，悠闲消停，安逸温暖。听了她的这番讲述，我哑然无语。原来，幸福很简单，但越是简单的东西，越难以得到，就像穿衣服，如果能用最普通的服饰穿出时尚，那才是真正的美。但往往许多人忽略了生活中最简单的东西，去追求一种缥缈的完美，反倒使自己的人生变得残缺不全。

　　我不由得抬手擦擦湿润的眼睛，女人惊讶地望着我："你怎么啦？"

　　一种难言的痛如潮涌，霎时溢满心室。我甩了一下头发，莫名其妙地说："大姐，你真是个幸福的女人。"说完这句话，那噙不住的泪水夺眶而流⋯⋯

　　走出售票厅，抬头眺望湛蓝的天空，不由扪心自问：故乡的五月天啊，是不是我原本就不该走，还是走远了不该回来？

超级月亮

一个人漫无目的地行走在故乡的小街，柔柔的清风吹过，凉凉的雨丝飘过，我的头发、脸颊以及浑身每一个毛孔，都被这霏霏细雨淋湿，心凉凉湿湿的，也沉沉的。故乡的天本该很蓝，但回来这几天，只有昨日是个晴朗的天，那是真实的故乡的天空，辽远静美，碧蓝如洗。蓝天啊，故乡的蓝天，让我神思遐想，让我无限眷恋。此刻，天空呈现出一片灰白，一朵一朵云，被昨夜的风撕碎，宛如一张硕大的宣纸，平展展地铺在上空，心中无名的烦躁渐渐膨胀。双脚在徘徊，雨也在徘徊……

手机响了，一看显示，是妹妹打来的。她乐呵呵地告诉我："今天晚上记得看月亮啊。"

我有点莫名其妙："昨晚我已经看了。"

"今晚的月亮最大最圆，是超级月亮，你一定要看啊。"

"为什么今晚的月亮最大最圆？"我反问妹妹。

她回答说，"不知道，是网友发来的短信，比平时的月亮大五倍，多少年都遇不到的奇迹，你千万不要错过这个机会啊。"随即，她又给我发来一条短信："6月22日是月球全年距离地球最近的一天，月亮在这天看上去直径最大，被人们称为'超级月亮'。"

昨晚，我已经看了整整一夜的月亮。多少年，行走于南方大都市，群楼早已把天空切割成各种几何形状，月亮东躲西藏，似乎也没有了安身立命之地，常常是不得已而屈从于五彩缤纷的霓虹灯下，从树的缝隙间零星投洒几抹斑驳的碎影。能在故乡领略月亮的真容，饱尝它给予的欢悦，这不能不说是一种缘分。

6月21日这天正好是农历五月十五。这天晚上，我真正感受了那种床前明月光的迷人景色，体味了家乡月最美、故友情最深的情愫。如水的银光从老式的窗棂里流泻进来，从眼窝流到心窝，从指尖流到脚趾，我静静地躺在那张陈旧的木床上，慢慢享受月光的亲吻和抚摸。窗外，穹苍高远，风静星疏，墨玉般的夜空，一轮明月高高悬挂，心挣脱孤寂的桎梏，被月亮带到了天那边，那是一片长满红罂粟的牧场，灵感在那里放牧，激情在那里荡漾。我静静地数算着深夜的分分秒秒，盘算着已过的岁岁年年，掬一捧月光，将心灵的尘埃洗涤。多少年以后，就算岁月苍老，日子变得喋喋不休，记忆也不会生锈，我会把今夜收藏的银光，为自己编织一件金缕衣，那是我今生最华丽的服饰。

几十年的等待，几十年的寻觅，难道就是为了这一瞬的美丽吗？此刻，我仿佛闻到了桂花酒的醇香，也看到霓裳起舞的嫦娥。枕着月光，走进梦乡，朦胧的晨曦中，信鸽从天边飞来，那泛着新绿的橄榄叶，绿了我的眼睛，也绿了昨日那个回乡的梦……

我想告诉S，今夜我们一起赏月吧，于是，打开手机，转发了这条短信，没有回音，郁闷之情霎时将心头笼罩，我笑自己痴傻，也笑自己的一厢情愿。这年头，有多少人的心灵为明月敞开？又有多少人会在灯红酒绿、歌舞升平中记得明月？明月不知君已去啊。天仍然阴沉沉的，云仍在流泪……回到母亲家，已是傍晚，换掉湿透的衣服，独自躺在床上。

今夜月最圆，但一场大雨又在傍晚下起，雷鸣中夹着长风，雨灌醉了这个无眠的夜，也灌醉了月亮。手机又响了起来，是一条公益短信："6月22日至7月22日，月亮对个人感情的影响力大过太阳。在天象中，月亮的变化最大，有周期性的阴晴圆缺，代表情绪变化，感情起伏，爱与恨的反复出现。"看着这则短信，我陷入沉思，月亮还有阴晴圆缺，何况人呢！分离聚首，爱恨情仇还有什么放不下呢？

手机突然响了，是S的声音："我在歌厅，朋友们都想约你出来唱歌。"

　　我婉言拒绝了S的邀请，告诉他只想看月亮，因为今晚的月亮最大最圆。话还没有说完，他就先挂断了电话。我瞅着手机荧光屏，目光再次黯淡。歌舞摇滚、纸醉金迷、灯红酒绿的繁华年代，谁还会去顾及那明月半墙、桂影斑驳、风移影动的月夜之境？我再次笑自己的痴傻和自作多情。

　　雨停了，月亮终于从乌云里钻出来，它还是那么姣美妩媚，那么孤傲矜持，明亮得让人心动。耳边突然响起《梦里的月亮》这首歌："梦里的泪水，很长很长；梦里的故事，想了又想……梦故乡，思故乡，泪水伴我回首以往……"

　　月光裹挟着黑夜的阴影，向西天边慢慢移动，万籁俱寂的天宫里，只有嫦娥看着我把乡愁饮尽。于是，我掏出月亮赐予的碎银子，兑换这份看不见的缘，不为今生，只为来世。

远去的彩云

乘动车从北京到太原，三个半小时。车厢里少有的安静，就是悬挂在车厢尽头的电视机，显示的也是无声画面，听不到大声的喧哗和聊天，也闻不到车厢里惯有的脚臭味。行李架上，摆放着清一色的皮箱，看不见那些花花绿绿的尼龙袋。柔软的靠椅、伸缩自如的小茶座、红色的塑胶地板，总是令人无限遐想。在这个时间就是金钱的年代，城市的快节奏生活总是让许多人更愿意以最短的时间跨越最长的距离。

我坐火车，多是选择白天，靠窗边坐着，看窗外的风景，那是最惬意不过的了，边看边把零零碎碎的感悟写于纸上，河流、山川、绿树、村庄急速闪回……车轮奔驰的速度，白云灵动的飞翔，一次次吸引我、打动我……
车内开着空调，凉飕飕的冷气逼走了暑夏的炎热，车厢里飘来爆米花的香味，闻到这股味道，总是让我想到在电影院看3D片的情景，每次去看电影，总是喜欢买一包爆米花，一边看一边吃，但现在看的是窗外的景色，似乎比3D电影更令人激情荡漾。火车一站又一站，走走停停，上车的人不多，下车的也很少，看来，大多数人都是奔一个目的地——终点站。买的都是同一时间的车票，进的是同一个站口，上的是同一列火车，但各有各的目的，各有各的打算，各有各的心思，回家、探亲、旅游、访友、出差……每个人都会找一个理由挤上这趟车，方向一样，目的地一样，但要达到的目的却各不相同。一张张陌生的面孔聚集在一起，大家没有谁想亲近谁的欲望，也没有谁想和谁套近乎的想法。闭眼睡觉，戴上耳机听音乐，或者打开平板电脑看电影、玩游戏。看书的人很少，椅背后面插着几本服务指南，翻开看看，全部是广告，裸露着前胸和后背的明星照片，让人看着乏味。我又把放纵的思维投向窗外，那是一种流动的生命色彩，风催云动，云卷云舒，水流闪耀，清泉洌洌。多少年来，我有幸饱览了大江山川和清泉秀水，解读了她的美丽和灵气，领略了她的空灵神韵，走进她的怀抱，那塞满心室的孤寂和惆怅顿时荡然无存。

出门带一本书，这是惯例，一路阅读，困了就靠着椅背睡觉。偶然，手机里发来几则短信，都是问候的话语，无论走多远，有朋友记着，就是快乐的。在车上睡觉是一种少有的享受，哐当哐当有节奏的车轮碾轧钢轨的声音会带我进入梦乡。柔和的阳光，柔软的椅背，还有那蓝色的窗帘，营造了一个又一个美丽的梦。轻轻摇晃的车厢带着我的梦飞翔，飞过原野江河，飞过山川峻岭，从那条时间的隧道中穿过。我看见了被妈妈牵着手的小女孩，她瞪着一双怯生生的大眼睛，望着那个从眼前掠过的亮着喉咙大声嘶叫的黑家伙，问妈妈，那是什么怪物？妈妈告诉她，这个怪物叫火车，它能带我们到很远很远的地方。那是她第一次坐火车，第一次发现外面的世界原来是如此精彩。于是，小女孩开始幻想，长大了一定要让这个长长的车拉着她去很远很远的地方。

火车毫无怨言地承载着来自四面八方的旅客，默默无闻地走着走着，走过白天，走进黑夜。只要你愿意坐，只要你不想离开它，它永远不会赶你下车。你不想坐了，提着东西要走，它也不挽留，它仍然沿着自己的轨道走下去，两条轻轨无限延长，火车爬在轻轨上，它无法改变自己的行程，无法离开掌控它的轨道。

火车有着做人一样的底线，从不擅自越轨；也有着时代发展的特征，从蒸汽到内燃再到电动；火车还有着成年人的肩膀，从不拒绝背着人们行走的要求。它看上去无情冷酷，但走近时才发现，它很温情；它有着火热的心肠，从不吝啬送给人们温暖、希望和繁华，只要投入它的怀抱，就想睡觉。我把书放在铺着洁白台布的小桌上，在阳光的调情中，一页一页翻着，那种心情是惬意而温馨的。但在车上看书的时间不会坚持太久，翻看几页，字迹就变模糊了，梦随着火车奔跑。火车穿岭过山，跨河越桥，梦也长了翅膀，飞呀飞……青春在烟云中消失殆尽，只有在梦境里才能看到自己过去的那个影子，看到那如花的容貌。走吧，到远方，去寻找那颗年轻的心，在岁月的痕迹上填充美丽，在逝去的日子里召唤青春。火车，曾经给我梦想，给我希望；曾经给我眼泪，也给我悲伤，几十年来来去去、南南北北，走了很多地方，看了很多风景，但最怕的是别人送我上车，最不愿意的是送别人上车；火车开走的那一瞬间，最难招架的是回眸，怕朋友看见我的眼泪，也怕亲人看见我的悲伤，一个人出门习惯了孤独，也习惯了自由行走。也许，一生的期许只在路上，路上的风景也只在眼里，镂刻在心上的是那忘不掉的一次又一次的别离和相送。

火车从黑暗的隧道里穿过，手机没有了信号。车厢里的灯亮了。黝黑的玻璃窗上突然映出我的身影，我怎么会孤独呢？原来，无尽的黑暗中仍然有一个自我存在。这条隧道很长，大约走了二十分钟，火车声嘶力竭地嘶叫着，想挣脱黑暗，挣脱隧道的束缚，终于，一点亮光闪过，随即，是一片光明，火车终于从隧道里钻出来。不知几时，太阳又躲进了云层，霏霏细雨飘来。玻璃上落下星星点点的雨丝。雨，绿了小草，嫩了树木，洗净了山川河流，无尽的绿色，一片连着一片，这是夏天的美丽和风韵，一道永恒的风景，一幅长久的画面；也是放牧心情的绿色草地，是我魂牵梦萦的桃花源……

走吧，走过五月天，走过那条小河，去追逐那朵远去的彩云，天高路远，只有火车会带着我穿越经纬；也只有火车，会把我无尽的思念拉长。

走吧，把紧闭的心扉打开，放飞心情！

第二辑 /

爱，归属于你

今夜／我的荷塘没有月色／把身体蜷缩成一个问号

在春色满池的季节／盼着归期的月亮

我不知道／那个让我心动的叹号

是否会点开这一池清波／让无期的等待

浮出水面……

——琴子小诗《今夜》

没有秋天，心中的爱永远常绿

有人说，爱就是苦恋，我说，爱是一种刻骨铭心的朝朝暮暮的思念，一种远距离的企盼和等待。只要爱的根不死，情的叶就会常绿。

我常常在期待着你的到来，一年又一年，一天又一天，树叶绿了又黄，黄了又绿。尽管你已经不再是风华正茂的你，我也不再是花季雨季的我，但我们相爱的心如初。不知有多少次，你说要来看我，我也不知说了多少回，要去看你，然而，"闲云潭影日悠悠，物换星移几度秋。"光阴荏苒，草青草黄，在归途的旅程上，我俩总是搭错车。我去的时候，你已起程，你来的时候，我又上路，阴错阳差，总是不能见面，日复一日，年复一年，你依然在执着地等着我，我也依然在痴情地盼着你。时光如梭，岁月蹉跎，风霜雨雪，春来夏去。你我永远无法卜知这爱的结局，但命运注定，爱的归宿不在秋天，收获的季节不属于你我。

我们相隔很远很远，但爱情却能跨越时空，跨越距离。我依然在长久地等待，孤独寂寞时就打电话，其实，通话的费用足够买一张往返的车票，但你我却执着地玩电话游戏，毫不吝啬地消耗一张又一张磁卡。没完没了地聊天，没完没了地问候，没完没了地叹息、遗憾……

我多么希望你我见面的日子是一个雨天，我会撑一把玫瑰伞，姗姗走进你的视线，踏着碎雨，相依相伴，用心去倾听那雨点敲击伞面的滴答声，那将是一曲最美妙的音乐。在雾雨蒙蒙中，我们漫步在那条被雨水冲洗得黑亮黑亮的水泥路上，心在沉醉着，快乐着。

我也希望你来的日子正逢花季，柔柔的轻风吹拂着我的长发，美丽的蝴蝶从头顶飞过，我会去花店买一束刚刚盛开的水仙花，插在那个从未插过花的瓶子里。其实我并不喜欢养花，因为我心中从来没有过开花的季节。你我依旧坐在那把老式的藤椅上，相互对视，想说的话一句也说不出口，还像过去那样，只有大侃文学时，我们才滔滔不绝，口若悬河。从美国的德莱塞谈到俄罗斯的托尔斯泰，从古代的孔子、庄子谈到现代的余秋雨、王跃文……我们依然闭口不谈各自的家庭婚姻，极力回避那个苍白而令人乏味的话题。心灵无拘无束、天马行空，语言狂妄不羁、色彩斑斓。

假如你来的时候，是在一个雪花飘零的严冬，我会穿一件鲜红的羽绒服，再系上一块艳丽的围巾，像二十年前那个下雪的日子一样，乘一辆红色的车，向很远很远的地方驰去，那里的雪白得耀眼，当年我们在那里追逐野兔，如今又将快乐地重复那种追逐。其实，雪地里除了你我的一串脚印，什么也没有。但我们仍在追逐，仍在奔跑。跑累了，一块儿倒在雪地里，吟一首苏东坡的"人生到处知何似，应似飞鸿踏雪泥。泥上偶然留指爪，鸿飞那复计东西。"迎面扑来的朔风，吹乱了我的头发，也覆盖了我们留在雪地上的脚印，眼前白雪皑皑一片渺茫，你我不由地感叹人生苦短悲凉……或许再下一场大雪的时候，我们都已老了。我黯然神伤，也许来世能留下的只是这些自以为很有价值的写在这些稿纸上的只言片语。

我最不希望你秋天到来，那是个苍凉的季节，我害怕你我劳作的爱情硕果在这时候收获。收获是残酷的，也是无情的。任何事物圆满了也就结束了，得到了也就没有了。收获等于死亡、消失。我宁愿永远用这颗滴血的心去耕耘属于你我的那块情感田园，也不愿意看见收获后的空旷与荒凉。看一朵花儿的败落，一只小虫的死亡，一片绿叶的枯黄，眼睛会湿漉漉。于是，再一次告诉你，秋天不要来，因为我的心灵向往追求的最美的意境，不在秋天。

没有秋天，心中的爱会永远常绿！

再别清照故居

第一次来章丘，这里有百脉泉，有千古才女李清照。走过龙泉、梅泉、墨泉……泉水平静，清澈如镜，每到一处都让我如入仙境。在清照故居同梦飞整整转了一个上午，照了几百张相，累了也渴了，午后的时候，我们来到了清照的雕像前，站在才女面前，崇敬之心油然而生。慢慢踏上一艘古老的木船，意外地发现，原来这里可以品茶。好幽静的地方啊，但无人来此处喝茶，几十张茶桌空空荡荡，显得有点冷清。

木船是金黄色的，船舱里的桌椅是橙黄色的，午后的阳光从那扇敞开的窗户里射进来，正好照在这张桌上，我们沐浴在阳光里，阳光灿烂得让人心醉，我和梦飞相对而坐，喝茶，吟诗，话清照……从这扇窗户向外眺望，映入眼帘的是清照的雕像，此时，如花才女正站在云端之上，笑迎远来的游客。廊亭楼阁，柳絮纷飞，泉水悠悠……这样的景色怎能不叫人陶醉呢？但更让我醉了的却是这茶。我和梦飞说，茶原来也能醉人。他听了我的话，哈哈大笑起来："琴子，茶不醉人人自醉啊……"是吗？我突然想起梦飞送我的那首《只是醉了》的诗："……风过处/尽是无边的温柔/像醉翁一样醉了吧/别怪我/我只是醉了……"我情不自禁地笑了。他问我笑什么？我说今天才知道，茶也能醉人。清照能听得见我们的说话吗？寂寞了近千年的她，一定也闻到了菊花的飘香。

梦飞端着杯子久久地望着我，突然说："清照会羡慕你的。"

"是吗？她不会嫉妒吧？"我的眼睛里溢满欢悦的微笑。

梦飞听了我的话，也开心地笑着说："她没有追上我啊。"他的语气有点调侃，也有一点幽默的味道。

不要忘记，爱是非常神奇的，可以穿越时空，也可以轮回。

梦飞曾多少次走进我的梦中，他始终行走在我的精神世界，与我的灵魂相随相伴。在清凉的夏日，我们行进在风里，一起飞翔在蓝天与大地之中，穿行于巅峰与峡谷之间，在一个空灵的世界里相会，那是一个远离城市喧嚣、世俗纠葛的小岛，我们快乐地躺在绿草如茵的地上，看天空飘曳的白云，听夜莺凄婉的歌唱，于是那穿越时空、充满诗意的爱就悄悄来到我们中间，醉了，满地雏菊开，醉人的花香缭绕在天地之间……

少有的宁静渗透我内心深处的每一个角落，我静静地品味着这杯浅浅的菊花茶，让那淡淡的清香轻轻缭绕在舌尖，也慢慢拨动着心弦，于是，我的灵魂又被引渡到另一个美丽而遥远的世界。那里，是我和梦飞常常相约的地方，那里清风拂面，花香芬芳，我们从太多太多世俗的牵绊中挣脱出来，享受那空灵世界带给我们的欢愉和甜蜜。

喝着茶，似乎都在问对方，我们能脱俗吗？生活的许多无奈，情感的许多纠葛，常常会让我们感到烦恼，感到无所适从，在这样的情况下，常常想在精神世界里寻找属于自己的东西，寻找那个能和自己达成知音的另一半。但寻找到的这份情感却又让我们感到沉重得难以负起……坐在这把橙黄色的椅子上，轻轻地闭上眼睛，听着潺潺泉声，眼前又映出清照"轻解罗裳，独上兰舟"的情景，举着手里的茶杯，仿佛清照也在娓娓和我倾诉那"举杯消愁愁更愁"的一腔悲怨。远处，白色的岩石上，刻着"绿肥红瘦"几个大字，无限凄婉，却又妙在含蓄，让我凝眸静思……

听梦飞吟诗，一种感动如潮水般涌来，倚窗对望清照，我突然想，我和梦飞的相约，为什么要选择在清照的故居？也许都有一种对清照的敬仰，也许，是寄托了我们内心世界里的许多不为人知的情感。

精神与现实其实相隔得并不遥远，人间烟火谁能不食？就是清照，当年也是不能挣脱许多世俗的纠葛，不能挣脱婚姻带给她的许多不幸和烦恼。一句"帘卷西风，人比黄花瘦"曾经感动了我多少年啊！"花自飘零水自流。

一种相思，两处闲愁……"对爱情的向往和别离相思的痛苦，又怎能不叫人泪流成行？她和赵明诚当年是怎样的相亲相爱啊！"守着窗儿，独自怎生得黑。梧桐更兼细雨，到黄昏，点点滴滴。"又让多少人能说得尽那个愁字？"满地黄花堆积，憔悴损，如今有谁堪摘？"怎能不叫人对花自怜，黯然神伤？

茶喝到尽兴，已近黄昏，踏着落日的余晖，和清照告别。她依然高傲地站在云端之上，仪态万方，一代词宗，将永远高悬在历史的星空。

在百脉泉，在清照的故居，在这个晚霞灿烂的黄昏，我和梦飞也挥手告别。

> 君乃天外客，
> 红尘暂寄身。
> 悟道至空性，
> 结谊缘情真。

这是他留给我的四句诗。梦飞，我还能看见你吗？在我一转身的瞬间，我突然感觉，那是最后的一别！

过了金锁关，另是一重天

金锁关是建在三峰口的一座城楼般的石拱门，是经五云峰通往东、西、南、中四峰的咽喉要道，锁关后则无路可通，所以又称为通天门。杜甫《望岳三首·其二》诗中，"箭栝通天有一门"句指的就是此处。道家认为，华岳为仙乡神府，只有过了通天门，才算进入仙境。所以有"过了金锁关，另是一重天"的民谣。

金锁关前后路两边的铁链上，是千万把游客锁在上边的锁子，称为"连心锁"或"同心锁"。全是夫妻或有情人上华山时一人买一把锁，到金锁关锁在一起，然后将钥匙扔到悬崖下。一条链上千万把锁，哪一把是你，哪一把又是我？虽然沿途的铁链上都锁满金锁，但金锁关的锁却更有一番含义。

民间相传，三圣母因与应试举人刘玺相爱成婚，恼了哥哥恶神二郎杨戬，遂被压在西峰巨石下，幸有玉皇大帝赐的护身金锁才免一死。刘玺赴京投考，金榜题名后，来到华山寻找三圣母。在山神、地仙的帮助下，二人逃至三峰口，不巧又遇到巡山归来的恶神杨戬。三圣母便用护身金锁，把她和刘玺的腰带同锁于路旁的铁索上，并将钥匙抛于悬崖之下，表示至死不分离的决心。后来人们在这里依险筑关，据说因此得名，相沿成习，自古至今。

金锁关风景独秀。我们攀上去时，已是午后，金光闪闪的平安锁重重叠叠，红艳艳的彩条迎风飞舞，像燃烧的一团团火，红得耀眼，红得让人心动，环绕四周的是古松苍翠，奇石林立、风光迤逦、如入仙境。在这里锁金锁，是一件非常庄重的事。三圣母和刘玺的爱情故事让我感动，但最让我刻骨铭心的是那种艰难的爬行，最惊险的地方，我是膝盖跪在石阶上一点一点挪上来的。此时，麻木的双膝开始隐隐发疼，但距离南峰还很遥远，继续爬还是往回返？可以说，金锁关是一个关口，去南峰、西峰、东峰必经此关口，而且，无论是谁爬到这里都已经是耗尽了全身的气力，抬头再望那万仞峭壁，多数人只能望洋兴叹，在金锁关锁了锁就返到东峰或者西峰。南峰真的是那么难爬吗？华山，你在考验我。

我在金锁关买了锁，这把锁的价格要比山下贵三四倍，但我还是买了它，也许，来华山的意义都系在这把锁上，我郑重其事地把它锁在那铁链上，把钥匙攥在手里，然后双手合一，面朝华山极顶南峰，默默地祈祷：爱我的耶稣基督，此时，我能够走过这天险之道，是你给了我力量，你与我一路同行，你让我体会天路历程的艰难，体会攀登生命之巅的不易，余下的路程无论多么难走，我相信，只要你不松开我的手，不离开我的左右，我会看到你赐予的最美的景色。领略你给我的十字架的荣耀。阿门！

钥匙飞向万丈深崖，此刻，我真想对华山高喊："我锁住了……"锁住了什么？平安还是爱情？但我什么也没有喊出来，只是默默地抚摸着这把锁，今生我还能再来吗？即使再来，我还能认出你吗？岁月也许会给你涂上一层斑斑的锈，也许，在我一转身之际，就不知道哪把锁属于我。但华山为我作证，苍松为我作证，天地为我作证，无论再过多少年，无论我死去还是活着，无论我在海角还是天涯，无论地老还是天荒，我已经把今生的爱锁在了这里，永远不会改变。梦飞，你听见了吗？就算我们还要经历千年的轮回，万年的修炼，我相信，那根迎风摇曳的红彩线会召唤我们在三生石前相见，这是命定的，因为我已将这份爱在华山锁定，不为今生，只为来世。

华山情

从南峰返下来，已近黄昏，本来应该继续向东峰攀登，在那里住一个晚上，然后第二天看日出。但鬼使神差，夜幕中走错了路，糊里糊涂又回返到了金锁关。既然下山了，就不想再往上爬，只想找个地方躺下好好睡一觉，但要想住宿，必须到东峰或者西峰，西峰不可能再去了，在上南峰之前，已经攀登过了，东峰也不可能再攀上去，一是天已黑尽，二是体力耗尽。当前，最要紧的是赶快往北峰走，找个能休息的地方。太累了，双腿沉得再也抬不起来。怎么办？同路人作出了一个果断的决定，下山，一夜怎么也走下去了吧；不下怎么办？无退路。好，下山，但殊不知就是这个草率的决定，差一点让我葬身华山。

喝掉了行囊里最后一瓶矿泉水，体力恢复了许多。我和同路人交换了相机，我们已经完成了同行的目的。各自把相机收好。

"谢谢你了，帮我照了那么多的相。"

"你不是也给我照了吗？不用谢。"

路途能巧遇一个合得来的人，也不容易。该分手了，我始终不知道他的名字，他也没有问我。

"你很了不起，到底还是上南峰了，我还担心你不会爬上去。"他突然说了这么一句话，我笑笑说："其实，谁都可以爬上去，只不过是有的人不想选择险道而已。"

"不是想不想选择的问题，是选择了能不能走到底，华山给我们的启迪太深了。"

"你喜欢旅游？"他又问我。

我点点头，想告诉他，因为孤独所以才旅游，但我什么也没有说，只是想一个问题：一会儿怎么下山？看样子，同路人要自己走了，我能下去吗？他大概看出我的心思，说："我们一起下山吧，反正也走了多么久。"

我很感激他。人走进大自然，相互之间自然会友好，这大概就是自然的魅力，让我们返璞归真。他说这次没有白来，知道自己以后的路该怎么走。我也感慨地说，华山之行将会对我后几十年的人生旅途产生极大的影响。休息了一会儿，当再站起来时，两条腿疼得不能动了，我摇晃着身子，有点跌跌撞撞，还能走吗？同路人为我担心。

不能走也得走，我们还有退路吗？倒不是前不着村后不着店，而是前为悬崖后绝顶。只能沿这条横跨在云雾中的天险之道下山了。人常说"上山容易下山难"，黑暗中攀登这样的险道下山，难度可想而知。

天已经完全黑了下来。金锁关的保安人员走过来问我们："要下山？"我点点头。"最好不要走，今晚停电。""是吗？"我举目四望，华山变得朦朦胧胧，此时的它像一位沉睡在梦中的慈祥老人，神态安详而温柔，我很想躺在他的怀抱里，美美地小憩片刻，但同路人却非常固执，回了保安一句："没电有月亮。"保安无奈地摇摇头。

下山了，同路人的决定让我不能再犹豫。四周一片黑暗，只能看见脚下的石阶，看见双手抓着的这根锁链，看见身边的星星和墨玉般的苍穹，没有月亮，今晚是农历二十八，明天是夏至，这是夏天最长的一天，我怎会选择这一天上华山呢？难道是偶然吗？不，山川有情，草木有意，这趟华山之行是必然的，是我生命的旅程中必走的路程。

我不知道还要爬多久，同路人大概嫌我爬行得缓慢，"我在下面等你。"他丢下这句话，自己一个人先走了。眼前最多能看到三个台阶，唯一的依靠就是那根锁链了，我双手紧紧抓着它，恐惧开始袭来，我知道，锁链之外不足一尺远就是万丈深崖，白天已经领略了它的险峻。眺望四野，只有星星在身边闪烁，好像随手都能摘取。背包里，手机不停地响，不用问，是梦飞打来的，但我不能去接。我害怕了，实实在在害怕了，双腿在抖动，瘫软地坐在石阶上，双手抓着铁锁链，绝望地呜咽起来……有谁能知道此刻的你身处绝顶啊。今夜能爬下去吗？如果一只脚不小心踩空了，就会滚到悬崖下面，我后悔了，心里反复问自己，为什么不在金锁关住一夜？为什么要匆匆下山？自己问自己十万个为什么也无法解答自己摆设的这些难题。此时，同路人也不知走到了哪里。身陷黑暗的我，第一次感到什么是真正的孤独！几十年的孤独之路，又怎能和这一夜的孤独相比，几十年的风雨兼程，又怎能抵得过此时一步的艰难！几十年历经的惊涛骇浪，更无法与此时置身绝顶之崖的惊险相提并论。为什么要这样？为什么要走这条路？路是你自己选定的，没有人强迫你啊，琴子，你后悔吗？但已经没有了退路……手机又响起来了，梦飞在呼唤我，可是我不能够回应他，双手仍然紧紧抓住锁链，泪水模糊了我的视线，我反反复复问自己，来华山是为了什么？我为什么就不听梦飞的话，为什么不等他和我一起走？假如他在我身边，我会孤独吗？他也一定不会丢下我一个人走。此时，他一定在眼巴巴地等着我的回信，但我不能够，我的手不敢松开这条链子。梦飞，我在呼唤你，你能听得到吗？华山沉默，星星无语，穹苍四野只有风轻轻吹过，苍松飒飒作响……

一个声音突然在耳边响起："琴子，抬起头看那根云柱，你就不会迷失方向。当年以色列人出走埃及就是靠这根云柱和火柱，过红海走旷野，如今我一样会引领你，看着它，不要害怕，你是神的儿女，我是你的天父，你永远不会孤独。你不是想看天上最亮的那颗星星吗？你不是要听来自天籁最美的声音吗？你不是想走出红尘亲临仙境吗？你不是要看到华山最迷人的景色吗？我成就了你的祷告。好好看看吧，这个夜晚是华山专门为你预备的，不要害怕，我主耶稣永远是你脚前的灯，路上的光，哪怕四野都是万丈深崖，一片黑暗，但我已经为你点亮了神灯。你看，今夜的星星是多么亮，此刻的华山是多么慈祥；你看，那通天门为你打开，你能踏着天梯一步步走上来，难道不是千载难逢的机缘吗？华山爱你，它要带走你所有的悲苦和忧伤，还要收走你积蓄了半生的泪水，难道你没有感觉到吗？流吧，把所有的泪都流出来，流在华山，流在金锁关，流在这天梯上……"

不知爬了多久，眼前仍然是石阶，深不见底的悬崖还在脚下……

不知又爬了多久，双脚突然踩到了一块小小的平地，让我感到意外的是，同路人竟然出现在我的眼前。"你怎么没有走？"我惊讶地望着他。双腿已经站不起来了，瘫软地跪倒在地上。

"我不该把你扔下，让你一个人爬下山。"从声音里听出来，他大概有点内疚。

"不，什么都是命定的，上帝是有意让我一个人待在山上，和他说话需要安静。"

"上帝告诉了你什么？"他望着我，眼神怪怪的，一定以为我的大脑在发烧。

"他告诉我通往天国的路该怎么走。"我的声音有点哽咽。

"不要难过了，我们总算爬下来了。"他安慰我。

"我们从通天门爬下来了？"我附和着。

"不，是鬼门关。"显然，他也爬得不轻松。

突然，身边的那盏灯亮了，来电了，随之，山上山下到处传来狂喜的叫喊："来电了！来电了！"原来，许多人都行走在黑暗中，只是相互看不见，遇不到。大家都在摸索着爬来爬去，我不由得回头望去，只见墨玉般的穹苍之上，飘着一条鲜红的带子，带子成鱼脊形状，美丽至极。

"那是什么？"我问同路人。

"是我们刚刚走过的那条路啊。那条红带子是石阶两边亮起来的小红灯。"

"这带子明明是挂在天上呀，难道我们是从天上下来的吗？"

"是啊，是从天上飘下来的，带子的顶端就是通天门。"

是吗？我都怀疑自己了，是从那条带子上爬下来的吗？我是怎么下来的？飞下来的吗？我不敢相信自己的眼睛，激动的泪水又涌出眼眶，马上想到第一个和我分享喜悦的应该是梦飞，借着身边这盏亮起的灯，我给他发信息了，手机的短信箱里全是他发来的短信："你在哪里？在哪里？"显然，他也是一夜无眠。我告诉他还在华山，刚刚从天上飞下来，梦飞在电话那端笑了，他以为我在说梦话。是啊，没有来过华山的人怎会相信是从天上下来的？我无法用准确的语言来描述这罕见的奇景。但我是实实在在去天庭走了一回，真正听了一回天籁之音，看了一回天宫之美。

　　和同路人在一个露天冷饮店坐了下来，看了看表，距离天亮还有三个小时。他说："不能再走了，刚才打听了一下，后面的路更艰险，要经过华山第一险千尺幢。"我笑笑说："黑暗中能闯过金锁关，再艰难的路也无所谓了。"我静静地坐在长椅上，举目眺望夜空，默默地数着那一颗又一颗亮晶晶的星星，心静如水。眼前，华山的轮廓越来越清晰，晨曦中，霞光为它披金挂彩，清泉为它洗去尘埃，它宛如一位孤独的巨人，仍然以高峻雄伟的博大气势耸立在华夏大地上。一批又一批游客像蚂蚁一样慢慢爬行在这条陡峭的险道上。我理了理被风吹乱的头发，重新背起了行囊，开始向山下走去。头顶上，太阳向我微笑，华山和我招手！

等你，在最初的地方

亲爱的：

　　很久以前，我就想给你写封长信；但一直无从下笔。今天，在我的散文集《等你，在最初的地方》出版之际，决定写信给你。原谅我，没有把信放进邮筒，而是装进我的漂流瓶，把它扔进大海。我不知道瓶子在海里漂流多久，但我相信，在风起云卷、浪舞涛吟中，大海一定会把它捎给你。

　　亲爱的，在过往的时光里，那段美丽的情感总是无法从我的记忆中抹去，于是，只能把自己蛰伏在文字的深处，以寂寞为友，让孤独陪伴，安静地等你。只有你的归期，才是我破茧而出、羽化成蝶的最美时刻。这时刻也许很遥远，宛如闪烁在天边那一抹彩虹，却值得我们用一生的心血去寻寻觅觅。

　　还记得吗？在我离开羊城的时候，在飞机即将起飞的那一刻，我给你发过一句话："等你，在云端。"那时候，我好想告诉你，红尘已被我抛在身后，世事已成过眼烟云。眼前，如莲盛开的白云，一蓝如洗的碧空，置身于云端之上的我，如临仙境。岁月中那些情感纠结、儿女情长还值得一念吗？心瞬间被感动与激情充盈，在这样一种妩媚恬静的诱惑中，我迫不及待地想告诉你，在过往的云烟中，最美之处在云中。站在五月的蓝天之上，低头俯瞰，云的飘逸和涌动，天的高远和浩渺，正在无始无终地诠释着一个永恒的生命，破解着天与地、人与灵生生息息的轮回奥秘。原来，天外真的还有一个美丽的天，这是云上的世界。

　　飞机降落的那一刻，给我的感觉只是一种剧烈的震动。回到了地面，还原了本真，一切都是原来的样子，但一切又和原来不一样。五年未归，这是一个不长也不短的时间，走进家门的那一刻，看见的是母亲的眼泪，还有父亲那张日渐苍老的面孔。"回来了？回来就好。"这是父亲唯一说给我的两句话。母亲拉起我的手，一边流泪一边述说，一边做饭一边问我什么时候还走。她太了解自己的女儿了，知道这个家只是我的暂居之处。其实我不想走，但鸟儿飞远天不远，心爱的家在美丽的天那边。我深深懂得，在我的生命中，我不能委屈和我距离最近的灵魂，为了给它寻觅一个圣洁的栖居之地，必须去经历心被撕碎的疼痛，在体验疼痛的过程中，参透生命的真谛。于是，那些肉体遭受的不能愈合的伤痛恰恰成了丰满我灵魂的滋养，我用血喂养它，让它自由欢悦地飞翔，生生息息，轮回万世。

　　亲爱的，庆幸上帝总是不忍丢弃我这个流浪不归的女儿，半生的孤独漂泊，半生被文字滋养，半生被苦难浸泡的我，终于得到了他赐予的一块甜点。天命之年迈入大学之门，秋天，梦境之花在美丽的校园盛开。我总是按捺不住喜悦，发信息告诉你说："等你，在梦里。"那一夜，我梦到了你，梦里，你让我落泪，我撩开泪湿的枕巾，和你窃窃私语，数算着过往的心酸和历经的沧桑，还有那一次次从考场上败下阵的绝望。我说，只想好好读一回书，圆一个今生上大学的梦。你说，生命中属于你的东西，终究是你的，花季时未开的花，雨季时必然开；夏天未开的花，秋天一定开；无论季节如何变换，环境如何恶劣，该开放的花儿总是要开，冬天的蜡梅，能说它是迟到的花儿？迟与早是一个相对的时间定律。对呀，你的话让我茅塞顿开，生命中该临到的物和事，是没有迟早的，就像我们的相遇，那份爱该到的时候还是如期而来，我没有任何理由来阻挡拒绝。虽然从一开始的寻找到漫长的等待我们都走得很辛苦，但走过来了才知晓，这是必然的浴火涅槃。

　　梦里，我再次看到那碧蓝如洗的五月天，看到了云端之上灵魂的家。大学三年，每每深夜，你总会向我道一声晚安，说一声好梦。就这样，在五彩缤纷的梦里我种下了希望，种下了期许，种下了一个个美好的愿望。每天早晨，当生物钟准时叫醒我的时候，我会用轻柔的手指推开身体那扇沉睡的门，柔美的瑜伽伴着我，于是，生命的叶子在灿灿的阳光下缓缓舒展，在快乐的音乐中，在安逸的冥想中，我等你归来，我深知，思念是千结百绕，而守候却只需执着。

毕业了，那最美的时光即将与我告别，离别的前一天晚上，我和同学手挽手，在校园漫步，走过桃李湖、图书馆、804教室……走过我们一起疯过哭过笑过的宿舍大楼，星朗月明，夜风徐徐，三年的甜蜜日子还没有细细咀嚼就倏忽而过。在打点行李离开校园的时候，我没有忘记给你发信息："等你，在远方。"远方向我召唤，远方向我拥抱，远方如你一样，痴痴傻傻地等待我多年。我义无反顾地上路，踏上追逐它的行程。人活在世，其实要走的路很多，要选择的机会也很多。想当初，如果我做一次明智的选择，也许，今天就不会走得这样辛苦坎坷、艰难曲折。我常常在一杯茶香的缭绕中，慢慢梳理自己的思绪，总是想写点什么；在一片云的缥缈中，总是想看点什么。但春光渐近迷人眼，却是身处梦幻中……

云端，梦境，远方！突然顿觉，人的一生，最孤独的不是你一个人走路，而是和很多人一起走一条你不愿意走的路。脚上的老茧是自己踩出来的，无论前面的路多么遥远，我会到那里等你。等你拉起我的手，等你为我点燃花烛。

亲爱的，这封信写给你，也写给我自己，当我老了的时候，我会坐在那把紫色藤椅上，慢慢翻看自己的书，一页一页……你和我一起走过的日子，清晰地再现眼前，我会由衷地发出一声惊叹，那些年，我原来是那么的爱你啊。院里，开满了丁香花，风儿轻抚我银白的长发，在恬静的时光里，有什么比这样的日子更让我感觉静美幸福？于是，感动的泪水满眼盈眶。人生一世，烟生烟散，烟云过后，尽显本真，浮华荡尽，唯有真爱。正如挚友丽君所说："再沉鱼落雁之容也终将湮灭于历史的烟尘，再婀娜动人的身姿也会在历史的长河中沉没。世间唯有才德最经久，虽然岁月的斧凿屡屡相欺，却是荡尽浮华，更见纯真。"

　　我的至爱，在迎春花盛开的季节，我会捧着这份用生命换来的美丽和真爱，向最初的地方走去，在那里等你。

琴子

那盏心灯为你点亮

我把心灯点亮，等你！绽放的鲜花已为我送来你归期的芳香，飘荡的雨丝已湿润了我干渴的心房，小屋因你而生辉。无论你在门外徘徊多久，无论你叩不叩门，我都在等你——从遥远的梦之乡归来的爱人。眺望踏春而来的你，我生命的叶子绿了，我为你接风洗尘，共饮玉液琼浆，共话风雨人生。凝眸对视，相依相偎，娓娓道来我们最初的相遇、难忘的相约、曾经的相许和相望。

岁月悠悠，情意绵绵，叶落花飞，云卷云舒，我突然顿悟，生命的继续原来是那不朽的灵魂。它将在永恒的轮回中，承载着一个永恒的世界。那么，我好想知道，上辈子的你和我，难道仅仅是五百次的回眸吗？走在街头，从擦肩而过的人群中，我在寻觅，哪个是你？因为，我相信，今生我们一定会有一次邂逅。

我执着地将心灯点亮，也执着地将灯里的油添满。心灯只要亮着，我的世界就不会黑暗。纵然是夜行，我也不怕迷路。多少年，心灯伴我行走，万水千山走遍，天涯海角望穿。漫漫长夜，红尘深处，我多么希望有你陪伴。我没有问自己要去哪里，弹指远四季，挥手别春秋，一纸衷肠提笔书，又见幽梦一帘。一个人在自由的孤独里和孤独的寂寞中行走。日子终究是这样的一天天弃我而去，那么，我能做到的就是等你归来。我不知道你在哪里，假如今生今世我们永远不能碰面，我也愿意这样安静孤独地走下去，直到生命的尽头。

那一夜，我突然走进这座城市，一个人走过一条又一条小街，一座又

一座小桥，我心怀一种感动、一种期盼、一种渴求，默默地在人群中流连忘
返，生怕错过和你的相约。其实，我们根本没有相约，没有期许，没有山盟
海誓……我只是想把心中最美好的愿望安放在这里。天空、白云、小桥、青
柳，还有那条静静的运河……在黄昏的夕阳下，我轻轻地走来，生怕惊动那
朵七彩云霞，打扰那条安睡的河流。我不敢告诉你，也不能告诉你，唯一能
做到的是悄悄把心灯点亮，等你！

　　大雁飞走了，留下清脆的叫声；太阳落山了，留下绚丽的彩虹；我走
了，该在这里留下什么？突然感觉，孑然一身的我什么也没有，只有这盏心
灯，留给你，还有这铭心刻骨的思念，也留给你。我知道今生不会再来这
里，但今生却不能让我不思念这里。等我老了以后，我还能记住些什么？记
忆渐失的那一天，我会微睁一双昏花的眼睛，伸出颤抖的手指，在那台和我
一样老掉牙的电脑上，打下最后几个字："今生爱你无悔！"

多情的季节

坐火车对于我来说，是一件很愉快的事，此时，倚窗而坐的我，安静地欣赏一路风景。北方的春天似乎来得迟一些，树叶还没有变绿，但这都挡不住那悄然而至的暖暖春意。此刻，火车拉着我走，我累了，要下车，它却还在走。

从车站出来，已是傍晚，我感觉自己一下和这座城市拉近了距离，不干净的街道，不干净的天空，还有那些衣着不干净的出租司机和路边的小商贩，喧嚣和纷杂破坏了我对这座城市最初的向往和憧憬。想象与现实的落差让我萌生一种悲凉和失意。这样的旅行，难道仅仅是为那醉了的思绪吗？还是那一纸千年的墨香？偶然飘落的雨滴，湿了我的发丝，湿了我的脸颊。我裹紧外套，生怕湿了怀揣的这份心情。一位开电动车的大姐走到我身边，问我去哪里？我说随便，话说出后感觉不妥，于是急忙改口："找一家靠近运河的宾馆。""你是来看运河的吗？"我没有回答她的话，拎着皮箱钻进车内。电动车颠簸在一条陌生的路上，热闹起来的小城集市从眼前掠过。车子拉着我转来转去，我有点不明方向，但心里很坦然，大姐的热心肠让我放心地坐着她的车，走过一条条街市，最后，停在一家快捷酒店门前。

特价房，能洗澡，有电视，还能上网。打开电视，播音员正在分析马航（马来西亚航空）到底去了何处。我静静地躺在床上，床单是新换的，橘红色墙壁，粉红色床罩，一阵暖意渐渐将我包围。"那颗被爱灼伤的灵魂/是谁让你躲进回忆/关上了那扇门……"歌声是从隔壁房间传来的。房间里住的什么人我并不清楚，也许，是个自由放任的女人，或者是一个孤独的男人。我把门关起来，转身之间，才发现这间客房没有窗户。怎么会走进这间没有窗户的房子呢？上帝为你关上一道门时，必然为你打开一扇窗户，今夜，上帝会为我打开一扇窗户吗？我再一次反问自己：为什么要来这里？"生命的模式就是，你想去哪里，然后起程，一路遇见和你去共同目的地的人；而不是你跟谁一起，然后约好去哪里！"我和任何人都没有相约，这座城市既没有朋友也没有亲人，或许仅仅是在网上看到的一张图片、一张纸条、一句留言……在这个世界上，总要有一些人惊动我的生活，若这种惊动可以持久，那我不可能不被这种惊动感动，可这种惊动往往是莫名其妙的，甚至不知道这个惊动我的人在哪里，也不知道他是什么模样，但他还是常常在惊动我，不可避免地要在我心理上形成一种割舍不下的纠结和思念。于是，潜意识里常常有一种情绪会激发我产生一种连自己也意想不到的行为意识。我总是在这样膨胀的情绪中，让文字自由飞翔。

独自走进一家餐馆，也许是那几个字吸引了我：小城味道。小城是什么味道呢？推开门，服务员热情地迎接我，顺手指了指靠窗户的一个位置，让我就座。餐馆人不多，也许是我的穿着和当地人有些不同，女孩的眼睛一直盯着我的毛衣外套，嘴里啧啧称道："真漂亮！你是从大地方来的吧？"我不知道姑娘指的大地方是哪里，笑笑没有回答她的话。"你是来旅游的吗？"她又在问。"不，我来等一个人。"脱口而出的竟然是这句话。等一个人？他是谁？他在哪里？我摇摇头，想否定自己的回答。心却告诉我，他就在这座水城。姑娘的眼里闪着疑惑不解的目光，她轻轻地给我倒了一杯水，又在桌上摆放了一副碗筷。我的对面是一把空的椅子，于是，一个人品着茶，品着那种少有的寂寞。姑娘走过来，低声问我："上菜吗？"我点点头。一盘绿色蔬菜端上桌，我夹了一根，慢慢嚼着，脆脆的，特别爽口，我问姑娘这是什么菜？她说叫"黄瓜妞"。夹着那不足两寸长的纤细的黄瓜妞，心里很不是滋味，它们还没有成熟啊。有一种很残忍的感觉。

从餐馆出来，一个人走在陌生的街上，夜的喧嚣、霓虹灯的闪烁，这些看惯了的城市景观已经不能引起我任何的惊讶和好奇，那种由于陌生而常常让我感到恐惧的心理也越来越淡漠。城市的风景大同小异，楼房、树木、广场、街道、红绿灯，匆匆忙忙的人群……尾随我的影子好像一直在追问："你要把我交给谁？"

夜的呻吟，惊散了一树梨花。回到宾馆，已是午夜。

思维总是那么放任不羁，喜欢追忆一些东西，比如，在某个城市里看过的风景，和朋友的一次聚会或者一次邂逅……窗外下着淡淡的雨，雨里夹杂着安静的味道，闭上双眼去体会那种寂寞和忧伤，体会那半生的漂泊和流浪，总是想寻找一种属于自己的东西，但真正走近它的时候，往往是失望，这种失望让我再不敢去面对现实，宁愿这样静静地去追忆、幻想、思念……也不愿意看见那个真实的他出现。宁愿把忧伤留在纸上或者存放在电脑里，让自己心酸心疼，无限伤怀。

一种倏然而来的失落和悲凉继续蔓延，持续打击我急切想来这里的心情。突然又想起那个初夜，许多年过去了，没想到，这一夜却如同毒蛊，顽固地根植在我的心灵深处，伤疤被再次撕裂，我将手指深深地插进床单里，忍受着心被吞噬的疼痛。时光慢慢从指间流过，无论再过多少年，我不能忘记，在这座城市里，我曾经把一种心情安放。

春天，我那深爱着的春天啊，在这样一个多情的季节里，这样一个孤独寂寞的夜里，我那颗相思的种子不知该撒到哪里。一个声音告诉我：缘分需要等待，需要耐心，更需要被时间反复擦抹，直到闪亮锃锃，才能照见对方的影子。我豁然开朗，那经年的窗扇，上帝终于给我打开。太阳升起的早晨，一条船儿沿着秀美清澈的运河缓缓而来，满载我的心情，向很远的地方漂去……

请你为我掀起红盖头

那一瞬间的邂逅，让我记住了你，那一瞬间的决定，让我爱上了你。谁知道，就是这个瞬间，缠绕了我一生一世的光阴，从此相思，分分秒秒。你是绝情而缠绵的，你是神圣而不可亵渎的。星移斗转，一眼万年，经年流转，风过花落，长夜漫漫，对月当歌。我是你心爱的人啊，不曾见已相恋，你难道不知吗？

因为仰慕，我想飞翔；因为崇尚，我想叩拜……那花开一季的时刻，我还是一只没有破茧的蚕蛹；那流金溢彩的季节，我仍然是一只刚刚破茧的小蝶，柔弱的双翅又怎飞过沧海？飞进那金碧辉煌的殿堂？为了得到你的一点点青睐，无数个暗夜，在带血的刺痛中，在望眼欲穿的冀盼中，在怨与恨的交织中，在无奈与迷惘的等待中，我用那支蘸着泪的笔，把一个个方块字连缀成一篇篇情书，贴上邮票投向远方。大雁从北往南飞，春花落了又开。岁月悠悠，心幽幽，斗转星移冬又来，我盼到的只是一张张"地址不详，无法投递"的便笺……记不清哪年哪月，我不知道为你守候了多少年，灰姑娘终于得到了白马王子赐予的水晶鞋。那是一个狂欢的午夜，我变成了一个美丽的飞天仕女，灵感在笔尖上飞舞，激情在格子里跳跃……我把停靠在岁月里的故事，向你娓娓道来。

你是诗，你是歌，你是虚无缥缈的精灵，是一个个美妙的爱情故事；是梁山伯和祝英台，是许仙和白娘子，是贾宝玉和林黛玉，也是朱丽叶，是安娜·卡列尼娜……更是一种宁静、一种和谐、一种无穷，是我们相爱的汇接处，是我心中永远的悠然旷远的意境。为了寻觅你的身影，追踪你的足迹，我从北走到南，从南走到北，从深夜到黎明，从清晨到日暮。我艰辛执着地演绎着一个个属于自己的美妙动人的童话故事。

心飞起来了，在一个空灵的世界，在云端之上，在天上人间。于是，我把爱过的人、走过的路、一点一滴的经历，向你倾诉。我的爱人啊，你是我心灵向往的蓝天，滋养精神的绿色牧场。我永远属于你，就像你永远属于我一样。我要一生一世去追忆，全心全意放飞梦想，让生命中欢悦的日子在文字里永远定格。我要亲手用最美的金丝线绣一卷帛书，在百花争艳的春天里，在七彩的祥云下，踏着红地毯，走过金碧辉煌的殿堂，在鲜花与掌声中，请你为我掀起红盖头！

做一次大海的新娘

　　出生在北方的我，没见过大海，许多年以前，脑海里总是幻化出一幅海的图案：沙滩、贝壳、浪花、礁石……蓝色的海水、蓝色的天空、蓝色的梦！梦中，一个捡拾彩贝的女孩，赤脚从柔软的沙滩上走过，海浪轻轻拍着沙滩，浪花飞舞，涛声如歌。我迷恋海的沉静与深蓝、辽阔与博爱。面朝大海，我把缱绻在心底的小情绪交给它。许多年以后，被酸甜苦辣腌制过的岁月并没有冲淡我对海的向往和憧憬，相反，这种一厢情愿的思念越来越强烈地撕咬着我的心，让我总想寻找机会去看一次大海。

　　海给我无尽的思索与遐想，海的美丽幻影常常在我眼前浮动。记得出嫁的时候，大脑里曾经涌出一种奇特的幻想，想去看一回海，想在我踏入婚姻围城的时刻更具罗曼蒂克。但我这种想法仍然是一厢情愿。眼前这个男人却把人生的情调和追求的水准局限于随波逐流的公式化生活中，自然，我的这种想法已经超越了他拟定的过日子的标准。为了一个不切实际的想法去抛撒银子，他无法接受，也无法理解我对大海的情愫。听了他的表述，我突然有一种吃错药的感觉，闹心地难过，极力想把这药吐出来，但似乎为时已晚。尘埃落定，一切已成定局。在这俗套的一元一次生活方程中，答案很简单，就是安安稳稳过日子，为人妻为人母，沿着方程的公式走向生命的终点。看海成了奢望，也成了我与他始终不能沿着这个方程式走下去的一个理由和心结。

　　后来，是母亲的一句话解开了我的心结。她说："女人出嫁就如跳海。水深水浅，跳进去才知道。一切都是命。"母亲文化水平不高，但她的话却让我茅塞顿开。人生几度秋凉，我终究解答不了那道方程式，只能选择逃离。当大浪把我推出婚姻之海时，我终于明白，自己原本就不属于那片海。

再看到海的时候，我已不再年轻。不再年轻的我常常做一个年轻的梦，想给大海做一次新娘，梦中的我常常驾驭一叶孤舟，在广袤无际的海上漂荡，风起浪卷，惊涛拍岸，我是海的女人。没有媒人撮合，没有彩车迎娶，没有热闹的酒席，没有跪拜天地。礁石、海浪、鱼儿、红树……这些还不够吗？眺望大海，我仍然在想母亲说的另一句话："女人活着要刚强，就算跳海，也要选一块干地。"这话我仍然不能理解，海就是海，干地就不属于海了，但当我站在海中那块礁石上的时候，恍然大悟，礁石就是海的干地。礁石把我和大海融为一体，天蓝海蓝，天高海阔，海风吹拂着我的长发和裙摆，也唤回我缥缈的思绪。我默默领受高天之上神的晓谕：踩着海浪就能到达快乐的天堂，到达流着奶和蜜的迦南美地，到达圣洁的心灵喂养之地——红色的锡安山。在这里，我听到了大海的情歌和呼唤。

看到生命之海的时候，是这一年的初秋。我接到了中国作家协会北戴河创作之家度假邀请函，十天不长不短的假期，却是我多少年来的等待和期盼。起程这天，正好是八月十六，按照家乡的习俗，出嫁的女儿必须这天回娘家。我把去北戴河休假的消息告诉了母亲。我说，这样的度假实在来之不易，也许这辈子就这么一回。母亲懂我，也习惯了我的四处漂泊，在电话里重复着那句话："这个家养大了你，但留不住你。"随即，母亲开始了喋喋不休的叮嘱，说得我心酸眼热，嗓子哽咽，泪水蒙住了眼睛，才挂了电话。在这样一个团聚的日子里回创作之家，怎能不叫我欣喜若狂呢，甚至是归心似箭。我把出版的书装进皮箱，书很沉重，这是自己多年的心血结晶，也是带给创作之家的唯一礼物。按照常理，作为一个作家总是要有自己的书，但出版了书未必就是真正的作家，也许，我就是写了一辈子也不能证明自己是一个作家，一辈子只是活在无尽的思考和怀念中，活在美丽的幻想和自我修炼中。曾经多少次，梦到面朝大海，春暖花开。多年的夙愿，如今终于实现。但无论怎样，真正的作家，就如海中的礁石，当你站在它上面的时候，会感到生命的厚重和牢不可破、灵魂的威严和圣洁。一个置身于文学大海的作家，不是由一本书或者几本书的出版就可以给自己定位的。

我把一生最好的时光给了文学，我不在乎文学能回馈我什么，我爱它，毫无条件，没有想过和它讨价还价。我不在乎文学能让我得到什么，我的作品能在哪里发表，也不在乎能获得什么奖项，这些都丝毫不会动摇我对文学的钟爱和锲而不舍的坚持。我坚信踏石留印，抓铁有痕。文字带给我的那种欢乐是无人知晓的。我喜欢那个用文字营造的充满诗意的梦幻意境。那是一个纯洁无瑕的世界，一个让灵魂尽情唱歌跳舞的世界，在这个世界里，我有一颗永远纯真的童心。在无痕的岁月里，我尽情书写生命的本真。虽然我没有太多的天赋也没有太多的机缘，但我却喜欢恒持一种执着，坚守一种信念。

创作之家距离海边不算太远。第一天回到家，我就迫不及待地要去看海。于是，邀约成林兄和赫东军结伴向海边走去。此时的北戴河已经是旅游淡季，这地方是"十个月磨刀，两个月宰人"。现在，已经进入了磨刀期，下海游泳的人星星点点。其实，这个季节正适合观海，欣赏海的空旷和寂寥，海的平静深远、波澜不惊；当然，也可以驰骋幻想海神的威严和愤怒、莫测高深和暗藏玄机。

大海如一块宝蓝色玻璃，浪涛宛如一把硕大的刷子，不停地刷洗玻璃。大海非常干净，容不得一点污秽的东西，那些小海贝、海螺、小蛤蜊，只是大海的配饰，不是大海的生命。大海的生命是永恒。那么，一个属于大海的灵魂，要寻找和大海撞击的契合点，只有来到海的身边，才能感觉、揣摩到。脱掉鞋子，踩着沙滩，感受沙子的柔软与温热，任凭海风将发丝拂乱，我缓缓向浅海处走去，海水微凉，惬意极了。轻柔的风，轻柔的浪，还有比这样的美景更让人神往陶醉的吗？我醉了，醉倒在海的怀抱中……一种舒适的感觉席卷而来，冲走了所有的阴霾和劳烦。我眉忧尽散，心灵再次得到洗礼，精神再次涅槃。

沙滩宛如过滤器，把海中的杂物都沉淀其中，多么唯美的画面。在走过的时间里，海水永远是从容不迫地迎接属于它的帆船和热爱它的勇者。我记得有一位作家说过，只要将生命的小舟驶进文学的大海，你只能永远置身海中。前面是海，后面还是海，无论是挣扎奋游，还是在浅水处徜徉采撷浪花，注定今生与海结缘，与文字相伴。这是海的魅力。我无法抵挡这种魅力的诱惑和吸引，宁愿让海浪将灵魂淘洗千万遍，宁愿恒久地等待那艘在晚霞中归来的帆船。

离开创作之家的时候，最后游览的景观是南戴河仙螺岛。踏上通往仙螺岛的跨海千米索道，大海的容貌尽收眼底。蓝天、白云、海洋、绿树，宛如天然仙境。此刻，我展眉微笑，静静地倾听海的轻歌，欣赏海的淡然和静美。那远古的神话传说给这个岛增添了更神秘的色彩，仙螺姑娘和海娃的凄美爱情故事吸引了众多的游客。从缆车下来，双脚触地后，一个真实的仙螺岛给我的感觉更是惬意无限。真实地还原生活，奢求不必太多。倘若有一天，岁月赐我波涛汹涌，我便记得大海的宽容与深幽，接受挫折的洗礼，淡看岁月的沉浮。如果总想把瞬间之美当作永远，那我会寄予于文字，寄予于梦幻，寄予于美好的未来。

眼前，云淡风轻，群鸥飞舞。离开仙螺岛的时候，海风吹走了我的红纱巾。蓝湛湛的海面上，纱巾宛如一只美丽的红蝴蝶，在海上蹁跹起舞，通体透红，飞越沧海。我久久伫立在海边，静静思考着成林兄说的那句话："被海浪推上沙滩的东西，原本就不属于海。"但它们却把海的胸怀与精神播种，让大海的美丽以更多的形式得以展现，骨子里永远充满大海的属性。一阵喜悦涌入心底。或许，我的余生就在这里度过。

红纱巾飘远了……眼前，呈现出一个花开的季节！

我把心给了你，你却把泪给了我

不经意的时候，我总是想起，那共剪西窗的柔情，满盏清月，醉了你也醉了我的梦。如今，心怎么了，总是发疼。是什么刺疼了它？是那不能停留的遇见？还是不能再见的思念？

你说："一次偶然的相遇，四目对视的瞬间，便永久摄入心底。"

我说："人生路上，有些相遇是偶然的，有些却是必然的。不相遇，就过不了这道门槛，但相遇了，未必能相知，相知了，也未必能相守。"

你说："人的一生中，总会有种种的邂逅，邂逅是一种美好的感觉，是一份情缘。"

我说："就是这瞬间的邂逅，让我记住了你，瞬间的决定，让我爱上了你。"

你说："哪怕只是瞬间，我会生生世世寻觅你，把思念的秋水望穿。"

我说："思念是一条风筝线，只要我们不松手，爱的晴空定然在起风之日。"

你说："其实在这世界上，不用我再牵挂什么，只要心中有爱，就会有一切。"

我说："感谢时空馈赠的这份距离吧，让我们能够很好地思念着，牵挂着。"

……

不知道从什么时候起，我们都变成了快乐的孩子，带着天真的梦想，在远离俗世的时空两端，洗尽铅华，幸福且小心翼翼地守护着爱。你说："第一眼就感觉这一生中不能没有你。那一刻，是什么碰撞了彼此温情的双眸？"我说："我只是你前世失落的女人，今生不能相见的爱人。"

万籁俱静的午夜，月亮过门不入。在这种困惑迷离的时刻，我总是在忧伤的梦魇中，最先看到你的影子，依稀又清晰，朦胧又逼真。于是，我用这支消瘦的笔，蘸着夜的浓墨，在如水的光阴里，把你的肖像勾画……

严冬时，天地苍茫，白雪皑皑，世界原来是那样洁净，纯洁得让人不忍再踩踏。某一天，在某一座城市，某一条小街，我一个人踏着滑滑的白雪，在街头巷口，徘徊等待着，冀盼眺望着。那划过天空的鸽子啊，能否为我叼来一片翠绿的橄榄叶？那南来北往的鸿雁啊，能否为我捎去一声问候？

春光里，倚窗凝望那朵缥缈的云彩，云卷云舒，心随云动，哪一朵云总是把我的视线牵动？哪一朵云又独揽风采？此刻，我的心总是被一种莫名的忧伤缠绕，一杯咖啡怎盛得下这满腹惆怅？浅浅低吟又怎诉得出百转柔肠？些许落寞，些许感怀，些许独悲，还有那云那雨那雾，挥之不尽。

夏雨中，我喜欢独自漫步，那撑开的花伞下，敲击伞面的雨声让我如痴如醉。雨朦胧，心朦胧。此刻，我不知道你在哪里。在天边或在眼前？在梦里或在心间？世上万千人从我身边走过，你却拽住了我的视线。

秋来了，心总是空落落的难过。说心里话，我不喜欢这个季节。我不希望秋天无情地把爱掠夺，把激情掠走，把失落和苍凉留下。多么惨烈的扫荡和清场啊，空旷得让我不能相望也不敢回首……心就这样疼痛着，疼痛着！长久的空白，宛如一条白色的绷带，一点点缠绕在滴血的心头……

你说，爱需要淡定、牵挂和疼惜。一旦爱上了，只会越来越爱，一直爱下去，直到心碎。我说，爱是一种不变的心灵契约，一句话也许会伤透对方的心，一个眼神也许让你我今生难忘。我们都是爱的守望者，不求爱的结果。其实，有结果的爱已经是一份结束的爱。把爱当作唯一答案的才是真爱，但这个世界上真爱还有多少？也许，只是一个虚幻的梦，正如你所说："梦是爱的翅膀，梦是爱的飞翔，爱你，我忘了尘世的烟火，一心一意，相思煎熬。"

爱原来非常娇贵，铜锈腐蚀不得，油盐酱醋浸泡不得，在那种不冷不热、不咸不淡、不紧不慢的日子里搁浅不得。爱需要心思。因为爱霸道也专横，需要唯一的爱人去经营、呵护，去拥有那颗别人拥有不了的心。爱也喜欢耍小性子，在自己心爱的人面前，会变得刻薄尖酸，刁蛮任性。哭着、笑着、闹着、温柔着、娇情着，风情万种，百转千肠，分不开舍不下。明明喜欢却又装作不在乎，明明深爱却总是故作矜持和疏远。走近了怕审美疲劳，走远了又如在天涯。有时候，因为一句话或者一个眼神，赌气说声再不相见，却又藕断丝连。于是用泪水、幽怨、悲伤、痛苦、冀盼演绎着爱的绝唱。心在疼着，泪在流着……

人在尘世，心在云端，或许是爱的境界；我把心给你，你却把泪给我，或许是爱的相许；一眼万年，瞬间难忘，或许是爱的契约；今生断不相见，或许是爱的决绝与永生。春风摇曳，夏雨缠绵，翘首云端，爱已化蝶！

梦是属于女人的天堂

夜里，我无法入眠。聆听窗外的雨声，心里也在下雨。闪电像金簪插进夜的浓发，一道金光再现夜的美丽和端庄，我屏住呼吸，静静等待遥远天边滚动的那声惊雷，但声音很沉闷。思绪也被这声音牵引着飘向很远的地方，那里是我的家乡。故乡的冬天是一幅淡泊而冷峻的山水画，白雪皑皑的高山峻岭，天地间苍苍茫茫，一只老鹰在天空盘旋，炊烟袅袅，牧歌声声，美丽的草原梦幻般从我的脑海里闪过……此刻我又想起了梦飞，今夜，他还会来吗？我们的相约是在今生还是来世？为什么他总是会伴随我左右？

"我们在梦里相见才是最真实的。因为你我不属于红尘。"这是梦飞的声音。

远处，飘来了歌声：

> 我想看看你的眼睛
> 只是无言看着你
> 让梦想幻化着
> 心中的天堂

"梦飞，你带我走吧，我累了，真的好累……生活的冷酷让我寂寞如斯，犹如身在枯井，我渴盼那明亮的阳光。"

"好的，我们一起到天堂镇。人在旅途，让爱一路相随!"

"天堂镇？没听说过。"

"让大鹰带我们去。"梦飞吹了一声口哨，一只大鹰从天空盘旋而来，我俩伏在鹰的翅膀上，风吹过，一阵香气飘来。拿着金香炉的天使登上祭坛，将众信徒的祈祷和呻吟合成香烟，献在神座前的金坛上。被香烟净化的众生之音，从天使手中缭绕升到神前。盛满祭坛火炭的香炉，被天使倾倒在大地上，巨响之后，电闪雷鸣，大地摇晃。

城的光辉如同极贵的宝石，亮如碧玉，明如水晶。墙是玻璃造的，城是精金的。城墙的根基用各种宝石修饰，城门白昼总不关闭，在那里没有黑夜。

江河如画，山川似锦，春风悠悠，细雨蒙蒙，春水满田燕子斜飞，黄莺的歌儿清脆入耳。放眼远望，山花烂漫，树叶新绿；远处忽传几声布谷鸟叫，古意新韵。一派春意盎然，能不令人心情舒畅、陶醉满怀？

你还迷恋那座城市吗？看到了吧，这里才是我们心灵的居所，梦中的天堂。

曾经梦想的天堂——一座忙碌的城市。羊城给我的感情很空洞，很浮躁。即使这样喧哗，我看到的却是很多无奈的表情。在灯红酒绿的世界里，一个个演绎着独自的寂寞和狂欢。我无法融入这个世界……

清新的空气从窗棂的缝隙间悄悄溜进来，我掀被而起，双脚在黎明的骚动中踯躅。窗外，晨风吹散浓重的雾气，黑暗渐渐隐遁，霞光争辉的早晨即将到来。有梦的日子，总会觉得心在不断飘浮，在无止境的时空隧道中找寻幸福所在。此刻，窗外阳光灿烂，缕缕轻风拂面而来，有些凉意但绝非刺骨。抬头，湛蓝的天空，几朵洁白的游云随风缓缓移动，在这朗朗晴空之下，心是自由的。原来生活很简单，世界也不复杂，梦飞晓谕我一个道理：天堂，一旦不再承载梦想，就不再是天堂。

第四辑 /

纵情大好河山

我所追寻的／永远是茫茫夜空
中的／一颗明星／它总是若即若
离／不能靠近／我只好傻傻地
将它藏在心中……

——琴子心语

谁给了你千年不死的生命

大巴车载着我穿越戈壁，穿越沙漠，当眼睛被那白花花的戈壁石刺得发疼时，突然，一道奇特的景象出现了，胡杨树，你的高大，你的伟岸，你的气冲霄汉让我震惊。

胡杨，一种生长在沙漠中的奇特之树，我不知道，你生命的本体是钢铸还是铁打？天地之间，你和石头、沙粒的脉搏一起跳动，和闪电天火一起燃烧，和白毛风一起怒吼。明月边关，丝绸之道，你扬手搀扶那一个个干渴的旅人，为他们打造了一艘艘绿色的方舟。

胡杨，你是我心目中值得仰视的铁骨男人！你是狂风吹不倒、风雪压不垮的硬汉子。有一抹阳光你就能舒袖长舞，有一滴雨水你就能通体透亮。那软软细细的沙掩埋着你穷劲扎根的痛苦和艰难，于是，一个生命的奇迹出现了："活着一千年不死，死了一千年不倒，倒了一千年不朽。"这种不死的大漠英雄树，难道不值得人们震撼、震惊吗？

胡杨，你是戈壁和沙漠的儿子，你没有嫌弃父亲那张冰冷铁青的脸，更没有抱怨母亲那干瘪的胸脯，你把生命的根深深地盘踞在她消瘦的怀里，春天，用一叶新枝给大漠沙海增添霓裳；秋天，用浓彩把白花花的戈壁滩点缀。于是，母亲慈祥的微笑深藏在一个又一个沙窝窝里，铁青着脸的父亲啊，也不再让人望而生畏。

胡杨，在这个丰华秋实的季节，我走近你，坦然地靠在你那结实的膀臂上，尽情吸纳你给予的生命精华和阳刚之气。在这个物欲横流的时代，连荷尔蒙也染上了铜臭的味道。只有在这片神圣的净土上，才能领略到你的灵光宝气。此刻，我深深地呼吸，再呼吸……太阳如此娇美，天地如此明亮。有你，在漫漫的人生长路上，我不再孤独寂寞。

有人说，在你身上雕刻一个洞，你就会流泪呜咽，我不敢，也不忍心触摸你那经受了千年浩劫疤痕累累的身躯，生怕触疼你的软肋，但我还是抚摸到你潮湿的泪迹，这是积淀千年的泪啊。伟岸强大的沙漠男人啊，原来你也有不能诉说的痛楚。

冰山移动，江河浩渺，没有任何生命能和你一起承受这天崩地裂的变迁，更没有任何植物能和你一起经受这雨雪风霜的洗礼。你摇摇头抖落岁月的烙印，打一个盹儿送走时光的痕迹。你死了吗？我分明听到你那被岁月掏空的胸腔里一个不屈的灵魂在呐喊；也分明看见你祖露的铁臂向天伸展，擎起岁月，力挽苍穹，挺拔屹立，扶摇直上，从容不迫地面对人类仓促而过的五千年，昂首笑傲红尘间来来往往的过客。于是，那衰老的岁月在你面前走得如此缓慢，长了老年斑的太阳更显得老态龙钟，黯然失色。

胡杨啊，在你面前我除了形秽自惭还能说什么？人生路上的曲折、艰难和坎坷，又何足挂齿？凝视那一片片金黄的叶子，我突然在拷问自己，叩问生命：在这样的季节里，你究竟留下了什么？一段故事？一行脚印？一个梦想？我摇摇头，感叹一个人生命的短暂和人生的来去匆匆，短暂得不及你飘落的那片叶子。生命的延长、精神的精华、灵魂的不朽，胡杨，你给了我答案，给了我启迪，给了我延长生命的金钥匙，让我开启禁锢我的那把精神枷锁，自由飞翔在永恒的国度。那时候，我将躺在文字修筑的城堡里，静静地和你对晤。我会悄悄地告诉你，我的心中已经孕育了一棵小胡杨，它是我生命中的一点绿、一缕爱、一片暖色……也是我生命的延续！

蓑衣樊之夜

习惯了噪音喧嚣的都市之夜，躺在这间安静的小木屋，反倒有点睡不踏实。木屋漂亮独特的外观造型和鲜亮的棕红色彩，让我很自然地联想到欧洲的浪漫乡村。美丽水乡蓑衣樊，今夜我和你相拥。

开着空调，炎热被关在木屋外。这是一个多么平静柔美的夜啊，蓑衣樊像一位羞羞答答的乡村少女，一抹轻纱将通体遮遮掩掩，让多少人雾里看花、想入非非、蠢蠢欲动。此刻，我没有让自己的思维刻意去追溯什么，只是让它信马由缰，让灵魂在一片朦胧的夜色里自由徜徉。

午夜已过，推开门站在木屋的阳台上，有风拂过脸颊，掠起我的长发，淡月笼纱，娉娉婷婷。荷花、芦苇、绿水、穹苍、木屋还有我都融在一起，形成一幅硕大无比的水墨画。今夜，我是这画中人，我置身于天地山水间，灵魂轻轻地从慢城的午夜飘然而过。遥远的水云边，偶尔传来一声蛙鸣，天上飘来细细的雨丝，悄然无息、润物无声……伸手摘一片滴翠的荷叶，拽一缕摇曳的芦花，掬一捧激滟的绿水，唱一首委婉的情歌，或敞怀大笑，或亮嗓高吼，喊那个在城市里找不到的自我。来吧，快来吧！来这个世外桃花源！双肩披上那黄色的蓑衣，再戴一顶斗笠，让自己像模像样地扮演一回农家女，"青箬笠，绿蓑衣，斜风细雨不须归"，妙不可言的意境溢满我的眼睛。

蓑衣樊的夜是令人冷静思考的夜。一个人徘徊在湖边的小木屋间，平展展的水泥路延伸到很远很远，我踮着脚尖翘首，那里也许就是我常常在梦中抵达的地方。雨丝甜甜，风儿透香，思维自由飞翔，面对浩渺穹苍，我好想给远方的朋友打一个电话，告诉他们此时此刻我的感受和心情，但我始终没有找到一个应该拨打的号码。好风景没有人和我分享，自然会产生一种隐隐的失落，但换位一想，此刻，谁又能安静地坐下来聆听灵魂的呼唤，谁又能摒弃尘世间那些所谓的人生价值和光环闪烁的桂冠。天下好风景是给许多衣食无忧的人预备的，有心情来体验这种慢生活的人，至少在快节奏的工作状态下，满足了身体的一切需要，才会产生这种闲情逸致。假如身体还终日不得温饱，哪还有心思去喂养灵魂。

蓑衣樊，据说前几年还是一个极其贫穷的小山庄，靠三面环水的天然生态资源，仅仅几年就摘掉了穷帽子，被打造成中国乡村旅游模范村，这里有蓑衣客栈、公社大食堂、咖啡小屋、荷香码头……这里是秀美如画的天上人间、飞鸟游鱼、红树绿溪，一个村庄可以在蜕变中容光焕发，返老还童，那么一个人呢？在茫茫天地之间，怎样才能使生命身心如一，以自己独特的个性和风骨，给这个喧嚣不安的世界留下一幅精美的画卷？哪怕是一朵芦花、一片荷叶、一洼清泉、一缕暖阳、一条自己走出来的小路……突然想起卞之琳的那首诗："你站在桥上看风景/看风景的人在楼上看你/明月装饰了你的窗子/你装饰了别人的梦。"假如人人都是一道被他人欣赏的风景，那么，这个世界又是什么模样？假如人人都栽培一朵小花，世界就是一个蝶舞飘香的大花园；假如人人都怀揣一缕暖阳，普天之下就是一个没有黑暗、没有罪恶、没有眼泪的人间天堂。

我的思绪徜徉在蓑衣樊的午夜，在天水交融、碧波激滟的湖面上舒袖独舞，在荷花丛和芦苇荡里跳跃，我不能委屈了那个支撑我走过红尘的灵魂。我满怀嫣然的心思，只是想寻找机会给它一个满足，那样，我才感觉是一个真正的自我。多年来，就是忙里偷闲，也要努力和灵魂保持一致的步伐，至少让它离我不要太远。

蓑衣樊，快乐的乡村之夜，你是我要抒写的一个故事，也是我要描绘的一幅画卷，我将满腹的心事和一腔深情给了这个只属于我和你的夜。你将我的一颗心用嫩绿的荷叶轻轻包裹，再让风儿向远方快递。

蓑衣樊，尽管我来去匆匆，但你让我的心如禅宁静，如水清澈，如烟飞流。我醉了，醉在花香里，醉在绿波中，醉在这个让我心动、温柔的蓑衣樊之夜。

雨还在飘落，细细的，湿湿的，柔柔的……蓑衣樊的夜，一个属于我和你的无眠之夜。

我的日子终将寂寞如初

　　风很大，路面上的黄土被汽车轮子带起来，在车尾形成一条长长的土龙，黄沙从玻璃缝儿里钻进来，满身满脸都是沙土。我有点后悔了，怎么选择这么一个天气出行。车上一位老者说，没有风就不是秋天了，秋天的风就是这么无止境地刮来刮去。他问我去哪里？我说想去法轮寺，话音刚落，身边几个人都和我搭起了话，他们大概看我的穿戴不像本地人，听口音也南腔北调，就问我从哪里来？我说远了，广州。

　　"哇，广州，远得很啊。专门来法轮寺吗？"

　　我点点头又摇摇头："只是听说赤峰有个法轮寺，想去看看。"

　　"不过，你来得不是时候，每年正月十四、十五那里都举行大型祭祀活动，每月初一、十五为法轮寺的诵经日，许多香客都是不远万里来这里敬香。七月十三这里也要举行盛大庙会，要祭敖包，那就非常热闹了，现在去很冷清啊，香客很少，什么都没有。"

　　我笑了，没有告诉他们，我来赶的不是庙会，只是想把自己这颗烦乱的心在这里寄放片刻。心里空落落的，一个人上路的时候总是这个样子。

　　车子走走停停，它拖着那条长长的土龙，奔驰在塞外的古道上。这方土地，几千年前，东胡、匈奴、契丹、蒙、汉各族在此繁衍生息，创造了光辉灿烂的古老文化，也留下了这座规模宏大、气势雄伟的法轮寺。这是一座将汉满蒙藏建筑风格融为一体的青砖碧瓦，雕梁画栋的古寺庙。踏进寺庙的大门，给我的感觉是一种落寞，一种与世隔绝的宁静。

　　没有一个香客。我一个人在寺院里走着，一群鸽子在大殿的顶上飞来飞去，咕嘟咕嘟地叫着，影子从地上掠过，时隐时现，给这寺院更增加了几分神秘。秋风轻轻拂过，给我带来一丝凉意，几片发黄的杨树叶把秋天演绎得如此苍凉。走进主殿，久久望着释迦牟尼佛像，莫名地感叹人世间的许多无奈，许多悲伤，"菩提本无树，明镜亦非台"，想到这两句话，眼角变得有点湿润了，我不知道自己的下一站在哪里停留，就像这片落叶不知道它会被风带到哪里。一位老人向我走来，他为我打开主殿的门："拜佛主吗？"我没有回答他的话，收起手里的照相机，和这位老人随便聊了起来。原来，他是这里的住持，九岁就皈依佛门，来法轮寺已经整整七十三年，一个人能守在一个地方七十三年，这恐怕不是一件容易做到的事，但他却把自己一生的时间在这里度过。他和我讲起在这里度过的年年岁岁，一个只有九岁的少年，为了信仰，在日出日落中，在一盏青灯、一缕香烟中，在朝朝暮暮的钟声里，他数着手里那串佛珠，守着这座寺院，从一个美少年变成了胡须斑白的老翁，这种持久不变的执着不是每一个沉醉于红尘的人都能做到的。我被老人的话感动，只想流泪，只想和他说我心里好难过，但我什么也没有说，只是静静地望着那一缕缭绕的香烟……

　　日子如流水一般地过，有些遗憾。曾想真挚地挽留，可终究不能，时光荏苒，岁月如梭，叹不知珍惜。多少年，颠沛流离，飘飘荡荡，在岁月的熬煎中，一如落花的飘零。有些人，有些事，一辈子都无法忘记；有些人，有些事，一辈子都不想忘记。理想是云端的彩虹，永远和我相隔。也许是因为可望而不可即，所以显得弥足珍惜，视为我全部的生命。也许，我所追寻的永远是茫茫夜空中的一颗明星，纵然我一生一世都在追寻这星光的照耀，但它却总是若即若离，不能让我靠近，我还是魂牵梦绕地为那颗星心动，傻傻地将它藏在心中。有一首歌里唱道："再长的路一个人走，再冷的夜一杯酒。"是的，醉里可以且贪欢笑，醉里可以泪眼问花，醉里可以挑灯看剑，醉里可以黄粱，也可以荒冢……

中午，老主持要留我用餐，寺院的十几个人都在一起吃饭，饭菜很简单，炒一个鸡蛋木耳，两盘小咸菜，主食馒头、油炸饼，还有大米汤，他们吃得津津有味。在饭桌上，老主持给我介绍了一位年轻人，他不足三十岁，是法轮寺的副住持，我们没有做太多的交谈，但我始终不能理解他的选择，反过来又一想，每一个人所走的路，谁又能理解谁？

凡事要放下，志在解脱。这是老主持送给我的话。能放下能解脱吗？路很长，我不知该怎么走，但我知道，再长的路都是一个人走，没有人和我结伴，因为我为自己选择的是一条常人不走的路。

午后，我和老住持告别。在阳光里，望着这座曾让千百万人朝拜的法轮寺，感觉如梦如幻，在时间的打磨下，后人会在那一根根脱落了油漆的柱子上、房梁间，涂上新的色彩，它是永恒的远古的遗址，也是永恒的远古的文化。人在这样的永恒里，还不是渺小如一粒沙？最终将自己回归于天地之间，置身于大地的怀抱！

皇姑幔前巧梳妆

娥皇、女英，我来了！

我为你而来，为那个湘妃竹的凄美故事，为那千滴斑竹泪的感动，为那份被世俗喧嚣抢走的真爱，为那个轻易放不下的梦想，还为了神灵的伟大和不朽。皇姑啊，我想用你的圣水洗涤满身的疲惫，洗涤那满心的惆怅和烦忧。我想和你尽情地做一次心灵的交流。因为，只有你知道我的心思，知道我千里迢迢为何而来，也知道我怎样用双脚踩碎那艰难的时光流波。为你为他，还是为我？为梦为爱，还是为那执着的追求？

攀着一个又一个台阶，小甜妹拉着我的手，踩着树隙间透出的点点碎光，登幽幽石径，听流水淙淙。大约攀登了三分之二的崎岖山路，在一座陡立的云梯前，我决定不再往上攀了，我不想再体会那种高处不胜寒的滋味，只想实实在在独守这处风景。于是，我松开小甜妹的手，一个人站在这块狭窄的石阶上。此刻，我最想做的一件事，就是在皇姑幔前，在这诗情画意的景色里，精心梳妆打扮一次，为你为我，也为那跨越千年的爱。摘一朵小花，扯一片白云，捧一掬泉水，蘸点点湿润清香的晨露，作为我化妆的凝脂。风轻轻吹动我华丽的霓裳，梳理着我的长发，梳理着浮躁烦乱的思绪。那些不值得自己去劳费心机的琐事，如一根根脱发，被风带走……

走进诸冯山，望参天古树，听清泉滴流，看飞溅瀑布，那尘封许久的心霎时穿越时空，穿越百世千年。沿嶙峋巉岩，经"妙绝"之地，"钥匙启路"四个大红字宛如神灵之手，搀扶我一路向上攀登。踏着昨日的梦，踏着那尘封千年的脚印，穿越尘埃，去追逐皇姑的妙影，追逐那一个个美丽动人的神话故事。

这是一片神秘、古老的群山。是舜王出生之地，也是他与娥皇、女英两位妃子的起居地。一缕灿烂的阳光透过轻幔，鸟儿在晨光中俏皮地呢喃，微风轻轻地徘徊，这景这情怎能不使我心旌荡漾、激情奔放？环视绿树红花，聆听百鸟千啭，眺望远山近水，欣赏蝶舞蹁跹，我真想大声呼唤："娥皇、女英！我看到了，真的看到了！你飘逸飞舞的裙摆，冰清玉洁的肌肤，明亮聪慧的黑眸……"

缭绕的薄雾将我素裹，吉祥的彩云向我招手。皇姑啊，当我走不出迷茫与困惑，走不出寂寞与忧伤的包围时，来到了你的帐幔前。我想对你说，今生不知该把这份爱投放到哪里。你说："爱是袅袅炊烟下的等待，是暮鼓晨钟的守候，是秋月春风的旖旎婉约，是沧桑岁月里的相伴相随。"你还说："已经在这个世界迎候我了，无论风雨。"虽然轻幔未撩，但朦胧中的美更令人陶醉。千万年的距离不是距离，远古与现代的遥远也不是遥远，此时，我们不是已经面对面地相依在一起了吗？心贴心的倾诉，脸对脸的对视……

皇姑啊，可曾记得我们在梦里的相聚？还有你的承诺和期许，你说见不见都会记着我，来不来都会等着我。我还是来了，我不来，会后悔一辈子。我不来，梦难圆。我不来，怎能体验到自然本身的那种灵气和魅力？怎能领略你给予的这种澎湃激情？此刻，我真想拉拉你那漂亮的裙带，从你那含情的一笑一颦里，再解读一次滴血斑竹的人间绝唱。倏忽间，风从我的手臂间轻轻滑过，凉凉的柔柔的……皇姑啊，我还想摸摸你那凝脂般的脸庞，闻闻那天赐的甘露清香。眼前突然一亮，那遍野烂漫的山花绽放吐艳，香气袅袅，葱绿欲滴的灌木舒枝展叶，好一幅动人心弦的锦绣画卷；天上人间，人间天上，浑然一体，恍若隔世，这样的绝美景色，怎能不叫我惊叹艳羡！

群山、碧水、轻雾、古树……让我领悟了你告诉的真谛，让我找到了那个爱的契合点和心的安放之处。皇姑啊，你说，爱是前世今生的延续，爱无始无终，无疆无界。我想知道，前世的我和他，今生的他和我，那么来世呢？我还是我，他还是他吗？你说，爱是前世今生来世的延续，爱无始无终，无疆无界。

皇姑啊，你是传说中的神话，参天大树是你的闺房，茸茸茅草是你的锦毡绣被。你喜欢自由，愿做农妇田女，于是，上帝把这幔巅云海的千古奇景恩赐于你。此刻，从撩开的那一隙幔中，我分明看见你白天随夫耕，晚上戴月还，用骨针缝衣，用麻秆煮饭，掬清泉洗脸，蘸晨露梳头，山风吹拂，溪水荡涤，用鲜花做最美的头饰。于是，我畅快地吸一口山野清风，让记忆与遐思、希望与梦想一起扇动自由的翅膀，从白雾缭绕的幔前飞过，飞越尘埃，飞过千年的距离、万年的犁沟……

皇姑幔的风是多情的风，清爽得让你意乱情迷；皇姑幔的花是妩媚的花，就是牡丹也未必敢和它们媲美争艳；皇姑幔的树是风情万种的树，苍劲、潇洒、挺拔、伟岸，绿得惹眼醉人；皇姑幔的空气是天然的凝脂，湿湿的润润的；皇姑幔的水是天赐的甘露，甜甜的凉凉的，喝一口，心中的浮躁被过滤，浑身的疲惫被荡涤。

从城市的喧嚣中走来的我，在这样一种充满大爱的自然中，还有什么不能丢弃呢？那颗被钢筋水泥禁锢了许久的心，怎能不梦想、不飞翔呢？那种原始的真爱怎能不让我感动呢！还值得为那种虚拟的儿女情长去消磨时间、浪费光阴吗？那些定格在灰白色荧光屏上的卿卿我我，还值得劳费心思去追忆和思念吗？那种肤浅的被世俗和铜锈熏染的爱还值得一提吗？卸载、清除，用大自然这个超级杀毒软件，给大脑做一次彻底的杀毒，清除那些不该存放的杂物，清除那些困扰自己的情绪和杂念，还一个清清爽爽、快快乐乐的心情给自己，轻装上路，路上的风景缤纷绚丽，花香鸟语！

我寄片心于云雾，与汝同消千古情！

壶关的太阳

乘大巴车到山西壶关的时候，正是夏伏之日，我们一行几人在壶关镇停留片刻，又换乘一辆面包车向景区出发。车子行驶在一条从山崖间切割出来的柏油路上。望车窗外千沟万壑，心中不免升起丝丝畏惧，头顶上，嶙峋陡峭的巉岩仿佛有一点动静就会被震落下一块藏匿的巨石。但这种担忧是多余的，司机的驾车技术令人惊叹，车子像一只蓝蜻蜓，在蜿蜒起伏的盘山路上飞来飞去。我倚在明媚的骄阳里，不经意间，一种清新，一份惬意油然从心底漫过。

车子大约走了四十分钟才接近景区。真不敢相信，在这个峡谷深处竟然藏着这么一个山清水秀的小村庄——桥上乡，还有一个叫"钓鱼台"的宾馆。大山环抱中的这片天地，漫过都市的喧嚣，抖落岁月的烟尘，坦荡地向游人展示它的纯美和安静。一条小河沿谷底缓缓而流，清澈透明，水声潺潺。清风拂面，如一抹水色凉爽痛快。抬头凝望那碧蓝如洗的天空，回味大自然带给我的这份娇美，不禁心生一种对生命的敬畏。接近傍晚的时候，太阳给大山涂上了一层暖暖的橙红，那山那水，更是温柔醉人。于是，我迫不及待地把那颗被尘世烟火渲染的心安放在这清浅静美的时光里，享受峡谷给予的温暖和慰藉。

早晨，曙色依稀时，手机响了，是钟乐耕先生打过来的，昨晚我和他，还有来自西安的伏萍都约好了，今早一起去抓拍太阳。匆匆洗漱完毕，就拎着相机向外走去。此刻，桥上乡还处于朦胧的睡意中，宾馆内也鸦雀无声。轻轻推开门，深吸几口清凉如水的空气，疾步直奔小桥。钟乐耕先生已经站在桥头，双手举着长焦相机，正凝神静气地从取景框里捕捉远远近近的奇山丽水。那专注的神态，我不忍惊动，于是，悄悄将手上的相机一举，把这美好的瞬间定格。他回过头，笑着向我招手："快过来呀，我们一起抓太阳。"我快乐地笑着，心飞起来了，举着相机，如顽童似的在桥上跑来跑去。本想打开手机百度音乐，让他听听我喜欢的这首歌：《我来到这个世界为的是看太阳》，但又怕惊动了这种让我陶醉的安静和温馨。

　　桥上乡仅仅是壶关大峡谷的一个小乡村，站在小广场一眼能望到马路的尽头，弹丸之地，景色却得天独厚。青石铺就的小桥，在晨曦中尽显它的庄严。壁立千仞的大山把这个小村围在中间，形成一个硕大的天然天井。在这样的意境中迎候太阳的到来，免不了心生几分激动。多年来，看日出的时候很多，为捕捉太阳跃出地平线的瞬间美丽，沐浴那一轮灿灿金光，我几经艰辛跋涉，曾多次登泰山攀华山，行天之涯赴海之角，踏遍山川江河。那瞬息变幻的色彩常常让我荡尽铅华，忘却世事纷扰。但也有失落和失意的时候，在南漂广州的日子里，置身于群楼之中的我总是不辨东西南北，每天早晨，企盼东升的太阳，但太阳却总是躲藏在云层里。于是，我把家乡的那轮太阳长久定格在刻骨铭心的思念中。后来，当我居住北京的时候，看到的仍然是一个不清醒的太阳，它像一个没有梳洗打扮的女人，埋汰邋遢。厚厚的雾霾把自然的三原色搅得浑浊不清。群楼被打上了厚重的灰色，就连马路边点缀城市的矮松，枝叶也蜕变成黑绿。四季分明的鲜亮色彩在都市里很难看到。于是，住久了就想冲破那沉沉雾霭。在壶关，在这条千里大峡谷里，让我再次清晰地看到了生命的三原色，清波、绿树、七色阳光自然糅合在一起，充盈着峡谷的每一个角落。这是一个山青青、水潺潺、树葱葱、风习习的峡谷，一个令人神思遐想、激情荡漾、流连忘返的峡谷。

　　清风拂过发梢，空气甜甜的、湿湿的、凉凉的。此刻，太阳宛如一个刚刚梳妆过的贵妇人，凤舞霓裳，端庄地站在大山之巅，将浓郁的颜料向山水间涂抹。刹那间，峡谷被一种神秘的色彩笼罩。这是一幅没有人工雕琢的山水画，如蝉翼般的橘红轻轻地从山后蔓延过来。我们被眼前的极致景色惊呆了，迅速按下相机快门，长焦、变焦、逆光，从不同角度来抓拍太阳的美丽。碧空纯净，湖波潋滟，青山柔媚，花草妖艳，多么美妙的天上人间啊，这就是壶关大峡谷，一个原生态的天然氧吧。静静倾听峡谷的心跳，倾听河边的蛙声，倾听空中飞鸟的歌唱，心中的烦忧荡然无存。此刻，我看见一缕缕被太阳梳理整齐的金丝大把地抖落在平静的河面上，含露的牵牛花晶莹剔透，开得姹紫嫣红；我看见万仞奇峰如披甲上阵的勇士，庄严地排列在千里峡谷，向着太阳宣读着它们被长风雕琢、流水切割的漫长史书；我看见那历经血雨腥风的红豆杉，风采奕奕，挺拔苍翠，与太阳同辉，与星月同在；我看见一朵朵娇艳的小花，一棵棵柔嫩的小草，一株株翠绿的小树，它们在石缝里峥嵘，在幽谷底绽放。不卑不亢，不争不喧，不攀不比，各尽其能，太阳毫不吝啬地把阳光给了它们。天地间如此大爱突然让我想起《圣经》里的一段话："野地里的百合花怎么长起来；他也不劳苦，也不纺线；然而我告诉你们，就是所罗门极荣华的时候，他所穿戴的，还不如这花一朵呢！"那颗被世俗缠绕的心倏忽如冰释然。太阳啊，你让我知道人在天地之间的位置，也知道了人类原本的渺小。太阳听到了我的心声，它眯着眼，笑得那样甜美。天光飘飘洒洒漫过峡谷与河面，漫进我的眼帘。这样的桃源仙境，相机又如何抓得住、藏得下？心轻轻地和太阳接吻，忘情地感受这种不可言说的温暖和幸福。感谢、赞美上苍，给了一个让大自然晓谕启迪我的机缘。

我们三人在小桥上徘徊着、感慨着，在这样一个静逸的清晨，亲临这样如诗如画的意境，尽情拥抱太阳，沐浴在它的流光中，心怎能不溢满感动的泪水？拍照的时候，我和伏萍身披鲜艳的红绿纱巾，忘情地向太阳欢呼招手，钟乐耕先生给我们拍了一张又一张照片。他说，能抓住太阳不容易，难得情景交融，难得和太阳有这样的机缘。河两岸，垂柳依旧葱绿，潮湿透明的空气在桥上萦绕，一个女孩跑过来，问钟乐耕先生，能不能给他们拍一张全家照，她说喜欢太阳。钟乐耕先生爽快地答应了，女孩站在父母中间，她一脸纯真，柔嫩的胳膊搂着父母亲，好幸福啊。她说，父亲母亲就是她心中的太阳。听了女孩的话，我不禁泪眼蒙眬，突然想起自己曾经写过的一句话：父母亲如同太阳，但太阳只有一个，什么也无法弥补和代替他们曾经给过你的温暖。是啊，天上的太阳也只有一个，它永恒不变，但我们心情不同、角度不同、地域不同、气候不同，领略的却是一个千变万化、千姿百态的太阳。壶关的太阳不像广州的太阳那么老气横秋，也不像北京的太阳萎靡不振。它宛如一个靓丽的少女，把青春的朝气尽显，把自然的三原色尽显。女孩留下了她的QQ号，反复叮嘱一定给她把照片发去。她拉着父母的手从石桥走过，灿烂的笑脸转瞬即逝，越去越远，银铃般的笑声却在空气中久久飘荡。

　　我来到这个世界为的是看太阳，

　　而一旦天光熄灭，

　　我也仍将歌唱

　　我要歌颂太阳

　　直到人生的最后时光！

　　这首歌很符合我此时的心境，打开手机百度音乐反复听着，歌声与太阳呼应，与大山呼应，与我的心灵呼应。为期短暂的笔会即将结束，按照既定的行程路线，我和文友们一起漫步红豆峡，攀上紫团山，领略了奇峰莽林、悬泉飞瀑，感受了千仞突兀的天梯险道。真是一块化石就是一段历史，一条古道就蕴含着一个故事，一株红杉就是一段传奇。但最让我不能忘却的仍然是每天早晨在桥上抓太阳的情景，那种迫不及待、冀盼和渴望，那种孤独与安静、忘我和无我的境界，无论过多久，都不会随时间流逝。感谢太阳，感谢它再次给我温暖与光明，让我孤独的灵魂再次蹁跹起舞。太阳！壶关的太阳！我要走了，怀揣你给予的这片温暖，行走不会孤独，有你的天光照耀，梦想总会照亮将来。

黄河之魂

经过十几个小时的长途跋涉，大巴车终于把我们拉到山西吉县，接近壶口的时候，我的脸紧紧贴着玻璃窗朝外看，看着看着，眼睛湿润了，景色太美了，无与伦比的美！车子越接近，雷鸣似的声音越清晰。我们仿佛走进了硝烟弥漫的古战场，涛声咆哮，如万马长啸。

密密麻麻的游人站在河两岸俯瞰瀑布，我被母亲河蔚然壮阔之势惊呆了，已经无法克制自己激动的心情，张大嘴巴想喊，想说什么，但这一切似乎都是多余的，心里不住地叮嘱自己，不要说话，不要喊叫，不要破坏那滔滔不绝的联想洪流，让想象张开翅膀，自由飞翔，让情感恣意流淌进涌，不要去惊动。安静地和母亲河对晤，在沉默中继续沉默，在想象中继续想象……

不到壶口，永远也不会领略壶口瀑布的精髓与本质。站在岸边，面对黄水沸腾，云雾排空，惊涛翻滚的奇丽景观，我肃然起敬。黄河啊！在五千年流淌的岁月里，多少人写尽了你的绝色千姿，写尽了你的风流倜傥，也写尽了你的狂傲不羁，我不敢再卖弄文字，言语的无用、文辞的贫乏让我羞于出口。当我远离网络，远离城市噪音，远离世俗红尘，突然发现，这个世界原来是多维的，草木有情，山水有灵，于是，那长久被钢筋水泥禁锢的心室豁然洞开，心情是何等的美妙，何等的坦荡。感谢上帝，给了一个让我走近你的机会，让我尽情感受你脉搏的跳动，倾听你心灵的呓语。

壶口龙洞，是天下第一洞，来壶口观瀑布，必须下龙洞，沿着蜿蜒曲折的石阶，一步一步向下走。这是一个天然岩石洞，冰凉的水一滴一滴地从爬满青苔的石缝渗出来，潺潺流水淋湿了我的头发和裙摆。不远处，隐隐约约呈现出一束微弱的亮光，循光行至洞口，在那块巨大的巉岩峭壁下，已经站满了游人，有的打着伞，有的穿着雨衣，拍照、录像，捕捉那瞬息变幻的瀑布景观。四周出奇的安静，连空气都拒绝喧哗的侵入、杂音的干扰。我站在龙洞边缘，有一种伸手即可触摸黄河的感觉，抬头仰望，只见黄河在两岸苍山的夹峙中，河水渐渐聚拢，流入壶口时，收束为一股，霎时，狂阔的激流宛如苍龙滚滚，奔腾呼啸，跃入深潭，巨大的浪涛，以汹涌磅礴之势朝着谷底猛烈地冲下去，惊天动地的声响震撼了山谷，激起团团水柱，连空气中都充满了闪着金星的蒙蒙水珠。

母亲河啊，这里，是你为天地间营造、演绎的一座绝美的童话世界，晶莹剔透，圣洁纯美；这里是你灵魂自由舞蹈的圣殿，惊涛伴奏，飞浪击乐。这里是天上人间！此刻，从繁花似锦中走来的游人沉默在涛声中，沉浸在神秘而亲切的意境里。曾经有多少忧伤的梦被你惊碎，使隐痛化为喜悦，沉重化为锦帛。擦一把满面的水珠，轻轻地走近你，偎依在你真实坦荡的胸襟里，吮吸你的乳汁，品尝你的甘露，倾听你跳动的脉搏。你温暖的血液里，流淌着华夏五千年的文明史，流过高原，流过山川，流过九曲十八弯，洋洋洒洒，势不可挡；你将中华民族神圣的使命镂刻在落潮熨平的沙滩，那铺满河床的褐红色千层石在衰老的太阳下白花花地泛着光，河床一年比一年宽，河水一年比一年少，你经流的许多地方被人为地改道、截流、筑坝。那些祖祖辈辈坚守在你身边的黄河人啊，被迫迁徙到比永远更远的地方。只留下几头披着红盖头的小毛驴，也仅仅是为了迎合游人的兴趣。支离破碎、干涸、断流……这就是今天的母亲河。于是，你再次咆哮，抖动那冲冠一怒的千丈白发，灵魂的呐喊如此强大，骇浪翻滚，惊涛拍岸。面对你不可触动的威严，人还有资格说"人是世界的主宰"吗？世界何其大，人类何其小。壶口瀑布——黄河之魂！你永远是一个独立的原始的王国。

　　晚上，有幸和导游住在一个房间，我问她："为什么黄河偏偏把魂留在了壶口？"她给我讲起大禹治水的故事，讲鲤鱼跃龙门的故事，导游说，黄河里的鲤鱼头上都有一块黑疤，我问为什么，她说，跳跃龙门时撞伤的。这条天然瀑布就是鲤鱼心中的龙门，鲤鱼如果能飞跃瀑布，就会被黄河水带入大海。听着这个传说故事，我在想，如果能打捞一条鲤鱼，我一定要先看看它头上是不是有黑疤。黄河赋予鲤鱼跃龙门的勇气和意志，也同样赋予人无穷的智慧与能量，晓谕人热爱自然、通达神灵。然而，游人鱼贯而过，有多少人能听见你灵魂的呼喊，有多少人能感受到你温暖的血液，有多少人敢触摸你驻满神灵的头骨？

　　捧一掬圣水，洗净我满面的风尘，那颗挂满劳累的心习惯了奔波，如今，我突然为自己度过无数虚妄的奔波而害羞，为许多妄念名利的得失而愧疚，值得吗？把身体放低，远离世俗，潜入山川江河，会看到另一个维度的世界在与自己平行。

　　黄河啊，天工开物的那一瞬间，当你从青藏高原、黄土高原奔流而下的时候，断然把魂留在了壶口，也许，壶口是你通往寂寞的中心；也许，壶口是你走向永恒的深处。孟麦山是天与地相接的屏风，屏风后，定然有一个与神对话的王座。赞美上帝，创造天地万物的神，给了你一个亘古不变的灵魂。那么人呢？灵魂的去处在哪里？天堂还是地狱？从何处来到何处去？无家可归的幽魂啊，在人生茫茫归途中，在碌碌无为的劳作中，等待前因的今生，后果的来世，等待那血色的孤烟照亮天堂的大门。

　　黄河啊，你是至高而孤独的，当太阳用金丝线为你编织永恒的花环时，你却用灵魂环抱落日，环抱那永不消失的壶口。蚂蚁似的人群，陆陆续续，伫立在两岸，耳边风在吼，马在叫……

走出围屋的龙南

深秋，我随同东方散文笔会的文友，有幸走进天香浓郁、花柳争妍的赣州龙南。龙南有客家圣地九连山，有风景醉人的小武当山，有满地金灿灿的脐橙，还有一座座令人深思遐想、浮想联翩的神秘古堡——围屋。围屋不仅仅是一处景观，也不仅仅是客家的文化遗产，围屋是佐证，是悲剧，是艺术，是存放在旧日时光里的一幅精美绢画。走进围屋，体会着历史的沧桑，品味着文化的内涵。

赣南围屋数龙南，龙南围屋在杨村。秋风习习、阳光灿灿的午后，杨村年轻的镇长陪同我们从那条不太宽敞的小街走过，走近古朴幽深的燕翼围，厚实坚固、笔直矗立的外墙，如千仞陡壁跃入眼帘。那是一种"刺破青天锷未残"的气概，一种凛然肃穆的雄姿。阳光投给这座高大雄伟、气势恢宏的围屋一抹阴影，写满岁月沧桑的高墙绷着冷峻的面孔，给人一种萧瑟落寞之感。令人不敢相信，三百二十多年来，屹立在历史长河中的燕翼围，经受着腥风血雨的扑打，经历了烽火连天的峥嵘岁月，仍然完好无缺，岿然不动。推开那扇沉重的围门，浓郁的客家人文气息扑面而来，驻足凝眸那斑驳凹陷的老墙，在时光的流动中，慢慢叩读客家人古老的历史。踏着凹凸不平、吱吱作响的楼梯，在昏暗的光线中我慢慢向楼顶走去。攀上围屋的高处，抬头仰望，只见天空被那黝黑的房檐围成一个正方形，天井里几棵瘦干的树，无精打采地在阳光中打着盹儿，手扶围栏，轻轻抚去岁月遗留的尘埃，仔细聆听围屋的心跳，聆听那刀光剑影里一个个惊心动魄的故事。如今，门外那口存放在日子里的老井已是满壁青苔；雕花的窗棂后面不再有少女那双羞怯的眼睛；门楣上杂草肆意滋生；天井里不再有手里忙着活计、拉着闲呱的客家女，那木棒捶打衣服的咚咚声也渐渐远去……淳朴浓郁的客家风情画宛如一部老电影，映入眼帘的是一幕又一幕精彩的闪回和蒙太奇。我轻轻地把时光揉碎的残片捡拾进文字的行囊里，想把它复原成一个美丽的来自远古的梦。

围屋——一部客家人迁徙、奋斗的厚重史书。一根根木柱，一条条石基，一扇扇雕花窗户，那是千年尘封的沉甸甸的客家文化，是客家人漫长历史的画卷。我的思维在流动的阳光里慢慢穿行，沿着青灰色石条，走进那遍地烽火、战乱四起的远古年代，动荡不安、民不聊生、疮痍满目的炎黄大地，何处有老百姓安居乐业的净土可寻？从一代始皇起，坚守防御，于是有了万里长城，有了各种古城墙、护城河，也有了这大大小小的围屋。国无宁日人民又怎能安宁，围屋是防御、自保，是客家人心中渴求平安的唯一奢望。走进围屋，我仿佛听见，在疏星残月的深夜，晚归的男人站在厚厚的石壁前，拿起门环轻轻叩击，那是平安的信号。在那条鹅卵石铺就的小径上，头戴花丝巾、身穿蓝布衫的客家女人扶梯下楼，推开沉重的铁门，摘去丈夫头上的那顶尖尖的斗笠，再轻轻弹去双肩的落尘，回眸窥望天边那朵云霞，还有天井里盛开的嫣红桃花。

客家人的高超智慧和精湛的建筑艺术，在围屋里体现得淋漓尽致。从燕翼围出来，又走进关西围屋，抚摸那包裹着铁片的厚厚的三重门，从萧墙穿过，久久凝望这座造型为一个"回"字的院落，不禁陷入沉思：为什么要用一个"回"字作为这座围屋的结构和造型呢？我似乎听到从遥远的驿道上传来声声委婉忧伤、感情奔放的"过山溜"：

　　门前介老树已落满雪花，面颊介泪水已飘向天涯，冷清介满庭系满地介残花，家啊！就像一幅陈年介画。

家，是围屋主人心中美好的向往；家，是为围子里的妻儿老小求得平安和神灵保护的一个图腾！于是，他把家的温暖和真情融入那个"回"字里。

围屋的森严壁垒更让我惊叹不已。存放的粮食足够三年食用，就算三年走不出围子，粮食吃完了，只要打开那个"口"字砌起的围墙，就会有甘甜的蜜汁流出。

轻轻抚摸那发黑的窗棂，我仿佛看见沐浴在阳光中酿酒、织布的客家女，围屋是她们心中永远坚守的圣地和乐土，那是根深蒂固的四世同堂的血缘纽带，让她们一代一代繁衍生息。将心中的渴望幽禁，日出日落，斗转星移，青灯孤影中的女人啊，唯一的盼望就是院里那一树桃红。

和谐稳定、国泰民安的今天，围屋已不再是客家人安全保障的依托。如今，住在围子里的多数是老人和儿童，尽管在昏暗的阁楼听不到喧嚣，看不到霓虹，但这里有米香和草灰的味道，一砖一瓦都是祖先留下的产物。在宁静中坚守着这份祖业，坚守着心中那一方天伦之乐，轻松愉快地享受生活，享受新时代阳光的沐浴和普照。

客家人崭新的生活早已从围屋开始，但真正走出围屋的龙南是在改革开放以后。他们知道，要想打造一个新龙南，要想让龙南这条巨龙扶摇直上，飞跃九天，必须敞开围屋的大门。于是，他们再次掌握智慧的钥匙，开启那一扇扇被历史关紧的窗户，像祖先一样，不屈不挠地做一次艰难的心灵跋涉和迁徙，让思想远行。于是，围屋对着时代的镜子重施浓妆，宛如一位迟暮少妇，在这块人杰地灵、物华天宝的土地上，以独特的魅力和神韵，携带心灵的罗盘，矜持从容地走向未来，走向和谐美满的福地。

由于时间匆忙，我们只游览了两座围屋。当拍下最后一张照片时，已是云霞满天。黝黯的围屋被涂上了一层金黄的彩釉，转身的瞬间，心里突然涌动着一股莫名的落寞，不知下次相遇又在什么时候。龙南——你是我心中一道永远抹不去的风景！

畲族橙园

"脐橙熟的时候，在龙南相会！"这是笔会文友不约而同的约定。龙南的脐橙终于熟了，全国散文作家笔会选择了这个橙黄橘绿的季节，在江西的南大门——龙南召开。踏上南下列车的时候，初冬已给北方穿起了厚厚的棉衣，光秃秃的树木，萧瑟的劲风，让广袤的原野更加空旷苍凉，瞬息千里的时光把寒冷的冬季甩给了北方。接近赣州的时候，正逢午后，这里阳光融融，暖风徐徐，我情不自禁地脱口赞叹，好一个生机盎然、百花争妍的春天啊！笔会期间，我们攀上重岩叠嶂的武当山，越过古树参天的九连山，走进九幢十八厅的关西围屋和古朴深幽的燕翼围屋。最后，来到了令人心醉的畲族风情橙园。

走进橙园，漫山果树上挂满枝头的脐橙，红彤彤，黄澄澄，就像一个个小红灯笼，照亮一座山，映红一江水，依山眺望，古树、山寨、流云、飞瀑……红绿相间的景色让我目不暇接，流连忘返。我驻足频频拍照，把目光凝聚在取景框上，太美了，远景、近景、连拍、微距，快门响起，让光影留住这最美的景致：一丛丛翠绿欲滴的橙树，一串串金黄悦目的脐橙，一张张喜气洋洋的笑脸……生活在龙南的人是幸福的，这是龙南老百姓共同的心声。这里不仅青山秀水，景色迷人，更主要的是龙南人生活得和谐、安详、舒心、快乐。

橙园的主人非常好客，他们喜欢让远来的客人品尝自己亲手栽种的果实。我们在欢声笑语中体验橙乡浓郁的畲族风情。空气中弥漫着沁人心脾的芳香，衣裙浓艳的畲族姑娘把最新鲜的脐橙端到我们面前。吃一口鲜嫩甘甜的脐橙，酸酸的，甜甜的，馥郁爽口，回味无穷。随着悦耳悠扬的畲族音乐，几位游客穿上畲族服装，跳起竹竿舞，歌舞升平，喜气洋溢，漫山遍野一片橙色，让龙南这座古城变得更加温暖、欢乐、喜庆。偌大的橙园啊，一片金黄，这里是龙南人孕育希望的吉祥之地，幸福的天堂。

我凝眸端详一串又一串挂在树上的脐橙，想摘一个，但挑花了眼，不知该摘哪一个好，在一棵又一棵橙树下踌躇不定，最后，终于找到一对儿让我心仪悦目的脐橙，我的手触摸到那个凹陷光滑的脐眼儿时，突然感觉，自己像接纳一对刚刚出世的婴儿，它们如同双胞胎，连在一根枝上，两个圆圆的脑袋，色泽鲜艳，通体透亮，捧在手上，甘甜醇香之味扑鼻而来，随即，一丝惬意油然而生。绿油油的橙树，宛如即将分娩的母亲，在静逸的清风中安详等待着果农的摘采。呱呱落地的脐橙啊，带给龙南人的是充实、甜蜜、喜悦……

脐，是胎儿与母体之间联系的纽带，橙子和橙树连接的地方酷似人身体上肚脐的形状，由此而冠名"脐橙"。在橙园，果农会如数家珍地给游客讲许多甜蜜的脐橙故事，只是我们没有足够的时间聆听，来去匆匆，所见所听，也只是管中窥豹。脐橙和龙南这块土地血脉相承，它身上的那根脐带和满坡橙树相连，和这方神奇的热土相连，和带领老百姓致富脱贫的龙南领导人相连。

橙树三年挂果，而且挂果的时间长达二十多年，这么长的时间内，橙叶不落，橙树不朽，四季常绿，年年孕果，这不能不说是上帝对它的恩宠。因为龙南有脐橙，我记住了龙南。肖大庆问我："见过脐橙挂果的美景吗？"我摇摇头反问他："为什么赣南一带偏偏会生长脐橙呢？"他说："这里的土壤里含有稀土，而且土质湿润。"原来是土地塑造了它们，成就了它们，给了它们特殊的养分。脐橙栽种到适合它生长的土壤里，才会根深叶茂，苗壮生长。那么人呢，是不是也要寻找适合自己生存的土壤，才能把生命中潜在的能量激活释放，让心中的梦想之花绽放到极致？

带着这对双胞胎脐橙，我离开了龙南，在赣州上火车那天，正赶上中共十八大召开期间，车站检查非常严格，皮箱让安检员翻了一个底朝天，我的双胞胎脐橙也被他们抖落在地上，安检员用手指摸着脐橙那个凹陷的脐眼儿，细细端详起来。我不想告诉他们，这是龙南的脐橙，我要带回北京去，和朋友们一起品尝这真正的不打蜡、不催熟、不上色的绿色脐橙！

一线天

　　霏霏细雨飘飘而落，雨雾蒙蒙，眺望远山，一片黛青，这样的天气似乎不大适合登山，但按照笔会的议程安排，我们还是如期向龙南的景区小武当山驶去。车到山脚的时候，雨还没有停，好在细心的领队肖大庆早已为我们预备了雨伞。雨中送伞，总是有一种暖暖的感动在心底流淌。

　　踏着台阶向山顶攀登，雨天有雨天的美景，那山朦朦胧胧，那树晶莹剔透。头顶云卷云舒，脚下山路蜿蜒，远山近水，云遮雾罩，这种难以捕捉的美丽更令人心动。我手里拿着相机，无法撑开伞，细雨淋湿了头发，淋湿了衣服，也淋湿了那颗干渴的心。顺着陡峭的台阶路，我一边照相，一边行走，缓慢的行走速度使我渐渐和大伙拉开了距离，走到一线天的时候，只剩下我一人了。独自站在寂静狭窄的洞底，不由驻足静思，这种静思，某种意义就是和大自然亲切晤面，安静地和它做一次心灵的对话，忘记以往的悲伤，忘记尘世的烦恼，即觉心神安怡，如冰释然。

　　抬头仰望一线天，只见两峰峙立，巉岩陡壁如戟直刺苍穹，一抹阳光好像一条白色的丝帛，从那条狭窄的缝隙垂落进洞底。暗昧阴冷的峡谷顿时变得明亮开阔，一棵大树苍翠挺拔，一些不知名的小草小花爬在峭壁上，给这个昏暗的石洞增添了生命的活力和灵气。我惊叹这树、这草、这花的生命力，它们选择了这个不为人知的山洞，但依然生长得那么茂盛，它们不在乎阳光的抚摸，雨露的青睐，与寂寞做伴和孤独为友，默默地用生命之绿点缀幽谷深山。凝眸这棵树，不由让我联想到伊甸园中那棵永远不朽的生命树，于是，冬眠的灵感慢慢复苏，激情如彩蝶，在每一片绿叶、每一棵小草、每一朵小花间跳跃飞舞……那颗孤独的心不再孤独，麻木的神经不再麻木，枯干的脑海不再枯干！神工鬼斧的一线天啊，让我生命中的激情之花再次绽放。我突然领悟到，这是造物主对我真正的晓谕和引领。

一线天，是大自然的杰作，是造物主的宏伟工程，走过一线天，其实是一种自我穿越，一种绝路逢生，一种柳暗花明。人生的途径中，我们常常会遇到许多这样的一线天，走过去就是光明一片、海阔天空，但往往许多人都难以走过这人生的狭窄之道，习惯了坦途，习惯了阳关大道，一旦走进深谷幽峡，就会惊慌失措、绝望迷惘，直至激情和灵感从生命之树上枯黄凋零。

一条小道从峭壁中间穿过，左盘右旋，曲折蜿蜒。顺着这条道，可以直接攀上一线天顶端，到达那座云中悬挂的浮桥。走还是退？前面是巉岩陡壁，后面还是削壁悬崖，有一种前不见古人后不见来者的感觉。天色越来越昏暗，当我继续向上攀登时，肖大庆发来短信，让我们赶快下山。带着遗憾向洞外走去。雨还在下着，雨雾中，我告别一线天，告别那棵苍松，转身的瞬间，心底突然萌发出一种对生命本真的思索：如果你天生是一棵苍古大树，就算被栽到无人问津的幽谷深山，就算永远看不到太阳的笑脸，但只要顽强地活着，你就会绿叶簇拥，繁花绽放，硕果累累。

一杯愁绪洒银滩

从北京到南宁，火车载着我一直向南行驶，心里有一种又漂羊城的感觉，越走越热，但空调车里是感觉不到热的。中午，一缕阳光从我脸上闪过，车厢里安逸温馨，优美舒缓的音乐响起，列车员走过来，让大家站起来跟着她做体操。望着窗外的风景，在音乐的伴奏下，扭扭腰伸伸腿，心里流情如火。远处，风景宛如一幅幅淡雅的水墨画，以深灰为主色调。当黎明的巨手掀起黑暗的帷幕时，自然的大笔就饱蘸浓绿，将山川、河流、树木涂抹……一片一片花蕊绽放的油菜花，一坡一坡葱郁欲滴的常青树，还有那一朵一朵叫不出名的鲜花……多想打开窗户，呼吸一下那扑面而来的沁人心脾的香气，但窗户是密封的。

火车在走，太阳也在走，但火车永远追不上太阳，太阳变得颓废了，也幽默了，喜欢和人捉迷藏。天空也追随白加灰的非主流色彩。在北京看不见太阳，长沙也看不见，到了桂林、柳州仍然看不见，从北到南，真是八千里路云和月啊。

晚上八点多火车才进南宁，小住一宿，第二天乘大巴车直达北海。北海是一座坐落在南宁南部的城市，踏上这片土地，浓浓的热带风情扑面而来，满眼的椰子树、棕榈树，偶然也能看见几株如火如荼的木棉树，但和广州的木棉树相比就有点英雄气短，不够伟岸挺拔了。也许是在北京待久的缘故，想来海边舒缓一下被雾霾包围的心情，寻找那一片清澈透明的碧空，那一汪傲然临风的明净。从大巴车上走下来，就迫不及待地大口大口地深呼吸。这里蓝天碧海，红日白云，鱼跃鸟飞，树荫绰约，是一个名不虚传、妙不可言的南海新城。但美中仍有不足，第二天，正当我们观赏银滩美景时，太阳又开始和我们捉迷藏，它又躲到了哪里？北海的早晨，大雾缭绕，水汽氤氲。但作家郭伟说，这里的雾气和北京的雾气有本质上的区别，北海的雾来自大海，北京的雾气来自无数辆汽车的尾气，北海的雾里不含任何化学成分，不像北京的雾霾是由各种化学成分组合而成，浓烈的汽油味儿会呛得你喘不过气来。他说的也许有道理，但有谁会舀一勺空气来品尝？有谁会珍惜这不花钱而能够自由呼吸的空气？

雾中的银滩仍然很美，海浪一波接一波，海水泛着白光，白沙从我们的脚趾间流过，柔软细腻。踏浪而行，一股透心的凉意从脚底直冲脑门，惬意啊，那是海的亲吻、沙的抚摸。那颗沉重而潮湿的心顿时涌出欢乐的悸颤。在大自然的怀抱里，灵感与风帆荡漾，激情与潮水澎湃，我知道是至高无上的神点亮了我的心灯，接上了永恒不灭的电源；那是灵的闪烁，是一股通天的光明。血液里流溢出美妙的音符，那是神弹在我心底的琴声。此刻，我多么想去追逐高翔的鸟、远航的船，多么想敞开心灵之主的殿堂，让心的溪流与大海一起徜徉。

轻风习习，碧海连天，一处多么柔美而妙不可言的自然风光啊！如果那灿灿的太阳能钻出云层，我想景色更迷人，那海一定是碧波闪闪，那树更绿茵盎然，那花更美丽妖艳。听海水拍岸，看潮退潮涨，我会尽情地和自然倾吐我的诗我的歌，我的感恩和赞美！

少有人记住的岁月

从出租车上下来的时候，天空正飘着霏霏细雨，雨点落在脸上，湿润润的，同来的家乡文友瑞萍和易萍都情不自禁地说："四月的南方，气候真好，湿润润的，远不像我们北方那么干燥。"是啊，南方，晴天美丽无限，阴天也别有韵味。花红树绿，空气清新。领略南国风貌，体验南国风情，这也是我们要参加《东方散文》广丰笔会的一个原因。因为早来了一天，在这个时间的空当里，我们几人决定去上饶集中营。

上饶是个美丽的地方，广丰更是游人的梦幻原乡。这里的青山秀水、古韵嵩峰不必说，小桥流水、十都古村不必说，江南"一洞天""中华第一宅"也不必说，但只有上饶集中营让我有一种特别难忘的感觉。也许是自幼接受了这种革命的传统教育，也许是对《红岩》这部书中描写的许云峰、江姐等英雄人物顶膜崇拜，阅读叶挺将军的《囚歌》和唱《红梅赞》的时候，总是热泪盈眶，这样的感觉几乎影响了我整个人生，学习英雄，讴歌英雄，向英雄那样做人。但也有困惑和不理解，他们面对敌人为什么会那样坚贞不屈。后来，我渐渐明白，那是一种对共产主义的信仰，这种信仰是他们的精神杠杆，让这一代先烈用不朽的精神为人类支起了信念的丰碑，用鲜血染红了飘扬在天安门广场上的五星红旗。

上饶集中营是皖南事变的产物，在皖南事变后，新四军突围时，部分干部战士被捕入监，在茅家岭这座"狱中之狱"（又称"死囚牢"），他们用自己的血肉身躯奏响了一曲中华民族的正气歌，虽然已经过去了半个多世纪，但每一个中国人都不能忘记那段历史。

参观上饶集中营，再次揭开了中国人心中尚未愈合的伤疤。纪念馆共分七个部分：炼狱黑幕、叶挺将军、黑狱红旗、铁窗烈火、冲出樊笼、武夷悲歌和前仆后继。站在叶挺将军的塑像前，默默吟诵他的《囚歌》：

为人进出的门紧锁着/为狗爬出的洞敞开着/一个声音高叫着：爬出来吧！给你自由！我渴望着自由/但也深知/人的身躯怎能从狗洞子里爬出！我希望有一天/地下的烈火/将我连这活棺材一齐烧掉/我应该在烈火与热血中得到永生！

阳光永远是无法囚禁的，如果我们能够做出这样一番想象的话，就能够在相当程度上理解叶挺的处境，假如叶挺没有失去自由，他可能也写不出《囚歌》，论才略他是诗人，论功勋他是将军，他有十足的智慧和胆识，但他不幸被囚禁，在这样的活棺材里，面对严刑拷打，甚至灭绝人性的折磨，他仍然拿起笔，写下了气贯长虹的正气歌。看那首刻在墙壁上光照千秋的诗篇，更让我对烈士肃然起敬："富贵不能淫，威武不能屈，正气压邪气，不变应万变，坐牢三个月，胜读十年书。""三军可夺帅也，匹夫不可夺志也"，铁窗阻挡不了他心灵的飞翔。他承载着信念的风帆，看到了曙光升起时的新中国，也看到了波澜壮阔的大革命正席卷华夏大地。没有百折不挠的革命意志与坚定的共产主义信仰，他绝对不会在那样恶劣的环境中挥笔抒怀。英雄的气场散发出的正能量，让敌人感到胆战心惊，刑法种种又奈何。这何尝不是一个共产党员的胸襟和胆识。

是什么支撑他们能坚持一切正义的斗争？依然是信仰！因为他们相信正义终将战胜邪恶，相信党的英明领导，相信共产主义事业一定能取得最后的胜利。可见，信仰是多么重要。毛主席曾经对信仰有一段精辟的论述："它是站在海岸遥望海中已经看得见桅杆尖头了的一只航船，它是立于高山之巅远看东方已见光芒四射、喷薄欲出的一轮朝日，它是躁动于母腹中的快要成熟了的一个婴儿。"毛主席给中国人民树立的信仰丰碑是：为共产主义奋斗终身。这个共产主义似乎很遥远，就像基督徒信仰中的天堂，佛教信徒的极乐世界，看不见摸不着，但那是人生命中精神和物质的纽带，是一个国家、一个民族、一个人生存的命脉和根本。

信仰是一个集合词，具有凝聚力，是思想和灵魂的一个集合点，把许多不同的思维、观念、认知统一在这个点上，牺牲小我，成就大我，在不断地修炼中将自我剥离，一点一滴血液，一根一根发丝，一段一段筋骨，从内心到皮肉，从灵魂到肉体，从宏观到微观，从个体到整体，这种自我剥离的过程，就是一个人走向高境界脱胎换骨的过程。信仰让无数先烈承受着肉体和精神上的折磨，信仰让他们用生命摧毁了黑暗的地狱，用鲜血染红了祖国的锦绣河山。

时间像一条奔腾不息的河流，无论你注视还是忘记它，它同样在流逝。今天，茅家岭的硝烟已散，最初的牢房经过多次修缮，早已面目全非，只是一个历史的缩影供游人参观。唯有信仰，却是镂刻在心中的一座通天塔。也许，集中营里的许多先烈，他们想象中的共产主义就是一座美好的通天塔，为了让更多的人攀上塔顶，他们宁愿做塔底，宁愿把牢坐穿，宁愿抛头颅洒热血。信仰是美丽而神圣的，是不可亵渎的。此刻，我突然想起诗人波德莱尔曾经有一句惊世骇俗的美学宣言："比美更美的，就是把美在你面前活生生地毁灭。"用最残忍的手段把最美的生命摧毁，而产生的却是一种流传不息的绝美。上饶集中营留给我们的正是这种美。美丽的信仰会让一个"小我"变得高大伟岸、无私无畏、永垂不朽。即使再过几百年、几千年，人们仍然会缅怀那些为国献身的烈士，万世万代，生生不息。

国家是一个整体，更是一个完整的有机体，就如每个人的身体一样，但支持这个身体的，不仅仅是丰富的物质，还有精神和信仰，它们是这个肢体的灵粮活水，如果粮绝水断了，肢体能不衰竭吗？今天，我们行走在历史的伤口上，就是要从这些曾经的悲烈壮举中，净化心中的不洁，确立坚定的信仰，给自己的生命注入新的血液，让身体的细胞迅速更新，让一个"新我"不断成长，让"老我"渐渐死去。

　　从纪念馆出来，悄然默默地站在烈士陵园墓地，瞻仰那座高耸的人民英雄纪念碑，我在认真感悟、思考，总想和这里的英灵做一次心与心的对话和交流。希望昨天的信仰，不再被绑架。追溯一个人存在的精神根源和价值趋向，渐渐明白，人活在世，或被遗忘或被纪念，这也许就是活着的价值。

信步蒙山栈道

第一次到蒙山，起程的时候，由于不识路，多次打电话询问《东方散文》杂志的主编憨仲先生，按照他指定的路线，我从西安上车，在火车上荡悠了整整一夜，清晨才到达兖州。从车站出来，又匆匆踏上了去平邑的汽车。到县城后，景区的车来接我进山。午后，到达蒙山。一位男服务生接待了我，沿着一条青石条铺就的路走进一座近似围屋特色的小院，这是我的下榻之处。和以往笔会的住宿不大一样，大家都分别住在风格不同的各种小院里，享受蒙山给予的这份安静和幽雅。室内设施俱全，只是没有网络。憨仲先生说，忍耐几天吧，其实，没网的日子更有情趣。落日下，和文友们一起聊天、散步，或者拎着相机，抓拍那异彩纷呈的蒙山晚霞。

笔会报到后，我拿到了一本精美的蒙山画册。画册开篇公一扬的小诗《蒙山叠翠》吸引了我："芙蓉千叠绕银河，秀出东蒙翠不磨。好是春来新雨过，石华香结白云多。"其实，古往今来，蒙山这座五千年人杰、八百里地灵的巍峨青山，吸引了数不胜数的文人墨客，从杜甫的"余亦东蒙客，怜君如弟兄"，到苏轼的"不惊渤澥桑田变，来看龟蒙漏泽春"，脍炙人口的诗词，描述不完蒙山的风骨。于是，我迫不及待想走进蒙山深处，目睹它的巍巍雄姿，领略它的秀水险山。

第一天的行程安排，是行走江北第一悬崖栈道。旅游车一直把我们拉到栈道边。导游说："这是一条在悬崖绝壁上凿孔架木而成的窄路，如果有人恐高，或者腿脚不好就不要走，这条栈道大约要走四十分钟。"我站在栈道口，眺望前方，只见一条栈道曲曲弯弯、漫漫长长伸向云天。试问，这样的蓝天碧空，这样的悬崖峭壁，这样的苍山云海，怎能让人不动心、不被吸引？错过了，也许这辈子再也不会看到。我丝毫没有犹豫，决定走过去。走栈道的人很多，留下的人也不少，大家自由选择。

栈道宛如缠绕在悬崖间的一条棕色腰带，我们顺着这条腰带一步一步贴近大山。左手可摸石壁，右手轻扶木栏，一边是悬崖，一边是峡谷，不时停留在一处，或取景拍摄，或凭栏眺望，千沟万壑，层峦叠翠，流云恣意追波逐浪……蒙山，我来了，我想和你接吻拥抱，我想静静地躺在你的怀中，尽情吸纳你的灵气精华，闻那百花送来的醉人芬芳！

栈道蜿蜒于峭壁之间、我们沿石阶缓步向上。当我的思绪还在那如雪的白云间环绕时，一块岩石突兀，倏忽悬空在头顶，前面的人不时提醒后面的人："注意了，当心撞了脑门。"走着走着，一棵迎客苍松，在风中向我们频频起舞。于是，大家聚集在苍松下，和它合影留念。沿路景色宛如一幅漫漫长长的画卷，那一树红枫、半树紫薇、黄澄澄的柿子、红彤彤的山里红……都争着和我们合影。流云如絮、蓝天似锦、阳光灿灿、苍松叠翠……文友们一个个、一群群欣喜结伴，倾听风声鸟语，静观苍山云海，亲临其境，亲观其貌，亲闻其声，怎能不让我激情荡漾，神思遐想？怎能不叫我灵感飞舞，诗情蹁跹？我再次感受到造物主的伟大和奇妙。那一道寂静的空谷，让归隐者顿悟宇宙的深邃；那一朵柔美的白云，让侠游者体会天地的纯洁寥廓；那一滴清澈的穿岩水珠，教我学会恒久忍耐；那一棵绽放的野花、柔弱的小草，告诉我造物主一样把它们打扮得雍容华贵；还有那株根植在悬崖顶峰的苍松，让我知道什么是最坚强的生命。

栈道越来越陡，导游指着云海中一座山峰说："那里是鹰窝峰。"林涛叠翠中，一座山峰拔地而起，那峭壁刀削的峰顶酷似鸟巢形状。鹰窝峰言外之意就是只有老鹰可以上去。鹰为什么把自己的窝搭在最高处？突然想起《圣经》里的一句话："我们当如鹰展翅上腾。"鹰的窝搭在高处，那里有安宁和阳光，但鹰也常常被突然来临的暴风雨催逼到山谷深涧，当浓重的黑云把它笼罩的时候，它就猛烈扇动翅膀，企图挣脱黑云的包围，当它发现翅膀驱散不了黑云时，就勇敢地向上奋飞，直到进入阳光之中。鹰的奋飞是从黑暗进入光明，从低谷飞跃至山巅。我们能如鹰展翅上腾吗？导游说，北侧峭壁上刻有启功先生的亲笔书写的"鹰峰奇观"四个字，可惜我们不能目睹。"不到鹰窝峰，枉为蒙山行"，今天我们只是站在栈道上静静地观望、沉思、默想……鹰窝峰让我留下了对蒙山的思念和向往。长长的栈道啊，把我们的喜悦带进了这个五彩缤纷的蒙山的秋天。

　　走栈道，想人生，其实，人生之路何尝不是峰回路转，曲曲折折，何尝不是坎坎坷坷，风风雨雨。走了上坡必然要下坡，攀上山顶必然要下山。平平淡淡也罢，大起大落也罢，自己选择了，就要走到底，不要回头，不要犹豫，更不要畏缩不前。最后，引用文友钟乐耕先生赠送我的几句话，作为此篇的结束语："真正的强者，即使赤脚走在石板上，也要踏出火星来。"

第五辑 /
在北京等你

今夜／月亮去了哪儿／我静静地坐在窗前／想端详你
俏丽的模样／你却迟迟不来／是喝多了吴刚的桂花
酒／还是和嫦娥捉迷藏／其实／你来与不来／我都不
会在乎／因为我的心里／已经揣着一轮／比你更圆更
美的月亮

琴子小诗《月亮去了哪儿》

行走在冬天的北京

习惯了一个人行走，习惯了这种自由的日子。这个冬天行走在北京，北京是我漂泊旅途中的又一个驿站。

冬天的北京没有内蒙古那么寒冷，但远不及广州温暖。寒气总是让人猝不及防，悄悄地钻进袖筒，窜进衣领。天色阴晴不定，有时大雾弥漫，有时突然艳阳高照，有时也会雪花飘飘。遇到一个好天气，我会背着照相机，一个人去前门老北京街溜达，到公园里散步，或者去三里屯、什刹海酒吧街和朋友聊天。北京的冬天，不仅仅是一个季节，更是我心中一种永远说不清的情绪。也许是这种情绪的怂恿，我总想寻找一个寄存处，把脑海里那些陈年旧事和杂七杂八的东西全部存放在那里，这样就可以轻装上路。抛弃寂寞，远离世俗，在一种冷峻的色调中寻觅一丝属于自己的暖色，编织一段属于自己的故事。

冬天的北京，是少了一些绿色，除了松柏常绿，其他树木枝叶都已败落，但寒冷和季节的变换并不影响北京的内涵和文化。被风撕碎的阳光从一座座楼房的缝隙间流出来，在忽明忽暗的阳光中，我边走边幻想着冬天里的童话，那是一个温暖的、阳光明媚的、海碧天蓝的世界，一个属于北漂族奋斗拼搏的五彩天地，一个梦想中的海市蜃楼。

冬天虽然寒冷，但没有秋天那么让人伤感。凝望那朵冷傲的蜡梅，抚摸那株泪眼婆娑的斑竹，一种期盼突然在心里涌动，期盼那个生命中的艳阳天，期盼那棵春风吹又生的小草，期盼那融化了的蜿蜒溪流，于是，我会握着冬天那双苍白的手，相望与春的相逢和相守。

　　行走永远属于爱行走的人，在行走中寻找自己要走的路，寻找属于自己的风景，采撷一路鲜花，让梦随心而动，心随意而行。天气很冷，风嗖嗖吹来，我把寒冷裹进大衣里，一个人沿着北海公园慢慢行走，跃入眼帘的景象令人神思遐想，湖面一半是冰一半是水，一半闪着白光，一半泛着涟漪，湖水触动了我摇曳的心旌，视线不由地搁浅在湖面。一群鸳鸯在水中游来游去，聆听它们的鸣叫，聆听那消瘦的垂柳对季节的承诺。于是，心中那永不结冰的梦又开始在惨白的冬阳下跳跃闪烁。

　　走累了，随便走进一家咖啡厅，听萨克斯独奏，品一杯苦咖啡，在一种孤寂和忧伤的情调中，慢慢梳理自己的情绪。广州、北京，这是两座本质和气质完全不同的城市，金钱与权力，商业、文化与地域的差异导致理念与习惯的差异。这是两座充满了挑战和刺激的大都市啊！这种刺激让我蠢蠢欲动，让我不停地思考，不停地行走……阳光从我的指尖溜过，我的手指在白色的台布上滑来滑去，想抓住一抹暖色，但它却宛如一个无情的汉子，无论人怎样眷恋还是思念，都挽留不住那远去的影子。于是，我迫使自己急速追赶冬的脚步，生怕错过这个季节。

　　行走，已经成为我生存状态中不可缺少的内容。在行走中，才感觉到自己的存在，和自然接吻，和山水私语，会使我激情荡漾、心潮澎湃。有一天，当我生命的冬天到来时，我会驻足到一个没有冰雪的地方，眼前是一片蓝色的大海，我将全部的梦浸泡在那不结冰的海水里。银发在风的呼唤中，轻轻撩拨着满是褶皱的脸庞。生命的过程原来就是这个样子。我眯眼眺望大海，眺望那再也回不去的故乡，泪水霎时蒙住了眼睛。岸那边走来另一个孤独的身影，我将自己重叠在那个影子里，在一片朦胧的月色中，慢慢回忆曾经走过的春夏秋冬，走过的花季雨季，走过的山山水水，我会无怨无悔地对自己说：这个生命我没有浪费。

　　只要大海不结冰，生命的船就会起航远行。寒风能吹冷我的脸，但吹不冷我的心。二零一二年，我走过北京的冬天，在摩肩接踵的人群中，幻想着与同路人的重逢。

走过北京地铁

双脚踏上地铁，我身不由己地随着如潮汹涌的人流向站台奔去，列车扭动着身躯，声嘶力竭地吼叫着从一条沉闷而昏暗的隧道里窜出来，站台上黑压压的人群像中了吸星大法，发疯似的涌向那个狭窄的魔盒，两扇透明钢化玻璃门，就是关上一个世界、打开另一个世界的通道。人体在震动和挤压中宛如一群蠕虫，在匣子里挤来挤去，车与人摇晃着，变得酩酊大醉。

不用问，被庞大的系统程序输送到这个时间段的人都是上班族，他们风尘仆仆，匆匆忙忙，如决堤的洪水，一浪高过一浪，一波接着一波，这是早高峰期的一号线和八通线。我为什么要赶这个时候上地铁呢？难道只是为了体验这种被挤压的感受吗？玻璃窗上飞速闪过的红绿广告，像风中摇摆的魂幡；手机里五花八门的铃声，搅得人心烦意乱；汗味儿、香水味儿、口香糖的清凉味儿，四处弥漫，无孔不入。抬眼凝视那张地铁线路图，眼前突然幻化出一个硕大的蜘蛛，日夜不停地吐丝——黑色的缠绵不尽的丝啊，织成了一座纵横交错的盘丝洞一样的城市。不同色彩的八条线宛如蜘蛛的八条长腿，在黑暗中延伸爬行，贪婪地吞噬着这些被粘贴在地网上密密麻麻的昆虫。此刻的我也变成一只被挤瘪的小虫，想挪动一下双脚，但身子似乎被什么东西缚住了，无法挣脱那蛛丝的束缚。脑海里突然呈现出一条可怕的信息，我是我自己吗？我仿佛置身于一个陌生的不真实的世界里，这里是一群相互毫不相干的人，冷漠的脸、冷漠的目光……空间这么小，人与人擦肩而过，并肩而走，贴得那么近，然而，一个眼神，一个转身，一个面对面或背靠背的站立都无法把心的距离拉近。

　　车厢那边传来一阵歌声，声音越来越清晰，"我要告别平凡的生活/注定现在暂时漂泊/无法停止/我内心的狂热……"是许巍唱的那首《执着》。循声而望，只见一个弹着吉他的年轻人走过来，透过人群，我的目光不由地停顿在那张冷漠的脸上，他不笑，看不出快乐和悲哀，倒是隐约可见一份特有的率真。一绺长发遮住了眼睛，他不时向后甩着头发，清秀的五官，不修边幅的衣服，看得出这是一个很酷的男孩。一把吉他、一个旅行包、一张粘贴在包上的十元人民币，他的手指弹着吉他，眼睛没有看任何人，也没有向任何人乞讨。我把目光聚集在那张票子上，揣摩着其中的含义，是十元起价还是十元起家？是创业的招牌还是标志？他走过人群，没有人给他往挎包里放钱，他也不看自己的钱袋，只是投入地唱着。那深邃的目光后面，隐藏的是什么？想超越这平凡的生活，还是对未来的执着？人们挤来拥去，摩肩接踵，但他依然在唱，不在乎周围人的存在，不在乎别人是否能听懂他的音乐，更不会乞求给他一点掌声或者怜悯。也许，只是想展示一个真实的自我，想寻找属于自己的世界，实现美丽的音乐之梦。他走过我身边，我想掏一张票子，但没有勇气掏出来，用这张被铜臭染过的票子，岂不是玷污了他那个率真洁白的世界吗？我还是怕他难堪，怕破坏了他心中那个五彩缤纷的音乐梦。

　　列车跑乏了，摇晃着疲惫的身躯在四惠站停下，喘息之机，又是一阵骚动，一股人流潮水般涌来，我被卷得离他很远，但依然清晰地听到那震撼心灵的歌声，"可你知道我无法后退/纵然是我苍白憔悴/伤痕累累……"似乎有什么东西迷了我的眼睛。列车又启动了，一站又一站，密密麻麻的人如电脑里无数个英文代码，在隐形鼠标的点击下，不停地在这张地网里窜来跳去……脑海里突然涌出《黑客帝国》里莫斐斯说的那句话："每个人从呱呱坠地起，就活在一个没有知觉的牢狱中，一个心灵的牢笼。"一个庞大的母体，一张庞大的网，其实，人都在虚拟中被一只无形的巨手掌控，很少有人能挣脱束缚自己的心灵牢狱。只有选择了自我，选择了真实，选择了心中的最爱，才会看到另一个维度的世界，和它平行，和它共存，和它一起享受自由和快乐。

　　人流过后，地铁里出现瞬间的宁静，歌手的身影仍然浮现在眼前。我总是在深思，去追溯潜伏于心灵深处的某种意识。当时间抹去岁月的痕迹，某一天，某一月，或者某一年，可以和这个真实世界并肩行走的是那些能够挣脱一切束缚，能够穿越黑暗，飞向光明的强者。

　　滚动的电梯拖着我从那张地网里出来的时候，眼前依然是光明一片。太阳的颜色还是那么鲜红耀眼，充满世界每一个角落的空气还是那么清爽干净，这是有着浓浓暖意的冬天的北京！

圆明园，沉寂的废墟

走进圆明园，正逢严冬，那种肃杀的衰败气息，如一把坚硬的爬犁，拽着我的思绪穿梭在这片残垣断壁的废墟中。一百五十年前，这座被称为"万园之园"的皇家园林被历史的黄沙掩埋，举世闻名的园林瑰宝、辉煌灿烂的建筑艺术，如今已变成一堆凝固的岩石。冷漠的没有生气的景色，让人扼腕叹息。

圆明园，是多少游客驻足或行走的风景，但多少人仔细聆听过它悲痛欲绝的呻吟？抚摸过那无数沉重的可耻烙印？体验过这耐人寻味的痛苦？何尝又去痛定思痛？无知和文明的差距导致了这场灾难，但精美的画廊里却堂而皇之地挂着一幅标语："在这里寻找遗失的文明。"我的心顿时蒙上了一层忧郁的阴影。遗失的文明还能找回来吗？它已经被岁月流放，宛如一个被剥去最后一件内衣的少女，无法再坚守自己的贞操。

熏黑的瓦砾重新涂上一层鲜艳的釉彩，用一张张门票换取游人的青睐。无论导游的解说多么委婉动听，冷酷的真相总是板着面孔。我慢慢从那一片白色的废墟中走过，美丽的梦想再一次被破坏。西风吹尽了弥漫的烟雾，时间的牙齿啃咬着一块块坚硬的岩石，不太干净的天空宛如一块浸泡在地沟油里的抹布，空气变得朦胧灰暗。双手从那冰冷的石柱上滑过，我想问：是谁造下这深重的罪孽？冰冷贴近了我的手掌，如刺骨的针，令我一阵钻心的疼痛。

我又看见在不远的石堆里，倏忽窜出无数条火舌，那是被游人的脚步惊动了的亡灵。他们忘记在这乱石里游弋了多少年，在黑暗与孤寂中回忆着曾经光耀华美的场景，在期盼与梦想中等待再次矗起的海市蜃楼。但患了败血症的太阳再不会折射出五彩的光芒，苍白已经变成这个世界唯一的色调，即使在超度这些亡灵行走的路上，也没有一片净土。

圆明园让我触景生情，但我不想用美妙的词汇来描写那堆乱石，更不想为它涂抹艳丽的彩色。美丽的幻觉如同跳跃在另一个维度的精灵，暗示我把一个思想放在另一个思想上。这叠加在一起的物象宛如3D电影，此时的我变成了影片中的主角。

西北风吹来，吹醒了我的梦，也吹醒了我那冬眠了的思维。西边，太阳献出最后的热情，熊熊燃烧着，半浮半沉在灰色的云层里，寒冷渐渐将乱石封锁。不远处，在一片落尽叶子的树丛里，我看到一点绿，那是一棵从废墟中挺拔而立的万年松，宛如伊甸园里的生命之树，在生存与绝灭的夹缝里，彰显着自己的本色，用通体的透绿，给这座沉寂的废墟注入了新的生机。在西沉的晚霞中，我的眼前一片绿茵。

北京法源寺

　　慕名来法源寺，还是起因于李敖的《北京法源寺》一书。这部书获得过
二零零零年诺贝尔文学奖提名，虽然没有获奖，但就这么一入围，《北京法
源寺》红了，李敖红了，北京法源寺也从此名声大噪，香火旺盛，引来无数
佛教信众以及寻幽探古的游客。每逢假期回到北京，心里总是记着这个法源
寺，是什么样的一座寺院？法源寺哪些佛法灵气激活了李敖的创作灵感，让
这位大作家，撰写出这部脍炙人口的畅销著作？

　　我喜欢逛寺院庙宇，但从不去敬香，也不去朝拜，只是喜欢那些精湛的
古艺术建筑和雕塑，凝重致远的神秘气氛。游法源寺，也只是被李敖书中描
写的精彩情节吸引，寻找他笔下的悯忠阁，寻找谭嗣同和梁启超谈经论法的
禅房，感受那种"凭栏浩浩纳长风""寂寞余花落旧红"的悲怆气氛。

　　法源寺在北京宣武门外西砖胡同，乘地铁到菜市口，然后徒步向宣武门
外走去，走过牛街，路人告诉我牛街的尽头，往左边拐就能看见法源寺。一
条长长的小胡同，一片古老的灰色砖房，这是法源寺后街，再走过一条小胡
同，最后，在西砖胡同才看见法源寺的两扇红漆大门。远远望去，门顶上是
厚重的宫殿式建筑，厚重的砖墙，黄色的琉璃瓦。大门敞开着，但香客寥寥
无几。比起香火极旺的雍和宫、护国寺、牛街的清真寺，这里就更显得冷清
而肃杀。

　　法源寺就是这么一块弹丸之地，从唐朝初创悯忠寺起到今天，已有
一千三百多年历史。清朝末年，这里成了戊戌变法相关人物的聚会之处，就
连袁世凯、恭亲王奕䜣这样的人物，也在这座寺院住过。这里不仅仅是北京

城内历史悠久的古刹，也是中国佛学院、中国佛教图书文物馆所在地。

此时，正逢初春，树木还没有吐出嫩枝，小草也没有努出新芽，寺院里显得有点冷清，但挡不住的春色还是悄悄来临，一株株参天大树枝干泛着青绿，丁香树也嘟着粉红色的小嘴。走在一条条安静的青砖小道上，听那来自天籁的佛音，听树上鸽子快乐地欢唱，思维游走在李敖的《北京法源寺》中，踏上天王殿、大雄宝殿，伫立在悯忠阁前，仰头瞻望，悲壮之感油然而生。据说，悯忠寺盖的时候，就是为了超度死者，追念那些为国而死的先烈。当年，康有为、梁启超、谭嗣同这些戊戌变法的先驱，选择在法源寺聚会，我想，也是冲着"悯忠"二字。悯忠寺，不仅仅是为了超度死者，更深层的含义是觉悟生者。

法源寺，给后来人怎样的启迪？悯忠寺，让后来人能追忆到什么？如果作为一个一般的香客，来这里烧一炷香，拜几拜，那么，法源寺和其他寺院没有差别。法源寺名声大噪，也不仅仅是因为李敖那本书，而是因为这个寺院的气场，一种积淀千年的看不见、摸不着的神秘色彩。人神之间，人鬼之间，神鬼之间，这种奇妙的关系，人多是难以知晓的。为了解决这些人无法知道的奥秘，有了高深莫测的先知、和尚、道士，还有一些介于人神之间的大仙。这些虽然都是唯心的，也是无形的，但是要表现这些唯心的意念，往往需要场所和环境，于是，有了教堂、寺院、庙宇，人也有了朝拜神灵的去处。但真正的神灵在哪里？神的真源无处不在、无处不有，不只在这些有形制的庙宇、寺院里。从善如流，敬畏上帝，心就是神居住的殿堂。

在法源寺中徘徊，我仿佛看见只有二十三岁的梁启超拖着脚步，也拖着辫子，走到了北京宣武门外，走入了西砖胡同，走进了法源寺。那正是北国的冬天，晴空一片萧瑟。他与谭嗣同相逢于古庙，相逢于大雄宝殿之内，有佛与菩萨乃至十八罗汉为证，两人共参"一真法界"。我的思维再次被引申到《北京法源寺》中，李敖借梁启超之口，对佛家那一番独到的精辟之见："佛门的大道是无形的，可是自命为佛教徒的人，却整天把它走得愈来愈有形，盖庙也、念经也、打坐也、法会也、做佛事也……这些动作，其实跟真正的佛心相去甚远了。""佛教传到中国，中国人只知出世而不知入世，只走了一半，就以为走完了全程。他们的人生与解脱目标是'涅槃'，以为消极、虚无、生存意志绝灭等，是这种路线的目标，他们全错了。他们不知道，佛法的神髓，到这里只走了一半，要走下一半，必须'回向'才算。"

"从出世以后，再回到入世，就是从'看破红尘'以后，再回到红尘，这时候，这种境界的人，真所谓目中有身、心中无身。他努力救世，可是不在乎得失，他的进退疾徐，从容无比，这就是真的佛、真的菩萨。"

由出世回到入世，为众生舍身，这才是真正的佛教，也是佛家修行的根本。那种先出世再入世的智者、仁者、勇者，他们都是"死去活来"的人。人到了这种火候，就是佛，就是菩萨。

一个人能做到"死去活来"，还有什么做不到呢？为爱情死去活来，为事业死去活来，为信仰死去活来，也许，这就是"回向"后的舍身，一种浴火涅槃。

只等香山枫叶红

从北宫门地铁口出来，去香山的游客聚集在公交车站站牌下，车子还没有停稳，游人蜂拥而至，腹胀的汽车呻吟着，沉重的车轮碾过深秋的季节，碾过喧嚣的街市。

我们几个人拼车到香山，哪知，出租车开到香泉环岛，就再也不能往前挪了。原来从这里到香山东门，整整三站地的路程，已经水泄不通。十几万人，上千辆私家车、公交车、大巴车拥挤在这条路上，香山在人流的覆盖中已经难得宁静。

中午时分，才接近东门。好友泠水也是刚刚从停车场挤过来，还没有上山，两人已经汗水淋淋，疲惫不堪。看来我们是选错了时间，不该选择节假日出行。

买了票，我们拥挤着向门口移动。勤政殿前两棵枫叶树火红火红的，奇怪，满山的枫叶，怎么就红了这两棵？我有点怀疑，这树是不是人造的？抬头眺望，香山近在咫尺，一片葱绿，偶然有一点红，也不太鲜艳。踩着一条卵石铺就的台阶路，随人流慢慢向山顶爬去。走得很慢，在秋天沧桑的皱纹里，我想发现深藏在这个季节的可爱，还想阅读枫叶写给秋的片片情书，聆听风声中那温婉的点点喃语。

天空不太晴朗，似乎失去了夏日的漂亮，但并不影响秋的意境，深远寥静，云朵飘逸，轻雾笼罩着层峦叠嶂的山峦，一片黛青色，朦胧中有星星点点的深红，或淡淡的浅黄。走近才发现，那黄了的是银杏树，泛着深红颜色的是黄栌，椭圆的树叶红得耀眼，枫叶未红，黄栌倒先喧宾夺主，鲜艳夺目，让人错把它当成枫叶。其实，细细端详，黄栌那椭圆形状的叶子并不比枫叶逊色，完全能和枫叶媲美。粉红色叶子洒洒脱脱地在风中婆娑摇曳，摇曳出属于自己的景色，也摇碎了游者那种崇尚枫叶的梦。

那种"万山一片红叶尽"的景致在哪里？一种对枫叶的期许之情在心头翻涌，曾经的相许已经被岁月尘封，今生还能开启吗？那一年那一片夹在书里的枫叶，曾经让我心动不已。不知在哪年哪月叶子褪色了，干枯憔悴，最终变成碎片，我的心也碎了，只留下一点点感觉，枫叶，是我心中最美的梦。如今，我只是一个孤独的舞者，携带一颗无处安放的心行走在秋的季节。在那已过的一个个细雨淋湿的日子里，我渐渐明白，原来，秋风邀请的并不单单是树叶和花草，它也邀请我这颗不安分的心漂向远方。多少年过去了，我总是在梦中寻觅那瞬间的美丽和心动，寻觅那一次偶然，一次邂逅，还有那一片真情的归宿。

"往年这个时候早红了，也许是全球气候变暖的缘故，要是落一场霜，叶子就红透了。"一位游者口气中略带遗憾，"漫山遍野也找不到一片让人心仪的枫叶。"原来，他也在寻找。

看来，得等寒冷的严霜降临，才能看到枫叶最艳丽的色彩，现在还不是欣赏它绽放美丽的时刻。一对对情侣相伴相依向山顶爬去。香山被这样的风景激活。"爱情是这个季节最美丽的景致。"我指着他们对冷水说。他们是去寻觅那片片红叶，还是寻找红叶寄相思的浪漫情感？

"爱情的保鲜期最多六个月，还得包上一层保鲜膜，否则，很快就会变质。"冷水的回答并不让我感到意外。学者型女性的思维比较冷静，对爱情似乎不抱太多幻想，脚踏实地走进婚姻的城堡，是她一直想履行的一个人生程序。

"有变老的真情吗？有不带保鲜膜的爱情吗？"她突然反问我。

"瞬间的美丽才值得珍藏，就像这枫叶，如果天天红、月月红，还会有这么多的人来看吗？"

　　落叶归根，在残冬尘土的掩埋中渐渐化作养分，这是红枫的归宿，无奈也罢，悲壮也罢，轰轰烈烈也罢，只是一个生命的过程。枫的叶脉我无法摸清楚，我只期待和日子一起变老的同时，拥有一个属于自己沉甸甸的秋天。

　　天下美叶，当数香山。枫叶只是心中一个美好的意象，一种遥不可及的寄托，一幅让我心醉不已的景观。但枫叶也不是香山的唯一景致，不是还有黄栌、油松、银杏吗？就算今天找到了那片心仪的枫叶，我该说些什么？拉起你的手，把心的钥匙交托？还是在风的琴韵中，和你娓娓道来？不！我会拉住时光的衣角，祈求他不要把我带走，不要留给我一根根白发。但是，想要的，未必能得到，想爱的，未必能遇到。也许，在某年某月，某个不经意的季节，突然有一个人闯入我的视线，与我相互握紧契合的期许，携带永不老去的真情，走进秋天的怀抱中。那一路彩虹会让我心旌摇曳，于是，我的心中会永远流淌着那些难舍难分的日子。

　　一条孤独的石阶路，一头通向远古，一头通向繁华。下山了，从东门出来，跃入眼帘的是人声鼎沸、喧嚣热闹的买卖街，各种小吃应有尽有，吆喝声时起时伏，或高或低。买几串烤羊肉、烤鱿鱼，边走边吃，慢慢品味生活的滋味，才知道，无论心中充满了多少诗情画意，那也只是生活中的些许点缀，心中的梦幻刹那间变成了落幕的云霞。远处，只有天边的夕阳，除了血红，还有无奈的叹息。

记忆中的北京

　　又是一个大雾弥漫的早晨。其实，很久了，太阳都没有露脸。灰白成了北京这座城市的主色调，雾气宛如天空挥之不去的愁云自由放任地蔓延着。远山近水，群楼树木都笼罩在雾霾中，天朦胧、地朦胧、山朦胧、水朦胧、树朦胧、群楼朦胧……大街小巷汽车开着大灯行驶，一辆接着一辆，尾气袅袅、雾霾蒙蒙。行走在北京街头，脑海里不由想起很久以前唱的那首歌："北京有个金太阳，照得大地亮堂堂……" 不由暗自发笑，怎么会想起这首歌呢？那个寓意中的太阳与雾霾怎么能揪扯在一起呢？但我不能排除，在我幼小的心中，北京就是太阳升起的地方，是光明的圣城，是遥不可及的天堂。于是，心中有一个梦想，长大了一定到北京。后来长大了，那年那月真的来了北京，那时候北京的天空湛蓝，太阳鲜红耀眼。能在雄伟庄严的天安门前留个影，在繁华热闹的前门老街喝碗茶，吃一次老北京炸酱面，再品尝一串冰糖葫芦……真是美不可言啊！

　　如今，当我再次走进这座城市的时候，北京已经失去了吸引我的魅力，记忆中的那片蓝天犹如灰色的胶片，那轮火红的太阳也变得老气横秋。但作为漂泊者的第二驿站，我还是选择了令人意兴阑珊的北京。早晨，戴着防雾口罩的人群匆匆行走在雾中，口罩那尖尖的形状宛如蝗虫的脑袋，中间那个过滤空气的小孔，宛如蝗虫的嘴巴，我怎么把这种口罩和蝗虫的脑袋联系在一起呢？怪诞离奇！但《圣经》箴言里的一句话让我找到这怪诞想法的依据："神坐在地球大圈之上；地上的居民好像蝗虫。他铺张穹苍如幔子，展开诸天如可住的帐篷……”很久以前，人在这可住的帐篷里，有阳光照射，有雨露滋润，有氧气呼吸。如今，地球老了，玻璃体混浊了，这顶帐篷也不再圣洁明净，不再温暖如春。雾霾一点点侵蚀着记忆中的蓝天，侵蚀着心灵中那一角圣洁之地。

大雾给北京披上了一件厚厚的灰白色棉袍，那些寄生在棉袍里抖不掉的虱子肆意滋生……路边歌手反复放喉高唱汪峰的歌：

谁在雾里寻找/谁在雾里呼吸/谁在雾里活着/又在雾里死去/谁在雾里奔波/谁在雾里哭泣/谁在雾里挣扎/谁在雾里窒息……

一群鸽子咕嘟咕嘟地叫着在群楼间飞来飞去，在天空俯冲、巡回、寻觅……我倚窗眺望，一只鸽子突然飞落在阳台上。我不敢惊动它，只是凝眸相望，和它一起静静感受生命中一寸一寸流动的光阴，享受这种永远不可复得的美丽。曾经那个诗意般的栖居在哪里？对面楼房的阳台上，出现了一个男孩子灿烂的笑脸。随即，一声清脆悦耳的口哨声缭绕在雾中，鸽子飞走了，那掠过天空的影子，再次唤起我对蓝天白云的渴望。未来，让我在匆匆流逝的时光中，追溯某年某月某日的早晨，看到的这片大雾，还有雾中的鸽子和男孩的笑脸。

同城同路人

洋子比我早一年来北京，记得他初来的时候还发了一条微博："对北京没有太多的好感，但没想到最终还是来了这里。"我回应他："对这座城市有没有好感不重要，重要的是你要在这里索取什么。"洋子说："既来之则安之。"接下来，他自然是租房子，不管房子大小，先要有个窝。洋子住的地方在丰台区。那时候，地铁9号线还没有开通，从地图上看，从我家到他家，正是一个对角线，坐地铁，转公交，没有三四个小时去不了。虽然是同城，我们隔三岔五只在网上相互打个招呼，问个好。天冷了，要加衣，天热了，要防暑，雾霾严重的时候，出门记得戴口罩……平和的友情如那静静的永定河水，慢慢流淌，面对泛泛的问候，我总是以一种静默的心情去细细品味淡淡的友情，品味这种漂泊的生活。

洋子在北京创办了公司，租一间房子，一台电脑，一部电话，就开张做生意，但毕竟比八十年代的皮包公司先进了许多。北京这座城市的包容性不比广州逊色。办什么事有什么公司，比如，想开公司，自然有人给你办理一切手续；没有办公地址，自然有人出租给你地盘；没有资金，更有人给你垫付验资金，就是能力没有人能给你，这大概是在北京打拼的基本要素之一。能力是生存之源、竞争之本。我总是想起沙家浜里阿庆嫂唱的那句台词："摆开八仙桌，招待十六方。来的都是客，全凭嘴一张。"洋子到底还是属于那种能干之人，不到一年，就有了车子，闲暇时在网上碰面后，我说："洋子，你打拼得不错，都买车了。至少不用再挤地铁和公交车了。"他说有车子更烦恼，出去送货堵车走不了，每到一处只要停车就得掏钱，车位贼贵贼贵的，但汽车不走的时候，总不能让它飘在空中吧。买了车位，因为是外地牌照，经常被限行。遇到急事，红灯不能闯，黄灯不能碰，限行日不能走，想侥幸驱车，谁知道，到处是探头监控，罚单准时到。他一口气数算了许多有车子的烦恼。但没有车子更烦恼，每天早晨，为了速度快，不堵车，上班族都从地面转入地下，地铁承载着黑压压的人群，向南向北，向西向东，向这座城市的四面八方延伸。车轮与钢轨摩擦的火花，在晨曦中闪烁，在夜幕下熄灭。各种气味的升腾塞满这个原本黑暗的地下宫殿。这里已经是漂泊族密集的聚会点，高峰期，不知道从哪里冒出来的人似乎都要通过这个管道，寻找到自己的出口。这里是迷宫，是八卦阵，十几条线会转得你头晕脑懵。

洋子有了汽车，当然方便许多。但洋子怎样做生意，我从来不过问，有时候，他会说："琴子，我们一起打拼吧。"我摇摇头回答："我也要办一个属于自己的公司。"这话一旦说出口，也真的成了我来北京奋斗的一个目标。于是，我在紧锣密鼓地运作，洋子是我的支持者，他说："哪里不懂就说话，需要什么援助，义不容辞。"我说："洋子啊，我们只是一个虚拟的朋友，实际上我们还不知道对方是什么模样。"但洋子总是笑嘻嘻地给我发一个三秒钟的短视频，我乐了，给他送一束鲜花。

洋子也有不开心的时候，特别是过节的时候，他总是会问我："春节怎么过？"我也会反问他："你怎么过？"他说："该怎么过就怎么过。"中秋节的时候，他也会问我："琴子，怎么过？"我回答他："该怎么过就怎么过。"两人哈哈一笑了之。

有一天，洋子突然在QQ上给我发了一条消息："琴子，不得了啦。"

"又遇到什么事啦？"

"我的所有证件都让人拿走啦，身份证、医疗证，银行卡、护照……"他一口气数算了十几个证件。

"不能吧，你把这些证件都带在身上干吗？"我不大相信他的话。

"车窗玻璃让小偷砸烂了，皮包被偷走了。"

"那赶快报警，有多少钱？"我也着急了。

"钱没有多少，那些证件比钱还重要啊。这个不开眼的小偷，偷上那些证件也没有用啊，真是害苦人了。"

洋子也太大意了。为了找回这些证件，洋子到处贴悬赏广告。这办法还真灵验，几天后，还真有人给他送去了证件，他给了人家五百元悬赏金。我说："送证件的人没准还是那个砸玻璃的小偷呢。"他说："就算是小偷，我也得给人家钱。"人说话做事不能言而无信，花五百元能换回这些证件也值。

日子过得风平浪静，我们毕竟都是在外打拼多年的人，顺其自然去做自己喜欢的事。偶然在网上碰个面，相互打个招呼，问候一声。但大家都忙忙碌碌，虽在同城，依然没有时间去专门见面。有一天，洋子突然在网上呼我："琴子，星期日我们一起去逛北京。"

"北京没有什么好逛的。"也许，我在北京待太久了，皇城根下的古迹都看腻了。

"没逛的，我们就开车绕小胡同，你不是喜欢北京这些七拐八弯的胡同吗？"

"你怎么知道我喜欢小胡同？"

"呵呵，应该是心有灵犀吧，北京只有小胡同安静，比如到牛街呀，到羊毛胡同呀，去西四，张自忠路呀，北京的胡同很有特色，还是蛮不错的。"

"哈哈，你是想显摆一下了。"洋子的真诚还是让我很感动。我终于答应和他一起逛北京，约定了时间，也约定了见面的地点。但就在这天晚上，洋子突然给我发来一张被撞坏的汽车照片。"这是你的车子吗？""是的。"洋子回答我。"人没事吧？"他无语，头像变成了灰色。

我实在不知道洋子究竟发生了什么事，是他撞了人家的车，还是人家撞了他的车。心里很着急，我也不知道洋子住在哪里。实质上，我连洋子是什么模样也不知道。虽然是虚拟世界里的一个虚拟人物，但我始终相信，这个人物在现实中是存在的，他是我的蓝颜。就算未曾见面，但在他面前，我可以做很真的自己，可以随意，可以放肆，可以海阔天空侃大山、煲电话粥……和洋子聊天，至少我没有心理负担，双方没有要求对方应该怎样。烦闷的时候，给他发个短信，他马上会打回一个电话。原来我是一个很容易满足的人，有一点点阳光，就会感觉这个世界很温暖；有一点点雨水，就会浇活守望的那朵鲜花。

很长时间，相互没有音讯，那个逛北京的机会也变成一个空洞的设想。有一天，他的头像终于亮了。"琴子，什么事情都过去了，汽车保险公司也理赔了。这段时间，我一直在忙这件事啊。原来，让保险公司理赔比牛上树还难。我答应你的事总是要兑现的，拉你逛北京。"

说好要见面，但一直没有见面，不是他忙就是我忙，反正总是遇不到一起。有一天，他突然发来短信，说是开车来了三元桥这边。我告诉他在三元桥下会面。但我在桥下足足等了两个小时，他在桥上足足转了两个小时，见面的时候，已是午后。在一家小餐馆，我们很随意地要了两碗粥，还有煎饼和小菜。洋子边吃饭还边心疼那白白耗掉的油钱。我哈哈大笑："你不是有导航吗？"他说："上了桥就转不下来。"这是我和洋子第一次见面。在夕阳西斜的傍晚，我们一起走过霄云路，驻足在石林广场。广场很安静，一个外国人在练习骑单车。他的车技非常高超，许多高难动作都做得非常精彩，我俩都看得入迷了。

"现在外国人都喜欢单车，中国人是拼命买小车。"

"汽车越多，空气的质量越差。北京的雾霾指数在全国是最高的。"

"但这座城市的漂泊者也是最多的。"我附和着他的话。

说到漂泊，我俩有了共同的话题。漂泊只是一种体验生活的方式。北漂的人很多，但成功者如同沙中淘金。在这样一个漂泊者集中的城市里，谁成就了谁？谁为谁打工？或许，许多漂泊者在这里打拼，只是为了激发梦想的正能量，喜欢那份在快节奏中追逐梦想的刺激和快感。或许，只是为了纯粹地生存。总之，能力在这里并不贬值。

天黑了，雾茫茫的京城夜晚，我和洋子挥手告别。许多年以后，当我离开北京继续南下的时候，也许，给我记忆最深的是曾经在这座硕大的"鸟巢"里，和我一样孵育梦想的朋友。有了他们，无论闯天涯还是走海角，"漂泊者"这个词会让我感到更加亲切。

买个太阳不落山

从内蒙古大学文学研究班毕业后，我没有犹豫就直奔北京。来北京本不是我拟定的行程和计划，但还是来了。在广州漂久了，回到北京后，我怎么也找不到那种漂的感觉，也许是对北京不陌生的缘故。

坦然地走进一家文化公司。和千千万万的打工者一样，开始了我的打工生涯。工资很低，待遇微薄，但我没有挑剔。其实，在没有条件挑剔和选择的时候，只能毫无怨言地服从。北漂的日子就这样开始了，和所有的北漂族一样，每天跳蚤般地忙碌着，挤地铁赶公交车，朝九晚五，按时上下班。公司不大，制度严格。员工不多，却一专多能。无论是谁，都要有那种水来土掩的真功夫。

其实，在南方漂过的人，回到北方，仍然会有一种轻松安逸的感觉。北京的生活节奏再快，和广州相比还是慢半拍，甚至慢一拍。工作没有感到太多的吃力和紧张，闲暇时和朋友们一起喝喝茶，或者一个人拎着照相机，到什刹海、紫竹院、天坛、地坛转转。秋去冬来，日子过得惬意而缓慢。当时间又增添了一道皱纹，冬天过后脱去臃肿的棉衣时，某一天，我郑重其事地和老板提出辞职。老板的眼睛瞪大了，目光长久地停留在我身上："为什么？"我没有回答，辞职需要理由吗？那只能说我想获得一点支配时间的自由。走出那家公司，在停满汽车的路上，我一个人信马由缰地走着，面对这座城市，我在考量，如何让自己的脚步和它保持一致。给柏崐打电话。他说："你能折腾，早料到会有这么一天。"我说："还不知道能不能折腾出个结果。"他说："结果怎样不重要，你敢折腾就很了不起。"柏崐永远是我的支持者。"我们不是贵族的后裔，但一定要做贵族的祖先。"这是柏焜爱说的一句话，也是我们相互调侃的一句常用语。看来奋斗不仅仅是为了自己，也不仅仅是为了某种生活的体验，而是隐含着一种更重大的责任和义务。今生在世，不尽到这种责任似乎上对不起父母，下对不起儿女。

黑暗，被霓虹撕碎。风开始调整方向，渐渐向我吹来。我如走在广州的珠江边，那时候，我常常希望珠江不要拒绝我。今天，仍然希望，北京不要拒绝我。我宁愿承受那玉碎的孤独，也不求瓦全。

北京，这是一座能让自己的能力自由发挥的城市。就算你自认小有名气，在这个城市里仍然不值一提。二度创业，从头做起，这对于一个喜欢挑战生活、挑战自我的人来说，不能不说是一种刺激、一次验证自我能力的机会。让梦想再次腾飞，或拨云见日，或折翅伤翼，但总是以一种高飞的姿态飞过了。至于人生的价值是什么，没有太多的人去关注，那只是自己对自己的一种苛刻求证。北京不同情弱者的眼泪，更不会给弱者任何的施舍。就是那些每天在地铁上的乞讨者，满车人也都会视而不见。谁会同情谁？谁会依靠谁？谁会成就谁？谁是谁的同路？谁是谁的朋友？有一天，你种下的那片绿芽，终于在春天的岸边，被岁月修剪成一棵大树，你会突然醒悟，给这棵树浇水的原来只是你自己。

有一位做影视导演和编剧的漂泊者，到了北京后一头扎进地下室。他时不时发个短信问我："今天有太阳吗？"我回答："有。"这样的问候，基本形成一种习惯。但北京有太阳的日子也不多，雾霾使这座城市变得迷迷瞪瞪，宛如患了白内障，天不再蓝，树不再绿，花儿也不再鲜艳。我问他什么时候结束"地道战"？他说要打一场"持久战"。他的调侃夹杂着那种艰辛和无奈，只有漂泊的人能理解、能懂。我说，心里有太阳，地下室也是明亮的。后来，他终于从地下室转移到地上。在北京有了自己的房子、车子，有了自己的文化公司。但有一天，他突然给我打电话，告诉我他要离开北京。"为什么？"他呵呵一笑，平心静气地说要去寻找一个太阳不落山的地方。他的话让我突然想起在广州时候常常唱的那首《样样红》：

流金岁月人去楼空/人生渺渺在其中/荣华富贵呀飞呀飞/世上的人呀追呀追/荣华富贵呀飞呀飞/何时放下歇一歇/能不能愿昼吉祥夜吉祥/愿用家财万贯买个太阳不下山……

临行那天，我为他送行，品一杯浅浅的清茶，说起我们在北京打拼的日子。他说："琴子，我们这样辛苦究竟是为了什么？"望着杯子里渐渐舒展的茶叶，那淡淡的香气轻轻弥漫，我无语。"是为了房子、车子吗？还是为了那个遥远的梦？"他在问自己。一边品茶，一边回忆在地下室居住的日子。那里终日没有阳光，没有暖气，甚至空气都靠那个庞大的吹风机输送，但心里总是亮堂堂的。现在，满屋子的阳光，满屋子的安逸，心却不再明亮。他走了，那个背着行囊的背影消失在茫茫人海。我分明听到他踏过尘埃的声音。这座城市里，曾经留下他深深浅浅的足迹。

那么，我呢？当再次走进这座城市的时候，才感觉，如在梦中苏醒，尽管年轻时候想触摸的一些东西已经渐渐离我远去，但我还是想圆一个天堂梦。于是在北京的生活就这样开始了。我仍然相信会用双手撑起一片属于自己的蓝天，也相信，北京会给我更多历练的勇气和机会。每个人的需要不同，奋斗的目标也不同；目标不同，追求的生活品质和接触的人际圈子也不同；人际圈不同，自然对自身的熏陶和影响也不同。北京，让多少人青睐，让多少人失望，让多少人迷茫，让多少人崛起！北京，北京，我知道你会给我什么，让我得到什么。乌兰察布孕育了我梦想的种子，这颗种子在广州发芽，在内蒙古大学开花。如果把北京比作秋天，那我就是用三季的心血和汗水，三季的期盼和眺望，来换取这一季的收获。

在这里，我艰辛着也快乐着，迷茫着也梦想着。多少年以后，我会像怀念广州一样，怀念这座城市，怀念和我一起打拼的漂泊者。我会用每天从心底滋生的文字，记录这段日子。尽管那些人那些事渐渐离我远去，或许再过几十年，那些缺少的记忆，我只能用文字将它补齐。

北京，仍然承载着我的一个梦想，有一天，当我不再梦想的时候，也会背起行囊，毅然远离繁华，去寻找那个不落山的太阳。

给日子一抹情调

从影城出来，独自漫步在三里屯酒吧街，夜风拂面，令人心清气爽。这里是北京夜生活的场所之一。这里是属于年轻人的天下。这里灯光璀璨，烟树迷离。回到北京后，闲暇时，总喜欢来三里屯逛逛。一个人随意漫步，自由自在，无拘无束，累了就驻足在路边的茶吧，点一杯清茶，慢慢品着，内心从容平静，让思绪沿着一条寂静的小路飘飞，一片茶叶，似乎也能泡出已过的经年岁月。

听音乐、喝咖啡、看电影，似乎是现代人时尚的一种标志。我不是为了追赶时尚，而是感觉这样的生活很适合我的心境。喜欢让文字在这样的情调中流泻，让它再溢出芬芳来甜美我内心的孤独和忧伤。于是，无论生活多么艰难，经济多么拮据，散步依旧，喝咖啡依旧，看电影依旧。时不时在影城转转，感受影院那种独特的魅力。当我脚踩绵软的地毯，背靠宽松的软椅，面对白色银幕，总是想起搬着小板凳坐在星空下看电影的陈年旧事；当掏出那张百元票子，递给收银台小姐时，总是想起为看一场电影，和妈妈上山割草的情景。山路弯弯，小草青青，走十里山路去割草只为换五分钱一张的电影票。时过境迁，物是人非，小时候看电影的喜悦和痴迷，每一场电影给我的感动，悲剧喜剧的开幕落幕，让我流泪、留恋、失落……多少年过去了，记忆中的风景依然生动。

如今，五分钱一张电影票的年代，已经成了我给儿子讲故事的内容。儿子不大相信，五分钱，能干吗？我说，那时候，一角钱能看两场电影，能买五盒火柴，能买十块水果糖，但我却没有一角钱。就是过年的时候，也挣不了一角压岁钱。这不是说天书吗？儿子不以为然地笑笑。其实，我很少提及那个物资匮乏的年代，也没时间去回忆过去。大脑这个仓库毕竟有限。但许多事情，在某一种相同的场合，总是要从那种深层的记忆中跳出来，和所遇到的场景做一次组合、重叠、对比。现在花一百元看一场电影，是不是有点太奢侈了？有许多时候，看完一场电影，总感觉这钱花得不值，尤其是看了原创后再去看电影，这种感觉更为明显。张艺谋曾经说过，能把观众从电视机前拉到电影院，就是好片子。看电影毕竟比看肥皂电视剧更有意境和情调。但我看过他的《山楂树》后，的确有点心痛，心痛花了这个冤枉钱。我不知道张艺谋耗资百万拍了这么一部电影，究竟想告诉观众什么？电影里描写的那对年轻人，追求纯情完美的爱，但"纯情"这个词在当今社会已经一钱不值，张艺谋却恰恰利用这个词，变相地从观众口袋里掏银子。在这个商品社会的今天，去电影院感受了这样一部宣扬纯美爱情的电影，实在不值。但换位一想，值与不值的衡量标准又是什么？当今社会，一切都在混乱中，观念、道德、审美标准，都颠倒了。中国的电影市场也变成一个极度畸形的市场，电影也只是一种商品了，卖得出去就是好商品。商业电影几乎没有什么文学性可谈。就如《人在囧途》，朋友鼎力推荐，说这部电影的票房突破国内以往的记录，但看后仍然是失望。还好，记住了王宝强、徐峥的名字，记住了最后出场的范冰冰。

看电影，原本是一场消遣，一次放松，一种对当今商业文化的了解。想到这些，也就释然了。也许，只是想用这票子换一种感觉，就像三毛一样，花高价钱去洗一个澡，其实，她只是想看看撒哈拉沙漠的女人是怎样洗澡的。现在我去看电影，远远没有了小时候看电影的激情，也没有了那种对英雄人物的崇拜和敬仰，只是想调剂一下平淡如水的生活，让日子有一点色彩，不要永远的那么波澜不惊、永远的一成不变和公式化。就像去麦当劳、肯德基、德克士吃那些快餐一样，那个汉堡也不见得有多么好吃，那杯咖啡也未必好喝，那只是一种快速解决饥饿问题的办法，至于营养成分有多少，没有人去研究，就算是垃圾食品，人们也不会在意。在那样的场合小憩片刻，只是为了等待一场约会，暂缓一种疲惫；或者，只是想在那种休闲的情调中打发无聊漫长的光阴。电影也是这样，片子的好与不好，人们似乎并不在意，在意的是影院的安逸和温馨。在那样的环境中去追忆一些东西，回想年轻时与恋人手挽手走进影院的情景，思念为人妻时与爱人相依相伴看电影的情趣，追忆为人母时与儿女一起分享每一场电影的快乐。一边看电影一边想，暗幽幽的充满梦幻色彩的迷离灯光，爆米花甜甜的淡淡的奶油味儿弥漫着，飘绕着……想累了，闭着眼睛尽情享受一种安逸和静美。让意识自由地流淌，从远古到现在，从现在到未来，蒙太奇、意识流、闪回……人生何尝不是这样，当经历了太多的风雨、太多的浮华之后，把陈旧的日子剪切掉，摒弃许多不舍的牵挂和纠结，用最美的柔情，给自己装扮一个浪漫风情的精神乐园。把瞬间的美丽变成永恒的回忆，给平淡无奇的日子平添一抹情调，这样的日子，足以让我倾心动情。

第六辑 /

留话在风中

我以为/堆砌的日子/已经淹没
了你的名字/谁知道/你却固执
地/潜藏在我的记忆深处/我以
为/流转的光阴/已经刷新了已
过的往事/谁知道/
加密的设置却让我无法删除一
声道别/留下两行斑驳的足印
/瞬间的转身/竟变成南北相望
的守候/走累了/也许我会/拾捡
那丢失的缘分/让风儿捎去/揉
碎的相思

——琴子小诗《守候》

走吧，去寻找生命的湖

提着大包小包从校园出来，同学叶鸣送我和巧芝到公交车站。凝目回望阳光下的教学主楼、图书馆、桃李湖、宿舍……流动的时间似乎飞起来了，飞过溢满晨光的湖水，飞过低垂的杨柳，飞过我的眉间发梢。突然为倏忽而过的日子惊叹，于是，那点点思念的心绪、丝丝眷恋的深情涌满潮湿的心室，擦擦湿润的眼睛，挥手一别，内蒙古大学啊，我的眼泪为你流！三年前，我用很短的时间爱上你，三年后，我会用很长的时间来怀念你。

巧芝的家在乌海，毕业了，我送她回去。

呼和浩特距离乌海市，坐火车长达九个小时，我俩一路相伴，一路看车窗外的风景，这是草原的七月，天蓝蓝，草青青，云淡淡……

我说，走完大学这段路，用踏碎的时间来编织一个个美丽的故事。她说，走完大学路，梦想仍然是一片虚幻的雾。

两条泛着青光的铁轨无限向前延伸，到达乌海已是傍晚。夜色笼罩着这座沙漠新城。走出火车站，我分不清东西南北，好在有巧芝，我俩钻进一辆出租车，在城市噪音此起彼伏的喧嚣声中，车子驶进满街华灯的闹市。

顺着一条土路走过来，呈现在眼前的是一座青砖小屋，这是巧芝的家。推开门，迎接我们的是一张灿烂的笑脸，这是巧芝的女儿。一盆清水洗去满面风尘，一碗绿豆汤、一盘苦菜，冲散了满身的疲惫。

家里的摆设十分简朴，老式的家具、老式的电脑，最惹眼的是墙上那张抱着红鲤鱼的大头福娃年画，给这个家增添了几分喜气、纯朴和真实。房子是一堂两屋的格局，书房设在堂屋的后面，这是巧芝精神的栖息之地，空间很小，摆放不太整齐的书籍上落满灰尘，也许是离开三年的缘故。在这间书屋，在这个现实而匆忙的世界里，她走过多少个日日夜夜，尝过多少甜与苦。伏案写作，笔耕不辍，用手中的笔，为自己的生命不断涂抹釉彩。

大学期间，文研班的老师和同学曾为刘巧芝的散文集《伴你到天涯》开过研讨会，我不能忘记，她在畅谈这部书的创作过程时，泪水掩面，泣不成声，是同学的发言让她想到以往那不堪回首的日子，还是多年未了的心愿如今实现？她说，能来内蒙古文研班读书，能和同学一起交流写作，这是她一生的梦想，她的话引起大家的共鸣，我陪着她流泪。巧芝的散文集《伴你到天涯》，有人间的真情，有泥土的清香，有崇尚自然的美好追求。她眷恋故乡的山水，眷恋那片养育她的黑土地，但为了生存，为了梦想，牵儿带女，从乌兰察布来到了乌海。在这座城市里，吃尽了苦，当过清洁工，开过小饭店。她对生活的体验是深刻的，对文学的爱是执着的，更让我感动的是，她对家庭儿女所尽的责任和义务，敢于担当，身体力行，全心全意。柴米油盐与诗书琴画本是两种难以融合的生活，但巧芝就在梦想与现实的夹缝里生存、生活、写作。一边是水一边是火，一边是现实一边是梦想。

三年的大学生活，我和巧芝、叶鸣形影不离，无话不谈，我们有共同的爱好，共同的心路历程。一起读书，一起去食堂吃饭、散步、闲聊，披着晨露，踩着月光，绕着校道走啊走，看青柳起舞，听碧波低吟。星期日，结伴行走在呼和浩特街头，品青城小吃，看彩云飞雨，体验捕捉创作灵感，感受领略实实在在的生活。月光下，我们走进童话般的世界，湖光潋滟，清空明月，秋虫鸣叫，柳絮低吟，我们曾多次被这诗情画意般的景色感动，于是，心门洞开，灵感忽至，回到宿舍，打开电脑和寂寞对话，和文字调情，直写到北斗转向，窗棂发白。生命如雨，文学是雨后的彩虹，文字如小鸟，带着我们的心飞过沧海。

在乌海几日，巧芝执意要请我到饭店吃饭，我果断拒绝了她的邀请。不必那样，喝一杯清茶，自己动手做一顿饭，更有回家的感觉；看一段风景，置身于山水间，才知道，我们原本是大自然的孩子。巧芝同意了我的说法，于是，专门找了一辆小车，拉着我看乌海最美丽的景致。

乌海的气温很高，腾格里沙漠、毛乌素沙漠的热气蒸烤着这座小城，晚上，我和巧芝慢慢行走在滨河路，走过彩虹桥，走过书法城……我俩驻足在黄河岸边，凝神静气听黄河低语。河岸很长，浓浓的夜色中，听不到涛声，看不见波浪，黑黝黝的河面，宛如一块硕大的墨玉石。"扬帆启程"几个大字在霓虹灯下，闪闪烁烁。

我突然问巧芝："那个比永远更远的地方在哪里？"

"只管行路，莫问前程。但是，我还是希望你也有个家。"

"我的家在路上，我的家打包在行囊里。"

"你的心是自由的，你是天生属于大自然的。"

其实，自由并没有想象中那么灿烂，那是一片虚幻的云，那是我心灵中的海市蜃楼。

回到家里，已是午夜，我俩难以入眠。窗外，那只小狗安静地蹲在院里，它在倾听两个女人的私语，倾听那属于我们自己的不为人知的心声。巧芝走了三年，又回到了原来的生活中，那么，她的心呢？还会回到原处吗？那弥漫着油烟味的厨房，油迹斑斑的灶台，洗洁精浸泡的碗筷……我在拷问自己，这样的日子，我能再重复吗？

路遥远，路无尽头。路边的风景天天都不会重复，明天我要走！

"琴子，你累了的时候，就来我这里吧。"巧芝再三叮嘱我。

"会来的，当我寂寞孤独的时候，当我心累无助的时候，当我不知道向哪里走的时候，我会再次躺在这张窄小的木板床上，和你尽情聊天。"

和巧芝分手的时候，她送我一首北岛的诗：

> 走吧，落叶吹进深谷，歌声却没有归宿。
>
> 走吧，冰上的月光，已从河面上溢出。
>
> 走吧，眼睛望着同一片天空，心敲击着暮色的鼓。

走吧，我们没有失去记忆，我们去寻找生命的湖。

走吧，路呵路，飘满了红罂粟……

读着北岛的诗，我俩默默地对视；读着北岛的诗，时间从指缝流淌……

"我俩都被这条飘满红罂粟的路迷惑着，感动着，付出难以想象的代价，我们是否该反思一下了？"

我没有回答她的问话，有必要反思吗？路是自己走出来的，过什么样的生活，完全是由自己来决定。不要重复过去，不要模仿他人，更不要随波逐流。

转身后的眼泪，不应该是结束，此刻，我们都在寻找属于自己的路。让梦想照进将来，让希望化作彩虹，将真挚的友情定格成凝脂的琥珀，好好地珍藏吧。带着一颗不安分的心上路。我要去寻找，那条飘满红罂粟的路！

留话在风中

第一次见你，是在夏日的黄昏，你和尹老师一块走进我家。你友好地向我投过一个粲然的微笑，我有点惶惑甚至不知所措，不敢正视你那双藏在镜片后面的深沉忧郁的眼睛。经尹老师介绍，我知道了你的名字：丁一。刚从兵团调回这座城市，喜欢写诗。

屋里太狭窄了，一条炕占去三分之二的地方。你和尹老师对坐在炕沿旁，中间隔一张小木桌，一盘瓜子，几杯清茶，三人尽情地聊着，话文坛、论古今，任思维天马行空、纵横驰骋。你神态凝重，似乎不爱说话，手里不住地翻着一本带油印味儿的杂志，偶尔讲一些兵团知青趣事。从每一句话语中，我深深地感受到你的深沉坚定和诗人那种狂骜不驯的个性。

你离开的那天晚上，我想了很久很久，似乎在哪里见过你，在很早很早以前，在梦里，在我的感觉里，后来，我才清楚，这是你我之间心灵的自然沟通与撞击。你——丁一君，叩开我的心扉，让我们合力咏诵一部青春友谊梦幻曲吧。

有人说，男女之间没有纯粹的友谊，但我却从你身上体会到友谊的魅力和珍贵。多少年，我几乎没有停止过对知音的寻觅，一直渴望有一位能和自己心灵相交的朋友。所幸的是我终于找到了你。那时的我，已是一个把婚姻误当花环戴在脖子上的人妻，而你也正在锅碗瓢盆的交响乐中谱写着诗人的梦……

诗歌，是你生命中的一部分，在那些清贫而善良的日子里，听你朗诵诗确实是一种享受。你那抑扬顿挫的语调，随着高亢、欣喜或忧伤的句子，渗透进我的心灵。在幽深而透彻的星空下，在潺潺涌流的溪水旁，我们坦然地将自己坦露给对方。你我无话不谈，文学是永恒的主题，是伤痛中的良药，饥饿时的粮食，雪莱、普希金、海明威是你我共同崇拜的偶像。

我的小说稿被退回来了，失望的阴影笼罩着心。我长叹一声，把那个沉甸甸的大信袋扔在你面前时，你不屑一顾，淡淡地笑笑说："只有永恒的追求才是一种永生。"你眼里闪烁着一种我永远无法诠释的顽强和固执，而就是这种顽强和固执的品性，使你从沉默与无闻中崛起……

丁一君，记得否？婚姻的烦恼曾使我一度陷入绝境，我痛苦悲伤，独坐床前流泪时，你来了，我毫不掩饰地对你说出自己的打算——离婚。你将分开的手指插进浓密的黑发中，然后向我投过火热的目光，脱口而说："离婚，那是一种迟到的幸福。"怪诞、荒谬，但也不能说没有道理，至少离婚是一种解脱。在那些沉重的日夜里，是你这句话唤醒我迷途的梦，缔结成我无悔的心愿，驱散了我朦胧在眼睫上浓重的阴影和灰尘，让我走出冬眠期，绽出新芽。而你我的心灵中，始终保留着一席最圣洁的角落。

丁一君，记得在秋雨连绵的一天，我独自坐在桌前修改一篇小说。你披着雨衣，穿着雨靴推门进来。我愣住了，无言的那一刻，我默默地望着你，好久好久才说出一句话："你怎么来了？雨下得这么大。""来看看你。"你不时用手帕擦着脸上的水珠。"今天真冷。"我心中孕育着千言万语，却一直拙于出口。"该生炉子啦。""木柴淋了雨，点不着。""真不明白，你的创作激情是从哪里来的？男人们看见你这种生活方式，都会被吓跑的。""那你为什么不跑？""我嘛，理解你。""理解万岁！"你我不约而同说出这句话，理解是我们的感情和思想通往明天、通往幸福的桥梁。理解也使你我这段平凡的友谊喷发出神圣的光泽。

你亲手给我点燃了炉火，屋里一下变得十分暖和。天空仍然飘着霏霏细雨，你我围坐在炉火旁，相互凝视，好多好多的话，好长好长的对人生的探讨，对未来的憧憬，对文学的向往……偶尔也谈起你的家庭，妻子给生了个漂亮的女儿，家里挂起了"万国旗"，孩子的哭声是最美妙的家庭二重唱，于是，你的灵感完全融进女儿的奶瓶里、尿布中……你说这就是生活，生命也就是这样的真实、脆弱且动人……

十五年过去了，你还记得那个秋雨潇潇的日子吗？还记得我们在一起时用文字笔墨远不能表述清楚的那些情感吗？你我都有一种被对方理解的愿望，在融融的吐露肺腑的交流中，我们的心坦诚、纯洁、光明；我们的往来自然平和、毫无矫饰。丁一君，让我们坦坦荡荡做朋友吧，各自永远生活在自己的喜怒哀乐中。同在一城市，你占一角，我占一隅，相隔很近，但我却再没有去见你。心儿在滴血流泪，夜深人静时，我尽可以把门关紧，沏杯清茶，静静地阅读你发表在报刊上的许多诗作。文学，成为我们生命和灵魂的延续，我们全部友谊的结晶。

你终于离开了这座城市，我没有为你送行，你也没有和我说一声最后的再见。多少相思，多少留恋，多少祝福，多少遗憾，一任铁轨带向遥远的他乡。但友谊却永远纯洁、美好，永远珍藏在我心中最圣洁的地方，使我在艰难中得到抚慰和敦促，在困境里看到希望和光明。因为我曾从你身上看见一片蓝空，一汪海水，一叶深情。

那是一个金色的秋天，我去省城出差，怀着忐忑不安，甚至有点迫不及待的心情走进你的办公室。显然，我的出现使你感到非常突然，好长时间，保持沉默。你还是那么深沉，忧郁高傲地昂着那自信的头颅。十几年倏忽而过，岁月到底在你脸上刻下几道无情的皱纹，添上几根雪白的头发，但那股桀骜不驯的诗人气质仍然存留在你的骨头里。好久好久才说："你怎么来了？""来看看你。""我还以为这辈子咱们再也不会见面啦。""活着总要见面的，地球是圆的。""问题是你我总是朝着顺时针方向跑。""偶尔回一下头，不就见面啦？"无言的对视，无言的问候，一切都融进无言之中……

在一家叫梦思远的餐厅，你我又坐在一起，隔着一张桌子，两杯啤酒，几碟小菜，一个热气腾腾的涮羊肉火锅。你一股劲儿喝着啤酒，人生的酸甜苦辣似乎都融进杯子里。你我仍在沉默对视，从对方的眼睛里想找到过去的影子。我终于开口问："你过得好吗？""离婚了……后来又复婚了……你呢？""又做了一回贤妻良母，有了一个儿子……后来，又分手了。""为什么？""我大概不适宜给男人当老婆。"

"你为什么离而又复呢？"我有点疑惑不解。

"扔不下我的女儿，她失去爸爸，哭得泪水打湿了一条手帕。"你仰起头，把杯子里的酒喝干了："这酒上帝呷了一口都觉得太苦，但我们却充好汉，硬着头皮把它喝干。"

两个杯子又碰在一起。为上帝赐给的这杯苦酒，干杯！

我哭了，泪水也打湿了你的睫毛。丁一君，婚姻赋予我们的只是责任和义务，无论多么伟大、纯洁、高尚的爱情，只要在婚姻面前，永远苍白得像一张道林纸。

愿友谊长存，友谊万岁！无论春夏秋冬，哪怕咫尺天涯，只有友谊，才会使生命的绿色永远滋长。丁一君，让我们带着不甘沉默的热望和追求，把无语的话留在风中吧，愿它插上翅膀，划过那炎热的或冷漠的空气，永远喷发出神圣的亮光。

闪亮的指环

　　寂草，我会永远记着你，记着你送来的这份礼物，记着你给我的这份情意。戴着这枚亮晶晶的指环，读着这封用雪白的纸写的信，一股难以言表的激情在心中涌动。过去，我和你一样，常常怀疑圣诞老人是否存在。因为在这个让女孩子心动、男孩子狂欢的节日里，我从来没有收到过什么礼物，圣诞老人似乎早已把我遗忘。每逢这个日子，唯一让我得以安慰的是安安静静坐在教堂里听牧师的布道。吃一块掰碎的圣饼，喝一杯甜甜的红葡萄汁，尽情地唱着赞美诗，用满溢的泪水浸泡那颗孤独的心……今天，一棵新绿的小草使我的心野不再荒凉。寂草，是你这个可爱的女孩，唤起我心中最美丽的梦，使我倏忽感到，今年的圣诞节是多么快乐，多么美妙而富有诗意。尽管窗外白雪飘飘，严寒料峭，但我的心里却如春风化雨，暖流融融。这枚指环是用什么原料打制的并不重要，是铁的、银的或铜的，更无须去研究。珍贵的是你这份真挚的心意。正如你在信中写道："礼物不分早晚，只要心意到了就够了，什么是早？什么是晚？礼物也不分贵贱，只要有情也就行了，什么是贵？什么是贱？礼物也不分轻重，只要有心，一页纸也是重的……"这些朴实的话深深打动着我的心，使我热泪盈眶。此刻，我用最虔诚的语言为你祈祷：请天使守护你这棵柔嫩的小草，恩赐你一片阳光，一滴甘露，这就是最好的圣诞礼物。

　　寂草，是文学这个美丽的花环把我们圈在了一起，你是学生，我是一名生活指导老师，在年龄上足足相差三十年，但难得的忘年之交使我们的关系日见密切。我视你为女儿、朋友。你是个文静而善于幻想的女孩，不大喜欢用话语来表达内心世界。但你写的每一篇文章，却如夏日的晨风拂面吹来。甜丝丝，湿漉漉，令人耳目一新。于是，我心中那沉积已久的尘埃突然被这清风吹散，逐日冷却的创作热情也在渐渐苏醒。我似乎又回到了曾经拥有过的意气风发的青春时代……

你把自己比作一棵寂寞的小草，但你可知道，山川大地只因为有了小草才变得更加春意盎然、花红柳绿。只有耐得住寂寞的人才有资格开启文学殿堂的大门。因寂寞才写作，写作是为了不寂寞。在单调苍白的生活里，在稍纵即逝的青春中，用心去勾画、捕捉、感受那最美好的瞬间的永恒，流泻倾吐你想说的话，你会感觉到文学赋予你的魅力和震撼是强大的，甘愿一辈子痴情地和它厮守在一起。寂草，你一定要耐得住寂寞，这是上帝对这些想踏进文学殿堂的狂男痴女的考验。只有历经过风霜雪雨，小树苗才会长成参天大树，就像丑小鸭会变成白天鹅一样，这不是梦。既然上帝毫不吝啬地把属天的灵气赐予你，那就要好好珍惜。

在这欢乐的圣诞节，你是快乐的，我是幸福的，因为我们都收到了一份珍贵的圣诞礼物。我会永远把这枚闪亮的指环戴在小指上，并永远记着你——寂草！愿圣诞老人用那来自上天的甘露，浇灌滋润你这棵稚嫩的小草！

我的眼里常有你的影子

天下着雨，冷飕飕的秋风吹着我的裙摆，使我浑身不由得打了一个寒战，从小车里钻出来，呈现在眼前的是一堵灰色的高墙。"内蒙古女子第一监狱"几个烫金大字在阴霾的天空下，闪着冷峻的光，这里听不到城市的喧嚣和嘈杂。一座白色的大楼孤零零地坐落在僻静的城市郊外，好寂静的地方啊，这是一种阴森森的寂静，让人心寒的寂静。走进会客室，我和女干警说了要接见人的名字，她认真地看了我的身份证做了登记后，就递给我一把钥匙，让我把所有的东西都存放在壁柜里，然后，坐在长椅上等待。

女干警在喊我的名字，我匆匆走进大厅，国月姐你已经坐在那里，我走到你面前，还没有拿起话筒，就痛哭起来，"姐姐……"隔着玻璃，我望着你，再也说不出话。止不住的泪水，止不住的心酸，止不住的悲痛，我们都是不掉泪的女人啊，但此时，泪水流淌起来却没完没了……

"秀琴，你哭啥呀，我很好，是上帝让我在这里好好休息，终于解脱了。"这是你说的第一句话。你仍然习惯用手指梳理着那一头浓密的短发，声音仍然是那样的缠绵甜美，语气中略带调侃的味道。

姐姐，我怎么也没有想到你会在这里休息，难道这里是你生命旅途中的最后驿站吗？

"没想到你会来，我也不希望朋友看到我现在这个样子。"你为我的到来感到惊讶。那挂满泪珠的脸上呈现出喜悦的微笑。

"许多朋友还是惦记着你，只是不知道你被关押在哪里，无法来看望。无论怎样，我们是好姊妹。"

"患难见真情啊！"你长长叹了口气，言语中多是无奈和伤感。在这样的场景有许多话是不能说的，你的难言之苦我也只能意会而不能言传，你又说："一生奔波，没想到在监狱画了句号。"

听了这句话，泪水又涌出眼眶，我立刻接道："不，文学创作是你新生命的开端，虽然你已经失去了一切，但你还没有失去思想。也许，你的创作生涯在这里才真正开始，文学不会嫌弃你。"

"是的，只有文学没有弃我而去，它是我的情人，伴我度过这漫长的监狱生涯。"

我也说："文学不仅是你的情人，也是我的情人，在我漂流的日子里，我一直在痴迷地爱着它，它也忠实地跟着我，不离不弃，好好爱我们的情人吧，有它陪伴，我们不会寂寞孤独。"

"它会陪我度过余生的。"

"过得还好吧？吃得怎么样？身体怎么样？"我一连串问了许多问题，你回答我的只有一个字："好。"

"我现在是车间流水线线长，一辈子当官，到了这里还是当官。但现在可以安心写作了，每天三点钟起来写到六点，国月散文集和反映监狱生活的长篇小说快写完了。今年有几篇文章还获得了全国奖。"

我们开始谈文学，谈创作，谈我们的孩子和婚姻，回忆二十年前我们一起写作，一起参加各种文学创作学习班，一起发誓，要走进中国的文坛。

姐姐，还记得吗？三十年前那个满天繁星的夜晚，在内蒙古出版社招待所，我第一次见到你。那夜，咱俩挤在一张床上，敞心交谈，月亮东升西落，天色暗了又亮。你是地道的北京人，却把自己的生命、青春、事业和大草原紧紧系在一起。在你身上，除了一口标准的普通话，很难寻觅到当初那个北京大姐的影子。十六岁，正是那如诗般恬静、如梦般缥缈、如歌般美妙的年纪，你相随父母，来到西苏旗大草原。四十年的风霜雪雨，四十年春夏秋冬，蓝色的牛粪火苗熏陶着你这位异乡游子，蒙古包外的袅袅炊烟勾画着你如诗如画的青春梦幻，辽阔的大草原凝练了你坦荡的胸怀和狂骜不驯的个性。你如一轮明月脱颖而出，用如水的缠绵与柔情倾泻着对草原一草一木、一沙一石的热爱与眷恋。为了长篇小说《母亲湖》的创作，你带着刚刚出世四十天的儿子，去草原深处追寻那大自然的精灵，蓝色的劲风吹动着你乌亮的秀发，你一手抱着吮吸奶水的孩子，一手拿着钢笔，在颠簸的勒勒车上，在叮咚的驼铃声中，在熊熊的牛粪火旁，抒写着对大自然的热爱，对草原牧民的深情厚谊……

岁月的无情已悄然带走了你少女时的浪漫和多情，人生的酸甜苦辣已洗劫了你的韶华红颜，但你的内心永远涌动着青春的激情，脸上永远闪动着隽永的微笑。我蓦然想到那位著名书法家送你的那幅卷轴："国色天香，月圆花好。"

多少年过去了，你成功地走向电视剧的创作，也办起了自己的文化影视公司。在我出版《血之梦》这部书时，你正在拍摄《红草地绿草地》，在最忙碌的时候，你仍然抽时间给我写了跋语。记得在离开内蒙古的时候，我去和你做最后的道别，我说这一走不知道什么时候回来。你说我是个潇洒走四方的女人，漂泊属于我。我拉着你的手哭了，自己已经走上了这条路，没有返头的机会了。你说，安逸的日子不属于我们，我们都是不安分的女人啊，都想创建自己的事业，走这样的路是必然的，也是命定的。但今天你走进这堵高高的围墙里，难道也是命定的吗？

姐姐，我怎么也没有想到，你所走的路会和监狱联系在一起。在广州听到这个消息时，我几乎是彻夜难眠，你的形象久久停留在我的脑海里，我不敢相信，但来自多方面的消息终于证明了这个不容置疑的事实。如今的你，仍然不失往日的风范，仍然在干着你能干的事业，仍然没有放下手里的那支笔。是什么力量支撑你走过这漫长的监狱生活？是信念，还是对生活的热爱？人啊，只有上帝知道你的承受能力有多少，知道什么样的人配受什么样的磨难。这样的坎坷和惩罚，也只有你能承受得了。

过去的日子曾让你骄傲，但一张判决书取代了你满墙的奖状和所有的荣誉，什么都没有了，你的人生从零开始。而这个零对于你来说，比阿Q上刑场时要画的那个零更难画，可你还是努力地去画，想画得更圆一点，更完美一点。说到此处，你果断地一挥手说："不提它了，一切都已经过去了。"你没有选择平庸，没有选择坦途，更没有去选择依赖男人。从顶峰到低谷，从低谷再到顶峰，生命之花能一路开放，这就是赢家。这也是你生命的意义。

电话里响起了嘟嘟的声音，探监时间到了。我们同时放下手里的话筒，默默地对视着，泪水无声无息地流淌着，宛如一行行无字的诗，静静地倾诉着别离的痛苦。别了，姐姐，无论你是阶下囚，还是昔日的董事长，无论你是作家，还是一个普通的女人，我都不会忘记你，不会忘记你曾经给我的帮助和支持。在我最困难的时候，在我历经生死的关头，是你用友情这束阳光，照亮了我那冰冻的心室，让我感到生活原本是温暖的，太阳是灿烂的。姐姐，我今天来看你，从你身上看到的仍然是一个女强人的形象，你没有倒下，漫长的监狱生活没有击垮你，这是让我感到欣慰和快乐的。你笑了，你的笑脸宛如那草原上盛开的蕙兰花，高高的围墙关不住你的香气，总有一天你还会以不落俗套的姿态，在广袤的大草原上绽放。

别了，姐姐！希望能早日看到你的书出版，这是我们共同的心愿。望着你远去的背影，泪眼蒙眬的我眼前突然幻化出一片盛开的蕙兰花，美丽的蕙兰花啊，一阵恬淡清幽的芳香飘过那高高的灰色的围墙……

你的眼泪是金子

去看你之前，我反复提醒自己，这次见面一定不哭，一定让你看到一张灿烂的笑脸，但我没有做到，从小车里出来，双脚踩着这条灰色的水泥路，心就沉重得如同压了一块铅板。

记得去年来看你的时候，也是一个阴雨天，雨下得很大，打着伞走在雨中的我，眼前是蒙眬的，我想象不出你现在的样子，也想象不出你现在的心情，总是在想一个问题，曾经在商界文坛叱咤风云的女强人，一个一生为事业奋斗不息的女老板，怎么就在这里度过最后的余生？

天，仍在下雨，雨不大，能打湿衣服，怎么每次来看你，都是一个雨天呢？阴沉沉的云，紧紧包裹着这个世界，和我一起来的还有文研班的好友巧芝、叶鸣。

车子停在门口，天地沉默了，"女子监狱"几个大字在雨中泛着白光，阴森森的。

走进接待室，递上身份证。

推开铁门，只见你已经坐在台前。蓝色的囚衣包裹着你昔日的华贵。是你吗？仅仅一年时间，牙齿又掉了几颗，那遮也遮不住的沧桑镂刻在你的脸上，曾经的美丽不见了……

透明的玻璃，把我们隔开。

"还好吗？"仍然是你先开口问我。

我点点头，用牙齿咬着下嘴唇，但泪水还是悄悄地流了下来。

"哭啥呀？我很好啊！"你的声音还是那么甜美，好像不是我来看你，而是你出来看我似的。

"散文集写完了没有？"我直接切入主题。

"写完了，书名还没有定。"

"还是叫《半圆的月亮》吧。"

"为什么？"

"月亮半圆的时候最美最亮。"

你老了，那苍老的面孔泄露了你内心所经受的千般煎熬，我只能从你那甜甜的声音中寻觅昔日的你……在草原，在大漠，在那散发着牛粪味儿的蒙古包里，在你那张宽大气派的老板桌前……在朝霞初升之际，在落雁归巢之时，在梦一样的云霞里，我们梦一样地遐想……做女强人，强女人，自由的女人。但令我不解的是，你怎么能把自由输掉呢？

那时候的你呀，多少朋友围在身边，你的傲慢，你的气度，你的雍容华贵，让多少人仰慕；你的胆识，你的魄力让多少人赞赏；但你的失败，你的沉沦又让多少人弃你而去，红尘万丈，浮云若梦，一个又一个漫长的夜晚来临……你无法摆脱命运的裁决和审判，膨胀的欲望把你推向了这个无底的深渊。

听筒里传来嘟嘟的声音，时间到了。你从椅子上站起来，抬手擦泪。坚强的女人啊，你的眼泪是金子，也许，你最精彩的一笔在这里完成，但那是在刀刃上行走，一路鲜血染红你走过的脚印，这是实实在在的钻心刺骨的痛啊。

手里攥着一块被眼泪浸湿的纸巾，我呜咽着向外走去，不敢回头，不敢看你那被囚衣裹紧的背影。外面，仍然在下着雨，心被淋湿。

三人无语。慢慢向外走去，风吹过，雨飘来，我不由自主叹了一口气，说了一句没头没尾的话："我们是最幸福的女人。"

"我们是三个穷女人。"巧芝附和着。

"我们拥有自由，拥有文学，拥有孩子，难道还不富有吗？"

"呵呵呵……"快乐的笑声在湿漉漉的空气中飞扬，一轮彩虹映在天边，鸟儿在自由的飞翔。

生活真美！

龙南客家女

龙南，在我的脑海里是个陌生的小镇，从北京起程的时候，上网查了车次，但没有直接去那里的车。于是，只好买了到赣州的车票。火车拉着我向南狂奔，到达赣州的时候，已是第二天中午。

走出车站，我有点不知所措，阳光懒散地隐匿在云层里，天空不太明朗，我无法辨明方向。按照肖大庆告诉我的行走路线，应该去汽车站乘高速快客，但一打听，汽车站距离这里还有几站地的路程，犹豫不决的我站在路口，不知道该怎样走。一位卖熟玉米的女人告诉我，有去龙南的火车。于是，我提着行李箱又返回售票口。买了票，在候车室等候。检票口，乘客无次序地拥来挤去，铁栅栏门一打开，人们摩肩接踵蜂拥向站台走去。

好不容易挤上去，没有座位，在洗脸池旁边找了一个立脚的地方。这是一辆小火车，仅有五节车厢，车内的设施很差，一股难闻的味道从厕所里飘出来，弥漫在车厢内。果皮、废纸随处可见，车票也便宜，到龙南才九块钱，沿路列车员不报站，走到哪里了也不知道。这样便宜的火车还能挑剔什么？沿途小站走走停停，中途不知是什么站，许多人下车。我挪动着僵直的双腿，终于在车厢内找到一个座位，身边一位女子问我到哪里，我说龙南。她笑笑告诉我，她也在龙南下车。听说她是龙南人，自然问起一些龙南的事，她也问我去龙南干什么，我说开会。"从北京到龙南开会？"她瞪着一双好奇的眼睛望着我，"你是第一次来？"我点点头。

黄昏时分才到站，这是一个温柔的夜晚，灯光中，影影绰绰的建筑物，朦朦胧胧的树丛花影，清清爽爽的晚风，好一个令人神往的小城。车站的风格也很别致，高高的站房拔地而起，旅客出站后，要走很长一段陡峭的台阶，才能看到一辆辆出租车和一条长长的马路。苍茫夜色，下车的旅客寥寥无几，这位客家女帮我拎着皮箱，我俩结伴走出车站，出租车司机迎过来问我打车吗？我摇摇头。客家女说："车站距离酒店很远啊，不打车怎样过去，我给你和他讲价，不会多要钱的。"我说："不是价格的问题，而是我不敢坐。"多年出门在外，无论走到哪座城市，我很少打出租，尤其是晚上，更不敢随便乘车，一是因为自己方向感不强，担心司机为挣几块车费而拉着我绕大圈，再者，生怕上了黑车，遇到图谋不轨的司机，后果就不堪设想。由于自己的小心翼翼，出门多年，闪失很少。她看出我的担忧，很爽快地说："我送你过去吧。"不等我推辞，她就用客家话和司机讲起了价。原来，火车站距离县城很远，汽车走了很久，我虽然不知道车子向哪里开，但心里却很踏实。

　　她一直送我到迎宾楼，没有留下姓名，但那双纯朴的眼睛却深深定格在我的记忆深处。下车了，我紧紧握着她那双纤细的手，想说几句感谢的话。但她说："你从北京来我们龙南，不容易啊。"龙南人好客热情、朴实善良的形象让我久久难忘。

　　第二天开笔会的时候，我和文友们讲了这个路遇的客家女，这是我在龙南路遇的一件小事，也许，这件事只是我旅程中看到的一朵小花，但这朵花却在我心中长久地开放，就像那满山香气馥郁的山茶花。我会珍藏在我的文字中，我会牢牢地记住她的名字——龙南客家女！

龙南有个肖大庆

踏上去往赣州的列车，北方已是隆冬，车窗外，清雪飘飘，朔风萧萧。列车风驰电掣地向南狂奔，当一缕晨曦撩开夜的黑幕时，秀美的赣州披一袭葱绿跃入我的眼帘。龙南，我正向你走近！

因为认识了肖大庆，我才知道江西赣州有个龙南；因为龙南有个肖大庆，来自全国各地的文学笔友们才有机会在这个风景秀美的小城相逢。

和肖大庆初识源于碧海港湾网，这块文学阵地为我们构筑了相互交流的平台。在虚拟的网络空间，对肖大庆最初的了解比较朦胧，我只知道他喜欢文学，擅长写散文、小小说。随着时间的推移，肖大庆的形象在我脑海里逐步变得清晰、明朗了。两年时间，先后拜读过他出版的《一路花香》《因为爱着你的爱》，这两部散文集给我留下很深的印象，从朴实无华的文字里，可以看出他的人格和品德，看出他对文学事业孜孜不倦的执着追求和热爱。因为感动，因为缘分，也因为这化不开的文学情结，我对肖大庆的两部书籍也写下了粗浅的感言。

肖大庆是土生土长的客家人，说着有着浓浓客家韵调的普通话，听起来可亲可切，给人一种久远的熟悉、淳朴、谦逊、热情、平易近人。这是我走进龙南，肖大庆留给我的第一印象。

肖大庆是这次笔会的组织者，也是最忙碌的人。两个月前，他就给我发来邀请函，让我无论如何来龙南，看看脐橙挂果的美景；游游充满神韵的围屋；尝尝客家人亲手酿制的米酒；听听悠扬美妙的客家民歌《过山溜》……他这番传神般的描述，让我对龙南生发了无限遐想，拭目以待笔会的召开。

走进龙南，宛如徜徉在绿色的海洋。虽然是个不足三十万人口的小县城，却享有"东方古堡"之称。当我们攀过一线天，登上情侣峰时；当我们走过九连山，越过太平廊桥时；当我们的眼睛被满树脐橙迷住时；当我们站在那古朴的围屋前拍下一张张照片时，不禁从内心发出呼喊："肖大庆，感谢你！"这是笔友们共同的心声。听到大家的呼喊，肖大庆脸上绽开由衷的微笑。他也高声回应："感谢你们来龙南，龙南永远欢迎你们！"

肖大庆是个细心人，这次会议，每一个细节都安排得非常周密。他担心北方人吃不惯龙南的饭菜，特意让厨师烹饪几道北方菜，还包了饺子，煮了面条。我们尽情品尝一道道客家美食，鱼饼、白斩鸡、菜干扣肉、酿豆腐、老鸭汤、糯米酒，还有风味小吃烫皮、凉粉……那烫皮真好吃，甜甜的、脆脆的，还稍有一点辣味儿，我问肖大庆这是怎么做成的，他边吃边给我介绍制作方法。平时沉默寡言的他，只要讲起龙南的轶事就滔滔不绝，口若悬河，满肚子都是客家人的故事、客家人的围屋、客家人的起源、客家人的勤劳勇敢，为世人瞩目的客家习俗、文化风情……听着这些妙趣横生的故事，我不仅想起他在《一路花香》里描写龙南的那些美文，是啊，因为有龙南，才有这个才子肖大庆。

笔会期间，研讨了肖大庆散文集《因为爱着你的爱》。这部书以一个爱字贯穿全文。他爱龙南，写龙南，赞龙南，让天下人知道龙南。由此，我不由想起艾青那句诗："为什么我的眼里常含泪水？因为我对这土地爱得深沉……"肖大庆也是如此，对龙南那片土地爱得深沉、真切、炽热。龙南这块绿色的土地是孕育他创作的母体，给他创作的激情和灵感，给他充足的养分。他不断成熟壮大，不断刻苦追求，用一生的真情、真爱去回报感恩养育他的这块土地。

肖大庆介绍自己创作经历的时候，多次谦逊地说："从事文学只是半路出家。"好一个"半路出家"的肖大庆，为人为文是一部值得耐读的书。记得他在《一路花香》里曾经说过这样一段话："我只是一只蛹，一只湮没在浩繁卷帙里的蛹，笔尖般的头指向文学殿堂的方位。慢慢地修炼，一步一步地嬗变，希冀自己有朝一日能够变成那只在文艺百花丛中翩翩飞舞的彩蝶。"如今，湮没于浩繁卷帙的蛹已经破茧而出，在孤独艰辛的写作旅程中，他终于走出了属于自己的一条创作路。

把生活中许多显而易见的小事精巧地编织在一起，提炼成一篇篇精美的作品，这是肖大庆写作的一大特点。这一特点与他做人的风范是分不开的。那天，当我们攀登南武当山的时候，正逢雨天，望着飘过车窗的雨丝，我说："这样的天气怎么爬山？"坐在我身边的肖大庆却幽默地说："爬山时，雨会停的。"我笑了，但愿如此。原来，肖大庆已经做了周密安排，我们刚走出车门，工作人员就给每个人递上了一把雨伞。人间真情莫过于雨中送伞、雪里送炭了。小小一把伞，撑起友情一片天，丝丝暖意留心间。情意把来自全国各地的作者凝聚在一起，让我再次为肖大庆喝彩，并衷心地向龙南宣传部的领导以及工作人员送上深深的谢意和祝福。

我是最后一个离开龙南的，临行那天，肖大庆又请我和《东莞时尚》杂志社的汪雪英一起在龙南生态园聚餐。餐桌上，我再次品尝了醇香的糯米酒和老鸭汤，四人举杯对碰，肖大庆说："欢迎你们再次来龙南！"

"会来的。"我和汪雪英异口同声地回答，"因为龙南有个肖大庆！"

摇曳在红尘中的一朵花

笔会结束，素丽邀请我到她家里做客，盛情难却。于是，我和笔会文友何桂年老师一起乘车直达石家庄市栾城区。

素丽，一个很普通的女人，爱好文学，写诗也写散文，在我的印象中，她是一位教师，几次笔会都在一起，但短暂会期总是匆匆而别。虽未深谈，却似深交。

出租车直接把我们拉到她家门口。一座白色的小楼阁跃入眼帘，一棵高大的柿子树遮掩着两扇大门，院内，惹眼的是耸立在窗前那吐着嫩芽的竹子，一根挨一根正向天空拔节，那青翠欲滴的绿把小院衬托得更加生机勃勃。宽敞的房子，小楼的格局是上下复合型的，正面墙壁上那枝红梅，把整个房间的氛围渲染得那么靓丽温馨，女人味十足。素丽招呼我上楼，在阳台上，她指着远处绿油油的庄稼说："琴子，那里有我种的三亩玉米地。明天，我领你去地里看看。""都是你自己种的吗？""是啊。春种秋收都是我自己经营。"我惊讶地望着她，是教师还是农妇？是家庭主妇还是文学田园的耕耘者？

素丽给我们沏了茶，就匆匆向外走去，她说，走了三天，菜地都干了，菜叶都奄拉着，再不浇就枯萎了。

大门外，一堵矮矮的灰砖墙，圈起一块小菜园，种着各种蔬菜，她一边往菜畦里放水，一边拔地里的杂草，摘豆角、黄瓜、西红柿……满园郁郁葱葱，绿意盎然。我站在旁边，一边给她拍照，一边惊讶地问："这些菜都是你自己种的吗？种这么多的菜你吃得了吗？"我望着一个个圆头圆脑的葫芦，一串串嫩绿嫩绿的长豆角，一根根吊在蔓上的黄瓜、茄子，还有那一排排横竖成行的小葱、韭菜，好奇之心让我不住地问这问那。

"吃不了就送人啊。你看这黄瓜，再不摘就变老了。"她顺手从蔓上摘下几根黄瓜。

"那你种菜仅仅是为了送人吗？"

"那你写文章难道仅仅是为了给别人看吗？"她突然反问我。

我无语。但已经领会了她经营这个小菜园的内涵和意义。

水顺着小渠慢慢流，一畦水满了，素丽就用铁锹铲着土把水口堵上，把水头引到另一畦里。夕阳西沉，玫瑰色的晚霞在片片绿叶上闪闪烁烁，飘来浮去，素丽的形象被交叠在这幅画里，让我突然感觉到她的淳朴和圣洁。

晚饭很简单，何桂年老师拎回一大袋刚刚摘下来的黄瓜、豆角和茄子。素丽亲自下厨炒菜。自己种菜自己吃，那才是最甜美的。我们一边吃一边随口漫谈，话题扯得很远，情绪激动时，素丽就搬出电子琴，自弹自唱一曲《女人花》："我有花一朵/种在我心中……女人花/摇曳在红尘中……"

我被她的歌声感动了。虽然我们现在已经告别了青春娇艳的年纪，一切美丽即将以凄婉收场，但生活却给予我们更多耐人寻味的细节和一个色彩绚丽的精神家园。在过往的岁月里，在各自阴沉的背景里，藏着一些不为人知的无奈和辛酸，但随着时间的节拍，我们终于找到了属于自己的，永远不缺阳光和雨露的世界。

午夜，突然雷鸣电闪，雨点敲打着院里那块遮阳塑料布，噼噼啪啪，响声大作。我和素丽躺在床上，有一种于无声处听惊雷的心境，慢慢说着话，相互好像在讲同一个故事，心静如水……追溯那曾经失去许多的悲剧的原委，寻觅那使我们快乐的精神家园。我说，只要辛勤耕耘，就会有收获，因为太阳永恒，时间永恒，天地永恒，唯一短暂的是我们自己，就如那瞬间盛开的小花，开过了，美丽过了就足矣。

离开素丽家的时候，天上飘着霏霏细雨，走出大门，我拍下了最后几张照片，那门那院，那块小菜地……瓜蔓缠绵，翠绿晶莹，射干花开得正艳，青绿的柿子挂满枝。素丽说："等柿子熟了的时候来吧。你可以住下来，尽情写作。"我点点头。环视一下这座安静的小楼阁，眼睛湿润了。

素丽和何桂年老师执意要送我到车站，我说："不必了，走了许多年，从来没有让人接送过。"素丽说："那就让我们送你一次吧。"她叫来了出租车。

雨停了，空气温和潮湿。到石家庄车站，我取了票，在验票口，三人告别。"琴子，保重。"素丽顺手把一大袋黄瓜递给我，这是她昨晚从小菜园专门给我摘的，"带回北京尝个新鲜"。我没有推让。拉杆箱沉甸甸，心也是沉甸甸的。

挥手转身，泪眼婆娑。石家庄、光禄山、南山坡、西柏坡，也许，都不会给我留下什么，唯有素丽的这份情意，却长久地让我挥之不去。

暖阳一缕

十五年前，在文学这条路上看不到希望的我，在一次文学创作会上遇到了作家乔澍声老师，就是这一偶遇，让我的人生有了一个很大的飞跃和转折。老师为我指点迷津，为我修改作品。我的长篇小说《血之梦》，中短篇小说集《参商情缘》，散文集《六合琴声》，三部书的出版，倾注了老师大量的心血和汗水。虽然同在一个省，但距离遥远，很难有见面的机会。二零零五年，我南漂广州的时候，只是匆匆忙忙和老师在电话里告别。没想到，这样一别就是十几年。逢年过节，给老师打个电话，每次通话，他总是千叮万嘱让我不要丢弃文学。老师的支持让我走过那段艰难的岁月，当《漂泊羊城》脱稿后，他仍然为此书做了多次字斟句酌的修改。

恩师，永远是我心中的暖阳。在内蒙古大学三年，我心里常常念叨着要去乌海拜访老师。但这话说了整整三年，直到毕业的时候，才和同学刘巧芝一起去了乌海。

乌海，一座被沙漠环绕的小城，古稀之年的老师从年轻时候来到这里就一直没有离开过。黄河水、乌达煤是老师取之不尽的创作源泉，如今著作等身的老师老了，头发白了，岁月的痕迹印在脸上，但他仍然没有放弃写作。老师不会用电脑，每天伏案笔耕，夜以继日，废寝忘食，用毕生的精力去抒写一曲完美的人生之歌。

老师说，文学是一生的马拉松赛跑，要恒久坚持。老师整整写了五十年，出版书籍三十多部。帮全国各地作者编辑出版书籍几百部，老师从未收取作者分文费用。他在《情缘未了》这部书中，坦荡地向天下人说："几百篇序言、跋语，没有收取对方一分钱，印了多少册书，没有挣过印刷厂一分钱的回扣，编辑修改了上千万字的书稿，也没有收取过作者的编辑费。"编辑、印刷、写序言跋语，这三大部分挣钱的渠道，老师分文未取。他不仅没有挣钱，而且拿出自己节衣缩食省下来的钱，为许多想出版书籍却经济拮据的作者进行无偿资助，帮助他们出版书籍，给他们义务校对书稿。老师说："做人不要把钱看得太重、太认真，不要太斤斤计较利益。"老师是这样说的，也是这样做的，他身体力行，处处以自己的好行为去熏陶他人。

老师的生活非常简朴。师母信仰佛教，她不吃荤，就是连鸡蛋也不吃，她认为鸡蛋是鸡下的，蛋能孵鸡，那鸡蛋就是有生命的，不杀生是佛家应该守的本分，师母不吃的食物，老师自然也不吃了。师母不浪费一滴水，家里除了卫生间的马桶，其他下水管一律不通，她把所有的水都截流在盆里，然后储存到几个装水的塑料大桶里，以备冲马桶用。

老师一生除了写作，几乎没有其他爱好，不抽烟不喝酒，不打麻将不跳舞，有人不能理解，问他活着究竟为了什么，他笑而不答。走进老师的书房，就可以看到，老师一生追求的乐趣是什么，这里是他的精神乐园，这里有他的寄托，这里也有他一生的梦想。书房不算大，但书籍堆放得满满当当，书稿一摞挨着一摞。

老师的视力很不好，多年写作看书积劳成疾，视神经萎缩，看书写作都得用放大镜，但老师仍然天天把自己关在书房。他说，只有自己能活到九十岁，手里的活儿才能干完。他为许多高龄老人编著书籍，为他们了结心愿，但自己却清贫一身，清白做事。

老师是我文学创作的引路人，每一次聆听老师的教诲，他的话总会让我茅塞顿开。当我的长篇小说《雪伦花》准备付梓印刷，将三校样稿拿给老师的时候，他又是一字一句认真做了修改。他说："赘语一定不能有，文学是一种高雅的修养，文章更是一种精致的凝练，文字要有生命和灵魂。"在老师面前，我除了汗颜，更多的是羞愧，我羞于说自己已经走得很累，更羞于说自己是一个作家了。老师啊，我没有任何理由和你说这些，更没有理由沾沾自喜、孤芳自赏。既然选择了文学，选择了这条常人不走的路，那就准备跑马拉松吧，不要放弃，不要回头，不要抱怨，不要迷茫，因为爱它，无怨无悔，因为爱它，要舍弃很多。望着老师花白的头发，听着老师的谆谆教诲，突然感到，自己原来是这样的无知浅薄。

老师还说："做事要先做人，做文更要先做人。做人要有道德，写文章要有文德，不要把名利看得太重，皇天后土，一个作家能走多远，不是靠炒作，也不是靠走捷径。"感慨感动，感恩感激，更感谢老师送我的金玉良言。这趟乌海没妄行，老师的开启和教导，让我知道今后的路应该怎样走，心里踏实许多。走吧，既然走上了这条不归路，那就不要回头。

三天的短暂逗留，让我受益匪浅，分手的时候，我说："我要远行。"老师赞许地点点头："走吧，文学不是象牙塔，文学更不能闭门造车；文学不是无病呻吟，不是小资情调，要走出禁锢自己心灵的栅栏，去寻找灵魂的归宿之地，寻找人性的根本，寻找千年的古文化，寻找那个遗失在记忆河床的梦。"

我走了，怀着老师的教诲和期待，离开了乌海市。我不知道自己会走到哪里，但我知道，文学创作是我最终的归宿。有一天，当我走不动的时候，我会让珍爱一生的文字带我重生一回，在不老的岁月里，和童年相伴，与青春相约。

春天·大海

立冬之日，我收到成林兄寄来的大作《春天意味什么》。凝视封面上几个白色草体字，自然想到雪莱的诗："冬天到了，春天还会远吗？"随之，窃喜之情在心室恣意弥漫。捧着书，仿佛捧着一个温暖的春天。且不说书的内容，那封面就令我无尽遐思，真是书如其人，和成林兄一样，深沉、严肃、凝重、有分量。

有幸在北戴河中国作协创作之家认识了成林兄，而且我们还在那面锦旗下举杯宣誓，产生了一个"核园六结义"的民间组织。十天假期，排行老二的他，为人坦诚，性情直爽，东北汉子的秉性在他身上完美体现。他很少提及自己的创作情况，见面会上简单地陈述，我知道他来自辽宁，在电视台从事影视工作。拿到书，我才知道，他不仅是一位影视导演，还是一位作家，是个了不起的复合型文化人。书的封面设计独特简单。深绿的底色，浮着一轮像月食又像日食的淡黄色的圆。轮廓抽象，意境朦胧。值得思考的是这个书名《春天意味什么》，我想，在这个季节来临的时候，没有太多人考虑过，春天究竟意味着什么？在四季的轮回中，也许，春天并不意味着什么，它只是一个过往的季节，一种象征，一个光阴的代码，一个岁月的符号。

古往今来，赞美春天的诗词绝句层见叠出，孟浩然的"二月湖水清，家家春鸟鸣"；李白的"东风随春归，发我枝上花"；秦观的"春路雨添花，花动一山春色"……但这些只是他们眼里的春天。《春天意味什么》这篇文章是成林兄针对《立春》这部电影有感而发。从他精辟的评论中，我感受到那群挣扎在春天里的男男女女，他们渴望春天，想在春天里让命运出现转机。

但多少个春天过去后，他们得到的是一次次失望。"春天是生的季节，春天也是死亡的季节。春天是适合许下诺言的季节，春天也是最容易被欺骗的季节。其实，春天，只是人们心理上一种自我预期，或说一种轮回式的自我救赎，它真的并不一定意味着什么。"成林兄这段话，让我反思：每个人一生会度过多少个春天？春天给了我们什么？为什么春天总让人眷恋思念，心仪心动？那些把身体蜷曲成问号冬眠了的动物，大概也在向造物主提出这些问题。

　　春天意味着什么？我一直在为自己寻找一个理由，抑或一种答案，也一直在幻想，在春光里捧读时光，追忆岁月，设计梦想……但春天对我拟定的这些美好设想，往往不屑一顾，它该走时还是无情地走了，有时候，甚至会让料峭的春寒长久地作陪，直至我心灰意冷。但春天也会玩一些小性子，欺骗那些喜欢它的人，我总是被春的虚情假意迷惑，以为它会给自己带来什么好运。但春天过得多了，渐渐明白，它这种善意的欺骗，也只是让我好好地在希望和期盼中活着。生命的本真未必在春天都能改变，石缝里突然冒出一棵小芽，长大后，仍然是一棵小草。春天甩甩衣袖走了，留给农民的是勤勤恳恳的耕作；留给诗人的是写不尽的情怀；留给痴男怨女的是缠缠绵绵的思念和眷恋；留给孩子们的是那解冻后的小河、放飞蓝天的彩色风筝和手里的纸质风车。河水哗啦啦流过，小草绿了，树叶绿了……春天，留给我的是什么？小时候盼春天来了能吃到苦菜和榆树叶，能脱掉拖累了一个冬天的棉裤，能举着母亲给做的那个红色风车在春风里跑来跑去；但春天也不完全是想象中的那么美好，春寒是让人受不了的一种冷，那是往骨头缝里钻的冷，比冬天还要冷的一种冷。于是，母亲总会叮嘱我："不要过早地脱掉棉裤，春寒里落下的病，是一辈子的病。"可见，春天也暗藏杀机。在斗转星移的时空里，春天只是连接冬天和夏天的桥梁与纽带，一头是生机，一头是死亡。

　　春天也会让许多植物和动物蜕变。那人自然也逃不脱这种蜕变，白了头发，掉了牙齿……这时候人们大概才明白，命运的转机不是春天能给予的，宇宙的主宰者给春天的使命是用绿色来涂抹世界，净化地球的肮脏和污秽。于是，绿色成了人们心中追求的意象。心里装着春天，就装着一片绿色，一片温暖。

在成林兄的书中读到了另一篇《大海的情怀》。记得刚回创作之家的时候，成林兄、赫东军和我，三个单飞者自然结合成一个"机组"。成林兄是"主机"，我和赫东军是"僚机"，三人成一条平行线，慢慢向海边走去。天蓝海阔，清风掀浪，望大海，成林兄给我讲了一个故事："一个女孩的一只鞋子被海水冲走了，几个海碰子都下海帮姑娘找鞋子，但一个个无果而归。大海捞鞋，和大海捞针一样艰难，姑娘失望了。这时候走过一个老船工说："大海什么都不要，只要你耐心等待，它指定会送上来。这么大的海要你一只鞋干吗？"姑娘听了老船工的话，就在岸边耐心地等啊等啊，不知等了多久，一排海浪涌来，随即，那只红色塑料鞋出现在眼前……"故事简单感人，但最经典的是成林兄写在文章后面的那句话："海什么都不要，它只要勇敢和真诚。"

春天和大海，仍然是两个存在于宇宙间的独立体，没有春天，大海仍然是大海；没有大海，仍然春来春去。《春天意味什么》这部书却把春天和大海粘在一起。我由此也想到海子的那句诗："面朝大海，春暖花开。"想到大海和春天，就想到海子；想到海子，我不由得在想，他为什么总是把春天和大海联系在一起呢？是大海的涛声还是春天的花朵？如今，那个自由的灵魂是否仍在面朝大海？

春天意味着什么？海为什么叫海？从成林兄的书中，我找到了答案，看到了春天的本色，闻到了大海的咸味。一个热爱生命、热爱生活的人，他的人生永远是春天；一个虚怀若谷、大智若愚的人，他的心胸永远像大海。春天走了，不会带走什么，春天什么都有，生命、鲜花、绿草……"大海有珍珠，有鱼虾，有石油，有沉睡千百年的古战船，它取之于陆地，又还之于陆地。"这是成林兄写给大海的一段话。拥有春天就拥有了希望，拥有大海就拥有了宽广的胸怀。

　　《春天意味什么》是一部哲理性很强的书，篇篇精彩，让我不忍掩卷。写下这点粗浅的感受，愿与成林兄分享。读书想人生，我只是期盼着，在我人生的第二春，再为自己编织一次梦想，也希望春天成就我的梦想，就算是心中的一次自我预期，我仍然会感到欣慰和快乐。此时，正逢北京的冬天，温度还没有降到零下，真正的数九寒天还没有来临，我蛰伏在二零一三年的冬季，坚定地用那一缕冬阳来温暖自己，静静聆听大海的涛声。

第七辑 /

云端女人

春天，许多人都在期盼／以为春天能给

你什么／面朝大海／春暖花开／那只是幻

化中的朦胧意象／我心里的春天只有时

间／因为它永远不会造假欺骗／一秒就

是一秒／一分就是一分／无论春来还是

春去／我执守一份信念／将一个炙热的

吻／留给嫣然如画的明天

——琴子小诗《春天》

书给了我一个世界

　　爱看书，还要感谢我的外祖母。我很小的时候，就知道她家里有一个古老的棕黄色柜子，柜子是三开门的，里面放的都是书，那时候我刚念三年级，汉字没认几个，却迷上了那一柜子书，多数都是繁体字的线装书，有《红楼梦》《三国演义》《儒林外史》。听外祖母说，我外祖父会说书，也就是给别人讲故事。每天晚上，左邻右舍的人都来外祖母家，围着那盏煤油灯，听外祖父说书。外祖父会说书，也爱看书，但不会写书，他对汉字是会认不会写。出口就是故事，在我们那个小镇上，也算一个识文断字的人。但他只活了四十岁就早早地离开人世。外祖父病逝后，我二舅开始给人说书。柜子里的书，除了我二舅能动，其他人是没有资格翻看的，一把黄铜锁把那个柜门锁得牢牢的，但我常常悄悄地从外祖母的裤腰带上摘下那把钥匙，趁她不在的时候，就打开柜子取几本跑到外面去读，要不就在书的上面再包个牛皮纸书皮，拿到学校去读。那时候，我读不懂那些古文线装书，也读不懂繁体字的文言文，只是囫囵吞枣地翻看。让我记忆最深的是张恨水的《啼笑姻缘》，但那时候不知道那是小说，以为是发生的真实事，常常为故事里的人哭得两眼红肿，甚至变得痴痴迷迷，对书爱不释手。"文革"破四旧立四新的运动席卷全国，我们那个小镇也难逃这一劫，凡是古东西都要被焚烧没收。外祖母害怕被红卫兵抄家，怕戴上高帽子游街，趁黑夜，把墙上挂的古画和柜子里的古书全部扔进了灶膛。我常常想，那一柜书如果保存到现在，一定非常珍贵了。

　　从爱看书的时候起，我们家就是点着煤油灯。那年头，每月每家供应半斤煤油，灯捻是几根白线拧在一起，灯头小小的，母亲在夜里做针线活的时候、我写作业的时候才能把灯头挑大。我希望母亲熬夜做针线活，这样我写完作业就能趴在被窝里读书，家里没有火炉，被子里冰凉冰凉，我就像安徒生笔下那个卖火柴的小女孩一样，读着书，心里总是暖暖的。和书一旦黏糊在一起，就越读越上瘾了。我上学走路读，吃饭读，在学校里，只要是上自习课，我总是偷偷地把书藏在课本下面读，要不就在下课的十分钟休息时间读。老师是不许我们读闲书的，我是常常被老师盯梢的对象。在家里，母亲一看见我读书就开始指派我干许多的家务活儿，于是，我常常是一边吃饭一边看书。后来，在工厂里当车工的时候，我总是喜欢加工大工件，一根曲轴夹在车床上，一刀要走半个小时，我就坐在车床边看书，领导看见了，说我不务正业，上班看闲书，于是，调工资没有我的份。但读书还是让我快乐，让我看到外面一个美好的世界，让我不再愚拙、不再无知，也让我有了许多奇特的想法，想看看外面的世界，想做一个像丁玲、杨沫那样的作家，爱幻想的我，总是看着书想入非非。

爱看书，逐步发展到爱买书。刚工作的时候，每月只挣十八元，我除了留下饭钱，其余的几乎全部买了书。那会儿，一套《约翰·克利斯朵夫》才几块钱，有的书是几角钱，不舍得吃，不舍得穿，只舍得买书。书柜里的书渐渐多了。直到有一天，当一个人狠狠地把我所有的书都扔到院子里，甩给我的最后一句话是："和你的书过日子吧。"我才突然感到，自己已经和书有了一份不能分割的感情，爱书胜过一切。有书的日子阳光灿烂，有书的日子心空晴朗。于是，我带着自己的几箱子书，走上了一条艰辛的路。

读书让我的大脑丰盈充实，渐渐地，我萌发了写作的欲望，像丁玲、杨沫、萧红那样，活得光彩照人，体体面面。书，给了我一个方向，给了我一种美丽的向往。

读书破万卷，下笔如有神。细细数数，自己读的书，连千卷也没有破，可怜啊，知识的贫乏来源于书读得太少，我常常在幻想，什么时候能有个读书的机会，这个机会等待了很久很久……哪知道，中年的我，真的迎来了一次读书的机会。考入内蒙古大学文学研究班的我，总算如愿坐在教室里，听老师给讲许多世界名著。老师说，一百零六部获得诺贝尔奖的作品一定要读；老师还说，国内外的名著要读，文艺复兴时期的作品也要读。要读的书太多了。听老师讲课，常常让我感到自惭形秽，也感到无比惊讶，老师的知识是那样的渊博，古诗名句信手拈来，出口成章，妙趣横生。我们读的书太少了，知识层面太窄了，只有沉下来，好好读书，好好听老师讲课。写作如同盖楼房，根基不牢固，楼房永远也盖不高，书是我们起盖楼房的材料，要一点一点去储备，一点一点去积累。那天，《人民文学》的邱华栋来给我们文研班讲课，一口气数了几十位世界名作家的著作：卡夫卡、海明威、乔伊斯、托马斯、马尔克斯、村上春树、川端康成……他说想当一个作家，不读几百部书是不行的，许多著作都是必读的。我开始感叹，自己虽然从很小就开始读书，但不懂得怎么去读，怎样去吸纳精华。

　　想静静地去读书，也不是一件容易的事。首先，要排除外界各种各样的诱惑和干扰，这年头，人们都在为生存和生活奔忙，好像上了高速公路的汽车，想停下来很难，人似乎变成一种工具，一个为社会效力的机器，有谁还能静下心来读书，读书似乎变成了一种奢望。想想这几年，似乎没有读几部书，以往读过的书，也一点一点从脑海里消逝，只留下一个书名，有时候，连书名也忘了，和朋友聊天，也只是说自己读过这样一部书，但内容是什么，也全然忘记，忘记就等于没有读。于是，一个可怕的知识断层不知不觉在脑海里形成，一片空白，一片茫然，这是一个危险的信号，但又一想，这完全是自己诈唬自己，许多人一辈子也不读一本书，不也活得潇洒自如，"没文化，胆子大"，这句话是有道理的。

　　我在现实中是找不到书中那个世界的，于是，自己就开始描绘心中向往的那个世界，自己对自己倾诉宣泄，这大概就是我最初的写作动机。谁知道，这样一写就不可收拾，越陷越深，越走越远。日月如流，心静如水，人生的况味也需要阅读，需要体验，体验读书带给我的欢乐和喜悦。

　　记得一位老师讲课时说，太阳的光照到地球上需要八分钟，光的速度是飞快的，但世界上最快的速度是心灵传播，而心灵传播的介质是书。有一句俗话说："磨刀不误砍柴工。"读书是充电，一个作家不阅读几百部书还能称为作家吗？不了解世界许多文学大师的作品还能写作吗？读书是需要耐得住寂寞的，必须安静，必须把自己完全融入书里，心绪浮躁是很难进入读书的状态的，读书需要安静地去体会，体会的过程也是一个领悟的过程，读书其实也是一门学问。朋友问我双休日干什么？我说："读书。"他说："你真有兴致。"言外之意这是什么年代了，人都浮躁得坐不住了，从打电话都变成上网聊天了，吃饭变成快餐了，上班骑自行车变成开小汽车了，人都快飞上月球了，时间完全被这些现代化的东西吞噬了，你还能稳坐在那里读书，还有时间去品味那些世界名著？我笑了，告诉他，其实读书是一种自身的修养。人没有修养不行，而有修养必须读书。

我还是从热热闹闹的网络中退出来，从喧嚣骚动中走出来，开始一本一本地读，如今的我不用再为柴米油盐酱醋茶奔忙，不会再为一双儿女牵肠挂肚，这样的日子一生能有多少？珍惜！阳光从我的眼前掠过，暖暖的，多么柔和惬意。这是一个最美丽的冬天。

书，已经成为我生命中的一部分；书，已经是我的良师益友，读书让我的灵魂升华，让我的心灵始终行走于风光无限美的巅峰之上。

云端女人

当季节脱去了华丽的霓裳，换上棕黄色外衣的时候，北京的街头，穿着长筒袜的姑娘，依然用超短裙裹着臀部，走过秋天的长廊。倚窗而坐的我，听树上鸟的鸣叫，看掠过晴空的鸽子。风吹叶落，免不了心生几分悲凉。幸喜在这个阳光懒散的午后，突然接到了你的书，于是那隐疼的寂寞不再困扰我，安静地阅读你的文字，思绪在漂浮，飞向了你，飞向你给我预备的这个美好去处——云端之上。

手指慢慢地从紫色的封面上滑过。浅浅的紫色云朵，映衬着"在低处在云端"这几个黑色的凸体字，精致淡雅、漂亮大气，捧着顿觉墨香袭怀。倏忽间，我的思绪情不自禁地跟着你的文字飞翔在最好的时光里，与你一起分享文学给予的欢悦和快乐。静静地躺在阳光里，慢慢地读着，浓郁的书卷气让我的心舒展、坦荡，平静、温暖地熨帖我的灵魂。写下只言片语，只是怕日后我不能再清晰地记住你描绘的精彩细节和这最美好的时光。你说，最好的时光是青春的影子；最好的时光是雪天在被窝里读书；最好的时光是寻觅的过程；最好的时光应该在路上；最好的时光还应该有一段独自旅行的经历……

读书想你，还记得我们在垣曲的相聚吗？你说垣曲笔会最开心的是我们终于见面了。于是，人还没有到，就提前和会议主办人预约了房号，一定要住到一起。

那天，当我们在运城汽车站会面的时候，我被突然出现在眼前的你惊得嘴都变成O型，我怎么也不能把你和大西北的女人牵扯在一起，你分明是一个南方美女的形象，小巧玲珑，文雅柔美，圆圆的娃娃脸，长长的乌发，齐眉的刘海，但你是实实在在生长在大西北的女人，出生在宁夏固原。天生丽质的女人啊，大西北的风吹不走你的妩媚，大西北的太阳也偷不走你的娇美。女人如花，这样形容你再恰当不过。在候车室，我们亲昵地拥抱，然后，如久别重逢的姊妹手拉手走进站台，一起踏上去垣曲的汽车。

你说自己只是一个喜欢在文字里游走的女人，我喜欢你，更喜欢你的文字。于是，笔会几日，我们一路相伴，一路倾诉。我送你一个雅号——小甜妹。垣曲分手，我们难舍难离。如今见书如面。我始终在琢磨着这个书名：低处、云端。寓意是多么的妙不可言！高尔基说过："每一本书都是一个用黑字印在白纸上的灵魂，只要我的眼睛、我的理智接触了它，它就活起来了。"此时，我是在和一个活着的灵魂交流。云端的女子啊，你冰清玉洁，高雅端庄，你的文字又是如此地温柔、凄美、神圣，读着让人销魂、心颤、流泪、叹息、不忍掩卷，是你给文字注入了灵魂，让它们有了生命，有了色彩，有了意境。

你写爱情，把爱情写得那么真实美妙，你写李银河与王小波的爱，写雪小禅的爱，写杜拉斯的爱，写史铁生与陈希米的爱……人间真爱"像闪烁于岁月深处的璀璨钻石，不蒙尘埃"。读到这里，谁能不为这样的爱情心动？这样的爱情宛如云端的霓虹。虽然低处与云端有距离，有着让人可望而不可即的遥远，但你笔下的爱却是真实的，把情书写在五线谱上。爱你就像爱生命的王小波，在红尘中谱写的诗意般的爱情是真实的；"宁可让你不理解，宁可难懂也要保持美"，杜拉斯和雅恩的爱是真实的；红尘依依，情缘真爱，在你的笔下是一朵朵娇艳的鲜花，开在低处，开在人间。你说："灵魂在云端，爱却在低处。"这是你全书表述的一种情愫，一种意境。

你写女人，你说："是女人，就要读一读她，你要看一个女人是如何保持高贵、信念、尊严和优雅的。"那么，你笔下的女人，如你所说，"她作为一个美好的对象，像一枚书签，悄悄地夹在了我阅读的书籍中。"《让我把灵魂靠在你的背上》，即使过去多少年，老外婆的善良娴熟，杨绛的优雅博学，阿赫玛托娃的高贵和尊严，伍尔夫的雍容举止，都不能从我的记忆中抹掉。你真切地告诉我："一个拥有丰富灵魂的女人，无论身处何方何境，都可以安之若素。"那是一个多么高贵的灵魂啊，把灵魂靠在这样一个灵魂的背上，是一种美妙的向往和追求。你文字如水，笔下的女人是水中之花，不仅美丽，而且睿智；不仅高贵，而且优雅。那么，读这样的文章，怎能不是一种精神的陶冶和享受！

　　读你《站在锅边的杂七杂八》，我的思绪从墨香郁郁的字里行间穿过，仿佛闻到了你煲粥的米香，那酸辣土豆丝的呛鼻味道，在一米厨房缭绕。一碗粥，一锅麻辣烫，一袋米面，是最贴近人生存的基本物质元素，你却把这些提炼沉淀为一种对人生的思考，将浓浓的亲情浓缩其中，那一勺、一碗、一辈子的米面夫妻，在锅碗瓢盆中演绎着平平淡淡，波澜不惊的生活。"平淡才是恒久"，读着、想着、品味着，锅边的杂七杂八，何尝不是一组低处生活的美妙交响曲，你弹奏得有声有色，炒作得有滋有味，使弥漫着油烟味儿的厨房布满了诗意，布满了情趣，布满了对真实生活的感慨和感动。看得出，你是一个真正懂生活的女人，如你说："女人可以不写诗，但要生活得诗意满地；可以没有爱人，但是一定要爱自己；可以不漂亮，但是一定要有味道。"

　　"让生命独舞成清韵雅致的一树梅开，纵使曲终人散，繁华落尽，仍是满地圣洁的芳香。"看到这里，我实在有点不忍卒读，我不能自禁，不能抑制涌入眼眶的泪水……还记得那个垣曲之夜吗？旋转木马带着我们飞翔。云端，星空明净；月儿，娇媚含情；低处，红尘人间，车水马龙，真是天上人间两重天，世俗空灵两境界。你说："灵魂是用思想种植的太阳。"我说："月亮是灵魂喜欢的天然宝镜。"在静怡温柔的星空下，我们听见了灵魂的低语。我们飞了一回又一回，飞过云端，飞过那灵魂栖息的地方，飞过红尘人间，我们像小孩子一样快乐着，笑着，倾诉着……

　　时过境迁，物是人非，但我始终不能忘记夜风下长发飘飘的你，不能忘记我们在一起无设防的长谈。如今，我揪一缕阳光，枕一弯明月，读你的书，何尝不是那次长谈的延续？慢慢咀嚼，静静感受，突然悟到，原来，我们的灵魂殿堂永远在云端，在红尘暂时的寄居，这是每个人入世的必然法则。无若有，有若无，花非花，雾非雾，尘归尘，土归土。无论在云端还是低处，无论入世还是出世，这是一门深奥的禅学，也是人生的轨迹。入世的欢乐和喜悦，出世的沉静和质朴，感悟，感慨，感性，你写得坦然、轻松，宛如弹奏一曲让人赏心悦目的小夜曲。《在低处在云端》是阳春白雪的咏叹调，是一杯回味无穷的红酒，是一杯清爽馥郁的香茗，是一组意境优美的诗句。尘埃落定在低处，洗尽铅华呈素姿。低处云端，是灵与肉，是入世和出世，是现实和梦想，是精神和物质，无论在红尘还是在云端，你仍然一如既往实实在在地生活，在平淡的日子中栽培诗意的花朵。在三尺讲台前，你为人师表，是莘莘学子仰慕的教师；在文坛中，你华章篇篇，是才情横溢、蕙质兰心的女作家，你把自己的纯朴善良，平静真实，诗意诗性，义无反顾地给了最爱的文字；在家庭里，你温柔贤淑，超越平庸，是一个好妻子，好母亲。你是一个幸福的女人，有一个幸福的家，一个爱你的丈夫，一个可爱的女儿。你追求生活品位，但不低眉。你喜欢小资情调，但绝对高雅唯美。文章中，偶然也会有一点点悲凉或者无奈的宣泄，那只是感叹人生的苦短和日子的重复。在这些渐渐老去的岁月里，烦恼也会常常困扰你，但不妨碍你做一个快乐的女人，用快乐的文字来构建快乐的人生。那么，阅读你的书，自然会有一种快乐之情悄然袭怀。

你读书、写作，以安静的姿态向文学的高度靠近。你红颜不老，童心永驻，用心灵的文字搭建通往云端的天梯。"我愿站在高处，因为那里能听到上帝的声音。"托尔斯泰的这句名言，愿你我共勉。让我们一起驾驭那朵紫色的云，快乐地飞翔，在云端在低处！

你是那静静开放的女人花

乐儿，还记得我们第一次见面的那个日子吗？风轻抚，花溢香，满地的木棉花都开到了极致，红透半边天。你宛如飞天仙女，踩着云朵从南国澳门飞来了。一袭长裙，高贵妩媚，一条真丝围巾裹着你的窈窕细腰，好一位蕙质兰心的南国淑女。见面会上，我们很自然地坐到了一起。简单的自我介绍后，我知道了你的名字——黎乐。

就这样我们认识了，几天笔会，我们一起牵手北海老街，轻拥碧浪银滩，捡拾欢乐，采撷笑语。乐儿，那时候，你我宛如天真的孩子，戏浪花、捡海贝，踩着柔软的细沙，追逐远去的碧波，捕捉岁月中那些点滴，一次次被丰沛着我们心灵的激滟美景感动得泪眼婆娑。后来，我们一起过海关去越南，最让我忘不了的是你那双漂亮的高跟鞋，我敢说，你是唯一穿高跟鞋的游人。那亭亭玉立的身段，飘逸古典的淡花长裙，沐浴着四月的阳光，徜徉在美丽的河内街头，就这样，我们一起从胡志明纪念馆走过。在下龙湾的时候，我们站立在甲板上，海风徐徐，碧波悠悠，你那柔媚的眼眸，捕捉着天上人间最美的风景。一路的点滴感悟，一路的欢歌笑语，都留在你的《梨落集》里，从《北海的对白》《那天，那事》《一念天堂》读出了你用墨迹染香的流年，读出了你那种对清浅时光的随意和向往。你用一腔柔情充实着温馨岁月的美好缝隙，丰富着自己那颗多情寂寞的心。

乐儿，真正读懂你、走近你的时候，是在垣曲笔会，鲜花盛开的七月天，你再次从天上飞来。那次的会见，我真的为你心疼，也为你担心。原来，你刚刚做完手术还不满一个月，就风尘仆仆地从澳门赶来。你带着甜美的微笑，带着刚刚出版的《梨落集》走进了会场。在《梨落集》的首发仪式上，我拿到了这部散发着淡淡墨香的散文集。反复咀嚼扉页上的几句话"云生雨，雨润田，时光生流年。青花瓷，浅斟酌，笑颜生梨落。"透过文字，我仿佛看到，梨花初绽的极致美景，花瓣漾满枝头，满树雪一样白。点点滴滴，浅笑盈盈，字字句句，细细碎碎，抖动着笑语银铃。我没有立刻去阅读书中内容，只是怕过早地惊动那"枝头梨花展花蕊"的瞬间美丽。

　　笔会几日，我们没有探讨过书的内容，你我只是静静地沐浴在七月的阳光里，悠然漫步在美丽的舜乡，不经意间，轻轻步入了那条红尘小径，谈论那曾经丢失的爱，未曾拥有的爱……后来，我们一起攀登诸冯山，在皇姑幔前，在女英和皇姑的梳妆台前，听飞流瀑布，叹几经空幻的流年岁月，说到最后，你竟然为爱做了一个总结：爱，只是一个奢侈品。这也许是现代人对爱的解读，但就算是个奢侈品，我们好好拥有一回，奢侈一回又何妨？我不能很透彻地理解这句话，但就是这个解不开的心结让我再次翻开你的《梨落集》，在你的字里行间寻找答案。那份爱，美得不可随便碰触，美得让人心碎，路遇这个他，也许是你心中一个爱的幻影。由此，有了你和柳下书生那段纯美的往来，那是一种令人一辈子都忘不了的爱，纯洁得像一张白纸，让人都不忍在纸上随便涂鸦。

　　这就是你，乐儿，一个活在美丽梦中的女人。但现实和梦境总是不能相容的。正如你所说："不是自己不美好，而是自己从来想那人一定高洁，不然，怎配得上自己的芳华。"你不想放弃自己的梦想，但总是"彼岸花开，花不逢叶，叶不遇花，生生世世，生生相错，同株却永世不相见。"

　　乐儿，还记在垣曲我们和文友们一起照相时，你调侃的那句话吗？"赤脚的还怕穿鞋的吗？"我理解了这句话。赤脚的更坦荡，更真诚和本真，但赤脚需要勇气，这不难看出，你是一个自立于世间的女人，独立的人格与思维注定你今生要独立于人世。你有爱，爱得纯洁、爱得真诚、爱得催人泪下。万籁俱静的深夜，翻开你的书，我的思维在你的字里行间行走，品读你对人生、对生活、对爱的理解。《柳下书生》《雨中寻你，不见》《等雪》如泣如诉，如丝如缕，让我不忍掩卷。许多年，你总是在等待那场雪，等待雪地里执手漫步的两个人儿，等待"花叶相见，花朵怒放，盛开到极致"的那一天。

你说："越美好越是不可以拥有，更不可贪恋。"你把这份爱珍藏在流年的转角，在生命的长卷里，等待记忆。但生活的平凡是柴米油盐，这是真实的日子，你始终不愿意用真实去击碎那纯洁无瑕的世界，只是在梦里笑着、想着、寻觅着你心爱的人儿。冀盼、渴望、梦想、等待……但最终还是走进了真实。那天，你告诉我你完婚了，听了这句话，我感觉好像画中的仙女走进了凡界，怎么能把这么一个美人儿和尘世的日子搅浑在一起呢。但你很平静，那口气好像是走到一处陌生之地想要小憩片刻似的。我说不出一句为你祝福的话语。其实，在这个世界上，每个人活着的时候分工都很明确，你是为爱活着，为艺术而生的女人啊！你写文、作画、热爱自然山水；你浮生清简、煮茶听雪；你呕心沥血、挥笔丹青；你把你的爱、你的梦都浓缩在空灵的文字和布墨中。正如郑庆伟先生所说："天意无风挣韵，梨荫落墨成花。"

久久回味着你写在QQ签名档的那几句话，"纸上种花，墨中听歌，潸然泪下，漠漠轻寒。"止不住泪流满面。我只希望再见面的时候，你还是那个快乐自由的乐儿。这些日子，眼前总是浮现出你妩媚的一颦一笑，总是想起你那满含幽怨的眼睛，想了就翻阅你的《梨落集》。如你所言："捧本《梨落集》，无言到面前，与君分杯水！"

"人生总有一个日子是永远属于自己的。"这句话，你我共勉。那个属于我们的日子，也许很遥远，但我相信，那一定是我们的日子。

翰墨诗林的秋天

从电脑前站起来，推开窗户，我慢慢感受冬的暖意，思维随着清冽流动的空气，咀嚼回味着《暗夜笔记》这部手稿的精彩描写。不觉中，翰墨诗林的身影又在眼前萦绕，我静静地体味她曾经走过的沧桑岁月，聆听她在时间长河里急速行走的脚步。于是，一个金灿灿的、丰硕累累的秋天在眼前幻化，这是翰墨诗林笔下营造的那个秋天……

《暗夜笔记》是由情录书卷、眸上心痕、岁月钩沉、一卷秋光、随笔小札和相关评论六个部分组成的一部散文集。抒写了相思的愁、相望的伤，倾诉了对亲情与友情真挚的爱，诠释了生命的价值和生存的意义。书中更多的是让人们对秋天这个季节有太多的留恋和深刻的理解。丰富的内涵、灵动的语言、律动的情感、浓得化不开的色彩，一点一滴之处都展现出对人生的大彻大悟！

如果说五彩的秋叶、芬芳的花朵为翰墨诗林的秋天编织出美丽的霓裳，那鲜活的文字、万缕的情丝就是点缀其间的串串珠链。《繁华落尽不是秋》《枫落秋雨中》《一卷秋光》《触摸秋夜》《凉雨微寒初秋夜》……都成为翰墨诗林生命中最精彩的秋光水色。秋天，是个收获的季节，也是一个苍凉而令人孤寂的季节，而翰墨诗林却偏偏喜欢秋天。她在《暗夜笔记》中，用浓墨重彩幻化出一幅秋的风景。落叶、秋风、秋雨、秋阳和故人……读完之后，我掩卷凝思：翰墨诗林为什么会对秋天有这么深的感情？"用一朵花开的姿势，去领悟从春夏到秋冬花落蝶死、草败叶枯的全过程。"也许，这就是她的回答。

翰墨诗林二零零五年开始文学创作，短短几年，她的作品在全国多家报纸杂志发表并多次获奖。比如，散文集《暗夜笔记》荣获二零一零年"一起写"网"鹊桥杯华语网络文学大赛"实力奖，诗集《秋天深处》荣获首届"飞扬杯"校园期刊文集大赛三等奖。翰墨诗林的创作实践告诉我们，在文学这条路上，并不能以创作时间的长短来衡量一个作家的创作水准和成就。如她所说："那聚积一季的情怀浓缩成一段情、一份思念，哪怕步履沉重，哪怕是生命已无春意，哪怕记忆浓缩成一页珍藏的日记，那无语的峭壁依然写着不忘的回忆……"对于一个天命之年的女人，青春一去不复返，生命中的花季雨季已经与她无缘。秋天，对于翰墨诗林来说，是唯一能抓住的季节，她知道自己在这个季节里应该索取什么，珍藏什么。

翰墨诗林的人生是坎坷的，曾经三次参加高考，名落孙山的她几乎有自杀的念头，在一片灰暗的人生路上，是文学拯救了她，让她看到生命中的橄榄树，于是，她义无反顾地拿起笔，执着地去追逐理想。文字如一片片在阳光里摇曳的青绿色叶子，让一个个美丽的梦在叶尖跳跃闪烁。秋天的云舒云卷，花开花落，都让她悟到："这季节之秋，又何尝不是人生之秋季呢？"一个女人，到了人生之秋季，不能不说是一种悲哀，朱颜老去，美人迟暮，但翰墨诗林写秋天，无伤怀之感，她给人一种勇气、一种激情、一种和时间赛跑的力量、一种流淌在血液里的对文学执着的追求和热爱，对生命的珍惜和真爱，对生活的渴望和希冀。于是，生命之树绽放了最艳丽的花朵，开得耀眼，开得鲜艳，开得洒脱舒展。

虽然她"看不清这一季秋天的路该从何处开头，何时走完"，但当她感觉自己走到人生的秋天时，愈来愈珍惜时间的宝贵。对于如何精彩地走过这一季，翰墨诗林无时无刻不在拷问自己，拷问生命："穿过五十三岁的时光雨巷，我在思考着五十三年的岁月，如同刚从梦中醒来，感知时光流逝的匆忙与无情。"是啊，这是一个饱经风霜、已知天命的女人对生命的深刻理解和美丽解读。读到这里，我不尽掩面泪流，因为有着和翰墨诗林相同的心路历程，有着和青春永别的悲痛，更有着对已过岁月的留恋和回望。因此，处于这个年龄段的女人更能感觉时间的无情、岁月的严酷、生命的有限。

感谢造物主，给了翰墨诗林一双飞翔的翅膀，让她飞跃龙门，跨越年龄，朱颜不改，童心不老，才情如泉，一发不可收拾，用飘逸空灵的文字为自己筑造了一座辉煌灿烂的宫殿，那里，是她灵魂的居所，心的归宿。"生命真正的归宿是：生命绽放的纯净坚强而豁达的不朽灵魂！"

翰墨诗林的秋天，是一个激情洋溢、充满生机与活力的秋天，在她的每篇文章里，总能找到一种与众不同的感觉。"有文字做伴，欲望之火就能支撑起塌陷的天空！"她的文章大气奔放、洋洋洒洒，但不乏委婉绰约、忧伤美丽，这忧伤虽然淡然，却如铅一样沉重，让读者去思考、追溯、幻想……字里行间蕴含着对生命的追求，对生活的渴望，对人生的向往，有一种向天再借五百年的气概和豪情，读着让人激情涌动、热血沸腾。好一个翰墨诗林，好一个女人的不屈形象！"留住暮秋的树叶、留住阳光下的轻吻、留住月光里的记忆、留住眼神里的天堂……"这难道不是翰墨诗林对生命的呼唤和渴求吗？

秋天是美丽的，秋天的暗夜更令人神往，《暗夜笔记》不仅突出一个"秋"字，更突出一个"暗"字，这个字一般人会理解为阴暗、灰暗或者黑暗，但在翰墨诗林的笔下，这个暗夜是何等的美丽，何等的令人神思遐想，从而看出翰墨诗林是一个爱幻想做梦的女人。暗夜，那绚丽缤纷的梦伴她舒袖起舞，伴她轻音雅诵；暗夜，她如一只浴火凤凰，开屏展翅，涅槃重生。

翰墨诗林对生活的体验独到细微，她的文章不是写出来的，而是从心间流出来的。读着，仿佛听到她心脏跳动的旋律，看到她在指尖上飞舞的梦幻之羽。我不禁想起顾城的诗句："黑夜给了我黑色的眼睛/我却用它寻找光明。"那么，翰墨诗林也是这样，在暗夜里，她用心灵吟唱，用激情燃烧，用慧眼寻觅。于是，那一个个黑色的夜，在她的笔下变得璀璨夺目，星光灿烂。

翰墨诗林命运多舛，经历坎坷，但这些也是她创作的源头和动力。她两次走过死亡的荫谷，但就在这样的状态下，仍然用手中的笔抒写了一个又一个温馨而凄婉的故事，让生命走进最灿烂的季节，这怎能不催人泪下，感动天地？她每走一步，"脚印里镶嵌的不仅是生活，还有光华灿烂的瞬间酿造的诗句，燃烧的每一步都是那样铿锵，那样有力。"这段话清晰地勾画出翰墨诗林坚定的形象。"勤奋的飞瀑能重开智慧的闸门，安逸的复流能腐蚀意志的长堤。"这是翰墨诗林的人生格言，也是她人生的姿态和信念。

许多年来，她坚定不移地守着自己心中的世界。"那些酸甜苦辣的味道，都已化成了一种力量，一种姗姗来迟的激情。甩掉沉重的铠甲，以我怆然的笔触，用我的情怀和血脉诠释人世间的百态疯狂……"翰墨诗林说："我不在乎起点有多高，最重要的是终点。""在如血的夕阳之下，看见了我的躯壳已经模糊成一个弯弯的问号。"她在问天问地问自己，于是，她的灵魂在弯弯的问号中挺然自立，燃烧的激情如火焰熊熊，让读者的思维和情感也不由得游弋在她营造的精神领域之中，寻觅那属于自己的灵魂栖息之地。《暗夜笔记》中，许多有生命的语言，如秋天吹来的一阵阵清爽的风，吹走了尘埃，吹走了不属于这个季节的败草枯叶，用倏忽而至的意象和斑斓的色彩装点着秋的风景。"为了等你这一季/还要擎起多少狂风暴雨/真的好苦/世界为一切而存在/而我只为你——秋季。"这是翰墨诗林心灵的呐喊，悲壮、崇高、圣洁，给人一种力量、一种震撼。

《暗夜笔记》是一部难得的好书，我期待着这部书早日问世！

诗林，秀于诗林

收到翰墨诗林的诗集《秋天深处》将近一年了，放在案头，初读再读……喜欢诗林的诗，也是缘于喜欢她的人。最初，是《漂泊羊城》为我们搭起了友谊的桥梁，在北海港湾网相遇后，距今整整五年。二零一零年秋天，我拜读了她的散文集《暗夜笔记》，之后，对诗林的印象日渐加深。尽管时间带走了无数个日日夜夜，但她的文字却一直镂刻在我的脑海："留住暮秋的树叶/留住阳光下的轻吻/留住月光里的记忆/留住眼神里的天堂……""为了等你这一季/还要擎起多少狂风暴雨/真的好苦/世界为一切而存在/而我只为你——秋季。"她，这位人生的歌者，把爱根植在秋天，以心灵之歌感染、感动着我和更多的读者。

顺手拿起放在案头的《秋天深处》，于是，我再次和翰墨诗林一起，快乐地行走在秋风里，与落叶对话，与秋雨抒怀，迎金风吟唱，望白云讴歌，我笑盈盈地望着她坐在秋天里写诗，尽情分享她放逐梦想的欢悦。七月走了，那么，在八月的季节里，天高气爽，金风吹过……她为什么会对秋天这样的钟情和不舍，这样的珍爱和珍惜？每一篇文章，每一首诗歌，都会幻化出一种感觉，一种意象，一种气息和味道，让我看到一个错过了花季雨季的少女，一个执着追求心灵之歌、生命之歌的诗人。

诗林的花季正逢一个特殊的年代，父亲被打成右派，她不能去接受良好正常的教育，三十多年来，一直在工厂从事繁重的体力劳动。但苦难对于一个热爱生活的人来说，留下的不仅仅是泪水和辛酸，更多的是歌声和欢乐，还有奋进的勇气和毅力。直到天命之年，她才开始从事文学创作。每次在网上聊天，诗林都不无遗憾地和我说，起步晚了。我说，不晚，该在秋天开的花，不会在夏天开放。诗林，是属于秋天的花朵，这也是她深爱秋天的缘故，她属于秋天。

"秋季/我在等你/不在乎几度风雨/我会笑着去面对一次次磨砺/直到你约期而来的那一天/我的心只属于你/尽管上帝已经注定好了结局/等你/我不怕燃尽芳华/等你/我不怕站成篱边的瘦菊/世界为一切而存在/我只为你。"这就够啦，多么痴情的等候，诗林在她生命的秋天，为自己构建了一个足够大的舞台，她是秋的歌者，秋的舞者，她用自己别样的心声写出别样的震撼灵魂的诗歌，她把对青春的迷恋、爱情的向往、希望的热衷、生命的赞美，都寄予秋天。在她眼里，秋天最美，她愿意用一生的光阴去等候这一季的到来，她心甘情愿沿着秋的脚步向上再向上攀缘，尽管"那条铺满荆棘的小路，是一个没有终点的旅程"，她却走得那么执着。

在夏风习习的傍晚，坐在葱葱郁郁的林荫下，当目光和"秋天深处"这几个字触碰的瞬间，我的心里不由得产生一种对秋天的思念，秋天，快来吧，快来吧，我爱你，因为，你是翰墨诗林的秋天，也是我的秋天。秋天，一页一页为我展开；秋天，在诗林的眼里，是多么美妙的季节啊，"如果说/只有高粱和玉米/才能说出秋天的重量/那么/诗人只有在诗里/才能找到灵魂安放的土地。""走在秋天的路上/我就想/亲一亲秋天的脸/亲一亲秋天的红唇。"读着这样的诗，怎能不叫人心潮澎湃，不叫人热泪盈眶？秋天，它不仅仅是一个季节的轮回，也不仅仅是一个时间的概念，秋天，还是翰墨诗林生命升华、梦想放飞的季节，她何尝能不珍惜、不热爱？

秋天朔风劲吹，风清气爽，秋色斑斓，天高地阔。那么，秋天的深处，更是一道别样的风景，诗林宛如一片红叶，一点红却让层林尽染，"枫叶红了/秋霜白了/留在春天里的那张笑脸/也消失得如烟/而我却沉醉于秋风秋雨里/独享你聚集一季的情怀。"捧着这部厚厚的诗集，迫切地翻阅，我说："这个秋天，我哪儿也不去，和你一起走，走进有风吹过的九月，走进秋天的深处，走进高粱大豆收割后的旷野，去捡拾那散落一地的籽粒和花瓣。我在这边，你在那边，让我们走近再走近，大庆——北京，北京——大庆，就这样，我们从各自的两端走来，走向文字的中心，走在秋天的花丛里……用手中的笔抒写我们如今和将来的生活。"

翰墨诗林，秀于诗林！也许是心灵的契约，五年来，我俩一直默默地相望，网海茫茫，知音有几？虽未谋面，我已从秋天的风铃中，大雁南飞的呢喃中，勾画出她的形象。冬雪融化，春泉叮咚，在自然的原始静美中，我一次次感知她的音容笑貌，聆听她对生命的咏叹，泪水会不知不觉从眼中滑落。

翰墨诗林，一个不甘心寂寞的女人，一个用诗歌抒写人生的自由魂。她的诗有峻峰巍巍的气势，也有涓涓细流的韵音，她的诗不属于那种小资情调的诗，更不属于那种口水诗，她的诗有内涵，有深度，有生命。简约、明快的语言能穿透一切，透着男儿的豪气，也有着女子的婉约。柔中有刚，节奏感强烈，读着，总会让我产生一种渴望，一种冲动，一种思考。在秋天的深处，在长白山茂密的丛林中，在盛开着野菊花的旷野，诗林，这位生于白山黑水之地，把半生的心血与诗歌系在一起的女诗人，诗歌是她的情人，她的最爱。"你是情/也是高度/当不老的诗心停止呼吸/当浩渺的苍穹隐去它的瑰丽/我还会拥有你吗？"这样的诗，俘获了我的心。今生，她铅华洗尽，历经磨难，众里寻它千百度，泪染红尘烟霞，终于，在诗的圣坛前驻足，她与情人相遇、对话、交流，一腔情怀，低吟浅唱。

我一直认为，诗歌是不能随便触碰的，当今，是诗人如林的时代，但真正脍炙人口的诗又有多少？《秋天深处》有着对生命的感动，生活的感悟，诗人才情横溢，笔触睿智，思维敏捷，意象新颖。一页一页记录着她难忘的人生岁月，一页一页倾吐着她爱的渴望和梦想。季节的轮回，似乎很短暂，诗林一直在不知疲倦地耕耘劳作。终于，秋天，给了她丰硕的收获，给了她一个花季少女的梦想。她的生命，在秋天里大放异彩。

"告别了泪眼婆娑的岁月/把幸福留给明天/用我风华凝固的想象/和一首深入骨髓的诗/祭奠我早已不在的青春/然后/沿着时间的河水溯流而上/从暮年走向童年。"用这首印在《秋天深处》封底的诗，作为我这篇小文的结束语。

诗林，祝愿你童心永驻！沿着诗的踪迹，从秋天走向春天，从暮年走到童年！

女人与诗

"女人的生命，本身就是一首诗，一首庄严、圣洁、充满神奇创造力的诗，一首值得全人类都为之歌唱的诗。"这是珍尔写在《爱的花环》自序里的一段话。

珍尔性格文静，初见不多言。我与她相识在二零一九年的夏天。在参加中国作家协会雾灵山创作之家活动时的见面座谈会上，她低调地只用了寥寥数言简单介绍了自己。走近她、了解她，是源于那看不见摸不着的缘分。在雾灵山创作之家的那几天，因为她的爱人杨先生是摄影师，几乎每天晚上他俩都要到我的房间来，借用我的笔记本电脑给大家传送照片。当杨老师在电脑前忙活的时候，我和珍尔就坐在沙发上随意聊天，话题总是绕不开女人、文学、诗……

珍尔的人生经历是曲折的，"文革"时中断学业后，她在田间参加过农业劳动，也在一家缝纫厂当过工人。但岁月磨砺了她的意志，时光给了她诗的灵感，无论在乡村田野，还是在工厂车间，她仍然坚持学习、读书、写诗……高考制度恢复后，她终于考上了山西大学中文系。几经磨难，几经坎坷，文学创作的艺术之花终于在她的生命中绽放。正如她在诗中写道："要红就拼命地红，把生命，染成一支火炬……"

聊天中，我得知珍尔从二十世纪七十年代就开始写诗了。早在九十年代初，她就连续出版了两部诗集《爱的花环》和《飘零岁月》。她将二十多年前出版的这两部诗集还有一本散文集《女性的私语》三本书都赠送给了我。捧着书，我内心不由得涌起了由衷的钦佩和敬慕。因为在那个年代能出版书籍，是许多文学爱好者望尘莫及的梦想。可见她在诗歌界算得上是一个资深诗人。许多年以前，她在文学创作这条路上就已经是一个佼佼者了。

不曾忘记，那个在岁月的长河里渐行渐远的年代，中国朦胧诗派的代表人物有北岛、舒婷、海子……珍尔和舒婷是同龄人。那个年代，北岛和舒婷的朦胧诗占据了中国诗歌的半壁江山，那个年代，也正是一些口水诗、低潮诗、肉体诗蔓延泛滥的时候，而珍尔的两本诗集《爱的花环》和《飘零岁月》，读来却是那样朴素简约、清新纯情。字里行间不含水分和杂质，也没有人为的炒作，更没有华美的装帧。这两本看上去已有些陈旧泛黄的诗集，如同她的人一样，都是那么朴实无华、平易淡泊。初读，令我耳目一新；再读，让我爱不释手；重读，更是受益匪浅。

什么是诗？珍尔就是一首诗。她是诗人又是女人，女人与诗在她身上体现得那样表里如一、淋漓尽致。她不做作、不虚伪、不装腔作势。她的诗朦胧而不生涩，给人一种宁静秀逸、气韵生动的美感，那平静淡雅的诗句里，我似乎听到了她的每一次心跳，体味着她初恋时的每一次相逢，每一次离别，每一次苦思和期盼。

诗需要超乎时空的想象，更需要灵感和意象，诗人的气质与气象体现在她的字里行间，不难看出她是一位才情横溢的诗人，也是一位和诗相知厮守的女人。"诗，能使我哭，也能使我笑。"她的生活有了诗一样的浪漫，她的爱情有了诗一样的纯真和神圣。在那漫过田野的稻田里，在那初恋的回音中，每一句诗都能让你的心颤动："不要问，那一次苦苦的相恋，是否开出艳红的花，是否结出甜蜜的果，往事虽似烟云散，但只需有过，刻骨铭心的一次，生命，便已足够丰硕。"

珍尔的人和她的诗一样，朴素而含蓄，令人耐读，委婉简约的诗句里活跃着生命的韵律，牵引着我的思绪走进了一个充满诗意的空间，她那细腻丰富的情感依托于山水花草树木，寓情于景、以景托情、情景交融、虚实相生、准确生动地将自己内心许多要表达的深刻理念用意象来传递。"女人哪，我们就是这一棵树，嫩绿的温柔是衣裳，褐色的刚毅是风骨。""两朵晶莹的花，在冬日的夜晚，悄悄开放，爱人啊，你可闻到了她，圣洁的芳香？她是为你而开呀，她的根儿，生自我心田里，那块思念的土壤，爱人啊，快把她移植进，你的心房！"

《爱的花环》也是一个美丽女人用一颗炽热的心编织的绚丽多彩的花环，她用诗意的美表达一种人性的美，用如丝如缕的真挚倾诉，写给女性一首首自尊、自爱、自强、自立的歌。"你和他该是两棵并肩的大树哟，根在地下相挽，叶在空中合唱。"她细腻入微地写了女性的初恋、相爱、相逢、别离、苦思、苦恋……"你把丘比特的神箭，射向我的心头，如果你狠心把它拔去，就会看见滴血的伤口。""胸中装着一个大海，此刻，却默默相对，倒不出一滴。""一滴惜别的清泪，一面晶莹的明镜，照着我，照着你，照见了嘴角强装的笑，照见了心头痉挛的疼，照见了永不会断的绵绵的情。""也许，男人永远也无法全部理解，也许，我该庆幸，我是个女人。"这是珍尔写给自己的话，也是这本诗集的开篇寄语。

《飘零岁月》是珍尔从生活中捡拾的一粒粒绚丽夺目的彩珠，这些闪烁着奇光异彩的珠子，上帝将它撒在人间，珍尔慧眼识珠，晨露、晚霞、太阳、月亮、星辰，她依托这些美景，写了自己心中最美好的希冀。"劈柴不是我的本名，我原本是一棵树。而就是这棵树，在梦里曾经做过楼的梁、厅的柱，当这棵树被斧子残忍地砍断脊梁时，默默地走向火炉……"这首诗，我反复咀嚼，在平凡的生活中，谁都有过想做一棵树的梦想，然而，现实的残酷宛如一把利斧，当树变成劈柴的时候，有多少人又能从容地走向火炉，献出自己最后的一点点热度？

这是一首哲理诗，珍尔用一棵树、劈柴、利斧、篝火这些诗化的具象，把抽象的哲理通过含蓄、隽永的表现手法，明了、清新、透彻地传递给读者。

珍尔也善于在平凡的生活中捕捉创作的灵感，生活是诗，诗来源于生活。但她的诗绝不是那种无病呻吟的口水诗。《木床小唱》《斗室礼赞》《温馨的灯光》《神奇的窗口》这些属于她的方寸之地，都为她的诗插上双翼。

珍尔把激情和灵感泡进酸甜苦辣中，用毅力之笔写下一行行诗。她把思维从床边引申到远方，"我没有写字台，我的写字台便是我的木床，搬一只小凳伏在床前，诗歌的婴儿便诞生在床上。""哦，如果我钟爱的孩子——诗歌，将来会长得树一般魁梧健壮，我会告诉他，别忘记，你生命的诞生地——普通的木床。"

许多年过去了，一个纯情的女诗人，虽然韶华已逝，但她曾经期盼的在那小木床边诞生的一首首诗，已经都长成了参天大树。如今的珍尔是当之无愧的诗人作家。

女人如诗，诗心如水。珍尔，你的诗是留在文学长河里朵朵开不败的小花。沧海桑田，红尘无涯，那绽放的诗歌之花，将点缀着姹紫嫣红的春天。我们将融化在春风里，与诗同醉。

捧在掌心的绿叶

这一片绿叶终于捧在了我的掌心，绿得喜人，绿得让我心动，绿得让我忘记了外面已是寒风凛冽的严冬。可不是嘛，今天正是二零一四年的最后一天。当俏皮的冬阳在这片绿叶上起舞时，我笑了，不禁拨响了电话："伏萍，《生命的叶子》问世了！"

"哈哈，你是她的干妈啊，你应该第一个分享快乐。"

"给你先拍几张照片，看看书的封面吧。"这个时代真好，轻轻点击手机屏幕，几秒钟，《生命的叶子》的图片就飞到了伏萍的手机上。此刻，她和我一样，也在开心地笑着。我告诉她，书已经发运。也告诉她，这是我在二零一四年策划出版的最后一部书。

一年前的夏天，伏萍告诉我想出版一部散文集，只是忙得顾不上整理书稿，听了她的话，我爽快地说："把稿子发来吧，我帮你整理。"之后不久，伏萍就把稿件压缩成包给我发了过来。既然答应了她，我就不能草率行事，于是，把手头的工作全部放下，开始整理她的书稿。洋洋洒洒几百篇文章，自然要一篇篇阅读、筛选、分类。定稿的时候，正好伏萍来北京出差，于是，我俩在北京航天部宾馆，面对样稿，又做了一次精心挑选，而且决定用《生命的叶子》这篇散文的题目作为书名。不谋而合的想法，让我们兴奋、激动，海阔天空地不停聊天，整整一个通宵没有合眼。曙光初照，晨曦溢彩时，我们仍然意犹未尽，伏萍突然冒出一句话："你是这个孩子的干妈啊。"我一头雾水，她拿着那一摞稿子笑呵呵地说："这是我出版的第二部作品集，虽然孕育多年，但一直没有机会让她有模有样地与人见面。"这句话把我逗得哈哈大笑，既然当了孩子的干妈，那我一定要把这个孩子打扮得有模有样，让她风光体面地问世。精心挑选出一百零四篇文章。"亲情物语""淡淡留香""况味人生""行走在岁月的板块上""我的阿猫阿狗""梦寻航天日月情""心灵飞花""书伴馨香"八辑组成了一部厚重的充满魅力的文集。

每个人都有自己的独特经历，伏萍这位来自航天四院的才女，她的爽朗、热情、睿智、宽容以及在文学事业上的造诣，是航天四院人所共知的。她的文章也抒写出人们心中炽热的温暖。"一片叶子述说着我们的一生。""一花一世界，一叶一菩提，她眷恋着枝头的片片绿叶，每一片都写满了浓浓的爱意。"爱是这部书的灵魂和主根，亲情、友情之爱让这棵大树根深叶茂，绿叶葱茏。她的文字，清爽干净，散散漫漫，是她激情的自然流淌、灵感的跳跃和迸发，她用率真坦荡的情丝编织成一条条美丽的花丝带，系在岁月的颈项，系在日子的门闩，在风中飘着，让过往的人仿佛看见那曾经经历过、眷念过的许多往事。她的每一篇文章都如潺潺小溪，欢快地流过山涧、流过青草地，滋润着每一棵小草和那晨曦中盛开的花朵。她讲述的都是生活中的平凡小事，娓娓道来，似夏日里的一缕清风，风吹之下，让人的思维在清凉的快意中慢慢地起伏、思考，带着一份对生命、对生活、对人生的渴望和虔诚。

《生命的叶子》中写了更多与作者血肉相连的人物，她的母亲、父亲、爱人、女儿……这些现实中的情缘关系，构成了伏萍丰富的生活世界和情感世界。她坦率、直白地讲述了她和他们之间发生的故事，父亲和母亲的离去让她一度悲伤，但她也意识到，在她生命的叶子下面，有女儿的欢乐，有爱人的祝福，还有老人和同事们惬意的笑容。我们每个人难道不是这样吗？生命的叶子这一季枯黄叶落，下一季却逢春吐绿，每个人既是一棵独立的树，又是树上的一片叶子。这就是《生命的叶子》这部书告诉我们的真谛。

《父亲》那篇短文中，让我们感受到作者对父亲的眷恋和思念，父亲除了让她感觉严厉和陌生之外，还常常让她产生一种敌意和敬而远之之心。直到父亲要离开人世的时候，她才感受到父亲的内涵，从文字中，我感受到了作者对自己生命和情感源头的父亲永远的敬畏和思念，"我明白，之所以记恨父亲，是因为我们非常在乎父亲对我们的爱……"读这篇文章，不由得让我产生共鸣。"因为失去，我们明白了许多，曾经的遗憾，终将心痛一生。"也许是为了不给自己留太多的遗憾，也许是为了更清晰地记住那失去的，伏萍多年来一直坚持写作，她用饱含深情的激情、洒满阳光的笔墨，抒写人生，抒写生活，抒写着身边点点滴滴的人和事。

伏萍是个坚强的女人，说话果断，办事干练，而且非常有组织能力和号召力。她的事业心也特别强，阅读她的文章，我常常被作品中描写的对文学的追求、对读书的渴望、对梦想的希冀所打动。她很小的时候随父亲的工作调动，从内蒙古呼和浩特市搬迁到了西安，但航天部特殊的工作，使他们一直生活在大山深处，生活环境非常艰苦。在"梦寻航天日月情"这辑里，她真实地记录了航天部的创业史，尤其在《记忆中的43所》这篇文章中，写了他们在大山里的艰苦生活，蛮荒的山梁，没水没电……学校破破烂烂，房子四面透风，他们这些城里来的孩子，放学爬山上树打板栗玩土堆沙，成了地道的山里娃，喝黄泥水，看露天电影……写真实的心灵和人生的作品总是非常感人的，不难看出，43所是作者的心灵锚地，那里有她童年的梦想，有她忘不了的许许多多的往事。她不惜笔墨刻画了王阿姨、洪伯伯和许多献身航天事业的老前辈、老党员，看得出伏萍对她的父亲，对所有的亲友，对那片土地以及航天事业，倾注了挥之不去的眷恋和深爱。正因为伏萍深爱着那片土地，深爱着神圣的航天事业，所以，她的描写真诚而炽热，她的叙述真实而不夸张，读她的文章，如临其境。"当世界向你挥手致意，我在你的笑靥里，扬帆远航，梦圆九天。"这是女作家伏萍的心声。

"比生命活得长的是文字，比文字活得长的是思想。"这是作者具有经典意味的心灵描述，我不禁对她的人生观和世界观有了更深刻的理解。突然想起一位诗人曾经送过我的一句话："种植一棵思想树。"《生命的叶子》难道不是一棵思想树吗？这棵树由作者的境界和情怀培育而成，在季节的轮转中，必将叶茂根深。读者期待着，愿生命的叶子常绿！

玛吉阿米——吻你在前世里！

　　突然感觉想和你说话，于是，在这个万籁俱静的午夜，从梦中醒来的我，匆忙打开了电脑，敲击键盘，速度很快。北京的黎明要比藏地来得早，此刻，夜色中的你一定还在梦里，或许，压根就没有睡，仍然站在画架前，泼彩作画，雪山、格桑花、酥油灯、仓央嘉措的玛吉阿米……"如果/那一夜的拉萨/迷失了月光/请你将青稞种撒在我深陷的眼窝/我会用整世的泪水/将它滋养。"美丽的玛吉阿米带着一份神秘的缘，成就了雪山之巅的一个千古传奇。这是上天给你的使命，不然，你怎么会从繁华的上海都市走进西藏，走过雪山，走进了开满格桑花的草地？

　　白云、蓝天、雪山、酥油灯、转经筒……是怎样把一个准备自杀的你，一步一步引向纯净无瑕的心灵故乡？"引领我回家的酥油灯/我会在夜半/匍匐在高寒的山顶/为你开启一扇扇的白门。"白门是你诗歌的境界之门，灵魂的归宿之门。"我来的时候/一个人哭/世界喜悦/我去的时候/世界在哭/我独喜悦。"这满含禅意的诗啊，怎能不使我的心灵震颤？其实人从入世起，一切都是开始也是结束，有谁能跨越生死，成就永生？

　　床头前摆放着你送我的《藏地悲歌》《雪上》《红雪莲》《非洲哈达》《匍匐》，就是这些书陪伴我度过了这个寒冷漫长的冬天，我蛰伏在你为我营造的这般神圣而神秘的诗的帷幕里，在苍凉远古的天籁之音中，开启那扇白门。于是，我再次看见了那个举着酥油灯寻找天路的你。"如果/那整世的泪水/停伫不了你远行的足音/请你将我跟纯净的酥油融在一起/我会望穿双眼/在来生等你。"今生、来世、出世、入世，这是你一生要寻找的灵魂归宿，也是你用生命讴歌的永恒主题。

那天，当你从藏地突然飞到我面前的时候，我说："你就是那个在南方经受了千般磨难，最后，在藏地找到心灵之家的田勇吗？"你说："你就是那个漂泊羊城的琴子吗？"不用问，我们已经是非常熟悉的知音了。我的书，你的书，不是已经告诉了我们彼此所经受的磨难和坎坷吗？好在我们总算走过来了。你说："没有经历过死亡的人没有资格来评价我的书。"是的，没有经历过死亡的人无法走进你的心灵。曾经在南方，你经历的也是我经历的，你拥有的也是我拥有的，你失去的也是我失去的，生活对我们千般熬炼，万般折磨，何止几本书能写尽？常人又怎能理解？

读一首你的诗，点燃一支藏香，心沉浸在这淡雅的清香中，街景的喧哗如同这袅袅香烟，徐徐升起，你说："世界上只剩最后一块圣洁之地了，那就是西藏。"于是，你最后义无反顾地选择了藏地，这里将是你新生的开始。

在中央美术馆，我们站在毕加索画前，真正遇见了一场油墨泼染的画的盛宴，那轻快的粉红和不规则的线条晕开了印象派画师的浓墨重彩。当我们漫步在798艺术街，当我们对坐在幽雅的咖啡厅，人生、艺术、绘画、写作永远是我们谈论的话题。喝着那杯略带苦味的咖啡，聊着、憧憬着、回忆着、心酸着、痛苦着、感叹着；为文学、为艺术、为梦想迷茫着、奋斗着、拼搏着；为我们这颗没有羁绊的心庆幸着、祝福着，也希望着；我们永远自由，自由永远属于你我。

玛吉阿米永远是一首不朽的诗，常常触动我这颗尘世的心弦，让我泪流满面："如果那纯净的酥油，点燃不了你的一丝柔情，请你用洁白的哈达将我和雪山连在一起，我将剪断呼吸，吻你，在前世里……"

你的生命是一棵树

——读《风过留痕半生缘》有感

  时间悄然从指间流过，细细数算，王新芬离开我们已经整整三年了。三年，我曾无数次想起她的音容笑貌，无数次翻阅她赠送我的这本书，也曾无数次想写一篇怀念她的文章，但捧着她的书，坐在电脑前，却敲不出一个字。为什么？为什么？

  新芬，你是在怪怨我吗？怪怨我为什么当下拿到书的时候，没有立刻去翻看阅读？心里纵然有多少说不出的遗憾、道不出的懊悔，也无法表述我对你的思念……

  新芬，我不知道你会突然离开，难道你是真的应验了这个"半生缘"，匆匆给自己的生命画上了一个句号？三年了，那蛰伏在心底对你的思念，让我又拿起了你留下的这本书。噙满了泪水的眼前，又浮现出你送我书时的那个场景，这是你创作多年、第一次出版的一部散文集，你对这本书的珍爱可想而知，你送给我书的时候，眼里闪着谦逊的目光，脸上洋溢着坦诚率真的笑容："郝老师，这本书我想送你一本，希望多指正啊。"那是二零一四年的秋天，也是你文学创作的收获之年。

  朋友送我的书，我都要认真阅读，我深知每一位文学创作者的艰难，也了解他们出版书的不易。《风过留痕半生缘》我一样仔细阅读，但距离你把它送给我已经过了三年，并且读了之后也没有写下只言片语的读后感。

  新芬，在后来的日子里，当我再见到你的时候，总想和你交流畅谈一下关于这部书的阅读体会，但每次笔会都是那么匆匆忙忙，一直没有太多的时间，心里总是隐隐感觉亏欠你一笔文字的情债。

二零一六年七月份，光禄山笔会之后，金秋八月，突然传来了你去世的消息。我怎么也不敢相信这一噩耗，后来，从憨仲先生的电话中证实了这一消息。那一夜，我捧起了《风过留痕半生缘》，却一个字也读不下去，指尖从一页页书上拂过，体味着你留在字里行间的余温；那一夜，我辗转反侧，心里无数次默默念叨："新芬，你怎么会突然走了呢？我们不是还约好在下一次笔会见面吗？"

新芬，第一次和你认识，是在江西龙南笔会，那也是我第一次参加《东方散文》举办的笔会，你给我的印象是热情坦率，与会期间，你总是跑前跑后，给大家照相，主编憨仲这方面的许多杂务事，都是你给协助处理的。笔会上，你还给大家唱了歌，朗诵了诗："相聚是情，相逢是缘，相聚是我们盼望已久的心愿。"之后，我们又一起参加了北海越南、垣曲、淄博、壶关大峡谷、广丰、扬中、光禄山等笔会。记忆犹新的是淄博召开的那次笔会，凌晨四点钟，我一个人提着皮箱从火车站出来的时候，人生地不熟的我不知道该怎么走，这时候，手机里突然传来你的声音："郝老师，你就在出站口等着，我马上开车过去接你。"放下电话没多久，你开着车来了，刚把我送到宾馆，又去接别人，就这样一个上午，你风风火火一趟又一趟，来来回回往返在车站和宾馆之间，直到把开会的人全部接来。

新芬，你走得是那么仓促，把点点滴滴都留在这本书里，你寄情于一草一木、一山一石。新芬啊！你是大山的女儿，孤独的时候，和小树对话，和瑞雪抒怀，就是那被遗忘在破屋顶上的蒲公英，在你的笔下也变成了一个张开翅膀飞翔的小天使，我在想，难道你天生和这些花草树木结缘？《难忘村子里的那些树》《心中摇曳的樱桃树》《悬崖上的那棵小树》《秋日的落叶》，你和它们倾心对话，樱桃收获的时候，你站在树下，看父亲踩着凳子，轻轻地采摘着每一穗大樱桃……父亲采摘樱桃的那一幕，永远定格在你的脑海里，即使过去多少年，你一直没有忘记父亲挑着一副担子走街串巷吆喝着卖樱桃养家糊口的情景。岁月中的你，迈着踟蹰而蹒跚的步履脱颖成一个为妻为母的成熟女人，但你的心里却一直怀念那几棵摇曳在风中的樱桃树。八月，柿子黄了，我想你一定也是站在那棵果实累累的树下，一定又想起了父亲，于是，你也踩着那条小板凳，去采摘那一颗颗柿子，而就在这一刻，你却从凳子上摔了下来……新芬，你的世界停止了吗？不！这本书就是你留在这个世间永远的声音，也是你生命的咏叹调。倾听你心底的畅想，我的心里顿时开满了洁白的雪莲花。你说你是一棵小树，就是小时候常常攀爬的那棵树，就是悬崖旁你常常去看望的那棵树，就是以绿为傲、不羡花艳的那棵树。

新芬，你是一个孝女，你蘸着眼泪写了自己的父亲母亲，《父亲的脊梁》《怀念母亲》《思念天国的父亲》《天堂里没有猪头肉》这几篇文章，朴实的文字深沉感人："父亲的脊梁，我快乐的天堂，父亲的脊梁，成为我人生的课堂……父亲的脊梁，我人生的一棵大树，倚着它，心里就觉得无比的踏实安宁，父亲的脊梁，是东北家中的一堵火墙，靠着它，温暖和惬意就会时刻洋溢在脸上……"你写了母亲的那双小脚："尖尖的，瘦瘦的，小小的，就像刚长出的嫩玉米棒槌那样娇嫩，恰似三寸金莲，好看极了。"而就是这双脚，却撑起了一个家的重担，家里家外的琐碎都交给了母亲，在那九曲十八弯的山路上，母亲用这双小脚走过高高低低的山岗，那双小脚丈量着山里的每一寸土地，耕耘、播种、收割……一个勤俭持家、精明能干的母亲的形象跃然纸上。

新芬，你的童年在农村度过，童年的生活环境虽然清苦，但你笔下的乡村却是一幅幅美丽淡雅的山水画，在《怀念儿时的乡村》《儿时的冬日》《年的记忆》《端午飘进童年梦》《童年的夏天》《童年的槐花饼》《不能忘记的蝉叫声》这些文章中，一个快乐、活泼还带点野性的女孩和一群哥哥姐姐拿着长长的捕蝉杆子一起去捕蝉，去爬山上树；槐花盛开的季节，当一穗素白的槐花在碧绿的槐树叶间开满枝头时，你总会捡许多散落在地上的槐花，贪婪地吃着母亲给做的槐花饼；童年的夏天是美丽的，在胶东的一个山村里，儿时的你总喜欢和一群小伙伴穿着凉短裤，赤着脚丫，在小溪里抓鱼虾，在草叶藤蔓间寻找甜草；在夜色朦胧，蟋蟀、蛙声此起彼伏的时刻，你又和一群孩子去追赶空中飞舞的萤火虫。这是多么美妙的令人难忘的童年啊，你一点点如数家珍，娓娓道来。

新芬，你喜欢文学，更喜欢旅行，你走过很多地方，每到一处，都留下了真实的感悟，留下了和自然对晤的精彩华章。《东方散文》杂志主办的每一次笔会，你都随团和来自全国各地的作者一起行走。在河南商丘初会齐王寨，在革命圣地延安叩访枣园、杨家岭，在垣曲诸冯山下领略舜帝文化。你健步走过北海迷人的银沙滩，不畏艰险攀上华山天堑；你行走西藏，走过客家的围屋之乡龙南，驻足于中国的茶乡武夷山，品茗论文化。正如你在书中写道："我喜欢从涉足的山川中领略每座城市的自然风光、人文情怀及历史故事，我不喜欢囿于一座城市，唯恐在一个地方待久了会窒息。"谁知道，朝升暮落间，你却真的走得很远，走到我们再也看不见你的地方。终不见两相忘，情悠悠，念悠悠，我含泪再读《风过留痕半生缘》，千般思念涌笔端。

红尘阡陌间，你留下了半生缘，透过字里行间，我又看见了你那一抹微笑，一份率真，一种痴情。新芬，记得你多次说过，从小就有一个作家梦，年轻时候在报纸杂志上也发表了一些文章，后来，在一个偶然的机会，认识了著名作家、《东方散文》主编憨仲老师，是他提携你走进了《东方散文》，从此，你辅助憨仲老师一起办刊物、办笔会，无论是严寒凛冽的冬天，还是酷暑炎炎的盛夏，你陪老师爬山越岭，跨沟过河，走过齐国故都的山山水水，角角落落，四年当中，行程万里，直至憨仲老师的《泱泱齐风》出版问世。

倏忽间三年已过。二零一六年农历八月十八，是你的祭日。新芬，你所有的梦想和执念，都融化在《风过留痕半生缘》之中，凝聚在用心血铸就的文字里。我的世界里，也永远抹不去你的足迹。风过留痕，雁过留声，新芬，你坟头那棵小树一定已浓郁苍翠。你生命中的那棵树也在日渐参天，就像有句话那样写道："如果有来生，要做一棵树，站成永恒，没有悲欢的姿势。一半在尘土里安详，一半在风里飞扬，一半洒落阴凉，一半沐浴阳光。"

第八辑 /

笔落时光

长假就这么过了／我蛰伏在小屋／在
你看不见的深处／表达对世界的所
有热情／还记得吗／那一念邂逅／却
让我一辈子挖空心思／从那一把细
碎的光阴里／幻想着几百年后／那条
变成化石的鱼

——琴子小诗《独处》

自己的书一页一页……

　　阿菁说我是个称职的家庭主妇，很会做饭，炒的菜也很有味道。我脸上挂着一丝淡淡的微笑，自信地说："当然啦，女人不会做饭还叫女人吗？！"

　　"照你这么说，女人就必须学会做饭了？"

　　"是的，当今不是有句流行语'下得厨房，上得厅堂'吗？"

　　"当今的时代是'男人不回家，女人不做饭'。"阿菁慢慢品着盘中的菜，笑呵呵地回敬了我一句。

　　各有各的说法了。在生活中，每个人都要扮演各种角色，尤其是女人，做女儿，做妻子，做母亲，这三个角色都紧系自己的经历和情感，会让你的一生绚丽多彩。其实，人生原是一本百科全书，这本书必须有精彩的开头，否则，很难吸引人们读下去。如果从第一页开始阅读，全书的内容大同小异，每一个故事都平淡无奇，没有波澜，没有起伏，没有矛盾，没有高潮，更没有荡气回肠的描述、引人入胜的章节，这本书是没有可读性的，更没有保存的价值。

　　想把"人生"这本书写得耐人寻味，书中必须有属于自己的情感和品味、亲身经历过的酸甜苦辣。把许多美好惬意的东西写进去，你的人生就如闪闪灿星，将光明和温暖射给别人，给予他人幸福而自己更幸福。平平淡淡是凉水，让你把许多不尽如人意的事漂洗得干干净净；起起伏伏是开水，让你那颗充满七情六欲的心常常倍受煎熬；轰轰烈烈是茶水，开怀畅饮，会使你神采奕奕，豪情万丈。

　　夫妻不吵不闹、没有矛盾就不是夫妻；母亲没有深阔的爱和无私的奉献就不是母亲；担不起责任和重负的男人就不配做父亲。书的内容真正是属于自己的，那就要创造与别人不同的生活，但有多少人能把握驾驭这艘生命的帆船呢？又有多少人能把命和运结合在一起呢？书要写得永世流芳，那就要有当伟人、做枭雄的志向，要有对信念坚定不移的追求和勇往直前的奋斗精神。

为了写好自己这本书，我曾几度在黑暗中饱经蜕变的沧桑，也曾多次徘徊于横亘在眼前的山路。几经波折，几经磨难，终于学会了在生活中选择，也习惯了这种自由自在的漂泊。从事什么工作并不重要，重要的是自己在这个行业里要获得什么。

一滴水会折射出七彩的光泽，一棵草蕴含着一个春天，一朵花里有一个天堂。曾经是少女的我，把美丽的肖像制成精美的画册，那是我书的扉页……一个面向大海背靠青山的女人，凝视着留在沙滩上的两行脚印，说不出自己的忧伤和痛苦，只好为它画上一个省略号；那走过路过漂过看过的地方，留下了数不清的逗号；而每一处风景，每一幅山水画都是我书中的插图，宛如久远的年画，我常常情不自禁地在旁边加上几句注脚——某年某月某日，我曾经在一座美丽的城市驻足。时间的推移和风雨的刷洗，都不能让我用血写的笔迹褪色，也无法令我松开那点缀希望和成功的笔。

沧桑岁月，朱颜不改，有一天，当我的双脚为自己的漂流生涯画上一个句号时，我会安静地坐在教堂里，细细翻阅自己的书，一页一页……

这一年，时光把青春还给我

假如我能活一百岁，那么，五十岁，正好走了一半的路程；假如我活六十岁，我手里仅仅剩余十年的光阴；假如我明天就离开这个世界，五十岁就是生命的终点。我从来没有想过自己能活多少岁，我只想活好每一天。我从来不知道明天要干什么，但我总会把今天的事情做到最好。就像我每次出门一样，无论到哪里，都要把自己打扮得非常漂亮，一根头发都不能乱。

对于一个女人来说，到了天命之年，还有什么能属于你呢？青春、美貌、姿容端丽，都甩袖而去。属于这个年龄的只有一米厨房、一张沙发、一份报纸，还有"奶奶""姥姥"这些专用的名分和称呼。然而，这一年的我，却重新涉过青春之河，生命之花盛开在岸两边，美丽妖娆。这一年，时光把青春还给我；这一年，我迎来生命的第二个春天。

怀着一个许多年的梦想，我走进了内蒙古大学文学创作研究班。不要问我为什么要来，我只想读书，只想学习，只想坐在这教室里，听老师讲课；只想在这校园的小路上，踏着月光，轻轻地读读徐志摩、戴望舒的诗……

我们是一群特殊的老学生，是母亲级、父亲级的学生。我们都已经不年轻，不年轻就是已经老了或者快老了，但我们却非常自信。黑春梅说："老/老/你们老过吗？"是啊，老，意味着什么？意味着成熟，也意味着死亡，更意味着失去，我们已经失去了青春，失去了生命中的花季和雨季，但我们还拥有秋天，一个收获的季节，我们都播种了许多年，渴望一个丰收年。

我们来自内蒙古的各个地方，有蒙古族、汉族、达斡尔族，职位不同、身份不同、年龄不同，有官员、老师、牧民、打工者……学历也各不相同，有研究生、大学生、高中生，我们都有一个共同的梦：要做一个作家。放下官位，放下职位，经商的不再经商，当官的不再当官。第一天见面会上，五十一位同学各自介绍自己的经历……文学让我们相聚相识相处，文学让我们成为一个整体——文研班。我们很幸运，乘坐着人生的末班车，抵达理想的梦境。

在当今这个物欲横流的时代，谁还把文学当作文学？多数人只想用文学做"稻粱谋"，但内蒙古却重视我们这些默默无闻的耕耘者，为我们开辟了这块园地。无论我们以前写了什么，获得了什么奖，出版了多少书，走进文研班都从零开始，这里是我们文学事业的新起点，老师给我们讲如何写作，讲文学的理论基础，讲诺贝尔文学奖的得主，讲盖洛普的理论如何让我们扬长避短，三年时间让我们的作品走向全国。老师反复说，宣传部为了培养我们投资了这么多的钱，内蒙古大学投了这么大的精力。我们却说，老师，听了这么多的课，我们都不会写了，都感到迷惘了。老师说从不会写再到会写，这是一个质的飞跃，要努力去跨越。没有文学理论指导的作家，写作是盲目的，但决不能受理论的限制，少模仿，不崇拜，要创新。文学来源于自然，来源于生活，是个人耕种的自留地，个人的一种崇尚，"作家是通过自己的作品来追求自由"。

文研班真好。在安静的教室里，我们认真地听老师讲课；在图书馆里，我们认真地读书，读许多世界名著，一部又一部；在宿舍里，我们一起讨论，话题就是文学。教室、宿舍、图书馆，三点一线为我们连接成一幅绚丽斑斓的生活彩图。有一天，小说家胡刃和我们几位女生开玩笑："你们也不要家了？不要老公了，也不要孩子了？"我们都开心地哈哈大笑起来："要，什么都要！"其实，我们都非常想孩子。"好好学习，天天向上。"这是孩子送我们的话。"不要挂记着家里，好好学习吧。"这是临行时，爱人的嘱咐。能忘记吗？

学习，学习，再学习，三年，弹指一挥间啊。我们这帮文研班的同学，在毕业的时候，追忆起三年相处的朝朝夕夕，不至于遗憾和惋惜，终归我们努力了，奋斗了，拼搏了，我们也赢了……

心灵絮语

　　年轻时候，我写作只是一种兴趣，一种对美好生活的渴望和寄托。现在，写作似乎成了一种习惯，一种流泻情感的心灵独白。在漫漫的长夜或静静的黎明，一个人安静地坐在写字台前，铺开雪白的稿纸，尽情地发泄内心的喜怒哀乐，不厌其烦、不知疲倦地做着文字拼图和语言游戏，那恣情流泻的情感，使我获得一种满足，一种享受，一种喜悦和慰藉。当创作的激情低落、欲望消沉时，一种莫名的焦虑夹着难以厘清的烦乱搅得我坐卧不安，倍感生活的空虚无聊和心灵的寂寞孤单。这时，我才体味到，原来，文学已和我不可分割，它如精神杠杆，翘起我生命的全部。

　　日子一天天过去，岁月一直在消逝。花开花落，斗转星移，白天黑夜不断地反复。无论是苦是甜，是悲是喜，时间悄然无声地把它带走。哪怕是最激动难忘或最伤感悲痛的事也会渐渐淡忘。文学创作却为我建造了一个储存美好往事的仓库。闲余时间，翻阅所写的东西，无论是日记还是札记，随笔还是感悟，会使我追忆似水的年华，充实心园。读三十年前的日记、笔记和许多名言警句，从那一张张发黄的纸上、褪色的笔迹中，隐约再现出一个稚嫩而充满幻想的女孩；再翻二十年前发表的稿件和一封封编辑来信，蘸着泪的笔尖描写的是一个被婚姻和爱情折磨得遍体鳞伤的少妇；再看看十年前笔下塑造的形形色色的人物，字里行间无不渗透着人间的沧桑、世态的炎凉、人心的起落和沉浮。

　　文坛的大手笔、大腕们留给后人的是一段历史，一个时代，一个光彩照人或卑鄙龌龊的人物。我留下的是自己走过的路，一行足迹，一份感情，一缕剪不断理还乱的思绪……作家的心灵永远是年轻而多愁善感的，那喷涌的激情一旦枯竭，作家的生命也意味着死亡。我一直想通过文学来完善自己，来追求完美，但恰恰相反，正因为步入文学这个门，才导致我生活的另一面是残缺的。正如一位朋友说我："文学害了你，也救了你。"我曾把文学当作汲汲于成名的事业，固执地要为这种虚幻的理想奋斗一生，结果使生活的天平完全倾斜。正如台湾作家席慕蓉说："追求完美的我们本身就是一种不完美，一种极端的不完美。"但反过来讲，谁的一生又是完美的呢？其实，所做的事所走的路，若自认为合理、快乐、心甘情愿，那就是完美的。

文学给了我一颗不灭的童心，也让我饱尝了人生的酸甜苦辣。它是我心灵田地的小花园。苦恼烦闷时，去花园看看，采几朵小花，摘几片绿叶，我会感受到生活依然是春意盎然、苑葩斗艳的。由于世俗的绊羁，小花园曾经荒芜过，当我经历了心田的空虚与荒凉所带来的绝望和痛苦后，才知道，文学已成为我生命中的一部分。就算我的追求极端不完美，但却不忍和它分开。我始终固执地守着一份坚持和企盼，一份甜蜜和美丽，还有一份怅然和无奈。

人生长廊

午夜十二点，校园里鸦默雀静、万籁俱寂，宿舍楼内只亮着一盏灯，在那束淡黄色灯光的映衬下，长长的走廊显得更加昏暗幽静。孤独的我行走在长廊里，一种恐怖阴森之感突然从后背冒出来，使我不由得打个寒战。十八间宿舍的门都紧紧关闭着，劳累了一天的学生都已沉沉入睡，但作为生活指导老师的我却不能过早地休息。我不停地走动，穿着软底拖鞋踩在地板砖上，发出嗒嗒嗒的轻微的响声，那节奏如生命的摆钟，不慌不忙，不紧不慢，踏碎宁静的午夜，一种恍如隔世的感觉油然而生。

我边走边静思。人生的归途也宛如这条长廊，走不完，走不尽，走不到头，除非生命结束。长廊并不都是笔直的，也有曲曲折折、拐弯抹角的。有许多跨不过的门、迈不过的槛、走不通的路、闯不过的关。长廊的两旁同样布满了房间，每一间房里都珍藏着各种各样的奇异珍宝，那是上苍为每一个人预备的礼物。但你并不知道自己喜爱的那份礼物在哪一间房里，于是，你开始了最艰难的寻求，最辛苦的劳作。

回顾年青时代的我，也在这条长廊里艰辛地寻求着自己想进的那个房间，但总是进错了门，总是在这些蜂窝状的隙空里徘徊，在死胡同里转悠，在迷宫深处摸索。有的房间进错了可以退出来，有的却不然，当你刚一走进去，房间的门就会突然关闭，连回头的余地都没有。我曾经犯了很多令人懊悔的错误，一生都无法去更改纠正。只有在夜静人静时，把这些懊悔写下来，那种始终找不到自己位置的心情才能发泄出去。年轻而无知的日子就是在苦苦追求和深深绝望中一天天度过的，任凭挣扎与困惑折磨、吞噬我。心灵深处那种煎熬与渴求在梦里反复出现，常常使我泪流满面而不能自控……

　　远处，午夜的钟声已敲响，透过密封的钢化玻璃向远处眺望，眼前依然是一片姹紫嫣红的灯光。街心广场上色彩斑斓的霓虹灯在夜空中闪闪发光，卡拉OK仍在播放一曲充满倦意的歌，这歌好苍凉，有点哀叹哭嚎的感觉，经过时空和噪声的切割，变得断断续续，时隐时现。天空没有月亮，星星似乎也很疲倦，隐退在黛青色的乌云后面，我的思维像那飘逸的云朵，不受时间与空间的限制，任意驰骋遐想，并无时不在感叹造物主的全能和伟大，感叹宇宙的浩瀚，人生的短暂。千万年以来造物主的巨手在不停地转动乾坤，指挥神州大地万物生灵，千千万万数不清的星球沿着自己的轨道在慢慢地、有秩序地运行。

　　世界上，每个人不都有自己的生存方法和固定的生活圈吗？有一份自己要干的工作和立足的位格吗？生灵万物，草木小虫，不也有它生存的天地和存在的意义吗？细细思想，在这沧海桑田，其实，人只是上帝赋了一点灵气的动物，假如上帝给猩猩、猴子、猪、狗都吹一口灵气，它们大概也会和人一样，有思维，有感情，有理性。那么，世界又是一个什么样子呢？也许人就成了各种动物生存的食物，很可怕。但上帝是偏爱人的，因为人必定是照他自己的形象创造出来的。于是，又把本属于天性的东西给了人。就是人常说的天赋、天才、天分、天资、天禀，其实，那是上帝给你要进的那扇门的钥匙。你有了这把钥匙，千万别开错了锁，进错了门。此刻，我身后这十八间宿舍的孩子们，也正是为了寻找她们要进的那扇门，在拼命地学习。但她们中间有许多人已偏离了方向，很无奈地向不属于自己的那扇门走去。有一个女孩，从小喜欢跳舞，本来想考艺术学校，但她的母亲却非让她念高中考大学，她的理科很差，上数理化课几乎听不懂老师讲课的内容，但还得硬着头皮学。女孩天生一副舞蹈家的身段，两条腿修长美丽，从小接受舞蹈训练，但上中学后，母亲怕影响学习，再不让她参加舞蹈班了。现在她心里非常苦恼，并一直梦想着将来能穿上红舞鞋在成千上万的观众面前展示自己的舞姿，用辉煌的灯光和缤纷的鲜花喂养心灵。我为这个天生丽质的女孩惋惜、难过。其实，能觉察自己走错的人并不多，顺其自然的人也不多。根据自己的天分和后天创造的条件来寻找自己的位置，开属于自己的那把锁，进属于自己的那间房，尽其该尽的责任，干其该干的工作，完成其该完成的任务，这就是一个人最坦诚、最自然的生命的全过程。从沉溺的红尘中走出来，从尘世的绝望中走出来。不管路途多么曲折遥远，也不要管自己需要走多少年；无论是少年得志还是大器晚成，只要执着地沿着自己的路走下去，珍惜那如水的年华，你的生命就会折射出美丽多彩的光环！

盛开在严冬的生命之花

冬天的黎明静悄悄，冬天的黎明很有韵味。像北方的冷美人，长长的黑裙卷着萧萧寒风，掠过这座沉睡的城市。神秘的面纱遮掩了尘世的狰狞、丑恶、污秽……连空气都变得凝重冷寂。刚刚从梦中走出来的我，被浓重的黑色笼罩，身体在黑色中受到挤压摧毁，只有思维在灵活地跳动，心灵在自由地驰骋，各种奇特怪异的欲念、奢望、情感突然反射到大脑皮层，我冲破黑色和冷气的包围，裹着内衣跳下床，拉亮灯随便拿一叠纸和笔，然后又迅速钻进被筒里，双手支撑在枕头上，不停地写着，写着，奔放的激情撞击着笔尖，我来不及考虑也顾不上文字的修饰和运作，那支笔随着灵感的牵引，意念在游移，情感在漂泊，灵魂深处那个真实的我在尽情地发泄着喜怒哀乐，颓废的字字句句记录了内心的惆怅、彷徨。有时候，连自己也不知道在写什么，语无伦次，颠三倒四，但依然在写。悲凉、孤寂浸染我的心，使我不能自已。泪水会打湿枕巾，仅仅是为了笔下一个死去的人，一段生死恋情或是一个悲哀的人生……我的许多作品孕育于黎明，诞生于黎明，一年四季，我的生物钟总是在黎明响起。望着窗外那稀疏的、依然挂在天上的寒星冷月，我常常喃喃自问：你寂寞吗？心灵的回答是长久的沉默，是一种超凡脱俗的孤傲。尽管宿命的悲哀时时刻刻笼罩着我的心，但精神的自由永远不能被禁锢，让我无数次摆脱冷漠与麻木。你孤独吗？身边会传来一个生命的回音，那是儿子在梦中甜甜的鼾声。这声音是我人生最精彩美妙的前奏曲。此刻，他睡得很甜，圆乎乎的脑袋露在被子外面，脸蛋冻得冰凉冰凉。尽管窗户上挂了一块厚厚的棉窗帘，但刺骨的寒风依然从缝隙里钻进来，屋里的温度在逐步下降，被筒里最后一点余热也被寒气吞噬。就像安徒生童话里卖火柴的小女孩一样，看见地上那个冰冷的炉里射出了美丽的火焰，小屋被照得透亮，暖融融的，玻璃上的冰花涣然消失……屋里依旧一片黑暗，冷气依旧从四面袭来，握笔的手有点发僵，儿子的小脑袋也一股劲儿地往被筒里钻，他大概也在做着卖火柴的小女孩的梦，甜甜的腼笑挂在嘴角。外面，天色在泛白，我用最快的速度把衣服穿在身上，搓搓发僵的手，把几页稿纸扔在枕旁，跳下床将两只脚伸进冰冷的鞋子里。真冷，我不由得打了个寒战，如果不是儿子上学，我会懒洋洋地躺在被筒里，一直躺到太阳出来，让暖暖的阳光把我包围起来，再肆无忌惮地裸露着双臂舒舒服服地伸一个懒腰，享受一回阳光的抚摸，很可惜我没这个福气。长年累月黎明即起。胸中虽然没有击楫誓情、闻鸡起舞之志，但至少不去苟且偷安，自暴自弃。黎明是属于我的。我不厌其烦地重复着每天必做的琐事。劈木柴、生炉子、筛煤渣……此刻的我蓬头垢面，身上裹一件大褂，双手拿着筛子，端着煤渣，穿过昏暗的长廊，迎着吼叫的狂风，蹲在垃圾堆前认真地筛着煤渣，用刚才那双握笔的手把一块块烧尽的灰渣从筛子里捡出去。那双手变得又黑又脏，身上脸上也落满了灰尘。我敢说，连鬼也不会相信，这就是那个曾经出版过《参商情缘》和长篇小说《血之梦》的女人。现实的残酷塑造了一个多面的我，岁月的磨砺使我不断地变换着角色，这大概就是做人的多面性和双重性。

我把木柴劈成一根根细细的小棍，放进炉里再划一根火柴，噼噼啪啪，炉里爆出美丽的火花，屋里暖和了，我轻轻拍拍儿子的脑袋："小懒虫，起床了。"儿子揉揉惺忪的睡眼，看看我枕边那一叠字迹潦草的稿纸，总是笑着说："有志之士是闻鸡起舞，妈妈天天钻在被筒里龙飞凤舞。"

是啊，我珍惜黎明这段光阴。尽管冬天的黎明很冷很冷，但它却赋予我灵感，我用手中的笔为她涂抹暖色，涂抹光明，涂抹希望。我不泯的童心属于黎明，那永远年轻的生命之花也盛开在黎明。

流年追忆

秋风萧瑟，树梢上黄了的叶子，轻飘飘地打着旋儿落在地上。空旷的田野里，那些耐不住寂寞的鸟儿在喳喳地叫，夜莺从天空飞过，唱着一首凄婉的歌。在一座偏僻的小镇里，一间破旧的土房，玻璃窗上透出几抹昏暗的光，那条土炕上躺着一位年轻的女子，她痛苦地呻吟，双手紧紧抓着另一个中年妇女的手，灯光下，苍白的脸显得更加难看，汗水打湿了头发……正逢子时，一声响亮的啼哭划破了沉寂的夜，一个不情愿转世的灵魂哭着来到这个世界。助产婆用剪刀把那根和母体连接的脐带剪断，将这个婴儿包进一件破旧的棉衣里，"是个女孩！"女人的脸上露出欣喜的微笑，一直蹲在门外的男人脸色是阴沉的，他站起来挪动着两条僵直的腿，不住地嘟哝："又是个女孩，怎么偏偏也是八月二十七这天出生呢？"

"生在子时的孩子八字好，将来会有出息的。"助产婆一边收拾东西一边和男人搭讪。男人摇摇头，长长叹了一口气……

这个女孩就是我，母亲给我取了个好听的名字：桂娥。她说月亮里有一棵桂树，还有一个美丽的嫦娥，她希望自己的女儿像桂树下的嫦娥，而她没想到我却是那只陪伴嫦娥的白兔，这个乳名注定了我一生的命运是悲惨不幸的——一只孤独的蟾宫月兔。

母亲是爱我的，在我出生前她还生了一个女孩，但仅仅活了四天就夭折了，第二年又生了我。我一出生，头发黑得像缎子，外祖母说："灵人不顶重发，这孩子长大后怕是不会很聪明。"小时候的我一直是男儿装，上学时才开始留头发，梳两根辫子，柔顺的发质又黑又亮，发梢上扎两条红绸子，很赢人。在班里，我身后那个男孩总欺负我的辫子，比如悄悄在桌上钉一个钉子，下课时，我一起身，辫子被钉子挂住了，全班同学都哄堂大笑。有时，我也报复他，趁他不注意的时候，故意把辫子向后狠狠一甩，辫子扫过他的眼睛，他不生气，用袖子擦擦发酸的眼，仍然朝我笑笑。那时，我是胳膊上挎着三道红杠的大队长，优秀的学习班长，天性骄傲的我，向来就瞧不起那些讨好我的男生。

我在学校里是花鼓队能手，经常参加表演，穿一条绿绸子灯笼腿裤子，粉红色的人造棉短褂，两条大辫子扎着两朵红色的蝴蝶结，花鼓筷上也拴着长长的红绸子，在清脆的鼓点声中，我宛如彩蝶翩翩起舞。

小学毕业时，老师要求我们必须穿统一的蓝裤子白衬衫才能参加毕业典礼，尤其是合唱团的同学，没有服装就不能登台表演。我没有白衬衫，母亲一听我又要买服装，也犯难了，家里连买灯油的钱都没有，再说，做一件白衬衫也穿不了几天，眼看天凉了，小弟弟也要念书，俗话说："有钱还不置半年闲。"她说我学习好，就是不参加合唱团也照样进中学读书。"不，合唱团必须参加！"我的口气很坚定，不容母亲解释。喜欢张扬的我是不会失去这次表演的机会的，站在台上目视台下那黑压压的同学，会让我体尝到一种居人之上的自豪和得意。

那天下午，我独自在小镇的街面上转悠，见铺子就进去问："收头发吗？"各种异样的目光盯着我，一位姐姐走过来笑呵呵地说："这不是每年上台阁扮演祝英台的大辫子姑娘吗？"我点点头，问她哪里有收头发的。

"傻丫头，这么长的辫子剪掉太可惜了。"她用手指量量我的辫子，"再长半尺，就能换一辆飞鸽牌自行车。"

我眼泪汪汪地和她讲述了执意要剪辫子的原因，姐姐明白了我的心，她领我去了一家理发店，理发师傅又用手量辫子："再长一点，就能卖个好价钱了。"

"剪吧，不等了。"我的口气很坚决。

他拿起剪刀，只听嚓嚓几声，辫子就落了地。我拿了四块钱，花两元钱买了五尺人造棉白布，做衣服花了五角手工费，剩余的钱留着给家里买灯油。晚上回家后，母亲一看我的长辫子没有了，马上明白是怎么回事，她二话没说，抬手打了我两个耳光，厉声问："辫子呢？"我不吭声，把手里的零钱摔到炕上。母亲气得脸色发白，雨点似的拳头落在我身上。我双手抱着头，一动不动，不哭也不叫，母亲大概是打累了，终于停住了手，随后是一声悲恸的哭声，她把我紧紧搂在怀里，一边哭一边说："你怎么这样任性，剪辫子也不和我商量一下。"

商量什么！辫子是我的，再说，两三年以后不就又长了吗？这算个啥事呀，那年我十四岁，在那张已经泛黄的毕业典礼相上，那个站在前排的姑娘梳着两根羊角辫，穿一件雪白的衬衫，胳膊上挎着三道红杠，鲜艳的红领巾映衬着那张洋溢着灿烂微笑的脸庞。

美丽的记忆，让我一次次重新阅读。当辫子又长得和衣襟齐的时候，我已经出落成一个俏丽的大姑娘。在走进工厂的时候，两条辫子仍然很引人注目。站在旋转的车床旁边时，一声大吼惊得我差点灵魂出窍，"想死了？"随即，一顶帽子扣在我头上："把辫子收起来！"

下班后，小师哥对我说："快把你的辫子剪掉吧，前几天，纸板厂有个女工，头发被粉碎机绞住了，整个人被卷进机器里，肉和骨头都变成了纸浆。"我感激地朝他点点头说："留这么长的辫子完全是为了我的母亲。"那年，我剪掉辫子后，她哭了很长时间。也许是为了再看到母亲的笑脸，也许是天生就珍爱自己这一头乌发，我决心再留个长辫子给母亲看。后来，辫子长了，但母亲的脸上却再也没有那最初的笑容。她大概也听说了那个被粉碎机绞成纸浆的女人，每逢下班回家总是说："把辫子剪掉吧，站在机器旁边危险。"

"有帽子呢。"

"帽子一旦掉了呢？"母亲望着我，眼里满含着担忧的神情。

当我把第一个月开的十八元工资交到母亲手里时，她的眼睛湿湿的，拿起那把木梳又一次轻轻给我梳着头发，从镜子里我突然发现母亲已不再年轻，发间那几根银发，是沧桑岁月留给她的悲伤，眉间那几道皱纹，是艰难日子留给她的忧愁。梳子从头顶滑过，轻轻的柔柔的，我仿佛又走进了梦里，尽情享受着母亲给予的温柔。"把辫子剪掉吧，整天站在机器旁，妈不放心。"我温顺地点点头。

星期日，我走进了理发店，坐在一把古老的转椅上，头上卡满了夹子，电烫头发在那时候是最时髦的。那一年正是我的双十年华，我一个人在小城的大街上悠闲地逛来逛去，卷着大波浪的乌黑头发在阳光下闪闪发亮。哇！天空很蓝，就像我的心一样万里晴空，太阳也是那么鲜亮，阳光下的我自信地扬着头，目不斜视，俨然一个时髦的靓女。我不忍让那顶工作帽遮盖了漂亮的卷发，哪知，师傅的脸黑得像锅底，不准我摸车床手柄。我电烫头发的事也成了全厂的新闻，老厂长说我身上没有无产阶级艰苦朴素的工作作风，如果不赶快把头发收进帽子里，就撤掉我团支部书记的职务。我不知是为了那十八元工资，还是怕撤掉那芝麻官，不情愿地又戴起了那顶工作帽。冬天，厂长让我出席全市劳模大会，一个身穿蓝色劳动布背带裤，头戴工作帽的姑娘，站在庞大的车床边，神情专注地用游标卡尺量着那刚刚从车床上下来的工件……这张照片出现在劳模大会的展板上。我站在展板前，凝视着这个陌生的形象，嘴角挂着一丝自嘲的微笑："这是我吗？"

一九八三年春天，我辞职离开了那座"囚禁"我的"工厂"，头发也被释放了。第一件事就是去美容院做个最漂亮的发型，但当那满头的发卷还没有舒展时，我却真正尝了一回落发的滋味儿。我经历了重重黑夜，跨越了那一段不堪负载难以忍受的日子，在死亡的边缘徘徊许久，上帝不许可我的灵魂回归他处，当呜咽河的小舟又载渡我回到尘世后，死里逃生的我终于冲破了那堵婚姻墙。在医院的手术床上，从那块反光镜里，我看见缕缕被血染红的头发在嚓嚓的剪刀声中飘落。消毒液，麻醉剂，涂在一道道深深的伤口上，大夫手捏那根弯弯的银针，在头皮上穿来穿去……白色的绷带下，泪水顺着眼眶往下流……

那次落发后，再长出来的头发依然是那么黑亮。我也更加爱惜这重生的秀发，就像珍惜从死亡幽谷里逃回来的生命一样，我再不舍得剪头发，长长的披发成了我固定的发型。岁月冲淡了我的记忆，也带走了我的青春，从那一张张照片中，我几经看到一个梳大辫子的姑娘，一个曾经追随时髦的少妇，一个徐娘半老但自认风韵犹存的女人。每次参加一些重大的宴会或出席各种文学讲座，我依然把头发卷成美丽的大波浪，柔软的长发在我的背后自由地飘飞，心如放飞的鸽子，也在自由地飞翔。天热时，我会随意把头发挽成一个髻，再戴一个漂亮的发卡，一位高雅雍容、气度不凡，甚至有点清高自负的女人，仍会令许多人刮目相看。

日子的艰辛和困顿让那早生的白发偷偷爬上我的鬓角，摸着那被时间抚平的刀痕，伤心和恐惧常常在夜里偷袭从前的自己，不平凡的回忆、蹉跎的岁月似乎都隐藏在发间。那个穿着绿灯笼腿裤子的打花鼓的女孩远去了，那个喜欢新潮的姑娘消失了，时间让一个风情万种的女人朱颜已逝，我常常对着镜子一根一根地把那些白发拔掉，但它们长得很快，而且毫不留情地从两鬓向头顶蔓延。我一狠心，再次走进美发厅，把头发染成了紫罗兰色，那是最流行的色彩。紫色的头发，配一套紫色的西装，斯文得体，就是这个样子。

那是我最后一次在故乡染头发。那美丽的紫罗兰，淡淡的清香，让我再一次变得自信自傲，何况往昔已一去不复返，何足叹息？何足悲凉？

昨天，给妹妹发了一则短信，告诉她我把头发剪掉了，梳了十几年的长披发从此和我告别，烦恼、痛苦、绝望似乎也和我一刀两断了。我满怀信心地走在开满木棉花的季节里，有风吹过，那紫罗兰色的秀发在阳光下显得更柔顺，飘着淡淡的清香……

心中装着一个美丽的世界

　　广州的雨下起来没完没了，整整两天都是阴雨连绵，气温虽然是零上八九度，但很冷。雾气像一张硕大的灰白色蚊帐，把整座城笼罩起来。珠江水静静地流着，江边，一株株深绿色的参天大树，冷冷的枝头挂着无奈和忧伤，叶子上滚动的雨点滴落在地上，敲击着湿漉漉的水泥路面，我打着伞，一个人慢慢走着，无目标。

　　自从来广州后，再没有骑过自行车，这里人叫"踩单车"。广州的街道上，踩单车的人很少，即使有，也多是一些做小生意的、当走鬼的或在就近地方做事打工的。大凡在这座城市混得有点名堂的人，都有自己的小轿车，骑着破旧的单车穿梭于金碧辉煌的摩天大楼之间，实在有点大煞风景。但每逢走累时，总是羡慕那些骑自行车的人，一个个像鱼一样，在人海里穿来穿去，在开满杜鹃花的街道上走走停停，他们永远是一群勇敢坚定的赶路人。

　　据一些保健大师讲，每天步行走十里路，对身体最有益处。我有点超负荷，两条腿累得实在无法再举步，痛得难以忍受，但我总是在安慰自己，要坚持。走在这灰色的水泥路上，脚底板打了泡，磨了茧，但脚步更稳健了。有一天，穿起刚来广州时的那条裤子，突然发现腰口变大了，一年多，足足掉了十几斤肉，许多想减肥的朋友问我是怎么瘦下来的，我说步行走路。说这话时，心里像打碎了五味瓶，囊中羞涩的尴尬只有自己最清楚。如今，坐公交车投两枚硬币也得算计一下，今天这个地方该不该去，这趟路费会不会白花，看着路线图，算计着如何花最少的钱去最多的地方，办最多的事。初来广州时的那种豪爽大气，那种创业的激情和劲头，那种从不计算口袋里的钱有多少的做派，不知什么时候消失了。我变得也和这里的女人一样，买一角钱的葱，两角钱的蒜，和同事吃饭喝茶AA制。

独自走在江边，珠江水并不像在电视里看到的那么美丽清澈，水的颜色近似棕黄，像一块漂洗不净的抹布，很少有人下去游泳，几只打捞垃圾的船在江面上游来游去，据说广州市环保局为了治理这条河，每年都要投资百万，但严重污染的江水难以恢复它的清澈和明净。就是这条不干净的河流却吸引了数千万的外地人，也养育了成千上万的打工仔，不游珠江就不算来广州，不登中信广场，就不知道广州的楼有多高。珠江——广州的骄傲，广州——外地人创业的摇篮！

一个人走路，虽形单影只，但能边走边思考许多东西，灵感来了，就从挎包里取出那个小本子，坐在路边的树丛下，那翻涌上心头的点点感悟顿时凝聚笔端，也许，就是这种文字游戏常常刺激我，让我兴奋激动，心旌摇曳。支撑我在这座都市里待下去的也就是文学和儿子了，这如我生命中的天平，砝码的重量是一样的，我从不去考虑明天去哪里，只是把今天看得见的事一件一件记下来，无论过多少年，即使字迹变黄了，那也是这座城市给我的最真实的印象。

雨点凉飕飕的，从蓝色的伞下钻进来，打湿了我前额的头发。双脚踩在黑黑的柏油路上，溅起的水花淋湿了裤脚。只有在南国的冬天才能看见雨，北方的冬天永远是寒冷的，但那里有烧不完的大块煤，广州是没有煤的，即使工业用煤，也都是从北方运过来的。这地方什么都不缺乏，路边的乞丐比任何一个城市都多，他们举一只空碗，双膝向地一跪，马上将自己变成一只四脚动物，趴在地上不住地叫着喊着，我浑身不由得哆嗦了一下，原来人可以变形，突然想起著名作家卡夫卡笔下那只变形的大甲虫。双脚加快了速度，困顿的日子在追逐我，心中的梦想在等待我，不容我停下脚步。不要问往哪里走，当没有路的时候，就低头看脚下，也许陪伴我的是寒风，击打我的是暴雨，烤晒我的是烈日，无论我漂荡多少天，孤独多少年，心中永远装着一个美丽的世界！

为灵魂撕开那扇门

　　天色越来越暗，太阳渐渐西沉，一层厚厚的雾气又笼罩住了整座城市。从空调车里走出来，仿佛跳进了一个热气腾腾的闷罐，热得让人喘不过气来。我不知道广州的七月究竟要热到什么程度。习惯了内蒙古的凉爽，如今，置身于这个温度高达四十度的城市，每个毛孔都有汗水往外冒，呼吸都有点不均匀。我将最后的回眸投向匆匆来去的人群，两条腿变得越来越沉重……

　　暮色中，一个疲惫的女人在走，影子在闪烁的灯光中变得又细又长，被汗水浸湿的衬衫紧紧贴在身上，那个挎在腰间的古铜色皮包里装着各种报纸、文件、简历、名片……这是演绎人生的道具，还是一堆一文不值的废纸？走进路边的麦当劳，站在洗手间那块明亮的大镜子前，拧开水龙头，用凉水不停地淋洗脸颊，空调里吹出的冷气也让全身的毛孔开始收缩。望着镜子里的那个女人，这是我吗？是的，一个满怀梦想和希望的女人，一个用泪与血抒写人生的母亲，用一双期盼的眼睛，寻找一个遥远渺茫的人生彼岸。

　　天色完全暗了下来，璀璨耀眼的灯把这座城市点缀得更加神秘迷人，双脚又在向前移动，我不知道，路的尽头在哪里。灯红酒绿的广州难道没有我的落脚之地？熙熙攘攘、摩肩接踵的人海中，难道没有我的朋友和知音？车水马龙、人流不息的无数条路，难道没有我要走的那一条？我问苍天、问大地、问自己。

　　双脚仍在向前移动，前面是天堂还是地狱？我在走，向黑暗的地方走去。那里，会消除我的疲倦和烦恼。

广州，美丽的不夜城永远不会安静。躺在木床上，双手搭在脑后，回忆多年来的生活，总有一种忧伤让我泪流满面。时间如白驹过隙，转眼之间，童年、少年、青年时代一晃而过，一双脚踏进中年这个门槛时，背上的包袱越来越重，在企盼与无奈中度过每一个日子，留在记忆深处的依然是苦多甜少。多少个无星无月的黑夜，我痛苦地举着生命的火把，在坎坷的人生旅途中，寻找着自己想走的那条道，而支撑我没有倒下来的是信念这根杖。当我终于走进中国作协这座金碧辉煌的殿堂时，突然发现，这份荣耀带给我的只是些许苍凉和空虚。回头看看，什么都没有改变，我依然是我，一个已为人母的普通女人，一个终日为生存、为儿女奔波的母亲。我好累，真的好疲倦，多么希望黑夜不要过去，太阳不再升起，我可以在梦中找到儿时的朋友，在霸王河边戏水，抓几只泥鳅，捞几条小鱼，坐在小河边，哗哗的流水声是我永远想听的声音……

往事如烟，人生苦短，那蒙尘的记忆在时间的流逝中一点点遮盖了我最初的温情，如花的容颜也在时空变换中消逝，但我仍然不能选择放弃，哪怕只有万分之一的希望，仍然想一掷万金，这样的选择，也许只是为了点缀一下我人生的苍白，让心灵的旅程走得更远。错了吗？我摇摇头，人生这盘棋没有对与错，怎么走都可以，只要你能输得起。输掉了……输光了……实实在在看见的是日渐长大的一双儿女。有一天，他们终于像两只大鸟，从我的身边飞走了。展翅的鸟儿在蓝空中翱翔，我举目眺望那遥远的天际，两行泪如永不干涸的泉水在心底静静地流淌。那份被儿女带走的感情，永远不会再回来了，我只是带着无限的惆怅想念他们。岁月在我的思念中渐渐远去，我这颗心在时间的隧道里，无法抑制地痛苦颤抖……

花开花落总属春

又是一个阴天。午后，太阳仍然躲在厚厚的云层里。空气潮湿闷热，躺在床上的李姨微闭着眼，用手指了指床头柜，示意我把那个破旧的钱包拿给她，钱包里装着一堆散钱，她递给我几张皱皱巴巴的票子，反反复复地唠叨："菜不要多买，干水菜买一斤，过水菜买一斤二两……"我不住地点头，只想早一点逃离这间沉闷的房子。每天上下午定时去菜市场买菜，这短短的两个小时我是自由的。

推开防盗门，轻轻向外走去，大男孩递给我一把伞，他望着我没说话，表情依然是那么冷漠，似乎永远不会笑，忧郁的目光让人心里发寒，接过伞，我向他点了点头。沉重的门关上了，轻轻迈着步向楼下走去。这座楼共八层，每层住两户人家，防盗门把每户人家牢牢封锁在各自的房间里，外面有什么动静，都从猫眼里悄悄窥视。李姨也一再叮嘱，不让我和邻居拉闲话，其实，她的担心是多余的，虽然每天出入，但对面住的是什么人如今我也不知道。双脚慢慢踩着每一个台阶，穿过寂静的过道，打开了最后一道防盗门锁，从沉重的铁门中钻出来。外面下着雨，但天色很亮，我没有打开伞，而是迫不及待地呼吸了几口新鲜的空气，将身体融入雨中，好凉爽，裙子和衬衫湿了，紧贴着汗津津的身子。我缓慢地走在这条林荫道上，脸上的神情是茫然的，忧郁中隐匿着一种难言的痛苦和悲凉。此刻，我突然想起了三毛，这个我一直崇拜的女人，她活着的三十八年是精彩的，她曾说过这么一句话："雨下了这么多日，它没有弄湿过我，是我心底在雨季，我自己弄湿了自己。"我的心何尝不在雨季，是那样阴霾沉重。女儿甜甜的笑声响在耳边，儿子那双深沉的眼睛又在眼前浮动；母亲的叮嘱，弟妹们恋恋不舍之情无时不在脑海萦绕。此刻，我多么想听听母亲唠叨那些陈年旧事，多么想和妹妹坐在一起唠唠家常话，多么想给朋友们打个电话，但拨了号码又不知说什么，关机！情感如一股被截流的江水在心中翻涌。

依旧独自坐在这张石桌前，不知是雨还是泪从脸颊上流下来，流进了嘴里，有点苦涩。几片枯黄的叶子从一株高高的树上飘落下来，湿漉漉的，秋天到了吗？日子过得真快，时光在花开花落中消逝，我的心情也似乎在逐渐枯干。常常一个人在中大的校园内徘徊，要不就坐在小湖边，看水中的金鱼，盛开的荷花。一张张陌生的面孔从眼前浮过，望着那棵碧绿的大榕树，那一条条用青石板铺起的小道，心无所向，灵魂也像被禁锢在一个烧红的铁桶里，经受着孤独的煎熬。其实，细细去想，生活在这座城市里的人，有谁不孤独呢？百分之七十的外地人，他们似孤魂野鬼，白天在各自的工作岗位上忙得要死要活，到了晚上，手脚闲了下来，心却不知向何处去……

一阵凉风吹来，落叶在轻轻地飘动，抬手拢拢湿湿的头发，从石凳上站起来，向菜市场走去，路过报亭，买了一份《前程招聘报》，十几个版面全是招聘广告，我仔细浏览，有几则招聘资料整理员和业务营销员的，就顺手打了电话，但对方的第一句话还是问我年龄多大。我说广告上并没有要求年龄，她说公司经理有规定，必须招聘三十岁以下的，对方挂了电话。记不清碰壁多少次了，我跨越不了年龄这道门槛，它像个无形的套子，紧紧地束缚着我，越来越狭窄的空间，让我感到窒息。无情的时间啊，它用分分秒秒，日日夜夜，年年月月，悄然无声地为我垒起了一堵高墙，在这高墙面前，我像个小矮人，显得是那么无能，那么无可奈何，曾多次失望、懊恼，甚至有点愤怒。我想抱着那棵大榕树，高高地呐喊几声："这座城市里难道就没有我的位置吗？"

从菜市场出来，看看表还不到五点，我又返到刚刚歇脚的石凳旁边坐了下来，无尽的忧伤如浮云掠过心头，岁月是多么无情啊，偷偷带走我的青春，带走那短暂的韶华年代，留给我的是一道道皱纹，一根根白发。假如时光倒流十年，二十年，我会像今天这么被动、无奈、尴尬吗？耳边又响起尹老师的话:"人的生命其实和植物一样,什么时候发芽,什么时候开花,什么时候结果,是有季节的,不到开花时花不会开,如果你用手把花骨朵剥开,这花必然要枯萎。"《圣经》里的《传道书》也说:"种有时,收有时,生有时,死有时……"万物在时空的隧道中都按自身的规律运行,那么,人何尝不是这样呢?虽然,自己生命中开花的季节已过,但细细想想,天地万物,芸芸众生各自都要归于它们的结果,人更不能逃脱这一规律,关键是怎样把握自己生命的四季,要想在秋的季节里得到一些圆满的收获和结果,依然需要艰辛的付出和劳作。但这里的土壤还能适应我吗?

缠绵的雨丝在风中飘游,几株老树静静地耸立在路边,只见碧绿的树叶间绽开一朵又一朵紫色的花儿,在细雨中,整朵的花儿从树枝上坠落而下,我捡起一朵落花细细端详,这花是那么鲜艳完整。一位老者走过来,我情不自禁地问:"这开满紫花的树叫什么名字?"他看着我和善地笑笑说:"洋紫荆。"他手里拿着一副乒乓球拍子,坐在另一条石凳上,举目端详我许久:"看你的衣着像北方人?"

我点点头,告诉他从内蒙古来的。

"内蒙古?"他的眼睛突然亮了,"我年轻时候就去了内蒙古,那里是我的第二故乡。"

"您是哪里人?"

"上海人,年轻时支边,我第一个报了名,谁知道这一走就是四十年,我的青春献给了内蒙古,我也变成了地道的内蒙古人。"他风趣地讲了几句地道的内蒙古方言,乡音拉近了我们的距离,让我感到亲切。他很健谈,告诉我退休了才回到上海,后来,儿子在广州工作,就和老伴儿来这里养老。他问我来了有多久,习惯不习惯广州的生活。

"还可以,儿子在中大念书,自己也想借此机会来闯一闯,看看外面的世界。"

"趁年轻时闯荡闯荡很好,老了就走不动了。"

"其实,我这个年龄也不大适合闯世界了。"我的情绪有点沮丧,一副忧心忡忡的样子。

"哈哈哈……"老人听了我的话大笑起来，"敢不敢闯世界并不在于年龄的大小，有的人活了一辈子也不敢迈出家门一步，你敢走出来就很了不起啦。人家都说内蒙古人没出息，上炕认得老婆，下地认得鞋子，出门瞭不见自家的烟囱就哭鼻子。有一句方言说'一只眼的耗子，不敢离墙根'。"

"思维的快慢决定生活的节奏，观念的改变决定生存的价值。南北方的差距太大了，简直是两个世界。"

"你能一步跨进广州，很不简单，在中大工作吗？"

"暂时还没有找到合适的事做，好多招聘的地方都限制年龄。"

"其实，年龄只是一个人生命的阶段，决定你的生活水准和品位、体现你生存价值的关键是要看你每天的生活内容。"

他说年轻时从事勘探工作，每天面对的是江河大山，生活内容虽然单调，但十分精彩，一生走南闯北，不遗憾。如今老了，才有时间重读老年大学，学会了绘画书法、打乒乓球、唱歌……人的生命就像这变化的四季，每一季都有花开，那才是最美的。春开木棉花，冬开洋紫荆，秋天菊花满地，夏日百花争艳，你能说哪一季年轻，哪一季苍老？哪一季是花季，哪一季又是雨季呢？

老人的话让我茅塞顿开，我突然明白该怎样面对自己的处境，没必要再去忧伤悲叹。在回李姨家的路上，我捡了许多紫荆花，虽无赏花的心境，但这每一片花瓣，每一缕清香，似乎让我悟到了一些东西，我的心，也获得了水到渠成的自然感知。

晚上，那个大男孩给了我工资，拿着这来广州挣到的七张百元票子，说什么也高兴不起来，找一个什么理由离开呢？李姨看出我的心思，反复问我是不是找上其他工作了，我淡然一笑，没向她解释什么。

夜里，我梦见我走进一个落花飘飘的院子，那里紫气缭绕，香飘满园，几十株洋紫荆同时开了花，紫色的花朵在微风中轻轻摇动，我的心也像那花朵一样，在慢慢地舒展……

落花有声

广州被冠名花城，名不虚传，无论走到哪里，都会看到各种颜色的花，我不知道这些花的名字，在北方从来没见过。大朵的花开在树上，娉婷娇艳；星星点点的花开在路边、街道口，或某一条小巷的拐弯处。这是个四季都有花的城市，这一朵刚刚凋零，那一朵又在含苞待放，簇簇花朵把这座城市点缀得五彩缤纷，宛如仙境。我常常坐着汽车，从起点坐到终点，又从终点坐回来，尽情地欣赏路边的风景，盛开在树上的花朵从眼前闪过，灵动的心也不由自主地在花的光艳中跳跃飞舞……待久了，渐渐发现，广州人也喜欢去北方旅游，他们说草原的风景更迷人，蓝天、绿草、白云、大漠、落日，那才是绝美的自然风光。我终于明白，人无论在哪里，再美的景色看久了，都会觉得平淡无奇。生在花城的人对花的感觉也就像我看故乡的蓝天一样，只有异乡的游子才能听见落花的声音，才能从这平淡的景色中观赏它的绝妙之美，领悟它给予的无限启迪。

春天的广州，丽日当空。我和毛总去公司旁边的省立图书馆办事。走进那座古色古香的庭院，跃入眼帘的是满地红花。哇！好漂亮的花呀，姹紫嫣红、夺目耀眼，我捡了一朵又一朵，心里荡漾着欢愉，这么水灵的花怎么会凋零呢？细看那每一片花瓣都没有一点枯萎的痕迹，就像一位美如天仙的女子坠楼而下，至死朱颜不改，裙衩不乱。

仰望这株高耸云天的古树，又让我惊叹不已，只见那褐红色的躯干向天而升，如巨臂在自由舒展，有力挽狂澜之势。它把生命的精华凝成满枝的红花，在灿烂的阳光中，红霞万道，枝头触天，宛如红云舒卷。

毛总告诉我这是木棉树，春天开花，初夏花落成絮。他也弯腰捡起一朵花，即兴吟了两句诗："落红不是无情物，化作春泥更护花。"木棉是树中之王，盛开的花并不比牡丹逊色，还有几个称颂它的名字叫"攀枝花""英雄树""霸王花"，它喜争阳光，在群生中总是长得最高。

"真的是这样吗？"我有点不解其意，对此花爱不释手。

"这是造物主赋予它的属性，不然，怎么能配称英雄树呢？"

是啊，自然界就是一株草一棵树，上帝都给了它们灵气，也借着这万物让人明白自然的奥秘，明白生命的真谛，更让人知道他的存在和慈爱。我在沉思：为什么木棉树开花时不见一片绿叶呢？一朵一朵花在高高的枝头盛开，一朵一朵花又在柔和的风中坠落，看这样的落花，不会伤感更不会流泪，更多的是为它这种坠地不毁的气度叫绝，甚至有点惋惜，好一朵英雄花。

木棉开花时是没有绿叶陪衬的，看得出来它是非常霸道的，不许任何绿叶在枝头存留，也不给它们露脸的机会，它是名副其实的霸王花。一团火，点亮了一个春天；一朵花，红透了半边天。无论在哪里，只要有一株木棉树，周围许多苍松翠柏就会成为它的陪衬物，它用那高不可攀、红棉触天的雄姿，那开到极致、炫目耀眼的花朵，展示自己的霸气、英气和独一无二的傲气。无论多少人驻足在它面前，欣赏仰慕它，它都毫不吝啬地赠你一朵盛开的花。当花儿落尽时，绿叶才悄悄露出了头，随即，那白如雪花的棉絮，开始在轻风中漫漫飞舞，飘飘逸逸，细如蚕丝，风来而密，风过而疏，酷似一个潇潇洒洒的风流男子，向大地传播着它延续生命的情种。

我对木棉树感兴趣，不仅仅是因为它的霸气，更主要是欣赏它的孤独和傲慢。丛林中，它是树中之王；花卉里，它也是独秀一枝。你永远不会看到它的沮丧和颓废。木棉虽然没有杜鹃的凄美，牡丹的华贵，百合的娉婷娇艳，但它却用每一片花瓣向人们展示那英雄的本质和不朽的生命，无论生与死，都要精彩，一面盛开如锦，一面又离开枝头，壮烈地飘向春的深处。

在这个阳光流动的日子里，我能够静心平气地看落花，何尝不是一种享受呢？此刻，那尘世的烦恼和我远离，俗务的纠缠也与我无关，我只是静静地聆听那落花的声音，在这柔和、充满朝气的春天里，捧一片木棉的花瓣，做一页书签，让那红红的火焰永远燃烧在我的日记里。

未见落叶却见花

重阳节刚过，北方大部分已笼罩在一片浓郁的秋色中，而广州却依然是满眼的绿色。温湿的气候令人神清气爽，花红树绿的景象让人感到心旷神怡。秋风如笑，秋风如歌。午后的阳光是那么灿烂、热情、直接，一阵凉风吹散了城市的湿气。公园里、珠江边，那一块块被园艺师剪得平展展的草坪边，随处可见晒太阳的人群；穿着超短裙的女人手里牵着一只可爱的宠物狗，在江边走来走去；悠闲的人们在打太极拳、跳健身舞，美丽的歌声伴着他们那翩翩的舞姿。江面上一艘艘游轮在长长的汽笛声中破浪前行，风景如画，美不胜收。

清晨，淡淡的晨雾给中山大学披上了一层青纱，那一座座始建于一九二四年的教学楼、实验楼、水阁凉亭更富有一种庄重肃穆的情调。那是积淀了百年之久的文化气息，这种气息悄悄地渗透在校园的每一寸土地、每一株树木、每一个中大的学子身上。当阳光慢慢将青纱掀去，呈现在晴空下的中大更显得迷人。在各种参天古树中间，偶然有几株树，叶子变成了浅绿色、淡黄色，有几片完全变成深褐色，它们像秋天的使者，悄然无声地从树上飘落下来，假如没有落叶报信，谁又能知道秋天已到来呢？

我又坐在榕树下那条不锈钢长椅上，闭上眼，感受阳光的温柔，听树上鸟儿的鸣叫，轻轻吸一口清凉的空气，霎时，心灵的重负被卸下。远处，除草机嘟嘟地响着，园艺工开着它，把草坪修剪得平平整整，那些稍稍发黄的草尖被剪掉了，浓密的小草更绿得惹眼。

弟弟来电话说，内蒙古已是秋风劲吹，百草枯黄。是啊，白露已过，地里的庄稼都已割倒。南归的大雁捎来亲人的问候，游子的乡思被信鸽带走……故乡的天空还是那么蓝，太阳还是那么鲜亮，田野里，树叶黄了，麦子黄了，谷子熟了，沉甸甸黄灿灿的谷穗弯下了腰，满地金黄，你会感到那才是一个真正的流金溢彩的童话世界。收割机穿梭般行驶在田间，把一捆捆麦子拉到场上，脱谷机不停地响着。广袤的土地变得空旷苍凉，秋风飒飒吹过，吹掉了树上最后一片叶子，赤裸裸的枝条在凄婉的风中摇来摇去，像一个老女人在跳肚皮舞……农家人过起了悠闲的日子，勤快的男人把粮食归仓后，就扛着行李卷到城里打短工，挣个零花钱，而懒惰的男人就守着老婆孩子热炕头不想出门了，三五个人聚在一起，在村头巷尾搓麻将、打扑克，赌个分分厘厘的小钱，逗个红火，图个开心。日子过得平平安安，清清闲闲，那是真正的田园生活。

城里人的生活习惯和乡下人是不同的，乡下人在立秋以后，家家户户就开始忙着储存各种菜：土豆、白菜、萝卜、大葱……乡下人赶着马车或开着一辆手扶拖拉机，拉着满车的土豆白菜，沿街串巷地叫卖，粗犷的声音如风中的歌，带着农家人的希望，飘逝在城里的上空。这季节，母亲最忙碌，她要为我们腌制两三大缸咸菜。那苍老的身躯在木桶的叮咚声里摇来晃去，那双粗糙的手整天泡在凉水里。秋天过去了，菜腌好了，母亲的双手也布满了口子，流着血……我给她买一瓶护手油，她说太破费钱，有凡士林抹就行了。我说："明年不要腌菜了，市场上什么菜都有。"母亲说："那些菜不如咱自己腌出来的好吃。"春天，母亲又把缸里剩下的菜捞出来，晒干了，再上笼蒸一遍，制成非常可口的干咸菜，那是父亲最爱吃的下酒菜。来广州时，母亲还给我拿了一大袋，吃久了广州的大餐，嚼一根家乡的咸菜，耳边又响起母亲的呼唤，于是，我的心仿佛在季节的荆棘中穿行，将思念的情绪渐渐淡化在萧萧的秋风中。

秋天的内蒙古天高云淡，风清气爽。星期日，姑娘小媳妇结伴去逛商场，买换季的折价衣服。她们穿着时髦的纯羊毛衫和高档的毛料裙，脸上不再抹防晒霜，但干燥的秋风会把她们的嘴角吹裂，于是，出门时就围上那漂亮的纱巾。缤纷的色彩映衬着一张张白里透红的脸，那是真正的美丽的北方姑娘。

广州的秋天，让你在诗情画意中享受着秋的韵味，那是一种未见落叶却见花的景观，平和、淡雅，不太明朗的天空中，不时飘来一阵霏霏细雨，雨点使花儿变得更加晶莹剔透，树木分外苍翠碧绿，人们不用忙着去为冬天做准备，这里四季如春，永远温暖，买一身单衣可穿三个季，家庭主妇一直迈着不紧不慢的步子，去菜市场买一斤菜或一条鱼，再加几根葱。广州人吃东西讲究个新鲜和营养搭配，远不及北方女人大气实惠，买葱至少买几十斤甚至几百斤，足够吃一个冬天。在广州，如果不看日历，很难分辨出季节，人们的衣服也不会增减多少。

傍晚，我喜欢穿一条白色的短裙和一件无袖真丝衬衫，独自在江边徘徊。那缠绵的思绪像碧波涟漪的江水，从心底缓缓流过，眺望远处，尽收眼底的是林立的楼群、纵横交错的电线、花花绿绿的广告牌，天空被切割成一块块几何形状的图案，零零碎碎，天气很热，秋天的气温并不凉爽，阳光也不明媚，空气也不清新，雾气把一座座拔地而起的楼房罩上了一层薄薄的轻纱，宛如那变幻莫测的海市蜃楼，这就是广州的秋天，一个让人热得喘不过气的季节。

此刻，我的思绪又回到了内蒙古草原，萧萧秋风中，落叶飞舞；皑皑高原下，炊烟袅袅；湛蓝晴空里，秋雁南归，虽然满地苍凉，却是一副难得的耐人寻味的景致。

一艘游轮从远处漂来，长长的鸣笛声在江面回荡，目送那远去的大船，我的眼睛湿润起来，明年的秋天我不知道自己又会漂向何方，何时才能回到故乡，回到母亲的身边，听听她的唠叨，吃一顿她亲手做的莜面烩酸菜，再和她讲述这个永远不属于我的广州的秋天。

体验生命之轻

我坐的位置，和都城最高的那座楼形成一条平行线，低头俯瞰，灰色的群楼，车来人往的马路，汽车变小了，人也变矮了。这块高两米宽三米的大玻璃将我和外面的高空隔绝开，风从玻璃上吹过，太阳也和我微笑，但我触摸不到风的手臂，也感觉不到阳光的暖和，冬天又慢慢走来了。四周静得出奇，我像被装进了易拉罐里，三保险锁防盗门完全把我密封起来。房间的布局和情调有点日本风味：红色的木地板，榻榻米上铺着地毯，摆放着茶几，还有一套非常讲究的喝工夫茶的神雕牌茶具，但我一次也没有用过，那罐装铁观音至今没有开封。独自泡一杯苦丁茶，静静地看书，是米兰·昆德拉的《不能承受的生命之轻》，他在书中反复讲到，尼采的永恒轮回是一种神秘的想法，在永恒轮回的世界里，一举一动都承受着不能承受的责任和重负。

重真的残酷？而轻便真的美丽？我们到底选择什么？

是重还是轻？米兰·昆德拉反复提出这个问题。巴门尼德答道："轻者为正，重者为负，重于轻的对立是所有对立中最神秘最模糊的。"

此时，我好像在体验一种生命之轻，灵魂似乎浮在云中，但身子仍然要承受重负，没有空气的重压，人会飞到太空；没有生活的重压，人也不知道活着为了什么。但太重了，会喘不过气；太重了，那根支撑你站立的脊梁骨就会弯曲。但米兰·昆德拉说："负担越重，我们的生命越贴近大地，它就越真切实在。"

朋友们说我活得太辛苦，没有轻松过一天，没有像别的女人那样去好好玩一回麻将，去逛一回商城，去喝一回咖啡……我说，不仅辛苦，而且沉重。责任、义务、道德、事业，在这些无形的重负下生活，慢慢老去，一步步走向死亡的归途，这就是我生命演绎的全过程。

我想起梦飞给我的话："我活着并写着诗，我死了我的诗还活着。"也想起和朋友们探讨的一个话题："有些人活着其实是死了，而有些人死了却仍然活着。"有人说这句话太残酷，要改成："有些人活着其实活得很好，而有些人死了却仍然活着。"残酷其实就是一种重负。今生能卸掉这重负吗？没有退路，就是连回头的机会也没有了。

我希望尼采的永恒轮回是真实的。下辈子选择的时候，不要再匆匆忙忙，不要再不假思索，不要再盲目草率。作家这个桂冠很重，不是人人都能戴得起的。作家的责任和肩负的使命更重，不是轻而易举就能胜任和完成的。那么，作家的人生呢？假如尼采的永恒轮回是最沉重的负担，我们何不让自己的生命在今生去体验一次美丽和轻盈呢？

想体验一次生命之轻，体验一次美丽，但美丽很遥远，美丽是梦想，是希望，是可望而不可即的彼岸花。窗外，天空湛蓝，太阳鲜红，空气清澈，那是真正的美丽，自然的美丽，永恒的美丽，在云端之上，在九重天外……

独自品茗这杯苦丁茶……茶几上，那只空着的杯子却永远空着。

《草原》是我精神的一汪清泉

从一九七四年起，我就和《内蒙古文艺》(《草原》的前身)结下了不解之缘。那会儿，我在乌兰察布盟①察右后旗大六号农具厂当车工。业余时间喜欢看书，也爱胡诌几句歪诗。

察右后旗文化馆的田滋茂老师搞了一个文学创作学习班，会后，他又领我们几个学员到呼和浩特拜访各编辑部的老师，当面求教。首先去的是《内蒙古文艺》编辑部。在一间不算宽敞的办公室里，李玉芝老师接待了我们。当时，我拿了几首所谓的诗，还有一篇小说习作，题目是《我的小弟弟》。后来，每次翻看这些文章，常常会因其幼稚而哑然失笑。

当时的我心高气傲，真可谓没文化胆子大。但李玉芝老师却热情地接待了我。当下就给看稿子，尽管那篇文章写得不伦不类，她却看得非常认真。我惴惴不安地坐在椅子上，心里紧张极了。李老师看完稿子，就给我讲小说的整体构思、人物的塑造、"三突出原则"，我简直像听天书，心里充满了对她的敬重和钦佩。分手时，李老师鼓励我好好写，《内蒙古文艺》办刊的方针是面向工农兵，重点培养工农兵作者。这次谈话，至今想起来仍然使我激动、振奋。

一九七五年，我调回集宁。在一次盟文化局召开的创作会上，我又认识了厉燕书老师和诗人陈广斌。从这时候起，我和《草原》的接触就越来越多。

---

① 20世纪70年代的乌兰察布属于盟，2004年才撤盟设市。

光阴荏苒，一晃多年过去了，留给我最宝贵的是来自《草原》编辑的几十封信，我把它整整齐齐装订在一起，珍藏在书橱里。几经坎坷，几经搬家，但我始终把这些信和书带在身边。这些信是我步入文坛的台阶，一封封都浸透了编辑的心血和汗水，饱含着他们的期待和厚爱，信纸发黄了，字迹褪色了，但他们的形象却更加逼真地闪现在我的眼前……

来信最多的是厉燕书老师，为了那篇散文《畅通无阻》的修改，退稿七八次，我几乎失去了信心，实在不想再修改了，厉老师却在信中鼓励我："你不要灰心，要好好练笔，不要怕退稿……"她几乎是逐字逐句地给修改，耐心启发、引导。每封信都要写四五页。后来，这篇散文发表在了一九七七年第4期《内蒙古文艺》上。

厉老师虽然是上海复旦大学毕业生，但没有一点点知识分子的架子和傲气，性情非常随和，十分健谈，我把她尊为老师，也视为大姐。她来集宁后，在我那间不足十五平方米的小屋里我们尽兴交谈，谈创作，谈家庭，也谈她的小女儿，她几乎把自己的大半生精力都奉献给了内蒙古，也奉献给了《草原》。后来，她调回上海，临走时，又在信中千叮万嘱："小郝，千万不要停笔……"我非常想念她。一九八三年去南方旅游，专门去看望她。厉老师说，回上海后，十分想念《草原》，也想念那些和她交往甚深的作者。那天中午，厉老师亲自下厨，我第一次吃到那么新鲜美味的螃蟹。

还有十几封信，是已逝的吴佩灿老师写来的。他习惯用铅笔，多少年过去了，字迹依然清晰。其中在一封信中写道："小郝，从几篇作品中发现，你好像面临着创作上不能突破的苦恼，我感觉一个人的创作道路，好像一名有天资条件的运动员一样，当她进入这一事业时，会很快地崭露头角抛下一批对手，取得可喜的成绩，但若想百尺竿头更进一步就困难了。这除了自己的毅力坚持努力外，有老师指导一下会更好一点……"他知道我仅是一个初中生，文化功底很差，于是，在信中谈到让我拜访著名作家许淇老师，并将我的创作情况和许淇老师也谈了，许淇老师也愿意见我……我反反复复读着这封信，感动得热泪盈眶。

提笔回信时，我不知该说什么，感谢之类的话已经不能完全表达我的感激之情。我做好了准备，决定和厂里请假去拜见许淇老师。但隔了一段时间，吴老师又来信说：许淇去了北京，一个月以后才能回来……后来，阴差阳错，不知什么原因，我始终没有见到许淇老师。

听到吴老师逝世的噩耗，我心情非常沉痛。他在我的心目中是一位有热情、有责任感的编辑老师。他为《草原》呕心沥血，为培养文学作者耗尽了最后的气力。我写下这段往事，借以表达对他的哀思和悼念。

我保存的信中还有十几封是邓青老师写的，他总是用碳素墨水，而且是竖体字，有点老学究的气派。邓老师看了我的稿子说："秀琴同志，本想写一封长信和你谈谈创作问题，但很难写清楚，最后我们商量的结果是，抽时间去一个编辑，到集宁面谈，只是当前编辑部的工作太忙，暂时定不下日期……希望你继续努力。如果有什么新的作品，再给我们寄来。（来信要注明给我看一看。）"在这句话上，邓老师特意加了括号。我只是一个无名的小作者，能受到《草原》编辑部这样的厚爱和关注，用"三生有幸"这个词来形容，一点也不夸张。

时隔不久，李玉芝老师来集宁了。在我家里的炕上摆一张小桌，喝一杯清茶，她一篇一篇帮我修改小说稿。二十多年过去了，我依然不会忘记她的音容笑貌，不会忘记她的谆谆教诲和循循善诱。

同年秋天，我去《草原》编辑部，有幸拜见了邓青老师。他是位慈祥的长者，高高的个子，说话非常幽默，一见面就说："你就是郝秀琴？小说写得不错。"我知道这是句鼓励的话，于是，红着脸说："不行，天生是只笨鸟……"

"笨鸟就先飞嘛，你知道'习'这个字的意思该怎么讲？"

我摇摇头不敢回答。邓老师停顿了片刻说："'习'是指小鸟学起飞时反复扇动的翅膀，频频起飞的样子……"

这句话成了我的座右铭，直到今天，仍然深深地印在脑海里。

我有生以来参加的第一个创作学习班是由《内蒙古文艺》主办的。学习班为期一个月，稿子修改完毕，我们就去大寨、太原等地参观。在虎头山下，刘胡兰陵园里，我们和厉老师照了相，但遗憾的是，胶卷全部曝光了，一张照片也没洗出来。

一九八四年，我去参加内蒙古第二期文研班考试，结果名落孙山。当时十分伤心，下决心告别文坛。尽管在情感上经历了一场生离死别似的痛苦，文友们也为我惋惜，但我还是固执地一头扎进商海，跌打滚爬七八年，挣扎上岸后，已是遍体鳞伤。

也许，我的骨子里天生就有一种不安分的因素，尽管经历了千般艰辛，万般熬炼，但最终仍然贼心不死，鬼使神差地又拿起笔。

第一个接纳我的仍然是《草原》。

在众多的新老作者中，在成堆的稿件里，《草原》始终没有忘记她曾经培养起来的作者。我的小说集《参商情缘》出版后，《草原》给刊登了书讯，经谷丰登介绍，我加入了内蒙古作家协会。

在乌兰察布盟召开文代会时，我见到了已经成为《草原》副主编的谷丰登，更为惊喜的是，见到了阔别多年的扎拉嘎胡老师，我和扎老师仅仅见过一面，但他仍然记着我，温和地说："你不就是那个工人女作者吗？"我点点头，不好意思地拿出刚刚出版的书送给扎老师，他让我签字，我犹豫了，面对这么一位有名望的老作家，不敢造次，低声说："我的字很丑……"

旁边的谷丰登打趣地说："咱们又不是书法家，再丑也是你的真迹。"

我小心翼翼地在书上写了"敬请扎老师指正"几个字。临分别时，我和谷丰登老师说："能不能抽时间给我写个书评？"他沉思片刻，语重心长地说："写吧，我也一直在琢磨该怎么写，这几年你能走过来确实不容易，可以说文学害了你，也救了你。"

这句真诚、坦率、内涵深刻的话令我反思，也令我难忘。

前几年，社会上掀起通俗文学的热潮，《草原》似乎受到了冷落，但她没有去追逐时髦，仍然以独特的风姿、隽永的文笔傲然坚守着纯文学这块阵地。《草原》能度过几十年的风风雨雨，与那些长年默默坚守在编辑岗位的老师们呕心沥血的工作是分不开的。

多年来，我时刻都在关注《草原》，这块充满温馨的绿草地，是我生命中的一堵挡风墙、精神上的一汪清泉。感谢《草原》给予我的关注和厚爱。

再长的路一个人走

    旅行是人类的一种特殊活动，一种纯精神的追求，也是人类文明的体验，把自己投到大自然的怀抱里，那种山光水色、奇石异洞、流泉飞瀑、阳光海滩使得内心的彷徨、哀伤、忧虑和孤独都得到解脱。

    许多年来，我走了许多地方，看了许多风景，也感受了旅行带给我的快乐和幸福，孤独和寂寞。旅行是一种对未来世界的探索和体验。昼行夜思，白天看风景，晚上坐火车，望窗外黑色的夜空，闪闪烁烁的星星，那是和自然最深的晤对。长期旅行，领略人生的酸甜苦辣和大自然的风雨洗刷，会产生一种旅行思想，而正是这种思想决定了人的生活姿态和追求的价值观。

    人生十有八九不得意，最真实的是面对大自然，晤对大自然的真挚和伟大。在漫漫的长途中，心中会产生一种漂泊的感觉，甚至会觉得自己如一叶浮萍，无着无落。所以，旅行需要勇气、耐力，需要有吃苦的精神，能忍受孤独，还要有对大自然的热爱和探求的兴趣。这样，旅行才会带给心灵启迪，自然也会使我们无限陶醉。

    有人看山是山，看水是水；有人看山不是山，看水不是水；另一种人看山还是山，看水还是水。其实，风景之美在于它的本色之秀，黄山之美、泰山之雄、华山之险，构成了它们特有的韵致和景观。

    失意、悲观或失望的时候，去那些青砖碧瓦、雕梁画栋的古寺庙看看，给我的感觉是一种落寞、与世隔绝的宁静。在清脆的木鱼敲击声中，在香烟缭绕的大雄宝殿里，久久地凝望释迦牟尼佛像，会感到人生苦短，莫名地感叹人世间的许多无奈，许多悲伤。再长的路一个人走，再冷的夜一杯酒。

　　没有写作灵感的时候，就投到大自然的怀抱里吧，和它接吻，会激情四溅、神采飞扬。那年，我爬上泰山的时候，站在南天门楼阁上昂首天外，真是置身霄汉。望天下山辉川媚，清风拂面，我顿觉心旷神怡，有徜徉宇宙之感。再次俯视山下，顿觉头晕目眩。盘山道上，密密麻麻的人像小甲虫一样在慢慢蠕动，那奔腾直泻的瀑布、别有洞天的深谷幽邃、乱云飞渡中的苍松翠柏、喷薄欲出的红日、奇峰突兀的峭岩和浮于云中的青峰绝顶，都让我感叹大自然的神工鬼斧，感叹人类的渺小。

　　当你感到难以走过坎坷的人生之路时，就去爬一回华山吧，体验一次真正的险要和艰难。真正领略华山高峻雄伟的博大气势，享受如临天界、如履浮云的神奇情趣。"举头红日近，回首白云低"，这样的奇景，怎能不让人叹为观止？你会突然感到，人生那点艰难，何足挂齿？

　　旅行也会唤起游子对故乡更深刻的理解和思念，在广州几年的漂泊，对故乡的思念难以言说，正如席慕蓉所说："故乡的面貌却是一种模糊的怅惘，仿佛雾里的挥手别离，离别后，乡愁是一棵没有年轮的树，永不老去……"在城市里待久了，往往会迷失自己，扭曲个性，被各种礼数和框架挤压得喘不过气，于是，想赶快逃离，只有走进自然界，那种对生活的倦意才会荡然无存，才能感觉到自由，感觉到自己的存在。旅行是摆脱自我、重归自我的最好途径，让我们告别原来的生活环境，在一个全新的甚至是陌生的环境中重新确立自我，找回自信，只有在旅行过程中，你才是一个独立的人。

　　带着对人生的解脱上路吧，看天下美景能陶冶身心，大自然滋养了永恒的爱，走进它的怀抱，和它和谐相处，自然是人类的来处，也是人类的归处。在大自然中寻找美，发现美，用手里的笔再把这种古朴的原始美展示出来，这是我陶醉于旅行的一种心境和愿望。

　　起程了，让心永远飞翔，不要停下自己的脚步。

瞬间的生死体验

刚刚看完米兰·昆德拉的《不能承受的生命之轻》，时间正好是午夜零点，脑子里还在回想着那句：重便真的残酷，而轻便真的美丽吗？"咚咚咚……"突然，一阵剧烈的敲门声传来，"起了，起了！赶快往楼下走！快！快……"是一个男人急促的声音，随之是杂乱的脚步声，沉重的开门声。我拧开台灯，只穿着睡衣向门外跑去，打开三保险锁，一股呛鼻的聚丙烯味儿迎面扑来，满楼道都弥漫着烟雾，不好，着火了！我穿了拖鞋睡衣向电梯口跑去，电梯在运行，红灯不住地闪着，但本能告诉我不能上电梯，要走安全通道，但穿着拖鞋，从二十四层楼往下跑，谈何容易。"赶快穿棉衣，这样会冻坏的。"那个敲门的保安也来到电梯口，"着火了？"我的声音有点发抖。"是的，不要慌，消防车已经到了。"能不慌吗？波士名人国际公寓楼发生了火灾，我身居二十四层楼，意味着什么？头脑里马上闪出9·11事件、5·12地震、泰坦尼克号……想起了《创世纪》中所多玛与蛾摩拉的毁灭，"逃命吧，不可回头看。"罗得的妻子还是回头了，这一看，变成了一根盐柱……我还是要回去的，那里有我的电脑，电脑里储存的资料和作品是我的全部心血。我惊慌失措地跑回房间，电源、电话线已经全部切断，房间一片黑暗，摸黑走进去，连袜子、裤子也找不到，赤脚穿上了鞋子，把羽绒服套在睡衣外，把桌上的笔记本电脑一拎，跌跌撞撞向外跑去。

走廊里已经没有了人，静得出奇，烟雾在弥漫，我搞不清到底是几楼着火了，电梯还在运行，本想走安全通道，但烟雾已经把通道塞满了，呛得我喘不过气。于是又返到电梯口，但四个电梯门都紧闭着，红箭头缓慢地移动。怎么办？消防电梯也是停留在"1"不动。我想大声呼喊，但身边没有人，监控器大概也失灵了，不然，那里一定会录下我那近似绝望的样子。铃声终于响了，电梯空空的，没有人。双脚踩着那悬在空中的地板，那扇灰褐色的门刚刚关上，随之而来的是恐惧，那是一种从空中坠落的恐惧，滑向地狱的恐惧。心被恐惧紧紧勒着，喘不过气，有点窒息了，到处都是烈火烧烤聚丙烯的味道。突然，从打开的门里闪进两个年轻人，女的穿着粉红色的睡裤，粉红色的毛拖鞋，男的穿一件棉大衣，他把女孩紧紧地裹在大衣里。女孩的脸紧紧贴在男孩的胸前，男孩的手紧紧搂着女孩的腰，两人相依着，看样子也是刚从睡梦中醒来，没有说话，只是默默地相互吻着……电梯又停了，走进来的是一对老人，女人手里拿着一条围巾，男人手里拿着一根拐杖，女人把围巾搭在男人的脖子上，男人把拐杖递到女人手里，两双苍老的手紧紧抓在一起……最后进电梯的是一个穿着貂皮大衣的时髦女人，她怀里抱着一只小狗，小狗大概也嗅出了周围的气味不对，两只黑葡萄似的眼睛望着女主人，嗓子里发出一阵奇怪的叫声，"不要怕，卡西莫德……"怎么叫了这么一个名字，这只狗很漂亮啊，不是巴黎圣母院里的丑八怪。妇人的脸色很苍白，眼睛也是红红的，是刚刚哭过还是被聚丙烯的味道呛的？我突然想起米兰·昆德拉笔下的卡列宁，那只和特蕾莎相依为命的小狗……时髦女人的丈夫或者情人也许就是托马斯……

　　我们置身在易拉罐里……"恐惧是一种撞击，是彻底失去理智的一瞬间。"这是米兰·昆德拉的话，是特蕾莎的一种感受，但此时，我却也在感受，拐杖支撑着那对老夫妇，那对年轻的男女在黑暗中仍然在紧紧相依着，我有点支撑不住了，身子在摇晃，头晕晕的，小狗在哼哼，时髦女人在低声抽泣……

　　一阵剧烈的震动，电梯好像失去了控制，从高空一落到底，头一阵昏眩，耳朵也在嗡嗡响，仅仅几秒钟的时间，我仿佛走了一个世纪，紧闭的两扇门缓缓启开，外面黑压压的挤满了人。有的披着被子，有的穿着睡衣，有的拉着皮箱，大家都拥挤在一起，一个个阴沉着脸低着头，像开追悼会一样……

　　我两腿无力，瘫软地倒在地上，想做的第一件事，就是告诉我的儿子和女儿，"今夜波士名人国际公寓楼失火了，我抱着电脑跑出来……"

　　消防车停在楼外，大楼里自动警报器响个不停，哇呜哇呜的声音，刺激着我的耳膜，消防员戴着面具从眼前走过，但消防电梯今夜偏偏坏了，红箭头停留在"1"不能上升。这个开发商也是不走运气。整座楼都被烟雾笼罩着，我浑身冷得打哆嗦，手机响了，是儿子打过来的，"妈妈，你怎么样？""没事了，消防人员正在灭火。"不知为什么，有一种想哭的感觉，我自认为自己是一个坚强的女人，不会轻易流泪，但面对自己的儿子，声音哽咽了，我说："只是体验了一回死亡，这种体验也不是第一次了，上帝总是喜欢和我开玩笑。"我用一种调侃的语气和儿子说。

　　"但上帝只让人活一回，世界上妈妈也只有一个。"儿子的话令我心碎，泪水打湿了手机。感觉自己好像再没有力量来承担这种神圣的母爱和责任。上帝给每个人的生命只有一次，但生命并不属于我们自己。生一回，死一回。他不会再给我们第二次、第三次生命，他能反复给予的只是一种重负，我们无法逃脱，只能无条件地去体验他给予人类的博大恩惠，体验他的全能伟大和永恒。

　　假如今夜我被火焚烧，假如那电梯停止了升降，假如在睡梦中聚丙烯中毒死去……人生有许多假如，也有许多意外。活着其实就是一种幸福，你活着，让周围人为你感到快乐；你死了，让周围的人为你感到悲哀，也许这就是生存的真正意义。

　　天很冷，北方的冬天悄悄走来，刚刚下过的那场雪已经全部融化，寒气却逼人。我抬手捋着凌乱的头发，望着那夜空中点点寒星，还有那一弯淡淡的月……生命的摆钟静静地缓慢向前流动，午夜已过！

断腕·割腕

走进医院的那一刻，我才意识到事态严重了。大夫查看了我的伤情后说："住院吧。先押款一万，如果需要手术押款五万。"听了这话，我和儿子面面相觑。好贵呀。这一跤摔得可值钱了，白白把一万元送进了医院。没办法，此刻我才知道，原来，医院是最不能讨价还价的地方。押款、住院、治疗，这个流程是不能改变的，无论你挂的是急诊还是普通号。钱不进账，即使是生命垂危的患者，大夫也很难给你医治。

记得三十年前，住医院看病是非常简单的，从职工诊疗室拿一张处方，往医院挂号处一放就可以了，不需要个人花一分钱。现在，走遍天涯海角也不会再有那样的好事情。

武警医院属于二甲医院，条件不是最好的，但这里的大夫不收红包，对待患者的态度也好，也不用担心挂不上号。儿子不由分说便去办理了住院手续，刷卡交费，随后是拍片。大夫拿着拍出的片子，在荧光灯下仔细看了看后问我："心脏没问题吧。"我摇摇头。

"那就行，先做复位吧。"

走进理疗室，我坐在一张简易木凳上，儿子站在我身后，用手掌扶着我的双肩。

大夫拉起我的手，猛地使劲拉拽，猝不及防的剧痛向我袭来，浑身顿时被汗水湿透，我直挺挺地将身子靠在儿子的膀臂里，只觉头晕目眩，原来，有些疼痛到了极限，心理和身体是无法承受的，大夫的动作娴熟麻利，打石膏、包扎绷带……

"为什么不打点麻药？"儿子问。

"麻药影响愈合。"大夫的回答很冷静。这么大的骨科，患者断个手腕还不是司空见惯的事。

病室里横竖放着十张床，床与床之间的距离只能走动一个人，看得出，医院病室空间的利用率是非常高的，连走廊里都放着床位，挎胳膊的、拄双拐杖的、坐轮椅的，走进骨科自然都是来接骨连筋，我这类断腕者，比起他们也真的是毛毛雨了。

整整一个下午，四大瓶液体滴进了我的体内，用不用做手术明天查房后才能决定。进了医院，身体就交给了大夫。

早晨，大夫进来查房，骨科主任看了我昨天复位后拍的片子，说："再给你做一次复位吧，粉碎性骨折，就是做手术效果也未必好。"他很认真地说。

还复位？我真的没有勇气再接受那种剧痛了。

"是主任亲自给你做。"昨天给我做复位的那位年轻大夫说："你还是幸运的，不用做手术了。"

"是不是能给上点麻药呢？"

"你心脏没问题，用不着。"

是啊，心脏要是有毛病，昨天我早疼得昏过去了。

儿子搀扶着我再次走进理疗室，坐在那把简易凳子上。护士开始拆昨天已经固定好的石膏和绷带，一圈一圈……我的心开始颤抖，冒冷汗，好在儿子站在身后，他用双手扶着我的肩膀。主任拉起我这条红肿的胳膊，用足气力使劲拉拽……把昨天已经接好的骨头再次拉开，重新对接，这突如其来的疼痛钻心刺骨，让我眼冒金星，浑身每一个毛孔都往外冒汗，每一根头发都是湿淋淋的。我咬着牙，不让自己喊出声音来。接下来是固定石膏缠裹绷带……我瘫软地靠在儿子身上，意识一片空白……手机响了，是女儿打来的："妈妈……"我用一只手紧握着手机，好像抓住了女儿那双柔软的双手，这般情况下，只有自己的亲骨肉才会这样着急，这样揪心揪肺地牵挂。我不由自主地和她诉说难以忍受的疼痛，声音有气无力，甚至喋喋不休，我告诉她不用做手术了，这是不幸中的万幸，输几天液就可以出院了。母女俩似乎有说不完的话。我这次意外让儿子请了假，无论工作多么繁忙，他都统统放下了，有这样一个大男孩守在身边，心里安然而踏实，我一只手无法完成的动作都由他代替，穿袜子、系鞋带、穿衣服……有儿女真好，一生一世都会拥有一份不褪色、割不断、血浓于水的骨肉真情。

住院几天，和同室的病友熟悉了。大家谈论的话题自然是围绕各自的病情。车祸的、摔伤的、脱臼的、腰椎间盘突出的，还有两个女人是自残割腕的，其中一个躺在我对面。她两只手被绷带包扎得严严实实，说起报销医药费的事，那个陪床的男人说："我们报销不了，大夫在诊断书上已经写了自残，无法更改了。"显然，他很心疼这笔治疗费，五万元押金啊，就算钱不是问题，人还受疼痛呢。那天，大夫过来查房换药，我看见她手腕上的伤口足有两寸长，这女人对自己也够狠的。有什么难言之事不能解决呢？非得割腕？男人是个搞水电工程的小包工头，女人也纯属家庭妇女型的，看起来两口子都没有多少文化。男人每天开车过来，他说这医院太黑了，汽车停一个小时就收八块钱，他每天花的停车费就百十多。女人一听男人唠叨，就举起包扎着绷带的双手没好气地说："我愿意这样吗？"

男人不吭声了。

旁边另一个陪床的女人说："你就不应该说是自残，随便说什么都可以啊。"

"不行的，大夫看伤口就知道是怎样伤的了。"男人的口气里有一股懊恼的情绪。

"那你当初就不该拉我到医院。"女人抽抽泣泣哭起来，不住地唉声叹气……

是什么原因让她割腕呢？隐情和苦衷只有她自己知道，有时候我也说一句："再有几天就出院了。"她却说："你是硬伤，几天就好啦，我这是内伤啊。"看得出她有满肚子的委屈。这个世界千奇百怪，断腕者纯属意外，天有不测风云，人有旦夕祸福，谁都不知道在一秒钟之间会出什么不测之事，但割腕者呢？

　　午后的阳光照进屋里，有几缕落在白色的墙壁上，忽隐忽现飘忽不定。躺在床上，静静地听一个探病者和一个割腕者的聊天。她的床位距离我稍远一点，在房中央，显然是临时添加的。她安静地躺在床上，刚刚输完液，陪床的是母亲，正一口一口给她喂饭，母女俩很少对话。这位探病者却一直滔滔不绝，中心话题就是：这婚不能离啊，你要为孩子着想啊，两口子过日子哪有不吵不闹的。这女人大概在妇联工作，讲起大道理一套一套的，很明显，这个割腕者是因夫妻之间产生了矛盾。探病者是她的亲戚还是同事？看起来关系很亲近。我突然想起毕淑敏写的那篇《婚姻鞋》："别人看到的是鞋，自己感受到的是脚。""脚比鞋贵重。当鞋确实伤害了脚，我们不妨赤脚赶路！"心里翻涌着一股对这个探病者的憎恨，她已经割手腕了，难道还让她割一次脚腕吗？这个割腕者始终没说话，一脸平静，看得出她以此举表明对婚姻已经做了一个果断的了结。实际也是，鞋子已经破了，脚趾头都露在外面，这鞋子还能继续穿吗？鞋子无罪，该憎恨的是那些明知道穿鞋者双脚已是鲜血淋淋，却还要劝说、强迫对方穿着这双鞋子继续走路的人。

　　我是"断腕者"，和这几个割腕者相比，是幸运者。手腕疼，但心里却溢满了喜悦，有儿子和女儿的守候，这就让我感到足矣。其实，赤脚上路，一样会潇洒自如地走出自己的风采。那天，输完液的时候，我站在床边，让儿子给拍了几张照片，挎着胳膊，脸上带着微笑，从微信上给女儿发了一张，她说："妈妈，这般时候了，你还臭美？"我笑笑说："虽然人生时时有不测，事事有不顺，但处处都有风景。"

　　明天，我要好好化个妆，喜迎那轮冉冉升起的太阳。

第九辑 /

相依故土

一盘热炕／我梦的方舟／一壶清茶／氤
氲着久别的乡愁／故乡啊／在这样一
个静美的夜晚／我躺卧在你的怀中／
在长街小巷的故事里／让我的童心自
由放牧

——琴子小诗《今夜，让童心放牧》

抹不去的记忆

出生之地，是一个人的生命之根。

隆盛庄的那条河，那座山，那香烟缭绕的南庙，那岿然傲立的台墩，那昔日繁华的马桥，都不能从我的记忆中抹去。

隆盛庄被冠名为"中国历史文化名镇""中国传统村落"，实至名归啊。在这块人杰地灵、文化底蕴很深的古镇里，从清乾隆三十年，清廷设庄，定名隆盛庄之后，就人才辈出，尤其是民国初期，一些从隆盛庄走出去的文人学士，如全玉美、全文炳、段士英、张世廉、班廷献等，他们是隆盛庄的文化先导者，创建了隆盛庄的第一所公立小学，为培养隆盛庄的后代人起了决定性作用。有了文化，才有了古镇的繁荣和昌盛；有了文化，才有了走向世界各地的隆盛庄人；有了文化，才积淀了古镇百年不衰的历史。相反，无知愚昧、固封自守会摧毁一些更加缤纷灿烂的美丽，比如一座村落、一种文明。

众所周知的是，隆盛庄以商贸为基础，是一个典型的旱码头，从乾隆十三年被招垦种地的农民开始，就形成了初具规模的隆盛庄定居。后来，逐步有许多走口外的人，从忻州、崞县等地，徒步跋涉来到隆盛庄落脚，在这块南接内地、北依草原、东靠双台山、西邻西河湾，得天独厚的风水宝地上，他们崇尚勤俭，垦荒种地。有了足够的土地，就有了粮食，有了最大的粮油米面加工的陆陈行，有了各行各业的小作坊和从事各种手艺的能工巧匠，有了敢于闯天下走草地的男人，有了勤俭持家相夫教子的女人……于是，商贾南来北往，店铺林立，人流如织，隆盛庄成了闻名遐迩的商业重镇。

　　"要想富，买卖带庄户！"这是当时隆盛庄人提出的致富口号，于是，许多买卖商铺字号，挣了钱先买地，有了地心里似乎才踏实，在那春种秋收的季节，原是一片荒芜的土地，在勤劳的隆盛庄人手里，已经变成了一片田园风光。春天，耕牛在犁地，牧童在放羊，西河湾的水哗哗流淌。秋天，五谷丰登，粮谷满仓，真是满地黄金甲，香气袭隆庄。

　　隆盛庄难道真的在人们心中沉沦衰落了吗？不，被誉为小犹太族的隆盛庄人，如今，虽然大部分人都远离了隆盛庄，但根在那片土地上，心系故乡，对隆盛庄的热爱和牵挂是不容置疑的。恢复古镇的本来面貌也是不容迟缓的，祖祖辈辈家族的寄托和期望由我们来承载。那一天，当我走进隆盛庄镇政府，和两位年轻的镇领导在一起交谈的时候，他们大胆地提出恢复古镇的设想和方案。这一页，镇领导班子已经牵头翻开；这一页，也是多少隆盛庄人渴望看到的；倘若这是我们今生不遗余力要做的一件事，也只有在这一页上，记下我们曾经为古镇所尽的一点点微薄之力。

　　在长篇小说《倒流水》的开笔仪式上，来自各地的隆盛庄游子都相聚古镇。故地重游，感慨万千，走过马桥，走过南庙，走过西河湾，突然发现，一直保留在记忆中的那些儿时的美丽画面，已经被时间涂上了一层晦暗的颜色。清澈透明的西河湾，郁郁葱葱的绿草坪，蒲公英、车前草、牵牛花，已经被一片黄沙掩埋。台墩变小了，宛如一位栉风沐雨的老人，完全失去了昔日的威严神气。站在那残垣断壁的城墙下，我沉浸在远古的追忆中，越过千年的距离，拾起那散落的碎片时光，我总是试想着向天下人讲述那个百年古镇的故事，那六条大街、五十一条小巷，那四合院、圆拱门，那一砖一瓦、一椽一木，那拴马桩、石碾盘、古井、辘轳，那北阁儿、南阁儿、东阁儿，那南庙、北庙、五道庙，还有那上三元的干货、缸房的米酒、轰动方圆百里的六月二十四和四月八庙会……隆盛庄人讲隆盛庄的故事，如数家珍，三天三夜又怎能讲得完？曾经有一部流传甚广的《隆盛剑侠记》，说隆盛庄人能说会道、出口成章，骨子里天生有演绎故事、编排顺口溜的才能，曾经出现过类似瞎德子那样多才多艺的民间艺人，也曾经有过远近驰名的鼓匠红利和肖有财。院士、举人、秀才比比皆是。"倒流水，出人才。"说的就是隆盛庄人才辈出。隆盛庄风水硬，人也硬，宁折不弯是隆盛庄人的秉性。让隆盛庄站在历史的前沿的是南来北往的贸易纽带和商业重镇。穿过历史的尘烟，只为寻找那份对家乡真挚的眷恋之情，那份舍弃不掉的思乡情结……

"少小离家老大回，乡音无改鬓毛衰。"如今，从小镇走出来的人都已经鬓发斑白，再次走过马桥，走过西河湾，走过台墩，站在那翻着泥浪的土地上，呼唤着那个在岁月的长廊里渐行渐远的隆盛庄，呼唤那悠然古朴的一景一物和静穆之美。弹指间，回望尘世凡间，无论是几十年的人生还是几百年的文明，原来只是白驹过隙。可不，双台山依旧，台墩依旧，西梁头依旧，永远不改变流向的西河湾依旧，隆盛庄在百年间孕育的深厚文化底蕴不会失传，隆盛庄人那种刚正不阿的秉性不会改变。

写一部隆盛庄的书，我责无旁贷，因为我是土生土长的隆盛庄人。隆盛庄人现在大部分已经离开了隆盛庄，隆盛庄人遍布世界各地，我会追踪他们的足迹，聆听他们讲隆盛庄的故事，这是我文学创作的回归，也是我力求做好的一件事。在采访期间，无论我走到哪里，都得到了隆盛庄人的支持和关注，那种热情和凝聚力，让我再次领略、感受到，倒流水人啊，永远是硬气、霸气的。倒流水，生生不息、源远流长也是必然的。

马桥·街

隆盛庄有六条主街，大南街、大北街、小南街、小北街、大东街、大西街。大西街是个窄而短的豁口，解放初期，当许多匠人逐步离开隆盛庄后，随着西门的拆除，大西街的门脸铺面也被拆得所剩无几。后来，人们把那个地方俗称为西巷口。隆盛庄繁荣昌盛的时候，字号店铺一家紧挨一家，从大北街排列到大南街，足有二里之长。大东街延伸到三岔口一直到城东门。大北街再往北是一里路，一里路往北就是五福屯大桥。小北街是回民居住的地方，礼拜寺巷有清真寺，那是伊斯兰教的象征，也是回民围寺居住的标志。

隆盛庄分别有六个城门，东阁儿、南阁儿、北阁儿、西门、塞北门、小南门。厚重的城墙把这六门连接在一起，把小镇围成一个有自由意识的独立王国。城门、城墙、烽火台这些古建筑象征着这座小镇的安全和完整。那时候，盘踞在城外饮马沟、双台山、八台沟一带的土匪，一直对隆盛庄虎视眈眈，但有商团一直在看护和守卫小镇，所以土匪只能在隆盛庄附近的村落骚扰抢夺。于是，四美庄、东八号、西沟子等周围几百个村庄的有钱人家为了躲避土匪，也经常进城居住。隆盛庄，一切核心设施在商务会的安排和掌控下，都是那么井然有序。这不禁让我想象到在这座小镇理应发生的各种活跃的贸易场景，想象镇里每一位普通市民生活的安详和惬意。

六条大街以马桥为纽带和中心，逐步向东西南北延伸，和六个城门相接，形成一个独立而完整、祥和而繁华的小城镇。隆盛庄十字街最早叫马桥，马桥本无桥，只是一个牲畜交易市场。每年从腊月小年开始到第二年的二月二，是马桥最热闹的时候。在大库伦、西苏旗、东苏旗走草地的人都回到家乡，他们从草地带回来的牛、马、羊，都要经过桥牙的手，在马桥进行交易，各地的大商客也都聚集在马桥，进行牲畜和货物的交换、货物和货物的交换，最忙的时候，牙纪都有几百人，马桥市场的繁华可想而知。

如今，马桥上保留得最完整的是那几根拴牛马的石桩，在百年时光的消磨中，几乎没有任何损坏。站在石桩前，我想象着在它身上发生过的故事。当年的繁华和兴旺已经是过眼烟云，那条由它连接的通往草原深处的商贸古道，已经被铁路、公路代替。那些云集在石桩前的桥牙、炭牙、提盒的、卖艺的、说书的、站街的人怎么也想不到，一个繁华的小镇怎么会衰落得如此彻底。

"张皋隆盛庄，爬场好地方。"隆盛庄是养穷人的地方，外地人来隆盛庄，只要勤快肯吃苦，用不了几年就都会发迹，比如卢富财从山西忻州过来，光绪年间在隆盛庄担挑子做小买卖，从走街串巷发展到有了正栏柜铺产，有了自己的四合院和卢富财巷子。再比如绰号叫赤脚老财的张连科，从山西讨饭出来，一年四季很少穿鞋，冬天用牛粪暖脚，后来，当了牲畜交易的牙纪，凭着他的好信誉，在桥牙这个行当里有很高的威望，最后有了钱，也有了自己的四合院。细细数算，隆盛庄多数老财是因为生活所迫从口里逃荒到口外，在隆盛庄落脚。他们走口外恪守着三句话："穷了不回家，发了不回家，死了不回家。"他们凭着信誉和道义，只要不是过分懒惰或过分愚蠢，就能挣得一份体面的生活。马桥，一座让隆盛庄人走向富裕的桥，马桥，也给了隆盛庄人更多的实惠和体面。以马桥为纽带的隆盛庄商人，都有极强的凝聚力，他们不希望镇子里的事由别人横加干涉，于是，有自己的组织——商务会和商团，回民有聚警会。每天晚上，四个城门由商团把守，土匪想进镇子里抢劫，也不是容易的事。商务会是隆盛庄商贸活动的最高权力机构，隆盛庄的各种活动都由商务会出面策划组织。当然，商务会会长也是镇子里德高望重的人，没有一定的经济实力和威望是不能胜任这个职务的。

马桥演绎着隆盛庄几代人的故事，马桥也是隆盛庄传播信息的枢纽，许多惊天动地的事都在马桥发生。土匪王兰根的头被摆放在石桩上，田三虎锹劈任兰梅的公判大会……还有在马桥常年摆钉鞋摊的二拐子，大搜捕那年，被抓了典型，直到枪决公审的时候，人们也不知道他究竟犯了什么命案。隆盛庄稀奇古怪的事很多，写不完说不尽。马桥有常年说书的人，对于《三侠五义》《水浒传》《西游记》《杨家将》等，那些游手好闲的站街人，都会信口说几段。这些小人物小故事不断形成了一种具有隆盛庄特色、极为活跃、极具生命力的市井文化。

马桥是隆盛庄人闲暇时候最喜欢逛的地方，小时候，我感觉马桥很大，和母亲一起上马桥，先逛正栏柜，再逛西栏柜，然后，转到东栏柜。东栏柜是一座具有古典风格的欧式二层小洋楼，那座楼在我的眼里是何等的富丽堂皇，站在楼上，看车水马龙的街景，听高高低低的卖东西的吆喝声……马桥最热闹的时候，是隆盛庄几个大的节日，"正月十五""四月八""六月二十四"，这三大节日把隆盛庄的民俗文化的呈现度推向了巅峰。这三大节日，也是隆盛庄的招牌文化，许多有趣的往事，总是时不时冲击着我封尘的记忆，比如那个身穿长袍、马褂，头戴黑缎瓜壳帽的拉西洋镜的老先生，一边敲铜锣，一边用手拉着一根长长的线绳，悠长的京腔在街头回荡："往里瞧，往里看，看看北京的天安门、万寿山、金水桥、颐和园……"我禁不住那个黑匣子的诱惑，总会把仅有的几分钱掏出来看一次西洋镜。西洋镜，让我眼界大开，原来，外面的世界很大，我生活的地方很小。

马桥的西南角还有个电影院，这座高大的房子里能容得下几百人，一排一排长条木板凳，地面没有坡度，坐在前面的人总会挡住后面人的视线，于是，后面的人就站着看，再后面的人就蹲在板凳上，更后面的人就干脆站在板凳上。看电影，成了我小时候的最大奢望。镇子里能有这么一个电影院，自然也是许多年轻人向往和常常出入的地方。那时候，一张电影票只卖五分钱，为了看电影，我常常和母亲一起去三道沟割草，卖了草，只为挣一张电影票钱。

马桥很小，但马桥却有着一段悠久漫长的历史，这是一段不能遗忘、值得后人去翻阅的历史。隆盛庄没有马桥就不能称其为古镇，没有马桥就形不成走草地、拉骆驼的旅蒙商业。没有马桥，隆盛庄也没有当时的繁华和昌盛。

　　此刻，我站在西巷口，举起相机，镜头长久地停留在任何一处近景上，双脚不由自主地再次在马桥移动，不时举目向空，想安静地想想那个遥远的隆盛庄。隆盛庄，无论你怎样衰落，我心里依然揣着小时候的那份天真，一股强烈的使命感让我去实现心中那个宏远的构思。我不愿意把故乡的人文地貌、风土人情、民俗民风当成我作品里的某一幅插图，我只是觉得，从隆盛庄走出去的无论是画家还是作家，高官还是平民，永远都是故乡的儿女，为故乡尽本分是种责任和义务。多少年以后，当我们的后裔再回到这块故土，希望马桥不再是现在的马桥，古镇也不再是现在的古镇。

六街·五十一巷

　　隆盛庄，五十一条小巷，你记住了哪一条？从小在隆盛庄长大的我，真的没有详细数算过隆盛庄究竟有多少条巷子。拜访阎桂山老先生的时候，他特别强调说："隆盛庄是六门五街四十巷。"但赵高瑞却说："隆盛庄是六门六街五十一条巷。"他说这是经过实地考察的，而且给我发来一张隆盛庄地图，细细数算，就是五十一条巷，其中还不包括那条不太文明的拉屎巷。真没想到，隆盛庄竟然有这么多的巷子，从隆盛庄的巷名就可以看出隆盛庄古镇文化底蕴的深厚。

　　隆盛庄的巷子，有的弯弯曲曲，有的幽深窄长，有长有短，有宽有窄，岁月的痕迹留在每一条巷里，生活的情趣、美丽的传说都给古镇平添了一层神秘的色彩。一条巷子就是一段历史，一条巷子就潜藏着一个动人的故事。在那张铺开的隆盛庄地图上，巷子如许多形状不同的几何图案，那些纵横交错的线条镂刻着隆盛庄从鼎盛到衰落的曲折历史。当你随便说出一条巷子，隆盛庄人就会给你讲出许多美丽的传说和新奇的故事。隆盛庄有着悠久的传统文化，小北街礼拜寺巷有清真寺，洋堂巷有天主教堂，四老财巷李芳大院设立过女子学校，张广旺院有基督教堂，大北街还有万国道德会。抗日战争时期聂荣臻同志率领部队曾在小北街忠义巷暂住，四老财巷张世廉大院还有旅游业的工会组织。

　　人是群居动物，巷子给人创造了一种有秩序的居住场所。和谐、安详是每个隆盛庄人追求的生活状态，每条巷子的背后隐含着他们内心深远的希冀和期盼，图吉利求平安，家和万事兴，于是，有了太平巷、如意巷、吉祥巷、五福巷、同和巷、忠义巷、清明巷……

隆盛庄每条巷的名字都有起源和由来。希望生意兴旺、日进斗金，就有了元宝巷、德隆巷、恒隆巷、隆盛巷……以个人名字命名的巷子也很多，四老财巷、三老财巷、后三老财巷、卢富财巷、四阴阳巷、寿三狗娃巷、牛老四巷……还有一条和恒隆店对着的小巷，叫拉尸巷，据说是在民国年间，隆盛庄发生了大瘟疫，所有的死尸都要经过那条巷拉出城外。后来，人们感觉拉尸巷这个名字晦气，就改叫拉屎巷了。

卢富财，原名叫卢银功，光绪年间来隆盛庄做小买卖，担着货郎担卖针头线脑，走街串巷许多年。民国年初，发迹后的他置办了马桥的正栏柜和四合院，并把居住的那条巷命名为卢富财巷。他当过商务会长，也被土匪请过财神，但英年早逝，仅仅活了四十五岁。他死后，家境逐渐败落，所有的房地产都被两个儿子卖得精光。卢富财巷的四合院也几经转手，最后让赤脚老财张连科全部买了下来。许多年以后，张连科的三个儿子齐心合力把四合院做了一次彻底的修缮，现在的张家大院谈不上多么气派，但精致，也古色古香，红梁柱绿窗户，这种风格和隆盛庄古院落的格调相比，少了一些厚重感和古文化的韵味。但不管怎么说，隆盛庄总算有了一座修复后完整的四合院。如今，这条巷子里住着三户人家。巷子仍然叫卢富财巷。经过近百年的岁月淘洗，这条巷子仍然沿用着卢富财的名字，但万贯家财的他留下来的也仅仅只是一个巷子的名字而已。

有的巷子是以地形冠名，如棺材巷、穿行巷、大巷、辘轳把巷、长巷，听这些巷子的名字，就想去这些里面逛逛。大巷是一条最长的巷子，居住的人家多，老财、名人也不少。走进巷子，推开任意一家的大门，跃入眼帘的是照壁，上面吉祥如意的砖雕图案，寓意着院内主人的富有和高贵。

还有一条就是四老财巷。中华人民共和国成立后改名为一峰巷，"文革"时期叫前进巷。有人说四老财巷的由来是因为巷子里住着四个老财，也有人说是因弟兄两人做生意发迹后，分别住在两条巷内，于是就有了四老财巷和三老财巷。

四老财巷是隆盛庄财主集中居住的地方。四老财巷为东西方向，长不足一里，宽也只能并排走两辆牛板车，车道两旁是两条很深的水道，每家的街门前，一根根石条横在水道上，形成一条平展展的路，直通院内。无论下多大的雨，水都会顺着水道从上头巷流到下头巷。

圆拱大门两旁都有讲究的石头狮子和门当，但坐南向北的小街门外，一般只放两块平展展的青板石，也叫上马石。这石头，一是寓意时来运转，二是为了饭后茶余供人们纳凉，三是骑马时，登上石头，便可上马。夏日的傍晚，巷子里的人都会坐在街门口，女人手里拿着针线活，男人嘴里含着旱烟锅，谈论着镇子里发生的趣事，兴致来了还吟唱几声山西梆子。其实，四老财巷的老财何止四家，巷子坐北向南的大门基本是圆拱门，坐南向北的都是小街门，从两边的门面就能看出院内主人的身份。可以说，一条小巷，居住着很多身份不同的人。

细数四老财巷的老财，除了张广旺、张士廉、张根厚、张成业，还有袁友昌、段宗渊、刘恩义，还有开富聚成京货铺的李芳、吴二，还有数得上的富户赵孝廉、段金元。

土地改革的时候，袁友昌被划成地主成分，大院也被群众分了，刘恩义的大院被团结七中队占用了，段宗渊回到了二道沟劳动改造，张士廉大院做了旅游业工会。于是，四老财巷流传着一句顺口溜："白发财是空的，老财灰是真的。"

我们家一直住在张士廉大院的小套院里，一座青砖灰瓦的四合院，那是我童年时候非常留恋的地方。最值得记忆的是巷子里住过许多有名的老师，张书绅、杜茂荣、段广发、陈德恩、孙汉臣、段连生、段生财、张国富、王玉英、王志鸣、张志忠……四老财巷的小人物有画匠卢二娃和他的儿子卢富贵，卖五香豆的薛二，看巷门的海云儿，有孙天龙、卜仙虎、大官、二官，还有演绎了一场轰轰烈烈爱情故事的段孝礼。

隆盛庄的每一条街巷，演绎了近三百年古镇的兴衰历史。从穿过那坑坑洼洼的泥土路，仿佛又看到一个市井繁华、安居乐业、礼尚往来、民风淳朴、商货兴旺、车马穿梭的塞外"小北京"古城。

一条渐去渐远的河

　　隆盛庄最初被称为"隆盛淖尔"，淖尔是蒙古语"湖泊"的意思。我在想象几百年以前第一个来到隆盛庄的人，他是在怎样疲惫干渴的跋涉之中奔向那一洼清泉的，这丽山秀水、清泉绿野一定让他神醉情驰，于是，借明净的水色洗净疲劳，驻足倒流水河畔，为自己搭一个草窝，开始了他的勤劳耕作。一洼清泉、一条河水、一座青山，靠一己之力，足够张罗出一个美丽的世界。后来，有了大批的垦荒者，有了女人，有了孩子，日出日落、鸡鸣狗叫，有了院落、街巷、边墙、城门、庙宇、台墩，有了马桥、商铺，有了南来北往的商贾。于是，有了隆盛庄这个神奇的小镇。

　　水，是隆盛庄这一方人生存的根源，因为有水，隆盛庄沃土广衍，良田万顷，由于清朝政府对垦荒政策的宽松和优惠，所以，四面八方的人向小镇涌来。以隆盛庄为轴心，形成了规模宏大的粮食贸易市场，有陆成行、懋盛店、恒隆店、巨丰店等大大小小十几家粮店。因为有水，隆盛庄的一天一地，都被铺成一幅天然国画，气候湿润清新，空气明明净净。曙光映衬下的双台山蜿蜒起伏，与阴山相接，平缓的山势成为隆盛庄的天然屏障。很有气势的夕阳映照下的西河湾，水波粼粼，绿草青青，从南流向北的这条河水啊，在嫣红的光波中尽显妩媚。这是隆盛庄的母亲河、生命河。它使隆盛庄这个古镇更加鲜活丰盈，天地充实，人杰地灵。

　　水，滋润着隆盛庄人，也是这一方人丰富的资源。因为水质好，隆盛庄有出名的缸房，酿造酒和米醋，磨豆腐，生豆芽，做各种干货，还有隆盛庄月饼，回民人烙的焙子、麻叶、油饼儿，有味道一绝的荞面饸饹……隆盛庄的女人都会做米酒，也会生豆芽，过年的时候，家家都要生一罐豆芽，够一个正月吃的。隆盛庄的女人都会熬粉浆稀粥，那是我小时候常常喝的粥，母亲在粥里放几粒糖精，那粥的味道酸酸的，甜甜的。过去隆盛庄的粮行都卖磨好的粉浆，一分钱一瓢，足够全家人美美地喝上一顿。后来，从隆盛庄走出来，再也没有喝过粉浆稀粥。故乡的美食很多，总是让我百吃不厌，也许，这就是存留在舌尖上的细腻乡愁。

前几天，一个网友在微信上和我说，他就是倒流水的发源地南泉子人，他说南泉子的水清澈甘甜，用那泉水点出的豆腐，鲜嫩可口。我和他聊天说，南泉子菜园里还有紫皮蔓菁，又甜又脆，每年秋天，隆盛庄家家户户都要腌一大缸紫皮蔓菁，那是我童年时候常吃的咸菜。现在，南泉子的泉水接近断流，隆盛庄井里的水没有了，西河湾干涸了，就是那个东八号海也早就变成一片盐碱地。据说农业学大寨时填海造田，动用了许多劳力，硬是把好端端的海给填了。小时候，我常常和母亲一起去东八号海扫土碱，记忆中的东八号海是我见过的最大的海，赤脚踩着泥浪，手里摇曳着几根蒲草棒，在海边快乐地奔跑，银白的蒲草花肆无忌惮地蔓延飞落，一叶孤舟，满眼碧波，曾让一个充满梦想的小女孩发呆……许多年以后，我依然清晰地记得那片海，记得那只在海中漂荡的小木筏。

隆盛庄的地下水位很浅，家家户户的院里都有一口井，小镇有个习俗，都不喜欢外人到自己的院子里挑水。小北街居住的回民更讲究，汉民是不能随便去他们的井房的。有井有辘轳就有井房。井房有的盖了顶，有的没有顶，没盖顶的井房就在井边栽种一棵杏树。春天，那蛰伏了一冬的绿色即将破土，井房周围也是绿草青青，如梦般点缀在枝头的杏花，片片花瓣随风而飘，飘飘洒洒，有几片飘入井内，汲水时，偶取几片花瓣，清香四溢，春意浓郁，人面杏花相映红，煞是好看。

因为有水，家家户户院子里都种满了花果蔬菜，每天，院里的人就从井里汲水，辘轳吱吱响，那井里的水好像永远汲取不尽，一根长长的斗绳，在辘轳上绕了一圈又一圈，水汲了一桶又一桶，院里的黄瓜、豆角吐丝了，顺着房檐往上爬，葫芦、番瓜开花了，圆头圆脑的果实爬在蔓上，还有那一片海娜花，开花的时候，母亲总会捡拾许多花瓣，给我染红指甲。这世间真美，似乎所有的色彩，都浓缩在这个小菜园里。

隆盛庄，每一个节气都会给古镇涂上一层神秘的色彩。每年五月端午那天，家乡的男男女女都要到西河湾洗脸，河水不仅能洗掉脸上的残色斑点，而且还不招惹虫蚊叮咬。端午洗脸是一件很神圣庄严的事，洗的时候，必须在端午早晨太阳未出之前，不能说话，安静地到西河湾。于是，每逢这天早晨，天蒙蒙亮的时候，院里的几个婶婶就开始挨门挨户敲玻璃窗，我和母亲赶快穿好衣服，大人小孩结伴向西河湾走去，在路上有人忘记了，突然开口说话，大家就都忍不住哈哈大笑。晨光里的西河湾，平时蛙鸣声声，这天却异常宁静。"疥蛤蟆躲端午"，据说在日出之前抓到的蛤蟆，是一种非常珍贵的药材，蛤蟆大概也知道这天是自己的劫难之日，都躲起来避难，人们很难抓到它们。端午的西河湾水静静地向北流淌，大家尽情地洗脸、洗头发，我们一群孩子都把裤腿挽起来，赤脚在河里跑来跑去，水花四溅。手里提一个小水桶到上游抓蝌蚪和小鱼，捧着几条得来不易的小鱼或者几只小蝌蚪搞得一身泥水，母亲的一顿呵斥并不会影响我们的兴致，我们继续在河边拔艾草、地茭茭。地茭花晒干了，母亲会给我做一个漂亮的香袋，要不就把地茭花放在毡子下，夹在皮袄里，蛀虫闻了就会死掉。许多年以后，那逝去的岁月，那星星点点的往事，当我无意间再提起时，却发现原来是记得那么牢。

隆盛庄的夏天，鲜花盛开。女人们到河边洗衣服，这里是她们聊天拉家常的地方，河水哗哗地流着，小鸟叽叽喳喳地叫着，小树小草绿叶片片，花儿也争芳斗艳，都在努力地生长。钱串串、蒲公英、喇叭花、金盏花，连那狗尾巴花都不甘示弱，摇头摆尾地吐丝开花。西河湾是隆盛庄女人们快乐的天下，响亮的笑声、清脆的槌衣声、孩子们无拘无束的嬉闹声，让这条河充满了活力和朝气。

隆盛庄的长寿老人很多，我去拜访九十一岁的刘金魁老人时，他正骑着一辆老式二八大梁自行车从马桥回来，在巷口我们见面了，老人自如地跳下自行车，热情地邀请我们去家里做客。一盘小炕，一杯清茶，我和他随意聊着，他过去是隆盛庄机械厂的铁匠，一辈子打铁，一辈子没有离开过隆盛庄，日子天天是老样子。让我吃惊的是老人那硬朗的身体，于是采访换了一个话题，谈养身和保健。他哈哈一笑，说自己从四十岁开始，就每天早晨到西河湾练拳，他边说边比画了几招。他告诉我，最主要是隆盛庄的水土好，早晨到西河湾走一遭，就会感觉神清气爽，身体内天天吸取天地精华，才是健康长寿的真谛。隆盛庄还有百岁老人高云，去年还登上了苏木山顶峰。水，注定了一方人的寿命。但这个秘密，只有久居其中、了解每一位长寿老人的故事的人才能知道。我又在设想，如果在隆盛庄建立一座新型的老年公寓或者疗养院，地理环境也许并不比广西的巴马长寿村逊色。

古镇隆盛庄，当我再次行走在百转千回的长街小巷，在岁月的长廊瞩目凝望，突然发现，你仍然是那样与众不同。燕子回时，水流花开，我好想在这最初的地方，永远凝望着你。

台墩·隆盛庄的文化符号

我不知道

你原来是一尊神

我只是你颈项的一粒黑痣

你满身雕刻着岁月的沧桑

在汉雨唐风中行走

这应该是

几百年后的一个傍晚吧？

在落日里你我邂逅

我捧起一堆往事

梳理着对你的记忆

并无数次渴求

在深秋的梦里

共同拥有金黄的意象

哪怕一棵消瘦的树

事实上

什么也没有

除了影子

就是那条坑坑洼洼的乡路

于是

我把身体拉成一个叹号

写下那少有的孤独

还有你等待我的那份情愫

关于台墩的史料记载，我翻了许多书，看到的也仅仅是留在隆盛庄东山角那块碑文的内容："大明洪武二十九年（一三九六年），岁次丙子四月甲寅吉日，山西行都指挥使司建筑"。

石碑上究竟还写了什么内容，我不得而知。从我记事起，就知道隆盛庄的东门外有个台墩。从碑文的年限算起，台墩已经有了六百二十多年的历史了。几百年的日月轮回、斗转星移，台墩仍然守候着隆盛庄的每一个清晨和夜晚。它的土质、建筑结构以及历史价值，是值得后人去研究探讨的。

隆盛庄不大，从马桥到东门也没有多远。在镇子里待腻了的孩子们，就想往城外跑，于是，东门外的台墩，西门外的西河湾，成了儿时我们常玩的地方。顺着城东门走出小镇，一眼就能看见台墩。台墩孤零零的，周围没有任何建筑物，是一片不太平展的空旷土地。春天，我们在圪塄上拔辣麻麻、挖苦菜；夏天，就钻进满眼碧绿的庄稼地里，摘豌豆、毛豆荚荚，在黍子地里打买买（菌核），吃得嘴角、牙齿都是黑的。看田人的一声呐喊，吓得我们一起往台墩下跑。台墩在我眼里，总是涂着一层神秘的色彩，站在洞口，心里总会隐隐产生一种莫名的恐惧感。于是，我从来不敢到台墩里面。有人说，台墩里供奉着大仙爷，也有人说，里面住着狐狸精。后来，有一个人在台墩里上吊死了，我就更不敢进去了。但镇子里有许多胆子大的孩子还是把台墩当作他们的探险之地。

六百二十年在人类文明不断进化的长河中，只是瞬息之间。但对于隆盛庄来说，也算得上一段悠久的历史。庄子曾云："人生天地之间，若白驹之过隙，忽然而已。"

台墩是隆盛庄的标志。台墩是独一无二不能复制的，许多古迹可以重建，可以修缮，但台墩不可以，你无法给台墩加一筐土添一块砖。如若不合情理地去将它改造，那纯粹就是对它的亵渎和不敬。在许多人的眼里，台墩是烽火台，但你走遍天下，见过有这样的烽火台吗？史料上也只是记载了台墩的建筑时间，其他事情也都是后人的推断，台墩是守边台的戍卒居所还是朝廷马夫的栖息之地？在采访贾来天先生的时候，他提到，清朝的时候，隆盛庄、太仆寺这一带是朝廷的军马场。那么，在那万马奔腾的无垠草地，台墩担负了一个什么样的历史角色？

台墩正面有六个长方形的洞，下面并排四个，上面两个，是当年的窗口还是专用的通风道，已不得而知。有了这六个洞，台墩里面至少有足够的阳光和充足的空气。台墩的周围一马平川，那就是说，如果站在台墩顶上，可以一眼望到几十里以外地广人稀的边塞大地。明朝时期，那些来自北元的战马铁骑，只要一踏上这片土地，自然会暴露无遗。一个幸存了六百多年的台墩，见证了隆盛庄的繁华和昌盛，也见证了这一方人悠久的文明和文化。

隆盛庄台墩没有一点点人工粉饰和雕琢的痕迹。就是今天的台墩，周围还是杂草丛生，很原始也很荒凉萧条，有种无人问津的败落和孤寂。顺着一条陡峭的小路可以爬到台墩顶上，那里有一条向下延伸的小径，直接进入台墩里面。从下层到上层，原来是土台阶，但多年来经人们的踩踏，已经变成一条倾斜的滑坡。我在想，几百年之前，为什么要在这里建立这个台墩？古代人但凡动土，首先要看风水，尤其是建筑台墩这么浩大的工程。由此我联想到，建筑台墩的时候，台墩是不是在衔接一段被中断和淹没的古文明？因为历史未必都能延续，古文化也有断层。不然，后来人怎么能在台墩周围挖出汉代的瓦片和陶片呢？有人说台墩是为了防御北元骑兵的侵略而建造的，这里曾经是边关的军事要地，台墩为了驻兵，也兼烽火台的作用。还有人说台墩是明长城的一部分，残留的台墩应该就是个烽火台。

台墩的土质非常硬，据考证，建筑这样浩大的工程，必须把煮熟的米汤或者红糖水倒入泥中一起搅动。这么庞大的一个台墩，得需要多少米汤和红糖啊，耗资这么大，建筑一个土结构的台墩，究竟是派什么用场？如果说当烽火台用，我想，当初建筑的时候，外形应该和其他的烽火台大同小异，至少也是砖瓦结构。何必造这么一个土墩呢？

清末民初，是隆盛庄最繁华的鼎盛时期，有完整的城墙、城门和巷门，但后来，这些城门、巷门相继被拆毁。走在这个破败的隆盛庄，看看那些残缺不全的街巷，确实让人难过、惋惜也凄伤。台墩能够保留下来，与它的特殊材质有很大的关系。在采访隆盛庄王璧辉老先生的时候，他说了一句实在话："台墩没有椽檩，要是有椽檩早就被拆毁了。"是啊，隆盛庄的四个城门被拆毁了，几个庙也被拆毁了，四合院、照壁被拆毁了，南庙能保留下来，是因为被隆盛庄中学一直当学生食堂占用，否则，也在劫难逃。隆盛庄经历了多次大的动荡，反而是这个一直被人们看不上眼的台墩，幸运地留存下来。假如台墩是土木结构，或者是砖瓦结构，可能早就沦为废墟。而台墩毫不在意人们的冷眼，几百年过去了，一直是这样默默地坚守在东门外……以台墩为轴心，延伸到西梁头、红砂坝，一里路的边墙早已经被岁月铲平，有的地方只残留着一条土圪塄，昔日韩参将的坟墓也早没了痕迹。

韩参将驻守台墩，老一辈隆盛庄人差不多都知道，当时，台墩就是他居住的地方。那天，去拜访吴秉仁先生的时候，谈起台墩，他也是津津乐道地说："台墩里面是上下两层，下层三间是参将的办公室，上层三间是参将儿女住的。"他的话有无依据，我没有过多地追问。他还告诉我，"文革"的时候，团结七队还在台墩里捻麻绳，当作坊使用，内设结构也被破坏了许多。

关于韩参将这个人，演绎的说法很多，但韩参将确实是死后埋在了台墩前。有人在附近挖出一块瓦片，瓦上有用朱砂写的韩参将的名字和去世年月日。隆盛庄人都有这样的讲究，人死后，在棺材顶上必须放一块瓦，瓦上用朱砂写上死者的名字，这样，瓦不烂，朱砂字不会褪色，就是多少年以后，坟头没有了，只要找到这块瓦片，就可以辨认出死者是谁。韩参将是哪里人，没有人去考证过，但他忠心耿耿，坚守边关，这是后人应该记住的。

台墩宛如一位孤独的老人，几百年以来，就是这么孤零零地站着，也许，是岁月交给它一副傲骨，与天地同在，与日月同辉。今年六月一日，同学在隆盛庄聚会的时候，大家重游古镇，我在台墩前慢慢行走，给爬上台墩顶端的同学照相。和台墩合影，也是一种缘分。

台墩留给后人的是那种无法用文字记载的历史，它永远根植在隆盛庄人的心里，如今，隆盛庄虽然衰落了，但台墩依然如故，万物终消逝，台墩永不倒。可不是嘛，已经过去了几百年，它不是一直俨然挺立在隆盛庄的东门外吗？

落日下的台墩

第一次拍摄落日下的台墩，美丽的晚霞渐渐从天边漫过来，满地金黄色，这样的景色只在瞬间。我站在台墩前，出神地望着嫣红的天边，望着被金光笼罩的台墩。回想着它历经的纷纭战事，在几百年的峥嵘岁月中，台墩始终肩负着一个不朽的使命——它默默地站在隆盛庄东门外，在变幻莫测的风云中，穿过世态炎凉，执拗地挺立身躯，在葱茏古镇仅存的那一抹暖色中，向一代又一代隆盛庄人讲述着一个永恒的故事，见证着隆盛庄漫长的历史。

连着台墩的是已经坍塌的明长城遗址。历史上，从隆盛庄到威宁口，曾是明长城三道边上的重要关口。踏上台墩顶，视线沿着风蚀后不完整的长城向东南方向远望，只见断断续续的边墙，翻山越岭，经过几百年的风雨冲刷，虽然只留下一道高低不平的土圪塄，但遗址仍然清晰可见。透过历史的尘烟，看得出，当年这里是战马嘶鸣、狼烟弥漫的边关军事要地。

记录台墩的资料很少，据推测，远古时期这里只是一个边关哨所。后来，有人在台墩周围挖土，发现了汉代瓦片和陶片以至整瓦旧屋，确系汉代的戍边营房，如果这是经过历史考证的，那么，隆盛庄在汉朝已经是边塞要地了。据出土发现的碑文上记载的"大明洪武二十九年（一三九六年），岁次丙子四月甲寅吉日，山西行都指挥使司建筑"这个时间和年份，应该是指绕经隆盛庄的长城的建筑时间了。明朝官员韩参将，每年秋冬两季来隆盛庄一带驻边巡查，把守着这个重要的边关口，直到在隆盛庄逝世，葬于三道边南沟沿，永远守护着隆盛庄这片土地。这个人物应该不是演绎出来的。当然，我不是研究历史的学者，我只是将一个故事用文字来排兵布阵，力图俘获更多的阅读者，用妙趣横生的语言把这个故事讲出来，让更多的人对这件事产生更大的兴趣。站在台墩口，阵阵秋风掠过，望千年狼烟远去，留下沙场一片荒凉，还有将士精忠报国、驻守边关的浩浩雄兵的英灵，难道不值得后人凭吊吗？

台墩是隆盛庄的标志。那些挖出的汉代瓦砾和陶片，要告诉后人什么？几千年以前，这里又是什么？台墩，以它古老的身份将历史唤醒，那么，古镇隆盛庄也不会让台墩失望。此刻，晚霞已将隆盛庄笼罩其中，台墩静默耸立，隆盛庄的过去、现在、未来……都在其中。我再次捡拾遗落的时光，和身披晚霞的台墩对话之时，突然想起赵秀英老师作的那两首诗："一台烽火狼烟直，双翼边墙耸戎旗，胡马蹄艰越阴山，干戈百年风云叙。"

"古堡兵去留荒台，衰凄孔布如网排，多门成洞风穿剑，遐想惊卒烽火来……"一钩残月挂在半空，秋风四面合围，我站在这宁静的旷野面对落日，思绪又穿越时光的隧道，心驰骋于千年之外。在波澜壮阔的历史长廊里，我不由得再次掏空心中的杂念，铺开心灵的纸张，描写一个百年古镇，一个完美的隆盛庄……

有人说："旧时台墩全部用砖包砌，随着时代变迁，砖所剩无几，如今已经找不到砖砌的痕迹了。"有人说："再过几百年，台墩还会存在吗？"

古往今来，能在历史的纸页上写下一笔的不是南来北往的商贾，也不是显赫一时的政客，更不是那些腰缠万贯的老财，能留下的恰恰是一种被许多人忽视了的文化，台墩承载着隆盛庄一段历史的影像，无论再过多少年，只要台墩在，隆盛庄就不会被历史忘记。文化需要传承，不仅需要物质的保护，更需要文字的传承。隆盛庄在岁月的长河里已经行走了百年，如今，要在这片古老的土地上重新构筑出古镇的全新面貌，这项宏伟的工程，将会向后人昭示一个恒久的属于隆盛庄的美丽图腾。

在双台山东南侧，还有一座屹立的烽火台，看上去似乎比台墩保护得完整。但山路越来越陡峭，我们乘坐的车子爬到半山腰就无法再开上去了。从车里钻出来，我们各自举着相机从不同角度抓拍落日，天渐渐黑了下来，夜慢慢从四面涌来，隆盛庄已经隐匿在夜色中，多么安静的小镇啊！

清真寺

午后，我们一行四人从小北街走过。隆盛庄的回民，都居住在这条街上。因为这里有清真寺，围寺聚居是穆斯林人居住的特点。这是一条井然有序的小街，不仅整洁干净，而且安静祥和。古老的房屋仍在，土坯墙围起的院落仍在，土墙的泥皮和着万千尘埃，已经大片大片地脱落，我们以一个陌生人的姿态走过小街，再次领略那属于这条街的昔日古韵。一群戴着白帽子的回民人，坐在尚美元的旧址前唠闲话，隆盛庄的衰落也使小北街变得冷冷清清。一个老人拉着两匹瘦骨嶙峋的骆驼，从小巷出来，他把骆驼拴在巷口那根水泥电线杆上，骆驼啃着墙角下那些杂乱的小草。我问他养两只骆驼干吗？他说，"隆盛庄不是要变成旅游区嘛，我把骆驼养肥了，给游客照相。"老人的话，让我们几个人面面相觑，是啊，大家都在拭目以待，盼着再现一个繁荣昌盛、车水马龙的隆盛庄古镇。那重走草地的牛板车，草原深处浩荡的驼队，叮叮咚咚的驼铃，远道而来的商客……

走进寺院，迎接我们的是刚刚从沙特阿拉伯麦加朝觐回来的李廷峰阿訇。这是我第一次走进清真寺，小时候，虽然常常去小北街玩耍，却没有进寺的机会，那是一块不能随便踏入的圣洁之地。倾听寺顶清脆的风铃声，眺望那闪闪发光的吉星月牙，神秘之感油然而生……隆盛庄的清真寺在内蒙古地区也是较大的清真寺之一，它的每一处建筑造型都蕴含着深厚的人文历史和艺术造诣。在"文革"时期，清真寺曾被关闭改作他用，寺内部分建筑也被毁坏，匾额浮雕被砸，账目档案被焚。直到一九七九年以后，才由内蒙古民委和地方政府拨款重新修缮。

　　李阿訇一直领我们走到寺内信徒做礼拜的大厅。他边走边讲，讲清真寺的建筑起源和回族的信仰，讲隆盛庄悠久的回汉历史文化，讲他去麦加朝觐的过程。朝觐是伊斯兰教为信徒所规定的必须遵守的基本信条。作为一个穆斯林，无论男女，只要有经济实力和体力的，都负有朝觐的义务。这位朝觐者让我敬慕，他拿出在麦加朝觐的照片，脸上充满了对真主的无限崇拜和敬仰。

　　清真寺气势雄伟，装饰精美，浅灰色的墙壁，深绿色的琉璃瓦，"清真寺"三个金黄色的大字嵌镶在大门顶端。一对"门当"和"户对"摆放在大门两旁。门前铺着一块平展展的形状为元宝的青石板，紧挨着青石板上下是两行横铺着的青砖，李阿訇说，这寓意元宝金条。我们小心翼翼地踩着这大大的元宝，推开两扇朱红色的木门，映入眼帘的是一座灰色小院。小院右边还有一个灰砖结构的侧门，跨进小门，是一座完整的灰色的三进庭院，建筑形式为传统的中国宫殿式风格，也兼具了阿拉伯式建筑的风格，庄严巍然。里外三进院落的布局，大门、二门、围墙、照壁、南北配房齐全，是一座完美的建筑群落。屋檐下铺就的青石条，木雕窗棂，砖雕窗台，青砖筒瓦，整体风格古朴厚重，无处不渗透着一种回汉文化交融的古韵风情。过了小院，就是清真寺信徒做礼拜诵经的大厅了，西厅的建筑富丽恢宏，雕梁画栋，飞檐翘角，大厅两扇门上的铁花工艺美轮美奂，精致玲珑，那独特的韵味，丰富的文化内涵，便会摄取我的心魄。

　　引人瞩目的是悬挂在大厅的许多牌匾，汉回文体俱全，每块牌匾各有千秋，有的笔精墨妙，一字见心；有的下笔风雷，大气磅礴。"道通乾坤""开天古教""其尊无对""守真存诚""以诚起信""尊大清高"……一块块牌匾，高悬于大殿内上方，神圣庄严的氛围会让人感觉到，冥冥中真主在俯视着善男信女对信仰的叩拜。还有一块清朝康熙皇帝的《圣谕》仿制匾，来自北京牛街礼拜寺。这些楹联、牌匾、碑文都是隆盛庄清真寺历史文化的见证，就连梁柱上的那些浮雕彩画，都体现了古镇多元文化的相融与传承。无论世事苍凉还是历史劫掠，这个民族的信仰总为自己永久存留一块圣洁之地。只要你抬头仰望，就会给心灵一次震撼。神秘、神圣，更令人神往，每一处都是那么壮观、辉煌、瑰丽，让我流连忘返，静思遐想……

隆盛庄的回民对隆盛庄的开发与发展做过重大贡献，而隆盛庄的繁荣昌盛与各地穆斯林商人纷纷来此地经商与居留有很大的关系。同在隆盛庄这块地域生活，回汉两族在信仰、生活习性、习俗及其饮食上都有很大的差异，但随着时间的推移，不同的文化慢慢接触、碰撞，在信息传播的发展过程中逐渐交融，形成了如今隆盛庄地区回汉文化相互尊重、相互促进的和谐画面。在隆盛庄的繁荣鼎盛时期，回民的饭馆、屠宰业、干货、小吃店比比兼是。小北街有上三元、尚美元、清德昌，大南街有隆兴元、德兴荣等多家铺面，大东街有清真的东馆子，站在三岔口，就可以看见那笼圈蓝布穗幌子，还有烙白焙子的、糖三角的、咸油旋的，还有在小北街大北街开杂货铺的，卖草纸、煤油、火柴……更多的是摆小摊的，推小车的，走街串巷卖粽子凉糕、瓜桃李果，还有挎小竹篮卖油饼、咸牛肉、牛羊下水的……回民都善于喂养奶牛，圈养骏马，每逢隆盛庄的六月二十四，这些养马的大户人家就把许多骏马加到玩艺队里。这些马都是经过隆盛庄桥牙之手的挑选，最后才出彩登场亮相。回民里面的桥牙也很多，有一里路开设马店的德盛店；回民的屠宰业也很火爆，有的开设肉铺，有的推车经营。隆盛庄曾经是个粮食集散地，经营粮食加工的就有十几家。回民的马连、丁崇山、田有福在大北街合股开的德源成字号，生意非常兴隆……

说到上三元干货，李阿訇当下给马彦打电话，让他来清真寺一趟。不到五分钟，一位老人从外面进来，他虽然年岁已高，但说话声音洪亮，讲到上三元，讲到他祖父怎样从陕西来到隆盛庄，最初当羊倌子、做苦力活，讲到他伯伯是怎样继承家传手艺，在隆盛庄打出上三元干货的品牌。从民国初期开始，他的伯伯马德忠——上三元的发起人，做了非常多的产品，四个头麻叶、蜜麻叶、尚红、翻毛、糖麻叶，还制作京八件之类的精细点心……七十八岁的马彦给我讲了上三元的来由，他们一直干到一九五七年公私合营。回民的干货在隆盛庄占主要地位，是隆盛庄的主打食品，后来，许多汉民也和回民学习手艺，公私合营后，上三元的手艺就公开传授，许多人也学了一些，但真正的干货手艺也失传了许多。

清真寺的会客室充满了浓浓的书香味，书架上各种书籍刊物都有，看得出李阿訇是一个博览群书和勤奋好学的人。从谈话中，得知他出生在宁夏同心县一个虔诚的回族家庭。十七岁就能通读《古兰经》，十八岁就在家乡清真寺"穿衣挂帐"当了代理阿訇，还当海里凡，成了当地一名年轻有为的阿訇。一九九零年被隆盛庄清真寺聘请为教长，当年他二十四岁。一晃二十六年过去了，他把自己的青春献给了隆盛庄的清真寺。在这座饱经沧桑的寺院里，他的执教生涯虽然充满了酸甜苦辣，但他却无怨无悔。他说鼎盛时期的隆盛庄有回民五百多户、三千多人，现在回民只有二十户、三十八人。隆盛庄的衰落也使清真寺显得格外冷清，每天进寺礼拜的穆斯林寥寥无几。但李阿訇仍然诚信守教，以一颗赤诚的心守护着穆斯林的家园。听了他的话，我不禁对这位清真寺的守护者肃然起敬。信仰，让他的生命有了根基，让这个民族始终站在历史的前列，也让这个民族的人都知道自律，用自律的行动创造出一种井然的秩序，这种秩序一直延续影响着一方人的生存环境。"永生永存、无所不知、无所不在、创造一切"是伊斯兰教信仰的核心。这个凝聚力非凡的民族，源于他们的信仰。

清真寺是内蒙古自治区古文物建筑的重点保护工程，隆盛庄党委和政府高度重视，明确立项，积极筹措资金，推进对清真寺的保护和修缮工作。

由于时间紧迫，我们和李阿訇匆匆告别，在那扇朱红色的大门前，几个人一起合影留念。回首清真寺，阳光下更加庄严、肃穆、神圣。闪闪发亮的吉星月牙让我久久伫立，再次默默仰望。静心聆听那来自天籁的声音，让心情披上色彩，去描绘这难忘的相约。

我的家乡隆盛庄

天刚蒙蒙亮，由王学军带路，我们驱车到西梁头。由于天黑，也辨不清方向，车子顺着一条土路一直向西开去，昨天是追赶落日，今天是和日出抢时间。路很不好走，走到半山坡，车子就上不去了。我们只好下车步行向梁顶爬去。第一次上西梁头抓拍隆盛庄的日出，站在梁顶，远眺的目光有了更多的沉思和遐想，双台山的轮廓也越来越清晰，尽收眼底的隆盛庄正安安静静地在晨曦中沉睡，西河湾那越来越少的水仍然顽强地向北流去，几百年，没有太多的人去考证为什么这条河会倒流，只是习惯了叫这一方人为"倒流水人"。如今，倒流水人都远走他乡，隆盛庄的过去已经被历史贴了封条，那么，谁来开启这尘封的历史？

这是一个平和宁静的深秋早晨，我们几个人默默地站在西梁顶上，等待那日出的时刻。几只早起的鸟儿，清脆的叫声惊醒了西河湾那浅浅的流水，那逐渐变成橘红色的双台山，越来越清晰地映入我们的眼帘。隆盛庄这个镇原本也不大，但它却是丰镇市第二大人口聚集地。地处丰镇、兴和、察右前旗交汇处，就是如今这样闭塞和不便利的交通，仍然是丰镇市经济文化交通中心。隆盛庄是万里茶道进入内蒙古的一个重要驿站。从乾隆三十三年定庄之后，隆盛庄就向人们投下了一段历史的影像。从鼎盛到衰落，一路注定行进于漫长的曲折与坎坷中。

历史上隆盛庄镇行政建制及区划变动较大。民国初开始设区，隶属丰镇县所辖。民国十四年（一九二六年），西北军在此设县佐，将隆盛庄改设县治，后因西北军退却废议。民国二十一年（一九三二年）改称镇至今。

一九四八年，绥蒙区党委、政府进驻丰镇，隆盛庄镇曾设市，一九四九年年底改称镇，后设人民公社。一九八四撤社建乡（镇）时恢复镇建制。隆盛庄镇经过两次乡镇改革，辖区范围包括原隆盛庄镇、柏宝庄乡、永善庄乡，辖区内设十三个村委会，一个社区，一百六十八个自然村（组），辖区人口三万八千多人。

将近一年，我一直为《倒流水》这部长篇小说的写作奔波。写隆盛庄，自然要追寻隆盛庄的人，从走千里路做起，我采访了许多隆盛庄人，和隆盛庄镇党委政府领导班子的人来往也比较频繁，尤其是八月份到丰镇、呼市的采风路上，李顺义书记一直陪同，一路上，让我更多地了解了隆盛庄。近年来，隆盛庄现任领导班子的成员都铆足了劲儿，在建设和规划中，本着"生态固基、养殖富民、农牧结合、旅游兴商"的总体目标，发挥优化空间和土地资源合理配置的作用，使古建筑修复建设和镇南新区开发相结合，在城镇空间布局上依照"旧城求古，新城求新"的原则，特别利用当地古民宅、古建筑等历史文化遗产的资源优势，逐步把隆盛庄发展为塞外的"平遥"古镇。

可不是吗？和李顺义书记、聂海军镇长的三次会面，让我对隆盛庄镇现任领导班子有了一个全新的认识，他们年轻有为，雄心勃勃，决定在隆盛庄这块共四百二十一平方公里的土地上，再筑一次隆盛庄的繁华和昌盛。隆盛庄也将像东方那一轮让人心跳的太阳一样，喷薄而出。如今，它以一个"中国传统村落""中国历史文化名镇"自居，在不久的将来，一个崭新的隆盛庄将与中国梦一样悠长，一样令人神往。

那片在阳光下的土地上，一街一巷在蜕变中尽显它昔日的雅韵。过去的泥土路不见了，一条条硬化了的街巷干净、整洁。镇子里的人是少了一些，还是过去的老房子，有的倒塌了又重新翻盖，巷子里许多大门挂了锁，这是一个安静祥和的隆盛庄。从二零一零年以来，经镇党委、政府多方努力，投资八百多万元，实施了街巷硬化、绿化、亮化工程，改善古镇的基础设施条件。硬化镇区道路、安装太阳能路灯、种植油松、云杉等各类树木，改扩了镇区自来水，修缮了主街道排水设施，购置了垃圾压缩车、洒水车、吸污车、装载机、垃圾箱及清运垃圾车辆设备，新建了标准公厕、护村大坝、沿河景观道路……隆盛庄的角角落落都焕然一新，西河湾那明亮的景观灯，映衬着隆盛庄人心中的安静与大美。

隆盛庄镇党委和政府力求多角度、全方位扩大对隆盛庄的宣传，组织拍摄了《奋进中的隆盛庄》《隆盛庄六月二十四传统庙会》等专题片，在市县两级电视台播出；以隆盛庄月饼加工艺人为素材的微电影《手艺》，在中央电视台第四频道播出。那一幅幅生动的画面，把隆盛庄的文化和传说传播到四面八方。依托"上三元"干货系列的非遗产项目，镇里领导正在规划建设月饼园区，创办隆盛庄月饼节，恢复土炉传统工艺，注册"上三元"商标和进行隆盛庄地理标志认证；建设农家乐、农家旅馆、传统手工体验馆；依托传统宫灯制作等传统技艺，打造旅游商品品牌，扩大文化影响，丰富文化内涵。让隆盛庄的大街小巷都萦绕着月饼和"上三元"干货的扑鼻香气。

隆盛庄镇党委、政府对全镇文化旅游设施也进行了大力建设，将具有古镇特色的标志性牌楼、文化活动广场、中心文化站、隆盛文化展厅，文化墙、百姓大戏台、南庙山门、"隆盛庄文化展厅"分别以历史烽火、非遗名录、民俗民风、文物古迹、旅蒙商贸和奋进足迹这六大版块对隆盛庄历史文化进行了全方位、多角度的展示。展厅成立后，前后接待了国家住建部等七部委的专家，社会各界人士也源源不断涌来。这一系列举措为宣传古镇文化，奠定了基础。

二零一六年，隆盛庄镇党委政府又筹资六十万元，对清真寺大殿进行了加固修缮，彻底更换了清真寺所有建筑的屋瓦、梁柱、门窗，进行了油漆彩绘。同时，镇党政领导还积极申请历史文化名镇保护，利用建设规划项目资金，重点对四合院、回民义茔、南庙文化广场、东城门复原及古城墙进行了修复，对烽火台、三角城进行了保护修复，对摩崖石刻、汉墓进行了保护和旅游开发，对大四美庄巴总府建设及巴总营修复，对西河湾湿地保护和蒙元文化开发，在四美庄建设"四角龙舞"日常展示场馆和表演基地，推出

"二月二龙灯节"，在南泉村建设脑阁、抬阁、船灯为主的展示馆，每月六月二十四活动，还推出了"脑阁节""船灯节"等民俗活动。

镇领导班子力求把隆盛庄打造成集宁、大同、市区和周边旗县市民的节假日休闲观光基地，重点打造自驾游旅游基地。通过西梁头绿化美化工程、西河湾蒙元文化系列工程的建设，打造集草原风情、少数民族餐饮、田园风光、特色休闲娱乐为一体的自驾游休闲度假基地。举办"驴友喜乐会""帐篷节"等休闲旅游节，依托"万亩柠条基地"和"冷水渔场"周边旅游景点适时举办"滑翔伞节""钓鱼节"……

恢复四合院的工程已经启动。受隆盛庄镇政府委托，内蒙古工业大学古建筑系导师带领研究生，把隆盛庄古老的建筑和结构细节及外观造型都制作了电子模型，开发了隆盛庄信息系统，用电子模型形式复原旧貌，保存历史，展示隆盛庄的过去，为隆盛庄重建古镇提供了详实的资料。这项工程也是党政领导班子力求办好的一件关系到隆盛庄恢复原貌的大事。

秋天的季节，到处呈现出丰收的景象，一轮红日冉冉升起，整个隆盛庄被霞光尽染，连空气似乎都镀了金，一群鸟儿在几棵稀疏的树上飞来跳去。在十月这样的好天气里，我们能一起相约回到故乡，在这样的一个明媚晴朗的清晨，一起在高高的西梁享受朝霞的沐浴，把日出中的隆盛庄那种壮美的景色尽收眼底。当我蓦然再回头的时候，隆盛庄的卷轴里，无不透着人杰地灵，在这块繁衍生息的土地上，在那条倒流着的河水里，无不涌动着古老的闪光的文明。我相信，隆盛庄有这样的有朝气、有魄力的领导班子，定然会走进辉煌。

沿着东方日出的方向，一缕缕阳光从天空俯身，遍洒隆盛庄的每一条街每一条道，沐浴着一草一木。这是一幅多么美好的画面啊！返回隆盛庄后，我们又继续去寻找缸房的遗址。路经一片葵花地，车子停下来。秋天的葵花另有一番景象，满地深褐色，一个个沉甸甸的葵花饼挂在枯萎的枝干上，只要用手轻轻一碰，就会从枝干上掉下来。地里，围着花头巾的女人，在忙着摘葵花，路边，还有一个葵花籽的加工基地，一车又一车的葵花饼，都倒进一台大型机器里，分离出葵花籽。几个农民正在忙碌着，一袋又一袋的葵花堆积在平展展的场地上。我们被这里的景色吸引，一起在葵花地里照相，品尝新鲜饱满的葵花籽。夏天，这里一定非常美丽，一望无际的向日葵，一个个圆圆的花饼，迎着太阳微微转动；秋天，虽然花落叶枯，但那沉甸甸的葵花饼更让人爱不释手。丰收的景象和农家人的喜悦也是一幅美不胜收的田园风光。

我不禁想起李顺义书记讲到的关于隆盛庄的规划，党委政府已经开启了古镇保护开发的实施方案，利用五到十年的时间，将隆盛庄镇打造成旅游大镇、文化大镇、经济大镇。计划重点打造以大东营周边千亩杏园为依托的"杏花节""采摘节"，引导周边群众集中连片种植菜花和油菜，逐步开发"向日葵节"。在三应坊村周边恢复传统的"123"苹果和李子树种植，适时举办"秋果节"。我想，不久的隆盛庄，一定是一个鲜花盛开的村庄。当我们再来隆盛庄的时候，就可以尽情赏花、品果、享美食，在青山绿水间进餐，在鸟语花香中入眠。我们都在期盼着，隆盛庄的下一个秋天，硕果累累，人气旺盛，用它那种原始的美丽和矜持、固有的朴素和霸气，向涌来的游人展示它的深沉和厚重。

繁华落尽情未央

"十山九无头，河水向北流，富贵无三辈，清官不到头。"阔别故乡隆盛庄多年，但这首民谣至今还记忆犹新。故乡很美，黛青色的双台山，向北流淌的西河湾水，古色古香的庙宇，遗留悠久的明城墙，坚守在小镇东门外的"台礅"……还有许多古老的传统节日和延续已久的庙会，给隆盛庄涂上了一层迷离神奇的色彩。

六月二十四庙会是隆盛庄神圣而隆重的民间节日，延续至今已有几百年的历史了。小时候，只知道六月二十四是为了向龙王爷求雨，从来不知道六月二十四蕴含着那么多美丽的传说。小黑龙战胜白妖龙的故事、关云长被康熙皇帝封为"伏魔大帝"的故事……各种版本的说法在民间演绎流传，逐渐形成隆盛庄人的文化符号、民俗遗产。

家乡有一句民谣："有钱难买五月旱，六月连阴吃饱饭。"传说有一年，眼看六月已尽，隆盛庄仍然骄阳似火，滴水未降。于是，民间各种求神祈雨的祭奠仪式达到高峰，甚至采用恶祈雨方法——赤臂扛着铡草刀的壮汉，忍受刀刃深陷背臂的疼痛，祈求上苍恩赐降雨。镇里的老人孩子都拿着罐子到南泉取水，跪香头、敬黄裱……龙王爷仍然铁石心肠，不向人间洒一滴雨。这时候，盛名天下的八大行开始出动福隆社许愿，给天上龙王演出十二台大戏，而这十二台大戏必须由童男童女进行表演。他们从苏杭带来图纸，在隆盛庄找了各种匠人开始做抬阁、脑阁的大架子，让十二台戏在同一天的同一个时辰演出，这就是隆盛庄六月二十四庙会出抬阁、脑阁的起源。设计者巧夺天工、匠心独运，让六月二十四玩艺队的所有内容新颖别致，成为隆盛庄人独享的一个历史悠久的传统节日。

六月，风清日丽，天蓝草绿。西河湾的金盏花、地茭花开了，这是一个色彩斑斓、凤蝶起舞的季节。四合院内、小街小巷中都笼罩着一层浓浓的节日气氛，家家户户都拆洗被褥、打扫房屋，碾黄米压粉条、生豆芽磨豆腐，准备迎接"地上的"亲戚朋友来隆盛庄看红火。

南庙也不再宁静。镇子里所有的画匠都聚集在庙里。我的舅舅和两个伯伯都是隆盛庄有名的画匠，六月二十四庙会所有的纸折活儿，他们自然都参与其中，绑架子、裱糊山水、涂抹颜料。一群童男童女都拥挤在庙里，正在接受严格的上抬阁、脑阁的挑选。孩子们不仅要模样俊俏，体型也必须苗条，同一台架子上的小孩个头体重也要一样。我伯伯（大伯）专门负责选拔孩子，那时候，也没有台秤，他一个一个抱起来凭感觉选拔，搭配不同的角色。我上架子，他不大愿意，主要是怕我上火中暑，但我的执拗和任性最终还是争得了他的同意，让我上了太阳晒不着的《白蛇传》大架子，扮演白素贞的角色。小小年纪的我就充当了一回白娘子。被挑选上的孩子领了竹签，喜气洋洋地在巷子里跑来跑去，那快乐才是一种忘不掉的幸福。

煤油灯下，母亲给我赶做新鞋子，她说上架子一定要有一双柔软合脚的鞋，不然，一双脚被死死捆绑一天，脚丫子是受不了的。她一边纳鞋底一边给我讲《白蛇传》在民间演绎出的许多折子戏和不同版本的故事：《水漫金山寺》《断桥》《雷峰塔传奇》。躺在被窝里听母亲讲修炼千年的心地善良、追求美满爱情的白素贞，在西湖与许仙相遇，倾心爱慕，后来结为夫妻……心里突然会萌发出一种对白素贞和许仙两人那样的爱情的憧憬，幻想着和我同台上架子的许仙是个什么模样？那时候的我，自然不懂人间天上的爱情原来是一场虚构的戏文。年少时心中的爱，是一场不民间、不世俗的云端的爱。

上脑阁和抬阁的孩子们要经得住太阳的烤晒，还得忍耐一天的饥饿，头一天晚上都不敢吃喝，生怕上了架子撒尿。早晨，太阳还没有露头，就早早地赶到南庙，戏班子的人给我们这群孩子化妆。我羡慕这些唱戏的名角儿，喜欢她们婀娜窈窕的身姿。戏子姑姑说，上了架子不能呆呆板板，不仅要用眼睛说话，还要水袖轻舞，她拖着长长的调子吟唱一段山西梆子："莫令我空凭栏秋水望穿，不枉我离西天下凡一场。"原来给我化妆的戏子姑姑正是扮演《断桥》里白素贞的角色。她说这戏不仅仅是演给世人看的，还是让天上龙王爷和众神观赏的。六月二十四啊，这是一场多么盛大的祭奠盛会！人与神合一，同喜同乐同庆，同歌同唱同舞。

重彩浓妆后，我伯伯把我抱到铁架子上，两只小脚踩着那块固定的铁板，一根竖立的缠满布条的铁杠正好贴在我胸部，一圈又一圈粗布把我的身子和架子牢牢地缠在一起。戏子姑姑给我穿戏衣，戴头饰，白绣花帔、衬白素长裙，淡雅素净、柔软飘逸。我水袖轻摇，转眼之间，一个刚满七岁的女孩就变身成白衣素裹的"白素贞"。戏子姑姑还告诉我，要通过甩袖的招式和动作表现白素贞对许仙千年等一回的爱慕之心。后来，我才知道，这叫说戏，不是每个孩子都能听得懂说戏的。那会儿，我只是感觉白素贞就是我，我就是白素贞。千年等一回的爱，人间天上，天上人间，那需要造化和缘分，也需要恒久的等待和寻觅，白素贞修行千年才等来一回真爱啊。是谁把相思和苦恋，织成这美丽的故事，在六月的风中摇曳缠绵？

长大了才明白，一段《水漫金山寺》的故事，洒满一地的爱恋，赚取了多少人的泪眼。

我喜欢抬阁，从七岁那年起，连续上了四五年大架子，扮演过白娘子、祝英台、樊梨花等角色。上抬阁很得意，也非常神气，十几个壮汉用长长的木杠把抬阁昇起来，踏着点点鼓乐，和着声声唢呐，穿过人山人海的大街，阵容浩浩荡荡，规模宏大磅礴。

六月二十四的玩艺队伍，从队形的排列顺序到表演者的服饰头饰都非常讲究。比如扮演张飞的大汉不仅要身体魁梧而且要嗓门洪亮、骑技精湛。三声铁炮响过后，张飞开始扬鞭策马巡道，长铁矛，乌骓马，黑衣黑脸的猛张飞，声声呐喊响彻长街，六月二十四的序幕就这样拉开了。玩艺队从南庙出发。张飞开路，后面是仪仗銮驾队和手执"关"字大旗的清兵，马童拉着关老爷的赤兔马，虎皮马鞍上插一面小黄旗，旗上写着"关圣人之座"。有人说，关老爷正襟危坐在马上，不然，看似无人骑的赤兔马怎么会大汗淋漓呢。马队全部是桥牙挑选出来的清一色高头大马，五色镖旗迎风招展，镖旗手身穿白短褂，外罩前后映着"兵"字的红坎肩，一个个威风凛凛，气宇轩昂。还有绅士队，这一队列都是隆盛庄有钱有名望的老财们，王二河骑在马上，他的儿子身穿清朝官服，头戴红缨帽，脚踩朝靴牵着马。后面是滑稽的五鬼闹判和铁面无私的穿心官，紧接着是抬阁，最大的架子是黄山、黑山，这正是福隆社许愿的十二台戏：《牛郎织女天河配》《侯上官采花》《双锁山》《李红秀推磨》《李彦贵卖水》《四个孩童打秋千》《赵匡胤千里送妹》《梁山伯与祝英台》《水漫金山寺》《王祥卧鱼》《小放牛》《王贵与李香香》……一个个故事，一段又一段戏文，由一个个童男童女表演得生动感人，出神入化。

在抬阁上抬阁过后就是由二十四个小姑娘组成的脑阁队，身强力壮的汉子肩膀上扛着一根铁杆，杆上站着扮演各种角色的孩子，壮汉跑起八字步，杆上的孩子尽情地挥臂扭动，真是民间风情无限。

脑阁后面是扭扭捏捏的刘关计跑毛驴表演，蔡四拉麻扮演骑毛驴的小媳妇，王德胜赶毛驴，动作神态惟妙惟肖，让所有的隆盛庄人都看到了这红红火火的场面。器乐声声，锣鼓震天，这民间独一无二的六月二十四啊，扎扎实实渗透着隆盛庄深厚的地域符号和文化神韵。

庙会期间，天上龙王爷有时候就真的"显灵"了，这支庞大的玩艺队伍沿街表演一圈，刚刚回到南庙，一场大雨倾盆而降。此刻，赶庙会的庄稼人会更加虔诚地走进庙里，向神灵焚香叩首。

六月二十四庙会使南北商客和各种艺人都云集于隆盛庄镇。北方的牛马、京津的京货、苏州的刺绣、四川的丝绵、湖广的药材……晚上，镇子里依然灯火通明，那杂耍魔术的、马戏团、杂技团的精彩表演，那拉洋片人咿咿呀呀的唱腔，那卖各种吃喝的吆喝声，都是属于"六月二十四"最动人的场景。

六月二十四庙会期间，各地许多戏班子都要来隆盛庄唱戏，隆盛庄人都会说出戏班子许多名角儿的艺名，但敢来隆盛庄唱戏的也不是一般的角色。隆盛庄人看戏不仅仅是看，而是一字一句地认真听，哪一句台词唱得不对，哪个架势比画得不恰当，一招一式、一字一腔都不能蒙混了他们的眼睛。有一年，"水上漂"的戏班子唱《千里走单骑》，当唱到过五关斩六将的时候，他口里唱的和手指比画的动作不一致。散戏后，听戏的"一对牙"就到后台问："唱的过五关怎能伸出六个指头呢？""水上漂"哑口无言，满面羞愧，但还得感谢"一对牙"没有砸了他的戏场。还有一家戏班子的人唱《宋江杀楼》，上楼时迈了三十六步，下楼时却迈了三十五步，当下就有人上台质问："下楼时也没有看见你迈大步，怎么就少了一步，那一步哪儿去了？"所以，来隆盛庄唱戏难，也难唱戏，没有一定的艺术功底都不敢到隆盛庄唱戏。"衙役们带马回朝，小心半砖头遛着。"这句话虽然只是民间调侃的说法，但也可以看出隆盛庄人的文化底蕴非同一般。

南庙里的戏台很简陋，戏场也是露天的土场子。看戏的人有的拿个小板凳，有的搬几块砖，有的干脆就地坐下，但人们看得是那么出神专注。六月二十四，不看戏就不够尽兴。几毛钱一张戏票，就是"地上"来的庄稼人也都不吝啬，舍得掏钱去看大戏。抬阁上有的十二台戏，都要在戏台上实地再表演一回。有钱人还要点戏，甚至还要包场子，一出又一出的大戏把六月二十四红火的热浪推向高峰。

南庙是隆盛庄镇六月二十四传统古庙会主会场。二零零七年，庙会成功申报自治区级非物质文化遗产项目。如今老人们逛庙会是为了怀旧，小孩子则图个红火热闹，庙会求神祈雨之意已渐渐淡化。但六月二十四的庙会，永远属于隆盛庄人不可忘却的一个重要节日，这民间的欢喜，亲人的团聚，红红火火的玩艺，热热闹闹的烧香拜佛，才是烟火的、俗世的、传统的。任何一种形式都无法替代的六月二十四庙会，给了隆盛庄人更多的欢乐和永远的记忆。

四月八赶庙会

　　春天，从南方飞回来的燕子，开始一口一口地含泥筑巢。在燕儿垒窝的季节里，我的母亲也忙忙碌碌地穿过西河湾，去三号地挖白胶泥。她要赶做一批泥娃娃和扳不倒。挣一点零钱，准备在四月八庙会上，为女儿十二岁的生日体体面面地圆一次锁。

　　第一声春雷震醒了那冰冻的土地，春风吹绿西河湾，冰消了，水暖了，树叶绿了，杏花开了。星期日，我也和母亲一起到三号地挖胶泥。西河湾那浅浅的水面上，一块一块青石铺成一条曲曲弯弯的水上小路。我和母亲异着满满一小筐白胶泥，踩着一块块青石，慢慢从河面上走过。风轻轻，水清清，草青青。走不动的时候，就把柳条筐放在草地上，听哗啦啦的流水，望碧蓝如洗的天空。为什么非要到三号地挖泥土呢？当我问母亲的时候，她总是笑眯眯地说：三号地的白胶泥细腻又有韧性，是脱泥娃娃最好的土质。在白胶泥里掺和了胶水，这种泥叫"胶甘土"，只有用胶甘土，脱出的泥娃娃才光滑、细腻、耐实。

　　脱泥娃娃和扳不倒是我外祖父家的祖传手艺，外祖父去世后，留下了许多脱泥娃娃的模子，叫"子儿"，模子造型很多，大板女、小板女、梳双辫辫的、盘抓髻髻的、戴相公帽的；还有张飞、关云长、托塔李天王、孙悟空、猪八戒……换生娃娃也是一个个活泼可爱的孩子，红腰腰绿兜兜，实在招人喜爱。四月八这天，许多女人就到庙里领换生娃娃，喜欢哪个娃娃，用一根红头绳拴在换生娃娃的脖子上，在神位前虔诚地磕头、烧香、敬纸、许愿，然后，抱着换生娃娃快快乐乐地回家。

　　每年开春后，两个舅舅就开始忙起来了，母亲只是打下手。一个泥娃娃才卖几分钱。但做脱泥娃娃的人却要忙整整一个春天，把废纸泡到大缸里，用水浸泡，发酵成黏黏的糊状，再把白胶泥倒进去，和纸筋搅拌在一起。这是做扳不倒和泥娃娃的第一道工序，把一层软软的泥轻轻敷在模子上。晾晒干了再从模子上剥下来，在泥壳上刷一层和了胶的白土水，然后，开始给泥娃娃画眉眼。二舅的工笔画很有功底，他把泥娃娃的造型、动态、面部表情都淋漓尽致地勾画出来。画好眉眼的泥娃娃一个个变得活灵活现、栩栩如生。接下来就是给泥娃娃穿衣服，在各种颜料里都加了胶，黑头发红嘴唇，粉扑扑的袄绿莹莹的裤，打扮漂亮了，就给娃娃刷一层桐油，泥娃娃一下变得通体透亮。

　　做扳不倒的工艺比较复杂，先用草纸沾上水，一层一层粘贴在模子上，干了以后，用小刀顺着模子的后背划开，轻轻地把纸壳取下来，再把这个空心纸壳和一个实心的半球体粘连在一起。扳不倒的制作技术关键在底座的角度上，角度做得不合适，扳不倒就不能自如灵活地翻跟头。扳不倒做得扳倒起不来，那就不能叫扳不倒了。底座和纸壳黏合在一起的时候，里面还要放几粒泥豆，扳不倒翻跟头的时候，就会发出清脆的响声。看着摆满炕的泥娃娃，我总喜欢和他们说悄悄话："泥娃娃，泥娃娃，有眼睛有嘴巴，眼睛不会眨，嘴巴不说话……"我还喜欢抽扳不倒耳光，他也不生气，总是喜眉笑眼地望着我，"扳不倒，扳不倒，自己不倒谁也扳不倒"。

　　为了我十二岁的圆锁仪式，母亲早早就给我预备了新衣服，镶着黑缎边的红夹袄，千层底红条绒鞋，一顶红黑相接的和尚帽。她还用五色纸给奶奶家粘了"满家鞋"和大红公鸡，卖了许愿的香纸和锁线。母亲说，圆锁后，我就长大了，再也不属于奶奶家管了。

　　小时候，一场莫名其妙的大病，我差点和母亲永别。那是一个寒冷的冬天，凛冽的寒风、飘洒的雪花和满地的冰凌轮番侵蚀我瘦弱的身体。我病了。白天昏睡不醒，晚上突然哭闹不止，母亲请镇上的大夫春喜来给我把脉扎针，外祖母说我是丢魂了，夜静时，拿了我的鞋子在巷子里大声喊我的名字："娥娥回来吧，跟上姥姥回家吧……"外祖母从上头巷一直喊到下头巷。母亲一天不吃不喝，她害怕我也像她的第一个孩子一样，不声不响地走了。于是，把我紧紧抱在怀里。在这个世界上，凡事都有例外。在母亲怀里昏睡了一天一夜的我，终于又睁开了眼睛。当然，这些情节都是母亲后来告诉我的。在没有一点办法的时候，她只能禁食向天祈祷，并和庙里的奶奶许了愿，年年四月八要去跪香头，我十二岁圆生日的时候，去奶奶庙圆锁，还要给奶奶挂袍。挂袍是许的大愿，那年头，能给奶奶挂袍，是一件非常了不起的事。母亲说，我是奶奶从阎王爷手里抢回来的孩子，一定要给奶奶挂袍的。我不懂挂袍是干什么，母亲说，给奶奶做一件新衣服。但她只是给我讲了一个故事，挂袍的事最终成空。原来，北庙里的奶奶塑像早就被推倒了，庙也做了学校。从此，人们再也不会看到给奶奶换新袍的场面。母亲为我许了跪香头的愿也是在南庙完成的。

没有了奶奶庙，南庙自然变成一个多功能的地方，也是隆盛庄人唯一烧香拜佛的地方。四月八，没有了奶奶的塑像，也无法履行给孩子们圆锁的神圣仪式。因此，四月八的真正含义也几乎失真。无论过什么节，实际上就是要延续节日里留下的许多古老仪式，这种仪式延续久了，也就形成了一种习俗和文化。如果没有了延续这种习俗的场所和环境，这种习俗自然也无法延续和传承。再过几十年，谁还会记得那个嘴里念念有词的和尚为一个个圆锁的孩子举行的隆重仪式？谁又能看到那五颜六色的披在奶奶身上的一件又一件绸缎袍子？谁还会记得那花花绿绿的"满家鞋"、喔喔叫的大红公鸡、红彤彤的锁线、玲珑可爱的换生娃娃？

十二岁那年，我的圆锁仪式在南庙进行。南庙是个关帝庙，到关帝庙圆锁有点不合乎常规，但没有了北庙，只能将就着履行这个圆锁仪式了。

四月八这天，南庙一派烟火气的场面。方圆百里的人都涌进庙里，叩拜的、许愿的、烧香的、敬纸的……身披黄缎袈裟的和尚，手拿一把新笤帚，在我头上轻轻敲打几下，嘴里念念有词，我不知道和尚念了什么，也不知道奶奶是个什么模样，心里暗暗猜度：她是一个漂亮的女人，还是一个老态龙钟的走路颤巍巍的婆婆？母亲说，奶奶是天生仁慈的神仙，不然，玉皇大帝也不会让她掌管人间孩子们的生命和安康。

圆完锁，母亲就领我去卖泥娃娃和扳不倒。一个泥娃娃两分钱，扳不倒五分钱。从大南街到南庙这条路上，两边摆满了各种小孩子玩具，刀刀枪枪、铁哨哨、小咪咪、琉璃咯嘣儿；吃的螺丝糖，拜神用的各种香火，花花绿绿的“满家鞋”、大红公鸡。干货多得数不清，糖麻叶、蜜酥、月饼、麻花、锅盔、斜尖子……隆盛庄的各种匠人都在庙会上各显其能。“捎上捎上锁儿线，换生娃娃一毛钱。”吆喝声此起彼伏。母亲卖了泥娃娃的钱，就给我买各种糖果吃喝，我花五分钱买一个琉璃咯嘣儿，刚吹几下，哗啦一声碎了，母亲看我不高兴地噘起了嘴，就说：“今天是你的圆锁吉日，喜欢就再买一个。”我经不住清脆悦耳的咯嘣儿声音的诱惑，又买一个轻轻吹着，“咯嘣儿咯嘣儿，吹破挨妈妈的笤帚疙瘩……”

四月八的天气，风柔柔的，太阳暖暖的，很少遇到下雨天，也有青天白日突然下一场暴雨的时候，这样的暴雨天，隆盛庄人也会借题发挥，演绎出许多故事，说龙王爷看上了漂亮温柔的奶奶，四月八这天向奶奶示爱，奶奶心高气傲，怎么能看得上性情暴躁的龙王爷呢，龙王爷受到奶奶的冷落，恼羞成怒，下一场瓢泼大雨，发泄心中的怒火。这只是一个关于四月八的民间传说。

“初八十八二十八，奶奶庙上闹红火。”可见，当年奶奶庙的香火是多么旺盛，奶奶庙是人们为孩子求平安保康乐的唯一供奉求拜的庙宇。然而，经租房时期对隆盛庄古建筑的拆毁、“文革”破四旧的横扫和涤荡，隆盛庄支离破碎。就连那些脱泥娃娃和扳不倒的模子，也被外祖母全部用斧头捣碎了。脱泥娃娃的手艺再没有传承下来。

如今的四月八，已经完全没有了过去那种古老而庄严的敬拜仪式，无论多么繁华热闹，形式上也只是一个商品贸易交流会，庙宇的灵气神气早已经灰飞烟灭。记忆中的四月八啊，我只能用文字来祭奠这个神圣的节日，纪念童年时的我在隆盛庄度过的那段美好岁月了。

儿时的清明节

"柳叶绿，桃花红，过了寒食是清明。煮鸡蛋，卷单饼，荡完秋千放风筝。"清明在孩子们的儿歌声中来临。清明多数天气下雨，不然，杜牧也不会写出那句："清明时节雨纷纷，路上行人欲断魂。"小雨轻轻柔柔，缠缠绵绵，这是春天最温柔的时光。

清明节，母亲要给孩子们穿清明穗儿，那是我记忆中戴在肩膀上最美丽的色彩。为什么要戴清明穗儿，我不大清楚，只是巷子的孩子们都戴。我喜欢清明穗儿的鲜艳色彩，把母亲剪好的各种颜色的圆布椭椭一个一个摆在桌上，我不停地问，这是什么，那是什么。母亲说，蓝的是天，红的是太阳，绿的是草地，黄的是花儿……这些漂亮的布椭椭，用一节一节空心枳芨棍儿串起来，一个圆布椭对应一根枳芨棍儿。一岁一个圆椭椭，再加天、地和太阳。十二岁没有圆生日之前，都要戴清明穗儿，我问母亲为什么要戴清明穗儿？清明节为什么要捏寒燕，为什么还要把寒燕插在树枝上？母亲说这是古人留下的习俗。后来，长大了，看的书多了，才知道过清明是晋文公为了纪念一个叫介子推的大臣。这是一个很古老的故事，一个能把自己腿上的肉烤着给重耳吃、忠诚憨直的介子推，赢得了后人对他的敬重。

清明节，泥土变得潮湿松软，草绿了，树绿了，杏花开了。屋檐下，燕儿开始一口一口衔泥筑巢。"迟日江山丽，春风花草香。"这是杜甫诗中的春天。小时候不知道诗意，只知道念起来朗朗上口；长大了懂得"泥融飞燕子，沙暖睡鸳鸯"的含义，但从来没有看见过鸳鸯，只知道鸳鸯寓意美好的爱情。"得成比目何辞死，愿作鸳鸯不羡仙。"那是多么浪漫纯洁的爱情啊，和心爱的恋人形影相随，缠缠绵绵，"池上鸳鸯鸟""水中比目鱼"，那么人间呢？和一个男人坐在炉火旁，煮一杯咖啡，读一首古诗，看一场电影，如《泰坦尼克号》电影里的那对男女主角一样，紧紧拥在一起，从容地在大海里漂向生命的终点，那样的爱，让一个女人一辈子刻骨铭心。那是云端的爱情啊。

　　小时候，我和母亲一直都住在祖母家。我祖父和外祖父家祖辈都是画匠，可以称之为画匠之家。清明节也是画匠家最忙的日子。做各种各样的祭奠先人的纸折，粘许多花花绿绿的衣裳。

　　这是一间很古老的迎街门脸房，屋里常年见不到阳光，狭窄的外屋，放着做好的纸折。轿车子、摇钱树、老少人、童男女、四合院、元宝，还有给庙里奶奶粘的大红公鸡、花花绿绿的"满家鞋"。纸折卖不了的时候，祖母就拿根鞭子，轻轻抽打几下拉轿车的马儿，"走啊，不要赖着不动弹"。第二天，总有人来买纸折。祖母家的隔壁是公济大院，母亲常常去那里买粉浆、米面。隔着一条土路，对面是万福永大院，砖瓦砌成的方大门里住着和母亲特别好的两位邻家姨姨。清明节前，三个女人对坐在顺宝妈家的大炕上，一边拉闲话，一边捏寒燕。捏寒燕，由来已久。捏寒燕也是隆盛庄女人们的绝活。过清明节，无论走到谁家，都会看见顶棚上、花瓶里插着的寒燕。寒燕捏得活灵活现，需要技巧和悟性，面要和好，碱要放得适中。面软了，蒸出来的寒燕就会耷拉头。

　　一个小小的面团在她们手里搓来揉去，变成一只只小动物，扇着翅膀的鸟儿、喔喔叫的大公鸡、蹦蹦跳跳的长耳朵小兔子、汪汪叫的小狗、咯咯叫的小鸡、嘎嘎叫的小鸭。一把小篦梳，在小鸡、小鸭的翅膀上压上均匀的梳齿印，一个个小巧玲珑的飞禽走兽就变得活灵活现、栩栩如生。当它们从笼屉里飞出来的时候，都变得白白胖胖，姨姨们仔细地用火柴棍沾上五颜十色的颜料，给它们点眼睛，画眉眼，有了红红绿绿的点缀，寒燕仿佛有了生命。再把一朵又一朵小红纸花、一片又一片的小绿纸叶粘在树枝间，把寒燕插到每一个小杈上，漂亮的寒燕树，顿时让家里蓬荜生辉。那是隆盛庄家家户户在清明节不可缺少的摆设和配饰。

点完寒燕的颜料，我们几个孩子就开始乱涂乱染。顺宝是个机灵鬼，他用火柴棍蘸着碗里的红绿颜料，给我手腕上画一个圆圈，再画两根一长一短的黑道，说是送给我的手表。润生也要他给画一个，顺宝撩起他的袖头，在那脏脏的手腕上画了一条毛毛虫，润生不高兴了，在手腕上吐一口唾沫，使劲擦着。许多年过去了，那一抹红绿仍然飘浮在我的眼前；任时光飞逝，儿时玩伴的影子仍然在我柔软的记忆中飘浮。

万福永的院子很大，原来这里是个米面加工作坊，进了大门的西房，是碾坊，碾坊的墙上用红土粉写着三个醒目的大字：万福永。我们三个孩子就围着那个石碾盘跑来跑去。一首首欢快的儿歌从磨坊飞出……

花轱辘车套白马，

白马不走拿鞭打，

一鞭打到姥姥家。

姥姥叫我上炕头，

姥爷叫我吃馒头，

舅舅骂我干杏头。

舅母舅母你别搁扭，

不吃你的饭，

不喝你的酒，

当天来了当天走……

三个孩子在碾坊里的石碾盘上跑来跳去，尘土迷了我们的眼睛。累了也困了，就坐在我祖母门前那块青石板上，望着高远的蓝天和白如棉絮的云朵。三个孩子从地上捡几粒石子，玩狼吃羊、猜谜语。"东山来了一群羊，不溜不溜都下锅。""红公鸡，绿尾巴，一头扎到泥底下。""青石板、板石青，青石板上钉银钉，一颗一颗亮晶晶……""身穿绿衣裳，肚里水汪汪，生的儿子多，个个黑脸膛。"我一口气能说许多谜语，猜不出谜语就把兜里的大豆掏出来大家一起吃。最后，润生的豆子都被我们吃光了。

儿时的清明节，戴上母亲给亲手穿的五颜六色的清明穗儿，到西河湾高兴地撒着欢儿，到台墩周围拔刚刚吐芽的辣麻麻，到边墙脚下放风筝。春风吹拂，春回大地，彩色的清明串，摇曳的穗儿，飘荡在空中的风筝线，迎风旋转的风车……风和日丽、鸟语花香的清明啊。

寒燕挂在家里的顶棚上，也是我儿时充饥的干粮。饿了就偷偷地从枝上拽一个寒燕吃。有一天，母亲终于发现寒燕枝上只剩下那些花花绿绿的纸花叶，她郑重其事地问我："寒燕呢？"我也很诚实地指着肚子说："寒燕飞走了。""都飞到你肚子里了吧？明年不给捏了，枉费我的辛苦。"话虽是这么说，第二年，母亲仍然给我捏寒燕，而且还会比往年捏得更多。

清明，是春天路过的季节，小时候，满世界的热闹，已是陈年旧事。和顺宝再见面的时候，细细数算，光阴已经过去了半个世纪。这是一个夏日的聚会，当我们再回到隆盛庄的时候，街还是过去的街，巷还是过去的巷，人却不再是过去的人。时过境迁，物是人非。柔软的风轻轻吹过一个接一个的日子，一个又一个美丽的节日。"小燕子，穿花衣，年年春天来这里……"燕子记得年年春天回来垒窝。突然想起一首歌："你存在我的梦境里，让我不要再离开……"猛然回头，才知道，日子原来不能复制。

冰花绽开腊八来

"妈妈，玻璃上又开满了花，好美丽啊。"早晨，钻在被窝里的我从梦中醒来，第一眼看见的是那一朵一朵晶莹剔透的冰花。

腊八，在冰花绽开的季节悄然来临。又是一个寒冷的冬，一个冻得让人们不敢出门的冬。"头九二九冰上行走，三九四九呀门叫狗。"北风呼呼吹过，屋檐下的燕巢早已成空，院子里，偶尔落几只寻食的麻雀。撒米套麻雀，也是小时候冬天最有情趣的轶事。

腊八的清晨，冰花满窗，外面天很蓝，太阳格外红，但冷得出奇。

母亲用炉钩捅着小火炉，微弱的火星一点点亮起来，逐渐变得通红。风箱啪嗒啪嗒地响着，灶火忽闪忽闪地蹿着。黄米、红枣、莲豆、扁豆、小米……在大铁锅里欢欢快快地跳着舞，直到最后亲亲密密地抱在了一起。铁锅里热气升腾，扑鼻的米香飘满了屋子。一盘腊八粥端上桌，暖了小屋，满窗冰花慢慢开始凋谢……

腊八，家家户户要吃红粥。天麻麻亮，母亲就开始淘米生火拉风箱。锅里放多少水，下多少米，什么时候把大火变成小火，这些细节她总是做得非常认真。她说，一年过一个腊八，粥千万不能烧糊，米也不能夹生。大火过后，母亲就把灶火用炭灰埋起来，粥焖熟了，倒一点化开的糖精水，她就开始用铁勺在锅里使劲搅来拌去，搅得又筋又软了，才把粥盛到瓷花碗里，双手轻轻地摇晃着小碗，霎时间，碗里的粥就变成一个光光溜溜的椭圆形状。舌尖的第一感觉是甜香，随后就是狼吞虎咽。母亲说，粥多着呢，千万不要让红枣核卡了嗓子。五谷的香味、红枣的香味，还有那缭绕在舌尖的甜味，许多年过去了，过了许多年的腊八，再也找不到小时候粥的味道……

腊月初八，正当三九天，地硬如铁，但这个日子偏偏要吃冰。天微亮，从西河湾刨冰回来的表哥，就推开了我家的门，把大块的冰放到一个干净的盆里，母亲用刀背把冰敲碎，放到院子的角角落落。井房、茅房、东西南北房的窗台上，都摆放了冰块和红粥。"来年庄稼收不收，先看腊八冰和粥。"我和表哥用冻红的双手捧着一块如白玉似水晶的冰块，吸溜吸溜舔着，舔得不过瘾，干脆放到嘴里，嘎巴嘎巴嚼碎了往肚子里咽，母亲担心我们吃多了，就把剩余的冰块都放进水缸里："一时半会儿融化不了，留着慢慢吃。"我和表哥一起抢着说："腊八的冰，吃了不肚疼。"

"腊七腊八，冻断胳膊""腊七腊八，冻死叫花"。这是腊月最冷的天气。孩子们出来玩耍，手上戴个用碎皮子拼对起来的毛袖套，耳朵上戴个毛茸茸的耳套，那就是最好的防寒用品了。但我戴的却是母亲给缝制的金黄色大绒棉手套，既漂亮又暖和。手里拿着自己制造的小冰车，和表哥一起到西河湾滑冰。

冰车和冰鞋也是我和表哥一起动手做的，找一些木板和铁丝，去垃圾堆里捡一些废钉子，自己设计样式。冰鞋也非常简单，一块木板上钉两根粗铁丝，旁边用火筷烫两个眼儿，把细麻绳穿进去，双脚踏在木板上，用麻绳把脚和木板牢牢捆绑在一起。男孩子穿冰鞋，女孩子坐冰车，整个西河湾都是孩子们的世界。一个个都不怕冷，一块晶莹剔透的冰放在冻得通红的小手上，迎着西北风，用舌尖一点点地舔着，不住气地吸溜吸溜地、嘎巴嘎巴地啃着冰。

冬天的故乡百草枯黄，树木都变得憔悴消瘦，光秃秃的双台山，孤零零的台墩。朔风吹过横无际涯的黄褐色土地，满地落叶如丢了魂似的在冰上转来转去，白花花平展展的冰面就像一块硕大的玻璃板。

那个围着红头巾穿着花棉袄的女孩，双脚踏在一块木板上，两只手握紧冰钎，用力点击光溜溜的"玻璃板"，木板便带着她飞快向前滑行……这个女孩就是我，那个木板是我自己制作的冰车，划起来速度很快，就像现代小孩玩的滑板。小时候，西河湾就是我心中的乐园，任凭我们这群孩子跌打滚爬，闹个天翻地覆。

腊八节，母亲也常常和我讲无边和尚在腊八节过生日的情景。在北庙的小广场旁边，和尚们雕了一座很大的冰山。冰山上有一个个圆圆的拱门，拱门里摆放着腊八粥、油饼、炸糕……和尚们的衣服黄得耀眼，他们手里举着香火，绕着冰山不住地念经，谦和慈悲的声音，常常让听到的人满眼泪光闪闪。整个北庙木鱼声声，香烟袅袅，冰山皑皑，气氛是那么冷峻肃穆。听了母亲的描述，不由得让我心生敬畏，我知道，冥冥之中有一个至高的造物主，他在主宰人间的一切。我的顽皮，我的叛逆，我对世俗的不屑一顾，以致后来，让我遭受无数刀刃的雕刻，终于明白，从小看见的、遭遇的、听到的一切，只是为了开启我懵懂的心灵，让我知道天和地、人和神之间的位格和必然存在的密切关系。我开始学会感恩，知道敬畏，有时候，也要一点小性子，但最终在一种圣灵的感动中领悟到许多鲜为人知的真谛。

很遗憾，北庙这种纪念腊八的仪式我没有看到过，和尚雕的那座冰山也没有领略过。后来，我看到的只是北庙留下的那根旗杆。

腊八还要腌蒜、栽蒜。安静的冬夜，当冰花再次悄悄地在玻璃上开放的时候，我和母亲坐在热乎乎的炕上，慢慢剥蒜皮。一颗又一颗白白嫩嫩的蒜瓣摆放在一个大青花瓷海碗里，母亲又把醋倒进锅里，加火烧开了，晾凉后又倒进一个洗干净的瓷器罐里，再把蒜放进去，封严了罐子口。她说，这蒜腌到大年初一，吃饺子的时候，蒜就会变得色如翡翠，醋也有了淡淡的辣味，蘸着这色味双美的蒜醋，饺子越吃越香，不忍放筷。栽蒜的工序也很简单，母亲把蒜放进两个浅绿色的方形陶瓷盘里，一排一排整整齐齐，盘底放一层薄薄的新棉花，这样，蒜就不容易东倒西歪。正月里，调凉菜、拌饺子馅的时候，就割一绺蒜苗，味道极鲜。腊八的蒜还能开胃，预防百病。我始终不得其解，为什么偏偏在腊八这天腌蒜栽蒜呢？民间许多事情是解释不清的。

节日就是这么红红火火、温馨欢愉。节日也是属于小孩子的，无忧无虑、快快乐乐。无论过什么节日，母亲总是早早地开始筹划，她常常爱说一句话："过节日，有钱没钱，都要过得有起有落。"吃腊八粥的红豆、扁豆、黄米、红枣，她早就开始积攒了。在那个物资匮乏的年代，她不能让孩子在节日里扫兴，更不能让别人笑话自己的日子寒酸。哪怕平时喝糊糊熬稀粥，也要节省一些粗粮和村里的人换几斤豆子。腊八粥、腊八冰、腊八蒜就把一个节日点缀得红红火火。一个又一个平淡的日子，就在这每一个节气中，变得有声有色，有起有落，有滋有味。

腊八的故事、腊八粥的传说，北庙的冰山、和尚的诵经、西河湾的白花花的大块大块的冰，吃粥、腌蒜，都已经成为一个个古老而美妙的民间故事。我再也不是那个手冻得像红萝卜，捧着一块冰用舌头一点一点舔着的女孩，这美好的腊八，我曾经爱着的腊八，一切都已经成为记忆中的片段。

许多年过去了，母亲做腊八粥的习惯依然没有改变，粥里放得辅料越来越多，葡萄干、江米、大米、枸杞、莲子、核桃仁、红枣，细数大概有十几种，但做出来却没有人再抢着吃。腊八冰更是无人过问，冰箱里冰冻的各种冰激凌、雪糕品种繁多，哪个孩子还会去吃那块从野地里刨回来的冰呢？再说，连空气都不干净了，哪里还能找到一块干净的无污染的冰块？于是，小时候这些快乐的趣事，也只能当成故事给孩子们讲讲，他们觉得稀罕。

腊八的早晨，西河湾再也不会听到铿锵的刨冰声音，再也不会看到小孩子滑动着冰车、穿着冰鞋满河湾跑的欢快景象。现在，西河湾的水都没有了，哪还有冰？小时候，喜欢看的冰花也不会再开满玻璃。那条冰雪覆盖的倒流水河，在岁月的长河里，已经渐行渐远，一切都在温室效应中慢慢消融……

光阴从年的窗口穿过

　　腊月，母亲最忙碌。昏暗的煤油灯，温热的小泥炉，一盘热乎乎的火炕，趴在被子里的我，望着母亲灵巧的双手，穿针引线，缝衣纳鞋，她不时地用针头挑一下灯捻，闪烁的灯花，点燃了冬夜的温暖。母亲那双满是龟裂的手掀起我的被角，将崭新的红条绒鞋穿在我的脚上。她笑眯眯地问："合脚吗？"我点点头，那片耀眼的红让我没了睡意，高兴地从被窝里钻出来，穿着新鞋子在炕上蹦来跳去。"脱了吧，过大年的时候再穿。"母亲用针头挑一下灯花，满屋明亮。我又把她给缝制的所有过大年穿的新衣服，一件一件套在身上。红花棉袄，绿花棉裤，鲜艳的大红大绿让我变成了一只花枝招展的蝴蝶，飞呀飞呀，飞到天上去，那条大炕就是我快乐的天地，母亲的眼睛里就有一个温暖的世界。"脱了吧，年三十晚上再穿。"我不情愿地一边脱衣服，一边问母亲许多为什么。新衣服为什么非得到大年才能穿？饺子为什么非要等到大年才能吃呢？过年的时候为什么要糊窗花、贴年画、打扫家？我一口气能问母亲几十个为什么，母亲就给我讲许多关于过年的传说故事，讲那个叫"夕"的恶魔，那个叫"年"的神童，讲吃饺子的来历，讲守岁夜给孩子压岁钱的故事。母亲肚子里的故事很多，好像永远也讲不完。

　　小时候盼大年，盼早日穿新衣服，盼初一早晨能吃出一个大钱饺子，盼糊窗花贴年画，盼祖母和外祖母能给我几毛压岁钱，盼围着旺火响鞭炮，红红的对联、红红的旺火、红红的灯笼，盼元宵节喧天的锣鼓，秧歌队、高跷队、车车灯、龙灯、船灯……俗气的红火热闹，让年少时的我，快乐地满世界跑来跑去。大年，原来是属于小孩子的。后来，长大了，念书了，就再也感觉不到过年有什么值得这样忙乎和期盼的，只是想着到了正月我就能够清清闲闲地坐在外祖母家的白大毡上，守着炕柜里那些书，一本一本地翻阅，线装书我读不懂，竖版繁体字的《红楼梦》，读起来也似懂非懂，只知道书里有个大观园，还有一个痨病缠身、悲悲戚戚的林黛玉，一个衣来伸手饭来张口的贾宝玉，脑海里装了这个书的世界，过年那些烦琐的讲究不会再引发我的兴趣。我开始厌烦过年，厌烦腊月的繁忙。随着我渐渐长大，家里的活儿母亲自然都让我干。从腊月开始，母亲就起早贪黑地忙碌着，先是拆洗衣服，后是蒸糕、蒸馍馍、压粉条、烙小米面花儿，凉房里几个大缸放满了做熟的糕和馍馍、粉条、包子，剁好的肉蛋蛋、菜蛋蛋、萝卜蛋蛋，蒸好的糖馍馍、豆馅馍馍、毛篮篮、枣山、云卷、花糕，烧猪肉、炸豆腐，连莜面山鱼鱼都要做几大笼，把一个正月的吃喝都储存在几个大缸里。

腊月最让我感觉艰难的一件事就是推碾子磨黄米面。过大年，必须吃糕，炸糕好吃，黄米难碾。我们家住在张世廉大院的小套院里，从后大门出去，贾家的大院里就有一个大碾坊。这是大巷子唯一的一家碾坊。碾坊很昏暗，我和母亲拿着箩子笤帚，两人抬着黄米口袋走进碾坊，母亲把碾盘扫得干干净净，然后，把黄米倒在上面均匀摊开，长长的碾杆，窄窄的碾道，母女两人推啊推啊，碾杆越来越沉重，碾道似乎也没有尽头。"妈妈，我推不动了，咱们过年不要吃糕了。"我的两条腿越来越酥软，几乎是带着哭腔央求母亲。"过年不吃糕，还叫过年吗？有钱没钱蒸糕过年。"母亲的口气很坚决，让我歇着，自己一个人弓着腰推那碾杆，沾着面的手不时擦着满脸的汗珠。

二十三过小年，家家户户都炸糕，满院飘香，紫气缭绕。孩子们手里拿着黄脆的炸糕在风中跑来跑去。

蒸糕是隆盛庄人的一种情结和仪式。"糕"与"高"谐音，寓意年年高。但我不喜欢那种烟熏火燎的腊月天。许多年过去了，我总是不能忘记那幅陈年旧画，昏暗的碾坊，窄窄的碾道，沉重的石头碾轱辘……

"有钱没钱剃头过年"，这也是老古人留下的话。年三十以前，家里的角角落落必须打扫干净，身上所有的衣服从里到外都要换下来。男人理发，女人洗发、剪发，一切从头开始。母亲给我编麻花辫，从小就是好头发，两根长辫子在腰间摆来摆去，外祖母给我梳头的时候，总是说："灵人不顶重发。"言外之意就是我不聪明，脑子也不灵活。母亲却说，女人傻点好，只要能找上一个聪明男人就是一生的福气。年少时候心中的聪明男人，就像《啼笑因缘》里的樊家树，或者就像《青春之歌》里的卢嘉川，但千万不要碰上梁山伯。出嫁的时候也决不会坐那颤悠悠的花轿，我要和我心爱的男人一起走天涯，逛海角，寻找天外那个美丽的世界。母亲常说我总爱胡思乱想，女人就要好好在家里过日子，相夫教子，烧得好茶饭、做得好针线才是过日子的好女人。

腊月，二舅也是大忙人，他给镇里的人画窗花，人们到彭二红店买几张白麻纸，按照自家的窗户裁剪好尺寸，然后，拿到二舅家，二舅先用香头在纸上描一个图案的轮廓，鱼捞莲、喜鹊闹趣、四季花卉、石榴、桃、干枝梅……洒满阳光的顺山大炕上摆满了五颜六色的窗花，二舅的绘画天赋，完全是遗传了我外祖父的基因，在隆盛庄也算小有名气。镇里有的人如果不会画，就用窗花版拓印，但拓印的窗花很死板，白麻纸上印了大红大绿的色彩，俗气得很，但过年原本就是这样俗气，俗气属于生活，生活才是真正的民间，红红火火，热热闹闹。

母亲还有一招拿手的活儿，就是用面食蒸花糕。她先把白面发酵好，碱要放得适中，面要和得不软不硬，花糕摆放得一层比一层高，寓意步步高升。除了花糕，她还要蒸寿桃、枣山、云卷，这些面食蒸好了，大年初一就开始供神，给财神爷供花糕，给灶神爷供枣山，给画匠祖师爷供寿桃，而云卷供给家里去世的先人。各路神仙祖宗都供完了，枣山、云卷、寿桃可以随便吃，但花糕必须等到二月二这天才能吃。

正月是女人们最消闲的日子，从初一开始大忌针，母亲不能缝衣纳鞋了，就开始捻线，一年做针线用的线都要在一个正月里捻好，她有一个很别致的捻线砣，羊骨棒中间打个眼儿，穿一根铁钩子，要不，把一根筷子扎在一个圆圆的山药上，也是一个简易捻线砣。母亲坐在炕沿，捻线砣转啊转，一团白如雪的棉花，从她的指间慢慢流下来，变成了细细长长、如丝如缕的白线。我双手托着腮帮，目不转睛地盯着那个旋转的捻线砣，不知几时，闭上了眼睛。我梦见大朵大朵的白云托着我飞来飞去，天空碧蓝如洗，我变成了云端之上的飞天女。再醒来的时候，那个捻线砣宛如一个白白胖胖的大馍馍，那是我记忆中最深的画面。母亲把两股线又合并在一起，她的双手就像变戏法似的，把捻线砣上的线再缠绕在笤子上，把一扭一扭的白线染成黑的红的蓝的，再让我架着这线，她又绕成一个个线蛋儿。

　　一个正月，女人们除了捻线就是到处去走亲串戚。初一迎喜神，初二接财神，初五过"破五"，送完穷土，就烧香磕头过"八仙"日，祭拜汉钟离、张果老等八位神仙。接下来就是"十子日"，也就是给老鼠娶媳妇的日子，为什么要给老鼠娶媳妇呢？老鼠总爱偷吃粮食啊。母亲却说老鼠有灵性，常言道："老鼠吃不穷，贼偷不穷。"人和老鼠也要和睦相处，给它娶个媳妇它也会感恩的。母亲在碗里倒一点麻油，又用捻好的白线搓一根长长的捻子盘放在碗底，捻子点亮了又把碗放在水缸后面，我眼巴巴地瞅着那盏灯，想看看老鼠的媳妇是什么模样。灯如豆，幽微的光忽忽闪闪，老鼠始终没有出来，也许，它正在甜甜蜜蜜地和媳妇共度那洞房花烛夜。十子日，原来是老鼠的节日。

　　正月十五元宵节到来的时候，两个舅舅忙着给镇子里的人做灯笼。院子里挂满各种各样的灯，白菜灯、西瓜灯、八宝灯……给各家买卖字号做的灯笼也是花样繁多，正月十五雪打灯，瑞雪兆丰年。十五的月夜，这是小镇最热闹的时候，各种玩艺队在马桥表演，踩高跷的，耍龙灯的，耍狮子的……方圆百里的人都涌在镇子里，锣鼓喧天、人声鼎沸、旺火通红、鞭炮声声。十五闹元宵，把一个崭新的年推到了热闹的顶峰。

　　正月二十小填仓是给长官爷饮马，这天要吃饺子。我问母亲长官爷是个什么官，还得让人间的人给他饮马？他还很官僚啊。母亲说，大概是个马倌，孙悟空大闹天宫后，那个弼马温的职务不是一直没有神仙接替吗？怎样给这个长官爷饮马我不知道，就像给老鼠娶媳妇一样，我什么也没有看到，只是陪着母亲磕头烧香。

正月二十五日是老填仓日，这天必须吃盖窖饼。家家户户掏出灶里的灰，在自家门前画仓，大仓小仓一个接一个地画着，仓里撒一些米面，这天是母亲的生日，她有个漂亮的名字叫天枝，外祖父说，她是填仓节上天赐给的一枝花。母亲心灵手巧，聪明贤惠。她没有念过书，凭上了几天民校，就能识文断字；她没有学过裁缝，却做得一手好针线；她没有学过朱子治家法，却懂得如何相夫教子，凡事都知道宽容忍让。她说自己命里占了三个"忍"字，三岁失去父亲，自认是个苦命人，但她从来没有叫过一声苦，我从来没有看见过母亲愁眉苦脸的模样。家里虽然没有什么摆设，但干干净净一尘不染，粗茶淡饭，也能做得有滋有味，身上的衣服即使破旧了，也要拆洗得平平展展。日子过得有起有落，有声有色。老填仓每年都安排得非常隆重，母亲烙的糖饼甜而不腻，酥脆爽口。小时候，日子艰难，没油没糖烙不成糖饼，她就给焖山药，烙山药饼、萝卜饼。有母亲过节才感觉温馨，望着母亲为她的孩子所做的一切，我眼里常常会浮起细密的泪花。

二月二，墙上的画都要揭下去，这是我最不愿意看到的事。没有了年画，家里四壁一下会变得黯淡失色。母亲说，画儿一定要取下来，不取就会等来愣女婿。我说，要是等来个愣女婿，我就用笤帚疙瘩天天敲打他的脑袋。母亲哈哈大笑说，天生的愣女婿，就是用榆木棒敲他，也不会变得聪明伶俐。画还是没有揭下来。因为我喜欢《火焰驹》那张年画，喜欢那个一心一意爱着李彦贵的黄桂英。多么动人的民间故事啊，这张年画里，讲述着浪漫而真实的爱情。小时候，尽管不懂爱是什么，但一直向往着，长大了也能遇到一个像古画里那样文文雅雅的秀才公子。

许多年过去了，《火焰驹》戏曲里的一段唱词仍然没有忘记：

只为我父把婚变，

犹如霹雳震晴天。

月下花前痴心恋，

青梅竹马忆当年。

美梦成空愿难现，

为公子茶饭减、损容颜、我柔肠寸断、泪不干。

今日相逢幸非浅，

愿将一语奉君前。

纵然公子时运蹇，

我去锦绣、解簪环、布裙荆钗、亲操井臼共百年。

好纯洁的爱情啊，如今，人间还有多少这样的爱？多少女子还会"去锦绣、解簪环、布裙荆钗、亲操井臼共百年"？我常常被这样的爱感动得泪流满面。

二月二是龙抬头的日子，人人都要剃龙头，家家户户都要领"钱龙"。早晨，母亲把染好的红线拴在我衣服的扣子上，再用一根红线串上几枚铜钱到井里或者河边去打水引"钱龙"。这天，四美庄的十米四脚龙灯要来镇里表演，从大北街到大南街，门脸字号都点起了大旺火，火焰满天，散落人间，彩灯高照，紫气升腾。马桥街中央，旺火冲天、锣鼓阵阵，一条长龙追随着红色的龙珠飞腾跳跃、盘旋翻滚。

往后便是平常的生活状态。走草地的人开始忙着继续走草地，外地回来度假的人也都陆续离开，小镇变得冷冷清清。母亲又开始忙碌家里的营生，二月里的天是那么美，春风轻轻地吹过树梢，树渐渐地开始变绿……

留白是最美的遐想

我似乎没有什么多余的话再说了，该说的话都说了，该写的几乎都写尽了……但出版书似乎形成一种惯例，必须有个序言和后记。我破例了，一个不能走进我内心世界的人，自然不能给我的书作序；后记呢，还是给读者留个空位吧，留白是最美的遐想。

首先，感谢张家启先生，在他的帮助下，我出版了三部书，相互的信任是合作的基础，他说很喜欢我的文字，这是对我最大的支持和鼓励。希望这部书如前两部长篇小说《直销难民》《孤独的羊城》同样赢得广大读者的喜欢和赏读。

其次，感谢海派文学网主编顾春飞先生，多年来，他一直为我所出版的书籍做策划，默契的合作、真诚的鼓励，让我对自己的写作充满了信心。感谢上海华润房地产开发有限公司董事长黄晓河先生的大力支持和赞助。

然后，感谢我的母亲，她常常期盼着我的新书问世，她也认真地一本一本阅读、珍藏我的书，母亲给我的这份长阔高深的爱，让我不能放下手里的笔，更不能停下奋斗的脚步。

还有，感谢多年来一直喜欢我书的读者，因为有你们，才使我的书走得更远。诗和远方在我的心里，也在你们的视线里。

最后，感谢我的家乡人，他们一直催督着我，让我把隆盛庄的故事一个一个写下来，由此，我的生命注定和文字结缘，不离不弃，直到地老天荒。